Scott Sigler est un auteur de thrillers américain né dans le Michigan.

Avant d'être publié, il mettait ses romans en ligne sous forme de podcasts gratuits : plus de 7 millions d'épisodes de ses histoires ont été téléchargés par ses fans qui se nomment eux-mêmes les « *Junkies* ».

Il a acquis une très grande popularité et a fait la couverture de *Time Magazine*, *Washington Post*, *Business Week*…

Ses romans sont désormais classés dans les listes des meilleures ventes du *New York Times* et les droits d'*Infection* ont été acquis par Rogue Pictures en vue d'une adaptation cinématographique.

Scott Sigler vit à San Francisco avec sa femme.

Scott Sigler

Infection

Traduit de l'anglais (États-Unis) par Éric Betsch

Milady

Milady est un label des éditions Bragelonne

Design intérieur :
d'après la mise en page originale de Maria Elias

ISBN : 978-2-8112-0146-3

Bragelonne – Milady
35, rue de la Bienfaisance – 75008 Paris

E-mail : info@milady.fr
Site Internet : http://www.milady.fr

*À mes parents, les meilleures personnes
qu'il m'ait été donné de rencontrer.*

À ma femme, pour son infinie patience.

À mes O.J... vous vous reconnaîtrez.

Je t'ai dans la peau,
Je t'ai au plus profond de moi,
Au fond du cœur, tu fais partie de moi,
Je t'ai dans la peau.

J'ai essayé de ne pas abandonner,
Je me suis dit que cette histoire finirait mal.
Mais pourquoi tenterais-je de résister
Alors que, chérie, je sais qu'au final
Je t'ai dans la peau.

Je sacrifierais tout de ma vie
Pour le bonheur de t'avoir près de moi,
Malgré cette voix qui m'avertit dans la nuit
Et répète à mon oreille encore une fois :

« Tu sais bien, petit idiot, que tu ne l'emporteras jamais,
Sers-toi de ta tête
Et reviens à la réalité. »
Mais chaque fois que j'y consens, le simple fait de penser à toi
M'arrête avant même que je me lance
Car je t'ai dans la peau.

Cole Porter, *I've Got You Under My Skin*

Que le ciel tourne au noir
Que l'infection éclate
Ceci est un nouveau commencement.

Killswitch Engage, *World Ablaze*

PROLOGUE,
c'est ici

Alida Garcia progressait péniblement dans les bois épais de l'hiver. Elle laissait dans son sillage une longue traînée de sang ; une queue de comète d'un rouge vif sur la neige blanche et éclatante.

Ses mains tremblaient si violemment qu'il lui était impossible de serrer les poings tant ses doigts aux allures de griffes étaient engourdis, trempés par les énormes flocons de neige qui tombaient dru autour d'elle, fondant presque à l'instant où ils touchaient sa peau. Le moment venu, parviendrait-elle seulement à presser la détente du vieux revolver de Luis ?

Une douleur brûlante lui vrilla l'estomac et la fit de nouveau songer à sa mission, sa divine mission.

Quelque chose n'allait pas. Bon, putain, rien n'allait, en réalité, et ce depuis le premier instant où elle avait commencé à se gratter le ventre et le coude. Pourtant, quelque chose avait empiré, quelque chose *à l'intérieur*. Ça ne devait pas se passer comme ça… elle le savait confusément.

Elle regarda derrière elle, le long de la traînée ensanglantée laissée dans la neige, à la recherche d'un poursuivant. Elle ne vit rien. Des années durant, elle avait craint le Service de l'Immigration, mais les choses étaient différentes désormais. Ils ne voulaient plus la renvoyer chez elle… ils voulaient la tuer.

Ses mains et ses jambes étaient recouvertes de sang à cause des égratignures dues aux branches. Elle saignait du pied gauche, ayant perdu sa chaussure quelque temps auparavant, tandis que la fine et irrégulière couche de givre craquait sous chacun de ses pas. Elle ne savait pas pourquoi son nez saignait ; il saignait, tout simplement, mais tous ces détails restaient insignifiants comparés au sang qu'elle vomissait régulièrement, à intervalles de quelques minutes.

Elle devait continuer, elle le devait, elle devait trouver l'endroit… l'endroit où tout commencerait.

Alida vit deux gigantesques chênes, dont les branches étaient tendues l'un vers l'autre, comme deux amoureux vieux de plusieurs siècles : l'image même d'un désir éternellement insatisfait. Elle songea à son mari, Luis, une fois de plus, puis au bébé, avant de refouler ces pensées. Elle n'était plus capable d'y songer, pas plus qu'elle pouvait imaginer cette affreuse chose sur son ventre.

Elle avait fait ce qu'elle devait faire.

Trois balles pour Luis.

Une pour le bébé.

Une pour l'homme à la voiture.

Ce qui lui laissait encore une balle.

Elle fit un faux pas et trébucha. Elle tendit le bras et tenta de retenir sa chute, mais ses mains ensanglantées se plantèrent dans la neige qui lui montait jusqu'aux genoux. Sa main gelée heurta une pierre invisible, ce qui valut une décharge de douleur froide à Alida, qui plongea la tête la première dans la couche de givre. Elle se redressa. Son visage hâve était piqué de neige mouillée et de glace. Puis elle se mit à vomir – encore – du sang, qui jaillit de sa bouche et éclaboussa de rouge vif la neige blanche.

Du sang, ainsi que quelques morceaux de quelque chose de noir.

À l'intérieur, elle souffrait. Elle souffrait tant…

Elle s'apprêtait à se relever quand elle suspendit son mouvement, les yeux rivés sur les chênes jumeaux. Ils dominaient une clairière naturelle, leurs branches nues formaient une voûte tentaculaire et squelettique sur au moins cinquante mètres. Quelques feuilles mortes obstinées s'accrochaient encore aux rameaux et frémissaient légèrement dans le vent hivernal. Elle n'avait pas su ce qu'elle devait chercher, il lui fallait simplement entrer dans la forêt, très profondément, là où personne n'allait jamais.

Elle y était, c'était là.

Quel long voyage pour arriver là! Elle s'était servie de la voiture de l'homme à Jackson. Celui-ci avait prétendu ne pas faire partie de *la migra*, la police de l'immigration, mais ces gens l'avaient pourchassée durant toute sa vie et elle ne voulait courir aucun risque. Les yeux rivés sur le revolver, il avait répété qu'il ne représentait pas *la migra* et qu'il cherchait juste un endroit où trouver de l'alcool. Alida savait qu'il avait menti. Elle l'avait lu dans ses yeux. Elle l'avait laissé ainsi et s'était enfuie avec sa voiture, puis avait roulé toute la nuit avant d'abandonner le véhicule à Saginaw, où elle s'était installée à bord d'un train de marchandises, tout en cherchant du regard d'éventuels bois touffus. Tant qu'elle filait vers le nord, cela n'avait guère d'importance.

Filer vers le nord… C'était toute l'histoire de sa vie, véritablement. Plus vous alliez au nord, moins on vous posait de questions. Après avoir passé son enfance à Monclova, au Mexique, puis son adolescence à Piedras Negras, elle avait franchi à dix-neuf ans la frontière avant de poursuivre sa route vers le Texas et au-delà. Sept années passées à travailler, à se cacher, à mentir, en progressant toujours vers le nord. Elle avait rencontré Luis à Chickasha, dans l'Oklahoma, et ensemble ils avaient poursuivi leur chemin à travers les États-Unis: Saint Louis, Chicago, puis Grand Rapids, dans le Michigan, où elle avait retrouvé sa mère. Ils avaient brièvement pris la direction de l'est quand Luis avait trouvé un travail officiel dans le bâtiment à Jackson.

C'est alors que les démangeaisons avaient commencé. Puis, peu de temps après, le désir pressant de reprendre la route vers le nord de nouveau. Non, pas simplement un désir, comme cela avait été le cas auparavant.

Ces démangeaisons en avaient fait une mission.

Enfin, au bout de vingt-sept années, elle pouvait arrêter de bouger. Elle contemplait les deux chênes et la façon dont ils semblaient vouloir s'étreindre. Comme des amants. Comme un mari et une femme. Elle ne pouvait plus s'empêcher de penser à lui, à son Luis. Mais c'était sans importance, désormais, parce qu'elle allait le rejoindre.

Elle se retourna encore. La neige épaisse qui tombait recouvrait déjà le chemin et la queue de comète de sang, qui avait pris une teinte rosâtre. Tout serait blanc d'ici peu de temps. *La migra* la recherchait, ses agents voulaient la tuer... S'ils ne se présentaient pas moins de quinze ou vingt minutes après elle, la trace de la jeune femme disparaîtrait pour toujours.

Alida se retourna et contempla encore les arbres, la vision de cette splendide sculpture imprimée dans son esprit.

C'est ici.

Elle tira le vieux revolver de calibre 38 de sa poche et appliqua le canon sur sa tempe.

Quand elle pressa la détente, ses doigts froids fléchirent parfaitement.

1.
Le capitaine Jinky

— La ligne ouverte du matin de 92,5 FM, qu'avez-vous en tête ?

— Je les ai tous tués.

Marsha Stubbins poussa un gémissement. Encore un de ces trous du cul « je suis si drôle » qui tentait de passer à l'antenne par le chemin des cinglés.

— À l'instant ? C'est bien, monsieur.

— Je dois parler au capitaine Jinky. Le monde doit savoir.

Marsha hocha la tête. Il était 6 h 15, l'heure où les tarés et les pauvres types tombaient du lit et écoutaient le capitaine Jinky et les Zoolanders du Matin faire les idiots à l'antenne, s'imaginant ainsi participer à l'émission. Cela se produisait tous les matins. Tous… les… matins.

— Que doit savoir le capitaine Jinky, monsieur ?

— Il doit être mis au courant à propos des Triangles.

La voix était douce, les mots lâchés entre de profondes inspirations, comme après un exercice physique intense.

— D'accord, les triangles. Ça ressemble plus à un problème personnel, monsieur.

— Ne me parle pas avec condescendance, salope !

— Hé ! Vous n'avez pas à me crier après comme ça juste parce que je suis une standardiste, compris ?

— C'est les Triangles ! Nous devons faire quelque chose. Passez-moi Jinky ou je viens sur place vous planter un putain de couteau dans l'œil !

— Hum…, dit Marsha. Un couteau dans l'œil. Bien sûr.

— Je viens de tuer ma famille entière, vous ne comprenez pas ? Je suis recouvert de leur sang ! Je n'ai pas eu le choix ! Ils me l'ont demandé !

— Ce n'est pas drôle, espèce d'idiot, et à propos, vous êtes le troisième tueur en série que j'ai au téléphone ce matin. Si vous appelez encore, je préviens les flics.

L'homme raccrocha. Elle l'avait senti prêt à dire quelque chose, à lui hurler après de nouveau, jusqu'à l'instant où elle avait prononcé le mot flics. Il avait alors raccroché. Précipitamment.

Marsha se frotta le visage. C'est elle qui avait voulu ce stage… Qui n'en aurait pas voulu ? La matinale du capitaine Jinky était l'une des plus cotées de l'Ohio. Mais bon Dieu, ce job de standardiste, avec ces appels de cinglés jour après jour… tant d'arriérés qui se trouvaient drôles.

Elle se décontracta les épaules et regarda le téléphone. Toutes les lignes étaient allumées. Apparemment, la ville entière voulait passer à l'antenne. Marsha soupira et appuya sur la ligne deux.

À Cleveland, dans l'Ohio, il y a une pièce située au dix-septième étage de l'immeuble AT & T de la route Huron, anciennement appelé l'immeuble de l'Ohio Bell.

Cette pièce n'existe pas.

Du moins, ce que renferme cette pièce n'existe pas. Sur les cartes, sur les plans du bâtiment et pour la plupart des personnes qui travaillent au dix-septième étage, la pièce 1712-B n'est qu'un endroit où sont entreposés des dossiers.

Une pièce à dossiers verrouillée en permanence. Les gens sont occupés, personne ne pose de question, personne ne s'en soucie ; elle ressemble à des millions d'autres pièces fermées à clé dans des immeubles de bureaux à travers les États-Unis.

Bien entendu, aucun dossier n'y est entreposé.

La pièce 1712-B n'existe pas car c'est une « pièce noire ». Et les « pièces noires » n'existent pas : c'est ce que nous dit le gouvernement.

Pour entrer dans la pièce noire, il vous faut respecter tout un protocole de mesures de sécurité. Tout d'abord, adressez-vous au vigile du dix-septième étage. Son bureau se trouve à cinq mètres de 1712-B. Il bénéficie d'une habilitation de sécurité de la NSA, au passage, et il se ferait une joie de vous botter les fesses. Ensuite, insérez votre carte dans la fente située près de la porte. La carte dispose d'un code interne qui change toutes les dix secondes, suivant un algorithme basé sur l'heure de la journée, ce qui assure que seules les personnes autorisées entrent dans cet endroit et seulement aux heures prévues. Troisièmement, composez votre code personnel sur le clavier. Quatrièmement, appliquez l'extrémité de votre pouce sur une petite plaque grise, juste au-dessus de la poignée de la porte, afin qu'un ingénieux petit dispositif vérifie votre empreinte digitale et votre pouls. À vrai dire, le système de reconnaissance d'empreinte ne vaut rien et peut facilement être dupé, mais celui qui vérifie le pouls est efficace : au cas où vous seriez légèrement tendu à cause de la présence d'une arme braquée sur votre tête, arme qui aurait sans doute servi à tuer le vigile susmentionné.

Si vous parvenez avec succès à franchir ces obstacles, 1712-B s'ouvre et révèle la pièce noire... ainsi que les choses qu'elle renferme et qui n'existent pas non plus.

Parmi ces merveilles se trouve un NarusInsight STA 7800, un supercalculateur conçu pour effectuer une surveillance de masse à une échelle ahurissante. Le NarusInsight est nourri par des fibres optiques – issues d'un dispositif de fractionnement de rayons – installées dans les lignes qui transportent les appels téléphoniques et les données Internet vers et depuis l'Ohio. Ce jargon technique signifie que ces lignes interceptent toutes les informations numériques de l'Ohio, jusqu'au moindre coup de fil passé ou reçu dans le Midwest. Oh, vous ne vivez pas dans le Midwest ? Ne vous faites aucun souci, quinze pièces noires sont disséminées sur le territoire américain. Assez pour tout le monde.

Cette machine relève des mots ou des phrases clés, comme «bombe nucléaire», «cargaison de cocaïne», ou la très populaire «tuer le président». Le système enregistre automatiquement tous les appels, des dizaines de milliers à la fois, et utilise un logiciel de reconnaissance vocale pour retranscrire chaque conversation sous forme de texte, qui est ensuite parcouru. Si aucun de ces termes potentiellement menaçants n'est trouvé, la bande audio est effacée. Dans le cas contraire, le dossier audio et la transcription par écrit sont instantanément envoyés à la personne chargée d'étudier les communications contenant ces termes.

Donc oui, chaque appel est écouté. Le moindre appel. Pour des termes liés au terrorisme, à la drogue, à la corruption, tous ces trucs auxquels on peut s'attendre. Toutefois, en raison de plusieurs affaires, plutôt violentes, apparues ces dernières semaines, un ordre secret émanant de la présidence avait ajouté un nouveau mot à cette liste de surveillance pour la sécurité nationale.

Dans ce cas, «secret» ne concernait pas quelque document dont certaines personnes discutaient à voix basse avec les journalistes de Washington. Cette fois, «secret» signifiait que rien n'était couché sur le papier ni enregistré d'aucune manière où que ce soit.

Quel était ce nouveau mot?

«Triangles».

Le système traquait les associations du mot «triangles» avec d'autres, tels que «meurtre», «tuer» et «brûler». Deux de ces mots furent utilisés lors d'un certain appel, sur une certaine ligne réservée aux auditeurs de l'émission de radio du capitaine Jinky et des Zoolanders du Matin.

Le système transcrivit cette communication en texte et, quand celui-ci fut étudié, les mots «triangles» et «tués» furent relevés, assez proches l'un de l'autre. L'expression «planter un putain de couteau dans l'œil» fut elle aussi notée.

Le système marqua l'appel, le crypta et l'envoya à l'endroit où travaillait la personne chargée d'analyser ce texte.

Cet endroit était une autre pièce secrète, celle-ci située au quartier général de la CIA à Langley, en Virginie. Quand une pièce du quartier général de la CIA est secrète, et ce même vis-à-vis d'employés qui passent leur vie et créer et à percer des secrets, il s'agit alors de quelque mélasse plutôt sérieuse et officieuse.

L'analyste désignée pour cette tâche écouta trois fois la communication. Bien qu'ayant compris dès le premier passage que son affaire était véritablement concernée, elle l'écouta tout de même deux autres fois afin d'être sûre de son fait. Elle passa alors elle-même un coup de téléphone et appela le directeur adjoint de la CIA, Murray Longworth.

Elle ne savait pas exactement ce que signifiait le fait de trouver « tués » et « triangles » si proches l'un de l'autre, mais elle savait reconnaître un canular ; or cet appel semblait authentique.

D'où venait-il ? Du domicile d'un certain Martin Brewbaker, à Toledo, dans l'Ohio.

On ne s'attendait pas à entendre ce genre de musique à un tel volume.

Du *heavy metal*, très bien, ou du *punk rock* cru passés par un gamin haineux pour emmerder le voisinage. Ou encore ce truc, ce rap, que Dew Phillips ne comprenait pas, tout simplement.

Mais pas Sinatra.

On ne faisait pas péter Sinatra au point de faire trembler les vitres.

Je t'ai… dans la peau.

Dew Phillips et Malcolm Johnson étaient assis dans une Buick noire banalisée et observaient la maison d'où sortait cette musique, obscène tant elle était forte. Ses fenêtres étaient littéralement secouées, le verre vibrant au rythme lent des basses et frémissant chaque fois que la voix puissante de Sinatra s'éternisait sur une longue note claire.

— Je ne suis pas psychologue, mais je suis tenté d'émettre la supposition éclairée qu'il y a un Blanc taré dans cette maison, dit Malcolm.

Dew acquiesça, puis il dégaina son Colt 45 et en vérifia le chargeur. Il était plein, bien entendu, il l'était toujours, mais il le vérifia tout de même : on ne se débarrassait pas facilement d'une habitude vieille de quarante ans. Malcolm fit de même avec son Beretta. Bien que Malcolm n'ait pas encore atteint la moitié de l'âge de Dew, cette manie était ancrée chez les deux hommes grâce au même conditionnement : le service dans l'armée, renforcé par l'entraînement à la CIA. Malcolm était un brave gars, un gars futé, et il savait écouter, contrairement à la plupart des sales gosses qui devenaient agents de nos jours.

— Taré, c'est sûr, mais au moins il est vivant, répondit Dew en glissant le 45 dans son holster d'épaule.

— Tu espères qu'il est vivant, tu veux dire. Il a passé cet appel il y a plus de quatre heures. Il pourrait déjà être parti.

— Je croise les doigts. Si je dois encore poser les yeux sur un corps moisi, je vais dégueuler.

Malcolm éclata de rire.

— Toi, dégueuler ? J'aimerais bien voir ça ! Dis, tu vas te taper cette nana des CDC[1] ? Montana ?

— Montoya.

— C'est ça, Montoya, se reprit Mal. Au train où vont les choses, nous allons la voir souvent. Elle est plutôt canon pour une vieille.

---

1. *Centers for Disease Control and Prevention* (CDC) : centres de contrôle et de prévention des maladies. Agence gouvernementale principale en matière de protection de la santé publique et de sécurité publique (*NdT*).

—J'ai quinze ans de plus qu'elle, au moins, alors si elle est «vieille», ça veut dire que moi, je suis un ancêtre.

—Tu es un ancêtre.

—Merci de le souligner, dit Dew. En plus, Montoya est une de ces femmes éduquées : bien trop intelligente pour une brute comme moi. Pas mon genre, hélas.

—Je me demande quel est ton genre. Tu ne sors pas beaucoup, mec. J'espère que moi, je ne suis pas ton genre !

—Non.

—Parce que si c'est le cas, tu sais, ça va rendre ma femme nerveuse. Je n'ai rien contre ça, bien entendu…

—Ferme-la, Mal, coupa Dew. On rigolera de tes réflexions mordantes plus tard. Allons-y, c'est l'heure d'aller s'éclater.

L'oreillette de Dew pendait sur sa nuque ; il l'ajusta dans son oreille et testa le signal.

—Contrôle, ici Phillips, vous me recevez ?

—*On vous reçoit, Phillips*, répondit une voix métallique dans l'oreillette. *Toutes les équipes sont en place.*

—Contrôle, ici Johnson, vous me recevez ? dit Malcolm.

Dew entendit la même voix déformée répondre à l'appel de son équipier.

Ce dernier plongea ensuite la main dans la poche de sa veste et en sortit un petit porte-cartes en cuir, à l'intérieur duquel se trouvaient deux photographies ; une de sa femme, Shamika, et une de son fil, âgé de six ans, Jérôme.

Dew patienta. Malcolm avait l'habitude d'agir ainsi avant d'aller discuter avec un suspect. Il aimait se rappeler pourquoi il avait choisi ce job et pourquoi il devait rester constamment aux aguets et vigilant. Quant à Dew, il possédait dans son portefeuille une photo de sa fille, Sharon, mais il n'était pas près de la sortir et de la regarder. Il savait à quoi elle ressemblait. En outre, il ne voulait pas penser à elle avant de partir en mission. Il préférait la tenir à l'écart du genre de choses qu'il était contraint de faire, du genre de choses que son pays avec besoin qu'il fasse.

Malcolm referma d'un claquement le porte-cartes et le rangea.

— Comment on s'est encore retrouvés avec un boulot de choix pareil, Dew ?

— Parce que le bon vieux Murray m'adore. Et t'en profites.

Les deux hommes sortirent de la Buick et se dirigèrent en marchant vers la petite maison de plain-pied de type ranch de Martin Brewbaker. Une couche régulière de cinq centimètres de neige recouvrait la pelouse et le trottoir. Le domicile de Brewbaker était situé près du coin des rues Curtis et Miller, juste à la sortie de Toledo, Ohio. Cet endroit était tout sauf rural, mais la grande foule ne s'y pressait pas pour autant. Les quatre voies de Western Avenue, encombrée, produisaient un bruit infernal… pas assez pour couvrir Frank Sinatra, qui hurlait à pleins poumons, mais pas loin.

Au cas où la folie éclaterait, ils disposaient de trois fourgons, chacun abritant quatre types des opérations spéciales sanglés dans leurs combinaisons de guerre biologique. L'un des véhicules était garé au bout de Curtis Street, à l'endroit où elle se jetait dans Western Avenue, un autre au croisement des rues Curtis et Mozart, et le dernier à celui des rues Dix et Miller. Ce dispositif prévenait toute tentative de fuite en voiture et Brewbaker n'avait assuré aucune moto, pas plus qu'il n'en avait déclaré au DMV[1]. S'il partait en courant vers le nord, à travers le parc Swan Creek gelé, les gars planqués dans le fourgon n° 4, garé sur Whittier Street, l'attraperaient. Martin Brewbaker n'irait nulle part.

Dew et Malcolm portaient-ils des combinaisons de guerre biologique ? Bon sang, non ! Ils devaient agir avec

_____

1. *Department of Motor Vehicles* : équivalent du service des cartes grises (*NdT*).

calme et discrétion, sans quoi tout le putain de voisinage paniquerait et la nouvelle se propagerait de façon désastreuse. Deux idiots dans leurs combinaisons étanches frappant à la porte de M. Bon Citoyen, cela aurait tendance à mettre un sérieux coup de pied aux fesses à la discrétion. Mais Dew n'aurait pas enfilé cette saloperie de toute façon : après tous les sales moments qu'il avait connus, il savait que, quand l'heure était venue de passer l'arme à gauche, on passait l'arme à gauche. Si le plan se déroulait comme prévu, ils isoleraient Brewbaker, puis ils feraient venir le fourgon n° 1 le plus discrètement du monde, y balanceraient le suspect et le conduiraient à l'hôpital de Toledo où un dispositif de quarantaine était prêt et l'attendait.

— On approche de la porte d'entrée, dit Dew.

Il ne s'adressait à personne en particulier, mais le microphone incorporé dans son oreillette transmettait la moindre de ses paroles au contrôle.

— *Reçu, Phillips.*

C'était leur chance, enfin, d'en attraper un vivant.

Et peut-être de comprendre ce qu'était ce bordel.

— N'oublie pas les ordres, Mal, dit Dew. Si ça tourne mal, on ne vise pas la tête.

— Pas de tirs à la tête, entendu.

Dew espérait qu'il n'aurait pas à faire feu mais, curieusement, il avait le sentiment que ce serait nécessaire. Après des semaines passées à courir après des suspects infectés et à ne trouver que des victimes assassinées, des corps en train de moisir ou/et des restes carbonisés, ils en tenaient un vivant.

Martin Brewbaker, de race blanche, trente-deux ans, marié à Annie Brewbaker, de race blanche, vingt-huit ans. Une fille, Betsy Brewbaker, six ans.

Dew avait écouté l'appel de Martin au capitaine Jinky. Néanmoins, même avec cet enregistrement de cinglé, ils n'étaient encore certains de rien. Ce type était peut-être normal, sans problèmes, simplement il aimait faire péter Sinatra à 11 heures du matin.

J'ai essayé... de ne pas abandonner,
Je me suis dit que cette histoire finirait mal.

— Dew, tu sens une odeur d'essence ?

Après à peine une demi-inspiration, Dew sut que Malcolm avait vu juste. De l'essence. L'odeur provenait de l'intérieur de la maison. Merde.

Il regarda son partenaire. Essence ou non, il était temps d'entrer. Il aurait voulu murmurer quelque chose à Mal mais, avec Sinatra qui s'égosillait, il fut contraint de crier pour se faire entendre :

— OK, Mal, on entre en vitesse. Cet enfoiré a sans doute l'intention de mettre le feu à la baraque, comme les autres. On doit l'arrêter avant ça, compris ?

Malcolm hocha la tête. Dew s'écarta de la porte. Il était encore capable d'enfoncer une porte, en cas de nécessité, mais Mal était plus jeune et plus costaud et les jeunes prenaient leur pied avec ce genre de truc. Que le gamin s'amuse donc.

Malcolm recula et donna un violent coup de pied ; la porte s'ouvrit à la volée et son verrou arraché fut projeté un peu plus loin, entraînant avec lui quelques éclats de bois. Mal pénétra le premier, suivi par Dew.

À l'intérieur de la maison, Sinatra rugissait à un autre niveau, si fort que Dew en tressaillit.

Malgré cette voix qui m'avertit dans la nuit
Et répète à mon oreille encore une fois...

Un salon peu spacieux conduisait à une petite salle à manger, puis à la cuisine.

Dans cette cuisine, un cadavre. Une femme. Une mare de sang. Les yeux écarquillés. La gorge tranchée. Le front couvert de rides, affichant une expression de surprise, pas de terreur… de surprise ou de perplexité, comme si elle avait été tuée alors qu'elle suivait la *Roue de la fortune* et séchait sur une des énigmes.

Mal ne manifesta pas le moindre signe d'émotion, ce dont Dew fut fier. Il n'y avait de toute façon plus rien à faire pour cette femme.

Tu sais bien, petit idiot, que tu ne l'emporteras jamais,
Sers-toi de ta tête
Et reviens à la réalité.

Un couloir menait plus loin dans la maison.

Les pieds de Dew émettaient des bruits de succion sur la moquette marron à poils longs. Des bruits de succion dus à la large traînée d'essence qui rendait la moquette encore plus foncée.

Mal et Dew avancèrent.

Première porte à droite. Mal l'ouvrit.

Une chambre d'enfant, un autre cadavre. Une petite fille, cette fois. Dew savait qu'elle avait six ans, il avait lu le dossier. Aucune expression de stupeur sur ce visage. Pas la moindre expression, en réalité. Simplement les yeux vitreux. La bouche légèrement ouverte. Son petit visage recouvert de sang. Ainsi que son tee-shirt des Cleveland Browns [1].

Cette fois, Mal se figea. Cette fillette avait l'âge de son Jérôme. Dew devina, à cet instant précis, que Mal tuerait probablement Brewbaker quand ils le trouveraient. Dew ne l'en empêcherait pas, d'ailleurs.

Ils n'étaient toutefois pas venus ici pour jouer les touristes. Il donna une petite tape sur l'épaule de son équipier, qui ferma la porte de la chambre de la fillette derrière lui. Deux autres portes : une sur la droite, une autre au bout du couloir. La musique beuglait toujours, agressive, surpuissante.

Mais chaque fois que j'y consens, le simple fait de penser à toi

---

1. Équipe de football américain de Cleveland (*NdT*).

M'arrête avant même que je me lance…

Mal ouvrit la porte sur sa droite. Chambre principale, personne.

Restait une porte. Dew inspira profondément, emplissant ses narines de relents d'essence. Mal ouvrit la porte.

Ils avaient trouvé Martin Brewbaker.

La théorie que Mal avait émise dans la voiture se révéla prophétique : il y avait bien un Blanc taré dans cette maison. Les yeux grands ouverts et souriant, Martin Brewbaker était assis sur le sol de la salle de bains, les jambes tendues devant lui. Il était pieds nus et portait un sweat-shirt à capuche à l'effigie des Cleveland Browns imbibé d'essence, et un jean. Il avait serré des ceintures autour de ses jambes, juste au-dessus des genoux. Dans une main, il tenait un briquet orange. Dans l'autre, une hache rouge ébréchée. Derrière lui, un bidon d'essence rouge et argenté était renversé, son contenu avait formé une flaque brillante sur le linoléum noir et blanc.

Car je t'ai… dans la peau.

— Vous arrivez trop tard, les porcs, dit Brewbaker. Ils m'ont dit que vous viendriez. Mais vous savez quoi ? Je ne pars pas, je ne les emmène pas. Putain, ils peuvent bien marcher jusque là-bas.

Il éleva la hache et l'abattit violemment. La lame épaisse trancha le tissu et la peau juste en dessous du genou, broya l'os et se planta dans le linoléum après avoir tranché la jambe. Du sang fut projeté partout sur le sol et se mêla à la flaque d'essence. Le membre sectionné fut en quelque sorte propulsé sur le côté.

Brewbaker hurla, un cri de douleur qui submergea l'orchestre envahissant de Sinatra. Seule sa voix s'éleva, mais ses yeux restèrent braqués sur Dew.

Cela arriva en une seconde. La seconde suivante, la hache s'éleva encore et retomba de nouveau, tranchant l'autre jambe, également juste en dessous du genou. Brewbaker bascula en arrière, la perte d'un contrepoids lui avait fait perdre l'équilibre. Tandis qu'il s'effondrait, ses jambes boudinées projetèrent du sang dans les airs, sur le lavabo de la salle de bains et au plafond. Dew et Malcolm eurent le même réflexe ; ils levèrent un bras pour se protéger le visage.

Brewbaker alluma le briquet et l'approcha du sol. L'essence s'enflamma instantanément et la mare s'embrasa, puis le feu se transmit à la traînée humide dans le couloir et au-delà. Le sweat-shirt de Brewbaker fut aussitôt la proie des flammes.

D'un mouvement vif et imperceptible, Mal rengaina son arme et ôta son manteau avant de se ruer en avant.

Dew tenta de l'arrêter en poussant un cri d'avertissement, mais il était déjà trop tard.

Mal jeta son manteau sur Brewbaker et essaya d'étouffer les flammes. La hache frappa de nouveau… et s'enfonça profondément dans l'estomac de Mal. Malgré Sinatra, Dew entendit un bruit assourdi et comprit, instantanément, que la lame de la hache avait atteint la colonne vertébrale de Mal.

Il avança de deux pas dans la salle de bains en proie aux flammes.

Brewbaker releva la tête, les yeux encore plus écarquillés, le sourire encore plus large. Il s'apprêtait à dire quelque chose mais il n'en eut pas l'occasion.

Dew Phillips tira trois balles de calibre 45 à cinquante centimètres de distance. Les projectiles atteignirent Brewbaker à la poitrine et le projetèrent en arrière sur le sol maculé de sang et d'essence. Il était déjà mort quand il heurta la cuvette des toilettes.

— Rappliquez ! Rappliquez ! À toutes les unités, un homme à terre, un homme à terre !

Dew remisa son arme, s'agenouilla et hissa Mal sur ses épaules avant de se relever avec une force dont il ne se croyait plus capable. Brewbaker brûlait, mais les flammes n'avaient pas encore atteint son bras droit. Dew attrapa la main droite du cadavre puis revint dans le couloir d'un pas vacillant en portant un homme et en tirant un autre.

2.
Cru et cuit

Dew sortit en titubant de la maison en flammes. L'air hivernal lui rafraîchit le visage, tandis qu'une chaleur infernale lui brûlait le dos à travers son costume.

— Accroche-toi, Mal, dit-il à l'homme en sang qu'il portait sur l'épaule droite. Tiens bon, champion, les secours arrivent.

Il glissa sur le trottoir, qui n'avait pas été pelleté, et faillit s'effondrer sur la pelouse recouverte de neige. Il retrouva toutefois son équilibre et parvint jusqu'au bord du trottoir. Il traversa la rue en chancelant comme un ivrogne, puis laissa tomber sur un talus enneigé le corps de Brewbaker, qui siffla brièvement, comme une allumette lâchée dans une boisson éventée. Dew s'agenouilla et déposa avec soin Malcolm à terre.

La chemise de ce dernier, autrefois blanche, n'était plus qu'un linge rouge à hauteur de son estomac. La hache s'était profondément enfoncée, suffisamment pour trancher les intestins. Ayant déjà vu des blessures semblables, Dew n'avait guère d'espoir.

— Accroche-toi, Mal, murmura-t-il. Pense à Shamika et à Jérôme. Et tiens bon. Tu n'as pas le droit d'abandonner ta famille.

Il tenait la main de son partenaire, chaude, mouillée et couverte de cloques gonflées dues aux brûlures. Les crissements de pneus déchirèrent l'air alors que plusieurs fourgons Chevrolet gris banalisés pilaient. Les portières s'ouvrirent et douze hommes bardés d'encombrants équipements résistant aux armes chimiques bondirent sur la chaussée humide de neige fondue. Brandissant des pistolets mitrailleurs compacts FN P90, ils progressèrent avec une précision étudiée et se hâtèrent d'établir un périmètre de sécurité autour de Dew et Malcolm et autour de la maison en feu. Quelques-uns se précipitèrent aux côtés de Malcolm.

— Tu vois, mon pote? dit Dew, qui parlait à l'oreille du blessé. Tu vois? La cavalerie est là, tu seras à l'hôpital avant même d'avoir eu le temps de dire «ouf». Accroche-toi, c'est tout, mon gars.

Malcolm poussa un gémissement. Sa voix n'était plus qu'un son faiblard, comme du papier froissé poussé par le vent sur un béton crasseux:

— Cet... enfoiré... mort?

Les lèvres du jeune homme, ou ce qu'il en restait, bougèrent à peine quand il prononça ces mots.

— Et comment, putain! Trois bastos dans le cœur, à bout portant.

Malcolm toussa brièvement et cracha dans la neige un caillot de sang noirci et épais. Les hommes munis de leurs combinaisons de guerre biologique le portèrent ensuite rapidement vers l'un des fourgons qui attendaient.

Dew regarda les soldats hisser le corps fumant de Brewbaker dans un autre véhicule. Ses collègues le conduisirent au dernier fourgon, l'aidant autant qu'ils le poussaient. Il y grimpa et entendit la porte claquer, puis un léger sifflement quand le compartiment isolé fut légèrement dépressurisé. La moindre fuite non repérée laisserait entrer de l'air mais n'en laisserait pas sortir, au cas où Dew serait contaminé par une spore inconnue. Il se demanda s'ils l'enfermeraient dans une autre bulle et le surveilleraient des jours durant afin de vérifier s'il présentait les rares symptômes connus ou – encore mieux, les gars – s'il en contractait de nouveaux. Il s'en fichait, tant qu'ils s'occupaient de Malcolm. Si celui-ci mourait, Dew ne se le pardonnerait jamais, il en était persuadé. Moins de vingt secondes après l'arrêt brutal des fourgons, ils dévalaient la rue et laissaient derrière eux la maison en flammes.

3.
Un petit pas…

Après un voyage d'une distance et d'une durée inconnues, la série suivante de graines tomba en neige dans l'atmosphère, comme de microscopiques flocons, s'éparpillant de façon désordonnée à la moindre brise. Les vagues inondaient l'air les unes après les autres. Les plus récentes avaient approché de près le succès, plus que jamais jusqu'à présent, mais n'avaient toujours pas atteint la masse critique nécessaire à l'accomplissement de la tâche. Des changements avaient été apportés et de nouvelles graines conçues. Ce n'était qu'une question de temps avant que le but soit atteint.

Si la plupart des graines avaient survécu à leur lente chute, le véritable test restait à venir. Des milliards d'entre elles moururent en touchant l'eau ou sous l'effet des températures glaciales. D'autres passèrent l'épreuve de l'atterrissage mais ne trouvèrent pas les conditions nécessaires à leur épanouissement. Un nombre insuffisant d'entre elles touchèrent terre à l'endroit voulu, mais le vent, le balayage d'une main, ou peut-être même le destin, les en chassa.

Pourtant, un pourcentage infime trouva les conditions parfaites pour la germination.

Plus petites que des particules de poussière, les graines se maintinrent avec difficulté en place. Des microfilaments rigides terminés par des crochets de type Velcro les aidèrent à s'agripper à la surface. Avec ces atterrissages fortuits débuta une course contre la montre. Les graines devaient remplir la tâche presque impossible de parvenir à l'autosuffisance, un combat pour la survie qui commençait avec un minuscule arthropode.

Un simple acarien.

Demodex folliculorum, pour être précis. Bien que microscopique, le *demodex* est plus épais que la peau morte dont il se nourrit, à tel point, en réalité, qu'il est capable d'en ingérer un petit morceau d'une seule bouchée. Les *demodex* se cachent principalement dans les follicules pileux des cheveux, mais il arrive que parfois, la nuit, ils en sortent et partent en vagabondage sur la peau de la personne parasitée. Il ne s'agit pas de parasites que l'on trouve uniquement dans les pays du tiers-monde, où l'hygiène est un luxe, mais sur chaque corps humain de la planète.

L'hôte compris.

Les *demodex* de l'hôte passaient toute leur vie à engloutir de la peau sans quitter le corps de celui-ci. Dans leur incessante quête frénétique de nourriture, certains d'entre eux se présentèrent devant les graines… qui ressemblaient de façon douteuse à des morceaux de peau humaine. Les *demodex* les avalèrent dans l'instant, simple bouchée parmi tant d'autres d'un festin abondant et sans fin de chair morte.

Le système digestif du *demodex* s'attaqua à la protection externe de la graine. Les enzymes chargées de la destruction des protéines, les protéases, rongèrent la membrane, la fendirent et l'affaiblirent. Celle-ci fut ouverte en plusieurs endroits mais ne fut pas complètement dissoute. Toujours intacte, la graine passa dans l'appareil digestif du *demodex.*

C'est alors que tout débuta véritablement ; dans un amas microscopique d'excréments de cette bestiole.

La température avoisinait les vingt degrés la plupart du temps et montait souvent jusqu'à vingt-cinq ou plus avec un abri convenable. La graine avait besoin de ces températures. Elle avait également besoin d'un certain taux de salinité et d'humidité, que fournissait involontairement la peau de l'hôte. Ces conditions stimulèrent des cellules réceptrices, qui, pour ainsi dire, mirent en marche la graine et la préparèrent pour sa croissance. Pourtant, d'autres conditions devaient être remplies avant que la germination puisse se produire.

L'oxygène était l'ingrédient principal de cette recette assurant le développement de la graine.

Durant sa longue chute, l'enveloppe hermétique de la graine avait empêché tout gaz d'atteindre son contenu, lequel, s'il était de nature biologique, aurait pu correspondre à un embryon. L'appareil digestif du *demodex* dévasta ensuite la coque protectrice externe de la graine, permettant ainsi à l'oxygène de pénétrer.

Des cellules réceptrices automatisées et sans conscience mesurèrent les conditions et réagirent en une danse bio-chimique superbement élaborée, comme à la lecture d'une check-list :

Oxygène ? OK.
Salinité adéquate ? OK.
Humidité appropriée ? OK.
Température convenable ? OK.

Des milliards de graines microscopiques avaient fait ce long voyage, des millions avaient survécu à la chute initiale et des milliers tinrent suffisamment longtemps pour trouver un environnement favorable. Des centaines atterrirent sur cet hôte particulier, mais seulement quelques dizaines atteignirent sa peau. D'autres moururent avant d'atteindre les matières fécales des parasites. Au bout du compte, elles ne furent que neuf à germer.

Une phase de croissance accélérée s'ensuivit. Les cellules se divisèrent suivant le principe de la mitose et doublèrent ainsi leur nombre à chaque intervalle de quelques minutes, puisant pour cela de l'énergie et de la matière première dans les réserves de la graine. La survie des jeunes pousses dépendait de leur vitesse de croissance ; elles devaient s'enraciner et bâtir leurs défenses dans un environnement qui leur serait bientôt hostile. Les graines n'avaient pas besoin de feuilles, simplement d'une racine principale, que l'on appelle « radicule » chez les plantules. Ces radicules étaient véritablement la ligne vitale des graines : le moyen par lequel elles exploiteraient ce nouvel environnement.

La principale tâche de la radicule était de pénétrer la peau, dont la couche la plus externe – composée de cellules remplies de kératine fibreuse et résistante – formait le premier obstacle. Les racines microscopiques devaient se développer vers le bas, lentement mais sans cesse de s'immiscer à travers cette barrière puis dans les tissus plus tendres qui se trouvaient dessous. L'une des graines fut incapable de briser cette enveloppe externe, son rythme finit par ralentir et elle mourut.

Il en restait donc huit.

Une fois cet obstacle franchi, les racines atteignirent rapidement de plus grande profondeurs et se glissèrent sous l'épiderme, dans le derme, puis dans les cellules adipeuses de l'enveloppe sous-cutanée. Les cellules réceptrices enregistrèrent le changement de l'environnement chimique et de la densité. Sous l'enveloppe sous-cutanée, juste avant la fermeté des muscles, les racines entamèrent un changement de phase. Chacune des huit racines devint le centre d'un nouvel organisme.

La deuxième étape survint alors.

Cette croissance rapide avait épuisé les réserves des graines. Désormais réduites au rôle de véhicules de livraison ayant accompli leur rôle, les petites enveloppes lâchèrent prise, tandis que sous la peau les racines de la deuxième étape se déployaient. Elles n'étaient pas comparables à des racines d'arbre ou de quelque autre plante que ce soit, elles ressemblaient plutôt à de petits tentacules qui s'étendaient depuis le centre et puisaient dans leur nouvel environnement de l'oxygène, des protéines, des acides aminés et des sucres. Comme des tapis roulants biologiques, les racines expédiaient ces matières premières vers leur nouvel organisme, alimentant ainsi une croissance cellulaire exponentielle. L'une des jeunes pousses se retrouva sur le visage de l'hôte, juste au-dessus du sourcil gauche. Elle ne fut alors pas en mesure de se procurer suffisamment de substance pour entretenir le processus de croissance de la deuxième étape. Elle se trouva simplement à court d'énergie. Quelques parties de la pousse continuèrent à se développer, à s'assembler automatiquement, à puiser des nutriments dans l'hôte et à créer des matériaux bruts qui ne seraient jamais utilisés… Malgré ces intentions et ces objectifs, cette pousse cessa d'exister.

Il en restait donc sept.

Les pousses survivantes se mirent à construire des choses. La première d'entre elles fut des organismes microscopiques et libres de leurs mouvements qui, si l'on avait pu les observer habilement à l'aide d'un microscope électronique, auraient ressemblé à des boules couvertes de poils et dotées de deux mâchoires équipées de dents de scie sur un côté. Ces mâchoires découpaient les cellules les unes après les autres, déchiraient la membrane et trouvaient le noyau, qu'elles aspiraient. Ces boules lisaient ensuite l'ADN, le mode d'emploi de notre corps, et identifiaient alors les codes liés aux processus biologiques, au développement musculaire et osseux, à toute création et entretien. C'était là tout ce qui signifiait l'ADN pour ces boules ; un mode d'emploi. Après avoir lu ces informations, elles les transmettaient aux pousses.

Grâce à ces données, les sept savaient ce qu'elles avaient besoin de construire afin de se développer, non pas de manière consciente, mais dans un état brut et automatique d'entrée et de sortie de données. Aucune conscience ; les organismes lisaient le mode d'emploi et savaient ensuite comment agir.

Les pousses se mirent à puiser des sucres dans le système sanguin, puis à les fusionner en un assemblage chimique rapide et simple, fabriquant ainsi un matériau de construction durable et souple. Tandis que les briques s'accumulaient, les organismes créèrent leurs structures suivantes, autonomes et libres de se déplacer. Là où les boules avaient rassemblé le matériau, ces nouvelles microstructures se mirent à construire. Elles se servirent des réserves grandissantes de briques et entreprirent de tisser la carapace. Si celle-ci ne se développait pas rapidement, le nouvel organisme ne survivrait pas cinq jours de plus.

Cette période était nécessaire pour aborder la troisième étape.

4.
Un lundi typique

Perry Dawsey repoussa le lourd couvre-lit et les couvertures mal assorties, s'exposant ainsi à la brutale morsure du froid de ce matin d'hiver. Il se mit à frissonner, puis fut titillé par la partie de son cerveau qui tentait toujours de le convaincre de se rendormir et de programmer le réveil quinze minutes plus tard. Une légère gueule de bois n'arrangeait rien.

Tu vois ? semblait lui dire la voix, *il fait un froid du diable ce matin. Retourne sous les couvertures, où tu es bien et où il fait chaud. Tu mérites un jour de congé.*

Tel était son rituel matinal ; la voix l'appelait systématiquement et il n'en tenait pas compte, tout aussi systématiquement. Il se leva et franchit avec lassitude les quatre pas qui séparaient sa chambre de sa petite salle de bains, où la fraîcheur du linoléum était désagréable sous ses pieds. Il ferma la porte derrière lui, ouvrit le robinet de la douche et laissa la pièce se remplir d'une vapeur délicieusement chaude. Quand il posa le pied dans l'eau presque bouillante, la voix tenace matinale se tut, comme elle le faisait chaque fois. Il n'avait pas manqué un jour de travail – ni même été en retard – en trois ans, il n'allait certainement pas commencer ce jour-là.

Tout en se frottant vigoureusement, il termina de s'éveiller. Avec ses ongles épais, il se gratta sans y penser l'avant-bras gauche, où une légère démangeaison s'était soudain déclarée. Il éteignit le jet d'eau, sortit du bac et attrapa une serviette froissée pendue sur la tringle du rideau de douche, puis il se sécha. La vapeur persistait, comme un nuage flottant en volutes et dérivant à chacun de ses mouvements.

La salle de bains valait à peine plus qu'un placard équipé de plomberie. À la droite de la porte, côté intérieur, se trouvait le petit meuble en Formica sur lequel était installé le lavabo, dont la porcelaine, autrefois blanche, était à présent tachée d'orange rouille en raison de la puissance du jet d'eau et du fait que le robinet fuyait en permanence.

Il n'y avait sur le petit meuble la place que pour une brosse à dents, une bombe de mousse à raser et un morceau de savon craquelé. Le reste était rangé dans l'armoire à pharmacie logée derrière le miroir, qui lui-même surplombait le lavabo.

Juste à côté de ce meuble était disposée la cuvette des toilettes, dont un côté touchait presque le bac de la douche. La salle de bains était si petite que Perry, lorsqu'il était assis sur les toilettes, parvenait à toucher le mur d'en face sans se pencher. Des serviettes usagées de diverses couleurs, loin d'être assorties, étaient suspendues sur des porte-serviettes, sur la tringle du rideau de douche et des deux côtés de la poignée de la porte, ce qui créait un arc-en-ciel de tissu-éponge qui contrastait fortement avec les murs d'un vert jaunâtre et le sol en linoléum brun rayé.

Une petite balance numérique, bosselée et criblée de rouille, constituait l'unique décoration. Avec un soupir de résignation, il y grimpa. La barre du bas des unités ne s'allumait plus, ce qui fit ressembler le dernier chiffre à un « A » plutôt qu'à un « 8 », sans pour autant dissimuler son poids : 118.

Il descendit de la balance. Une autre démangeaison – celle-ci à la cuisse gauche – l'irrita soudain, comme une piqûre de moustique. Cette sensation désagréable fit sursauter Perry, qui gratta fortement la zone concernée.

Il termina de se sécher les cheveux et se figea avant d'ôter sa main du visage. Quelque chose le faisait souffrir au-dessus du sourcil gauche, cela ressemblait à la douleur agaçante que l'on ressent après avoir accidentellement effleuré un gros bouton.

Il essuya avec sa serviette le miroir recouvert de vapeur d'eau. Un début de barbe rousse et piquante avait envahi son visage. Une barbe d'un roux flamboyant et des cheveux blonds et lisses, tel était l'étrange signe distinctif de tous les hommes de la famille Dawsey, aussi loin que s'en souvenait Perry. Il portait les cheveux longs jusqu'aux épaules, non pas pour un effet de style mais car cela contribuait à dissimuler la ressemblance frappante entre son visage et celui de son père. Plus il vieillissait, plus l'image que lui renvoyait le miroir ressemblait au visage qu'il voulait plus que tout autre oublier.

— Putain de travail de bureau ! Ça me transforme en gros.

Il avisa le bouton apparu au-dessus de son sourcil. Cela ressemblait grossièrement à un bouton, mais... c'était étrange. Une petite bosse rouge ratatinée. Une sensation bizarre l'accompagnait, comme si un minuscule insecte le mordait ou le piquait.

Merde, qu'est-ce que c'est que ça ?

Il se pencha en avant, sa peau toucha presque le miroir tandis qu'il effleurait des doigts le point douloureux. De la peau ferme et solide, avec quelque chose de vraiment petit qui dépassait. C'était… noir, peut-être ? Un petit grain de quelque chose. Il le tâta brièvement avec ses ongles, mais cela lui fit mal. Probablement un poil qui avait poussé sous la peau ou quelque chose dans le genre. Il allait essayer de ne plus y faire attention, de le laisser mûrir, puis il s'en occuperait plus tard.

Il se saisit de la bombe de mousse à raser. Il prenait toujours le temps de s'observer avant de se raser et de se brosser les dents, non pas dans un accès de vanité mais plutôt pour constater à quel point son corps progressait vers Vieux-Schnock-Land.

À l'époque de l'université, son corps avait été ferme et ciselé, un mètre quatre-vingt-treize et cent huit kilos de muscles qui correspondaient à son statut de linebacker [1] des All-Big Ten [2]. Hélas, au cours des sept années qui avaient suivi la blessure au genou responsable de la fin de sa carrière, son corps avait changé ; du gras était peu à peu venu remplacer les muscles qui ne servaient plus. Il n'était pas en surpoids par rapport aux standards du commun des mortels et il attirait toujours de nombreux regards féminins, néanmoins Perry percevait la différence.

Il se rasa, s'appliqua à la va-vite du gel dans les cheveux et se brossa les dents afin d'achever son immuable préparation matinale. Il sortit ensuite prestement de la salle de bains pour retrouver le froid de l'appartement avant de s'habiller rapidement : un jean, un vieux tee-shirt de concert d'AC/DC et un épais sweat-shirt des San Francisco 49ers [3]. Enfin protégé du froid, il se dirigea vers le coin cuisine. Il n'aurait jamais osé parler de « cuisine », il avait déjà connu des

---

1. Joueur de football américain évoluant dans la formation défensive de l'équipe (*NdT*).
2. Conférence sportive universitaire du Midwest (*NdT*).
3. Équipe de football américain de San Francisco (*NdT*).

maisons équipées de «cuisines», cette niche de moins de deux mètres sur deux et tout juste flanquée d'une cuisinière, d'un placard et d'un réfrigérateur ne pouvait pas – et ne pourrait jamais – être appelée autrement qu'un «coin».

Il tendit le bras vers l'étagère où étaient rangées les Pop-Tarts[1] et, soudain, il se cambra ; une autre démangeaison, brûlante et presque douloureuse cette fois, venait d'éclater à hauteur de la colonne vertébrale, juste sous les omoplates. Perry passa une main par-dessus l'épaule et sous sa chemise pour gratter l'endroit concerné.

Ce qu'il fit jusqu'à calmer cet accès, tout en se demandant s'il avait contracté une allergie ou s'il était possible que l'air sec hivernal lui ait asséché la peau. Il s'empara du paquet de Pop-Tarts et en sortit l'un des sachets argentés et métallisés. L'horloge à affichage numérique de la cuisinière indiquait 8 h 36. Tout en engloutissant une biscotte à la cerise, Perry fit les deux pas qui le séparaient de son bureau, où il fourra des papiers dans son porte-documents en bout de course, recouvert d'adhésif et maintes fois reprisé. Il avait prévu d'avancer un peu dans son travail durant le week-end, mais les Chiefs[2] et les Raiders[3] s'étaient affrontés samedi. Il avait passé la journée de dimanche à visionner le match et à regarder *SportsCenter*[4]. Il avait ensuite passé la soirée au bar où il avait vu les Lions[5] se faire botter le cul, comme d'habitude. Il ferma sa serviette, enfila à la hâte son manteau, attrapa ses clés et quitta l'appartement.

Deux étages – descendus à pied – plus bas, il sortit de l'immeuble et s'engouffra dans le froid, aussi tranchant qu'un couteau, du mois de décembre dans le Michigan. Il

---

1. Sortes de biscottes fourrées parfumées (*NdT*).
2. Équipe de football américain de Kansas City (*NdT*).
3. Équipe de football américain d'Oakland (*NdT*).
4. Émission sportive télévisée (*NdT*).
5. Équipe de football américain de Detroit (*NdT*).

sentit comme un millier de petites piqûres d'épingles sur le visage et les mains, tandis que son souffle s'élevait en tourbillons presque blancs.

La seconde Pop-Tart dans la bouche, il se dirigea vers sa Ford piquée de rouille et qui affichait douze ans au compteur, non sans prier les grands dieux des Débris roulants pour que cette guimbarde démarre.

Il se glissa derrière le volant – il ne s'embêtait jamais à verrouiller la voiture, qui serait assez cinglé pour vouloir de ce truc ? – et ferma la porte. Les vitres recouvertes de givre filtraient les rayons du soleil matinal de leur opacité glacée et blanche.

—Allez, ma cocotte, marmonna Perry, dont le souffle s'élevait en volutes autour de la tête.

Il lâcha un léger grognement de victoire quand la vieille automobile toussa et s'éveilla à la vie à son premier essai, puis il se saisit du grattoir à glace et ressortit de la Ford. C'est à cet instant qu'il fut frappé par une autre démangeaison, sur la fesse droite, aussi piquante qu'une aiguille passée au papier de verre. Il porta par réflexe la main sur la zone atteinte, ce qui lui fit perdre l'équilibre ; il se retrouva sur les fesses au milieu du parking. Alors qu'il glissait les doigts sous son jean et se grattait vigoureusement, Perry sentit l'arrière de son pantalon, humide de neige fondue.

—Ouaip…, dit-il en se relevant et en se frottant. C'est certain, on est lundi.

5.
Architecture

Les carapaces grandissaient et gagnaient en espérance de vie. Encore trop petites pour être discernées à l'œil nu, il n'y aurait pas à attendre longtemps avant qu'elles ne puissent plus être manquées. Les minuscules mécanismes qui les avaient bâties se servaient désormais du même matériau pour construire ce qui venait sous ces dernières ; une charpente qui constituerait un nouvel organisme, plus grand.

Un organisme qui se développerait.

Les jeunes pousses créaient leur troisième et ultime microstructure. Après les « lecteurs », qui avaient rassemblé le mode d'emploi qu'était l'ADN, et les « bâtisseurs », qui avaient construit la carapace et la charpente, venaient maintenant les « gardiens ».

Les gardiens se dispersèrent dans le corps de l'hôte, à la recherche d'un type très spécifique de cellules : les cellules souches, l'ADN montrant qu'elles étaient nécessaires aux pousses. Quand ils les eurent localisées, les gardiens les arrachèrent et les emportèrent vers la charpente qui se développait. Dans un premier temps, ils les attachèrent à la structure à l'aide de simples liaisons chimiques, puis les boules lectrices intervinrent.

Les mâchoires équipées de dents de scie se refermèrent sur les cellules souches, mais avec précaution cette fois. Des microfilaments, longs d'à peine quelques nanomètres, se glissèrent dans l'ADN des cellules souches. Ils s'y glissèrent… et commencèrent à opérer des changements.

Car le rôle des « lecteurs » ne se bornait pas à lire.

Ils étaient aussi là pour écrire.

Les cellules souches n'étaient pas conscientes. L'idée d'être réduites en esclavage ne les effleurait même pas. Elles agissaient comme elles l'avaient toujours fait : elles produisaient de nouvelles cellules, toutefois légèrement différentes de celles qu'elles avaient à l'origine été chargées de créer. Ces nouvelles cellules se propagèrent dans la charpente qui grossissait, ajoutant des muscles, ainsi que d'autres tissus plus spécialisés.

Ce qui était survenu en tant que graine microscopique avait ainsi pris en otage le corps de l'hôte et s'était servi des processus biologiques innés de celui-ci pour créer un corps étranger, et ce d'une façon nettement plus insidieuse qu'un virus.

Alors que le concept du temps était inconnu des pousses, leur mission serait remplie en à peine quelques jours.

6.
La corvée quotidienne

Perry entra dans le bâtiment d'American Computer Solutions – ACS pour les initiés – à 8 h 53. Il traversa l'immeuble au petit trot, recevant et renvoyant des saluts tandis qu'il se dirigeait vers son box. Après s'être glissé sur sa chaise, il posa son porte-documents sur le bureau gris et alluma son ordinateur. Celui-ci émit une petite sonnerie, apparemment heureux d'échapper au purgatoire que constituait la mise hors tension, puis il se lança dans ses vérifications de mémoires et ses cycles de mise en marche. Perry jeta un coup d'œil à l'horloge murale, placée suffisamment haut pour que chacun soit en mesure de l'apercevoir depuis son box. Elle indiquait 8 h 55. Il serait déjà en train de travailler quand elle afficherait 9 heures. Une voix féminine s'éleva dans son dos :

— Je pensais bien vous coincer, aujourd'hui.

Perry ne prit pas la peine de se retourner et ouvrit sa serviette, de laquelle il sortit une pile désordonnée de feuillets.

— C'était pas loin, patronne, répondit-il avec un petit sourire à cette blague quotidienne. La prochaine fois, peut-être.

— Samir Cansil, de Pullman, a appelé. Ils ont encore un problème de réseau. Joignez-les en priorité.

— Oui, m'dame.

Sandy Rodriguez laissa Perry travailler. Contrairement à la plupart des membres de l'équipe du service clients, qui arrivaient avec quelques minutes de retard, Perry était toujours à l'heure. Sandy n'évoquait que rarement le manque de ponctualité de ses subordonnés. Chacun savait qu'elle ne se souciait pas vraiment des légers retards, tant qu'ils n'en abusaient pas et que leur travail était accompli. Elle ne s'en souciait pas, et pourtant Perry était systématiquement à l'heure.

Elle lui avait donné sa chance alors qu'il n'avait pas d'emploi, pas de références et une condamnation pour agression à son actif. Non, pas simplement une agression… Il avait été condamné pour une agression envers son ancien patron ! Après cet incident, il était certain que personne ne l'engagerait plus pour un emploi de bureau. Heureusement, son colocataire de l'époque de l'université, Bill Miller, l'avait recommandé à ACS et Sandy l'avait pris à l'essai.

Quand elle l'avait engagé, il s'était juré de ne jamais la laisser tomber, de quelque façon que ce soit. Cela impliquait à ses yeux d'arriver en avance chaque jour. Comme avait l'habitude de le dire son père, le dur labeur était inévitable. Il chassa de son esprit l'image paternelle, soudaine et malvenue ; il ne voulait pas commencer la journée de mauvaise humeur.

Vingt-cinq bonnes minutes plus tard, Perry entendit les bruits caractéristiques de Bill Miller, qui s'introduisait dans le box voisin. Bill était en retard, comme à l'accoutumée, et comme d'habitude, il s'en fichait royalement.

— B'jour, fillette, lâcha Bill de son éternelle voix monocorde, qui passa par-dessus la cloison d'un mètre cinquante séparant les box. T'as bien dormi, mon poulet ?

— Tu sais, Bill, j'ai passé l'âge des concours de celui qui boit le plus. J'aimerais croire que tu vas grandir un de ces jours.

— Ouais, t'as sans doute raison. Mais bon, j'ai quand même bu plus que toi, chochotte.

Perry était sur le point de répondre quand une violente et brutale démangeaison à hauteur de sa clavicule droite lui coupa la voix et ne lui permit d'émettre qu'un halètement de surprise à peine audible. Il plongea les doigts sous son sweat-shirt et se gratta la peau. Peut-être était-il allergique à quelque chose. Peut-être une araignée s'était-elle glissée dans son lit la nuit précédente et avait tenté de s'en sortir à coups de morsures.

Il se gratta avec plus de vigueur, déterminé à calmer la démangeaison. L'irritation située sur son avant-bras se manifesta alors de nouveau ; il regarda aussitôt le point concerné.

— Des puces ?

La voix de Bill avait surgi des hauteurs, non assourdie par les cloisons. Perry leva les yeux. Le haut du corps de son ami était appuyé sur le panneau en tissu qui les séparait, sa tête à quelques centimètres du plafond. Il atteignait cette hauteur en se mettant debout sur son bureau, pratique dont il était coutumier. Comme toujours, Bill affichait une allure impeccable, bien qu'il ait quitté le bar à la même heure que Perry, ce qui signifiait qu'il n'avait pas dormi plus de quatre heures. Avec ses yeux d'un bleu vif, ses cheveux bruns parfaitement coiffés et un visage de bébé rasé de près et dépourvu de la moindre imperfection, Bill avait l'allure d'un mannequin vantant les mérites d'une crème contre l'acné destinée aux adolescents.

— Juste une morsure d'insecte, expliqua Perry.

Bill disparut derrière la cloison.

Perry cessa de se gratter, même si sa peau le démangeait encore, et fit apparaître le dossier Pullman sur son écran d'ordinateur. Ce faisant, il alluma son logiciel de messagerie instantanée. Malgré les quelques boxes qui séparaient les employés, la messagerie instantanée se révélait bien souvent le moyen de communication favori au sein de l'équipe. Cela concernait particulièrement les messages échangés avec Bill, son voisin, qui avait généralement quantité de choses à dire sans vouloir être entendu par ses autres collègues. Ce système leur permettait de partager un humour bas de gamme qui aidait à faire passer la journée.

Il débuta le rituel quotidien par un message destiné au pseudonyme de messagerie de Bill : BlanchetteDoigtsDeFée.

Jaune_bleu_sanglant : Hé ! C OK pour se regarder le match de ce soir ?
BlanchetteDoigtsDeFée : Est-ce que le pape porte des sous-vêtements féminins ?
Jaune_bleu_sanglant : Je croyais qu'on disait : est-ce que le pape porte un chapeau bizarre ? ? ?
BlanchetteDoigtsDeFée : Il porte déjà une drôle de robe, même si d'après mes sources il ne mérite pas de porter du blanc, si tu vois ce que je veux dire. ☺

Perry réprima un rire. Il était conscient d'avoir l'air d'un idiot en agissant de la sorte, ses énormes épaules secouées, la tête baissée et une main sur la bouche pour cacher son expression.

Jaune_bleu_sanglant : lol. Arrête, je viens juste d'arriver, je ne veux pas que Sandy pense que je suis encore en train de regarder des clips sur YouTube.
BlanchetteDoigtsDeFée : Et si tu en regardais un des Popes Gone Wild™ [1] quand tu auras le temps, espèce de malade… monsieur gros malade.

Perry éclata de rire, de manière peu discrète cette fois. Il connaissait Bill depuis… bon sang, presque dix ans, déjà ? La première année d'université de Perry avait été difficile,

---

1. Groupe de musique américain dont le nom peut se traduire par « les papes en folie ». D'où le jeu de mot avec l'allusion précédente au pape (*NdT*).

une époque à laquelle il ne maîtrisait pas – il n'essayait pas, d'ailleurs – ses tendances à recourir à la violence. Il avait atterri à l'université du Michigan grâce à une bourse complète de football américain. Il avait dans un premier temps été logé dans des chambres qu'il partageait avec d'autres joueurs, mais il avait toujours considéré ces derniers comme des rivaux, même s'ils ne jouaient pas au même poste que lui. Des bagarres s'ensuivaient inévitablement. Après sa troisième altercation, les entraîneurs étaient prêts à lui supprimer sa bourse.

Ce genre de merde peut passer dans d'autres universités, comme à celle de l'Ohio, mais pas à l'université du Michigan, lui avaient-ils dit.

Pourtant, le perdre était bien la dernière chose qu'ils souhaitaient ; ils ne l'avaient pas recruté et ne lui avaient pas accordé une bourse complète pour rien. L'équipe des entraîneurs voulait voir sa férocité s'exprimer sur le terrain. Quand Bill eut vent de la situation, il se porta volontaire pour partager la chambre de Perry. Bill était le neveu de l'un des entraîneurs adjoints. Lui et Perry s'étaient rencontrés lors des sessions d'orientation de première année, et les deux garçons s'étaient plutôt bien entendus. Perry se rappelait que les seuls moments qui le voyaient sourire lors de ces premiers mois étaient ceux qu'il passait au contact de l'humour débordant de Bill.

Tout le monde pensa que Bill était fou. Pourquoi un étudiant en anglais – qui mesurait un mètre soixante-dix et pesait soixante-cinq kilos – se portait-il volontaire pour cohabiter avec un linebacker – un mètre quatre-vingt-treize, près de cent dix kilos et capable d'en soulever deux cents sur le banc de musculation – qui avait déjà pris le dessus sur la bagatelle de trois colocataires, tous des joueurs de première division ? Malgré tout, à la surprise générale, cette association fonctionna parfaitement. Apparemment, Bill avait un certain don pour faire rire, ce qui apaisait la brute sauvage. Bill n'avait pas seulement sauvé la carrière sportive de Perry mais également son cursus universitaire. Perry ne l'avait jamais oublié.

Depuis dix ans qu'il connaissait Bill, il ne l'avait jamais entendu répondre de façon précise à propos de quoi que ce soit tant que cela n'avait pas trait au travail.

Une chansonnette s'éleva depuis l'autre côté de la cloison, un vieil air de Sonny & Cher, dont Bill avait astucieusement changé les paroles : « J'ai la gale, chéri… ». Le signal de la messagerie instantanée retentit de nouveau :

BlanchetteDoigtsDeFée : Tu penses que Green Bay[1] va bien se battre face aux Niners[2] ce soir ?

Perry ne tapa pas de réponse sur son clavier… Il ne vit même pas véritablement la question. Son visage n'était qu'un masque de concentration si intense qu'on aurait pu l'assimiler à de la douleur. Il lutta contre l'envie violente de se gratter encore ; c'était cette fois bien pire que précédemment, et situé dans un endroit beaucoup plus sensible.

Il garda les mains figées sur le clavier et fit appel à toute sa discipline de sportif de haut niveau pour éviter de se gratter furieusement le testicule gauche.

7.
Un énorme SNBT

Dew Phillips s'effondra sur une chaise en plastique près du téléphone public. Après une telle épreuve, un jeune

---

1. Équipe de football américain de Green Bay (*NdT*).
2. Surnom donné aux *49ers*, l'équipe de football américain de San Francisco (*NdT*).

homme se serait senti aussi vieux qu'une merde de chien datant d'une semaine. Avec cinquante-six ans au compteur, la jeunesse de Dew était loin derrière lui. Son costume puait la sueur et la fumée. De la fumée épaisse, noire, du genre qui ne peut provenir que de l'incendie d'une maison. Cette odeur semblait étrangère dans l'environnement aseptisé et hygiénique de l'hôpital. Quelque part en son for intérieur, il savait qu'il aurait dû se sentir soulagé de se trouver dans la salle d'attente de l'hôpital de Toledo, et non pas dans la salle isolée de quarantaine du CDC de Cincinnati, mais il n'avait plus la force d'énumérer les faveurs dont il avait bénéficié.

De la suie graisseuse striait le côté gauche de son visage aux traits rudes, usé par le temps. Son crâne chauve était également parsemé de zébrures, comme si des flammes avaient dansé avec hésitation près de sa peau marbrée. La fine couronne de cheveux roux, qui courait d'une oreille à l'autre en passant par l'arrière du crâne, avait échappé aux taches de fumée. Il avait l'air faible et épuisé, sur le point de tomber de sa chaise d'un instant à l'autre.

Dew était toujours muni de deux téléphones portables. L'un d'entre eux était plat et ordinaire, il s'en servait pour la plupart de ses communications ; tandis que l'autre, complètement noir, était plus volumineux et présentait un aspect métallique. Ce second appareil était doté des derniers équipements en matière de cryptage, auxquels Dew ne comprenait rien et dont il se foutait éperdument. Il sortit ce téléphone massif et composa le numéro de Murray.

— Bonjour, répondit une voix féminine, chaleureuse mais professionnelle.

— Passez-moi Murray.

Un déclic se produisit sur la ligne ; Dew avait été mis en attente. Les Rolling Stones chantaient *Satisfaction* d'une voix métallique dans l'écouteur.

Nom de Dieu, songea-t-il. *Même les lignes super-sécurisées et ultra-secrètes ont de la putain de musique.* La voix autoritaire de Murray Longworth surgit soudain et coupa Mick en plein élan.

— Quelle est la situation, Dew ?

— C'est un énorme SNBT, patron, répondit Dew.

En langage militaire, ces lettres résumaient l'expression *Situation Normale, Bordel Total.* Il appuya la tête contre le mur bleu pastel et remarqua alors que les semelles de ses chaussures avaient fondu, avant de refroidir et de se raffermir, déformées et incrustées de graviers et de débris de verre.

— Johnson est blessé, reprit-il.

— Grave ?

— Le médecin dit qu'il est entre la vie et la mort.

— Merde…

— Oui, dit calmement Dew. Ça ne s'annonce pas bien.

Murray laissa passer quelques instants, peut-être seulement le temps nécessaire pour donner l'illusion que la vie de Malcolm était plus importante que la mission, puis poursuivit :

— Tu l'as attrapé vivant ?

— Non, répondit Dew. Il y a eu un incendie.

— Des restes ?

— Ici, à l'hôpital. Ils attendent ta nana.

— Dans quel état ?

— Quelque part entre à point et bien cuit. Je pense qu'elle pourra en tirer quelque chose, si c'est ce que tu veux savoir.

Murray observa durant quelques secondes un silence qui sembla peser des tonnes.

— Tu veux rester près de lui, ou j'envoie des gars le surveiller ?

— Tu ne pourrais pas m'arracher d'ici, même en fouettant des mules attelées à mes couilles, patron.

— Je m'en doutais. J'imagine que la zone a été vérifiée et stérilisée ?

— Plutôt trois fois qu'une.

— Bien. Margaret est en route. Aide-la si elle en a besoin. Je te rejoins dès que possible. Tu me feras alors un rapport complet.

— Entendu.

Dew raccrocha et s'affala sur la chaise.

Malcolm Johnson, son équipier depuis sept ans, était dans un état critique. Des brûlures au troisième degré recouvraient la presque totalité de son corps, et le coup de hache reçu dans les tripes n'arrangeait rien. Dew n'en était pas à son premier blessé sérieux ; il estimait les chances de survie de Malcolm à deux contre un.

Il en avait vu, des trucs de fous, en son temps, bien plus que la plupart des autres, d'abord au Vietnam puis en presque trois décennies de service à l'agence, mais il n'avait jamais vu quelqu'un se comporter comme Martin Brewbaker. Ces yeux, des yeux qui nageaient dans la folie, qui s'y noyaient. Martin Brewbaker, sans jambes, submergé par les flammes comme un cascadeur d'Hollywood, en train de frapper Malcolm avec cette hache…

Dew se prit la tête dans les mains. Si seulement il avait réagi plus vite, si seulement il avait agi une seconde plus tôt et était parvenu à empêcher Mal d'aller éteindre le feu sur Brewbaker. Dew aurait dû deviner la suite des événements ; Blaine Tanarive, Charlotte Wilson, Gary Leeland… Tous ces cas s'étaient terminés dans la violence, dans le meurtre. Pourquoi avait-il imaginé qu'il en irait autrement avec Brewbaker ? Mais qui aurait pu penser que ce putain de taré allait mettre le feu à sa maison ?

Dew avait encore un appel téléphonique à passer : à la femme de Malcolm. Il se demanda si celui-ci serait encore vivant quand Shamika atterrirait, en provenance de Washington.

Il en doutait. Il en doutait énormément.

8.
Vous regarderiez ça ?

À l'heure du déjeuner, Perry était assis sur la cuvette des toilettes, le pantalon sur les chevilles et son sweat-shirt des 49ers en tas sur le sol carrelé. Sur l'avant-bras gauche, sur la cuisse gauche ainsi que sur le tibia droit étaient apparues de petites rougeurs de la taille d'une gomme de crayon à papier. Cela le démangeait également de façon exaspérante en trois autres endroits ; ses doigts lui révélèrent que des éruptions similaires s'étaient développées sur la clavicule droite, dans le dos, juste en dessous des omoplates, et sur la fesse droite. Sans oublier celle surgie sur le testicule gauche… celle à laquelle il essayait de ne pas penser.

Les démangeaisons allaient et venaient ; elles s'estompaient parfois comme sous l'effet d'un bouton de volume lentement tourné vers le bas, puis ensuite explosaient avec une intensité inouïe : la chaîne stéréo s'allumait subitement alors que le volume était tourné à fond. *Des piqûres d'araignée, aucun doute*, songea-t-il. Peut-être un mille-pattes ; il avait entendu parler de leur venin redoutable. Perry s'étonnait tout de même de ne pas avoir été réveillé par une telle agression. Ce qui l'avait mordu, quoi que ce soit, l'avait sans doute attaqué juste avant qu'il s'éveille. Cela pouvait expliquer le fait qu'il n'ait remarqué aucune marque alors qu'il se préparait pour se rendre au travail : le poison venait alors d'entrer dans son corps et avait été lent à agir.

Ces éruptions le démangeaient et le troublaient quelque peu, mais, après tout, ce n'était pas si grave. Juste quelques piqûres d'insecte. Il lui faudrait simplement se contrôler et éviter de se gratter, elles finiraient tôt ou tard par s'en aller. S'il ne s'en occupait pas, elles disparaîtraient probablement. Le problème, c'était qu'il avait du mal à ne pas toucher à ce genre de choses, les croûtes, les boutons, les ampoules ou autres.

Cette mauvaise habitude de tripoter ces manifestations n'allait pas l'aider. Il lui faudrait simplement se concentrer, «jouer dans la douleur», comme son entraîneur de football à l'université avait l'habitude de dire.

Perry se leva, boutonna son pantalon et enfila son sweat-shirt. Il inspira profondément et tenta de s'éclaircir les idées. *Ce n'est qu'une épreuve de volonté*, se dit-il. *Une épreuve de discipline, rien d'autre. Tu dois faire preuve de discipline.*

Il quitta les toilettes et se prépara à partir au bureau, prêt à travailler et à gagner son salaire.

9.
Le prix à payer pour être le patron

Murray Longworth parcourut la liste du personnel habilité à rejoindre le projet Tangram. Celle-ci n'était guère longue. Malcolm Johnson hors course, Dew serait contraint d'opérer en solo, ce qui correspondait à la première intention du directeur adjoint. Dew avait toutefois insisté pour inclure Johnson. Murray secoua la tête ; cette décision emmerderait sans doute Dew jusqu'à la fin de sa vie.

Les pertes étaient hélas le prix à payer dans ce métier. On envoyait des fleurs aux funérailles, puis on passait à autre chose. Murray comprenait cela, contrairement à Dew, qui en faisait une affaire personnelle. C'était pour cette raison que Murray était le numéro deux de la CIA et que Dew Phillips était encore un élément lambda qui marchait dans la merde. Un troufion vêtu d'un beau costume, bien entendu, mais seulement un troufion.

C'était aussi la raison pour laquelle cinq présidents avaient fait appel à Murray pour régler des affaires. Des trucs secrets. Des trucs louches. Des trucs qui n'apparaîtraient jamais dans les livres d'histoire mais qui devaient être faits. Cette fois-ci, le président des États-Unis d'Amérique lui avait demandé de trouver ce qui changeait certains Américains ordinaires en meurtriers pris de folie. Murray, de la CIA, notez bien, et non pas du FBI, lequel aurait dû être chargé de ce problème intérieur. À vrai dire, il était illégal pour la CIA de lancer cette opération sur le sol américain, mais le président avait exigé que Murray s'occupe de cette affaire : s'il s'agissait de terrorisme, certaines méthodes novatrices seraient peut-être nécessaires. Des méthodes qui s'écarteraient peut-être un brin de la loi…

On comptait à ce jour cinq victimes de ce fléau qui provoquerait une panique sans précédent dans le pays, et Murray ne disposait que de peu d'informations probantes. Il avait jusqu'ici parfaitement étouffé l'affaire : plus d'une centaine de personnes travaillaient sous ses ordres directs, mais moins de dix en avaient connaissance. Les chefs d'état-major eux-mêmes n'avaient pas eu accès à la totalité du dossier.

Quand Margaret Montoya avait contacté la CIA avec ce premier rapport étrange, son appel avait fini par aboutir à Murray. Il ne s'agissait pas d'une illuminée loufoque ni d'un oiseau de mauvais augure prévoyant une quelconque nouvelle catastrophe imminente due au réchauffement climatique. Elle travaillait aux CDC et pensait être tombée par hasard sur une arme biologique terroriste. Ses références et son insistance avaient convaincu suffisamment de personnes pour lui faire franchir le labyrinthe téléphonique, chaque niveau transmettant l'appel au niveau supérieur, jusqu'à atteindre Murray.

Margaret avait alors expliqué ne pas avoir suivi la voie officielle des CDC car elle craignait des fuites. Le directeur adjoint savait que ce n'était qu'en partie la vérité ; d'un autre côté, Margaret tenait à pourchasser elle-même ce tueur mystérieux. En suivant la procédure habituelle, elle redoutait qu'un supérieur lui subtilise ce cas et bénéficie de toute la reconnaissance tandis qu'elle resterait à l'écart, dans l'anonymat.

Il l'avait rencontrée, et il ne lui avait fallu jeter qu'un regard à ses dossiers – et aux photos de Charlotte Wilson et de Gary Leeland – pour se convaincre qu'elle avait vu juste : une nouvelle menace rôdait en ville.

Elle avait l'avantage d'être une employée relativement ordinaire et non pas une autorité mondiale en matière de maladies, un prix Nobel ou quoi que ce soit de remarquable. Cette femme était une épidémiologiste extrêmement compétente qui travaillait dans les bureaux du CDC de Cincinnati, elle n'avait même pas le rang nécessaire pour être mutée au centre principal à Atlanta. Murray savait qu'il lui serait possible de monopoliser son temps – d'accord, de se l'approprier – sans que plus d'une poignée de personnes remarquent son absence.

Il avait alors mis du personnel au travail, à la recherche de références concernant des «triangles» ou quoi que ce soit d'autre susceptible d'être lié à de nouveaux cas. Cette enquête avait abouti à Blaine Tanarive, qui, une semaine plus tôt, avait contacté une station de télévision de Toledo, WNWO, et avait révélé une «conspiration des Triangles». Les notes de WNWO décrivaient M. Tanarive comme «paranoïaque» et «dément».

Deux jours plus tard, les voisins découvrirent les corps de Tanarive et de sa famille dans leur maison. Tanarive était décrit comme «dans un état de décomposition avancé». Sa femme et ses deux filles furent également trouvées mortes, pourtant leurs cadavres ne présentaient pas un niveau de décomposition si avancé. L'expertise médico-légale révéla que la femme et les filles avaient été poignardées au moins une vingtaine de fois chacune à l'aide d'une paire de ciseaux. WNWO suivit alors l'affaire de l'appel de M. Tanarive et du message qui évoquait la «conspiration des Triangles».

Un meurtre/suicide. Tanarive n'avait pas d'antécédents violents. Ni lui ni sa famille n'avaient de précédents en termes de maladies mentales, néanmoins les preuves physiques le désignaient. Les enquêteurs rédigèrent en vitesse leur conclusion : une soudaine, tragique et inexplicable crise de folie. Puis l'affaire fut classée. Jusqu'à la recherche de Murray concernant les «Triangles».

Les informations apportées par Margaret et le dossier Tanarive avaient suffi à convaincre le directeur adjoint. Il avait relayé l'info au patron de la CIA, puis demandé en urgence à voir le président. Non pas une réunion avec les chefs d'état-major et le secrétaire à la Défense, mais une brève rencontre informelle avec le grand chef en personne. Il y avait convié Montoya pour faire bonne mesure.

Le rapport de celle-ci fut plutôt convaincant. Le président accorda sa plus grande attention aux images : des photographies des excroissances bleues en forme de triangle de Gary Leeland, d'autres des mêmes phénomènes pourrissant sur le cadavre de Charlotte Wilson, puis enfin les dernières du corps squelettique, suintant et criblé de trous de Blaine Tanarive, recouvert de ce sinistre duvet vert.

Le président donna *carte blanche** à Murray.

Le directeur adjoint avait le pouvoir de s'assurer les services de n'importe qui, toutefois il ne voulait pas d'une trop grande équipe, pas encore. Il lui fallait conserver une certaine discrétion afin de contrôler les événements. La panique qui se déclencherait dans les rues quand ce dossier éclaterait au grand jour serait mémorable. Selon toute vraisemblance, le pays se refermerait sur lui-même ; les gens ne quitteraient plus leur domicile de peur d'attraper la maladie, tandis que ceux qui oseraient sortir envahiraient les hôpitaux pour mille raisons, des éruptions dues aux couches

---

* En français dans le texte

jusqu'aux piqûres de puces. Murray savait que tôt ou tard la nouvelle se propagerait. Il devait réunir un maximum de renseignements avant que la panique se déclare, car alors les choses deviendraient très compliquées.

Cinq cas à ce jour… deux autres découverts après l'entrevue avec le président. Tout d'abord, Judy Washington, soixante-deux ans, trouvée le lendemain de la mort de Gary Leeland, mais selon toute vraisemblance infectée plus tôt. Dew et son équipier avaient découvert son squelette grêlé dans un champ à l'extérieur de la communauté de retraités où elle vivait, tout comme Leeland. Son infection avait déjà agi. Et à présent, le désastre qu'était Martin Brewbaker. Cinq cas en seize jours… et il savait que la CIA devait encore en découvrir d'autres.

Selon lui, les choses n'allaient faire qu'empirer.

10.
Une demi-autopsie,
c'est déjà mieux que rien

Elle s'en voulait de réagir de cette façon mais elle était ravie de pouvoir examiner un cadavre frais. Elle était médecin avant tout, chargée de guérir, elle avait été formée pour cela, à défaut d'en faire son véritable métier, et elle respectait plus que tout le caractère sacré de la vie. Elle savait qu'elle aurait dû être anéantie par ce nouveau décès, cependant une vague d'excitation l'avait submergée à la seconde où Murray lui avait ordonné de se rendre à Toledo.

Margaret n'était pas exactement heureuse que ce nouveau décès soit arrivé, bien sûr que non, mais elle n'avait pas encore eu la chance d'observer un corps qui n'aurait pas subi une décomposition extrêmement accélérée. Étant apparemment la seule personne chargée de lutter contre ce mal étrange, elle n'avait presque rien à étudier, rien sur quoi travailler.

À ses yeux, il ne s'agissait pas là simplement d'un corps supplémentaire – le cinquième jusqu'à présent –, mais bien de la chance de progresser face à un fléau doté du potentiel suffisant pour faire passer le virus Ebola et le sida pour des maux aussi insignifiants que de simples rhumes.

Les choses pouvaient changer à une telle vitesse ! Seize jours plus tôt, elle était encore examinatrice au bureau du centre de coordination des maladies contagieuses de Cincinnati. Le CCID[1] était une division des CDC, les centres de contrôle et de prévention des maladies. Elle excellait dans son travail, elle en était consciente, hélas sa carrière ne semblait pas placée sous le signe d'une bonne étoile. Elle voulait grimper dans la hiérarchie, gagner en prestige, mais en fin de compte elle devait bien reconnaître en elle-même qu'elle n'avait aucun goût pour les conflits de politique interne : elle n'en avait pas le cran.

Elle avait été appelée à Royal Oak, dans le Michigan, pour examiner un corps susceptible de contenir un agent infectieux. Dès le premier regard posé sur ce cadavre, ou du moins sur ce qu'il en restait, elle avait compris qu'elle tenait la chance de se faire un nom. Seulement sept jours plus tard, elle avait été convoquée pour une entrevue avec le directeur adjoint de la CIA, Murray Longworth, et – croyez-le ou non, les enfants – le président en personne. Elle, Margaret Montoya, assise à côté du président pour aider à établir un protocole !

Et maintenant, moins de vingt-quatre heures après une deuxième réunion secrète dans le bureau ovale, un agent de la CIA l'escortait comme si elle était un chef d'État. Elle mordillait sans s'en rendre compte un stylo Paper Mate, le regard tourné vers l'extérieur par la fenêtre côté passager,

---

1. *Coordinating Center for Infectious Diseases* : centre de coordination des maladies contagieuses (*NdT*).

quand la Lexus noire s'engagea dans l'entrée de l'hôpital de Toledo.

Quatre fourgons de télévision étaient garés sur le parking, tous près de la porte principale, par laquelle passaient les urgences.

— Bon sang! s'exclama Margaret.

Elle sentit son estomac se nouer; elle ne voulait pas devoir gérer la presse.

Le chauffeur arrêta la voiture et se tourna vers elle:

— Voulez-vous que je vous dépose à l'arrière?

Ce jeune homme, un Afro-Américain d'une beauté à couper le souffle nommé Clarence Otto, avait été chargé de s'occuper d'elle à mi-temps. Murray Longworth lui avait ordonné de l'accompagner partout. Principalement afin de lui « préparer le terrain », comme disait Murray. Clarence prenait en charge tous les détails, afin que Margaret puisse se concentrer sur son travail.

Celle-ci était frappée par le fait que Clarence Otto, un agent confirmé et armé de la CIA, ne soit pas véritablement au courant de ce qui se tramait, tandis qu'elle-même, une épidémiologiste des CDC parmi tant d'autres, était plongée jusqu'aux genoux dans ce qui se révélerait peut-être comme la plus grande menace qu'aient jamais affrontée les États-Unis d'Amérique.

Le regard de son chauffeur la perturbait, aussi avait-elle pris l'habitude de lui parler tout en se tournant dans une autre direction.

— Oui, s'il vous plaît… Évitez la presse et conduisez-moi à la zone de livraison le plus rapidement possible. Chaque seconde compte.

C'était peu dire. Au cours de ses vingt ans de carrière, elle avait examiné plus de cadavres concernant plus de maladies qu'elle ne s'en souvenait. Quand une victime mourait, le corps de celle-ci attendait patiemment l'examen. Il suffisait de le plonger dans la glace jusqu'à être prêt à y jeter un coup d'œil. Mais pas avec cette saloperie… Oh non, loin de là. Sur les trois cadavres retrouvés jusqu'à présent, deux étaient déjà si décomposés qu'ils ne pouvaient quasiment plus être utiles. Quant à l'autre, le premier découvert, il s'était littéralement dissous sous leurs yeux.

Ce détail était le premier indice indiquant qu'il se préparait quelque chose de vraiment inquiétant. Les infirmiers de Royal Oak, Michigan, avaient admis le corps de Charlotte Wilson, soixante-dix ans. Armée d'un couteau de boucher, cette dame avait tout juste assassiné son fils de cinquante et un ans. Elle s'était ensuite attaquée avec ledit couteau aux deux flics qui s'étaient présentés, hurlant qu'elle ne laisserait pas une « bande de Matlocks [1] » la prendre vivante. La police n'avait pas vraiment eu le choix et l'avait abattue d'une seule balle. D'après les infirmiers, le corps de cette femme était constellé d'étranges excroissances, d'un genre qu'ils n'avaient jamais observé ou dont ils n'avaient jamais entendu parler auparavant. Ils l'avaient ensuite déclarée décédée sur les lieux, puis appelé la morgue afin que son corps soit récupéré.

Dix heures plus tard, au cours de l'autopsie, les curieuses anomalies conduisirent les autorités sanitaires du comté à prévenir le CDC de Cincinnati, qui avait envoyé Margaret et une équipe. Quand elle était arrivée à l'hôpital, six heures plus tard, c'est-à-dire seize heures après que la femme avait été abattue, le cadavre était déjà en piteux état. Au cours des vingt heures suivantes, il s'était désintégré en un amas d'os troués, un épais tapis de moisissure arachnéenne et verdâtre, ainsi qu'une flaque d'une substance gluante noire. Le fait de le réfrigérer n'avait pas ralenti la décomposition, pas davantage qu'une congélation complète. L'agent qui s'en était pris au corps était inconnu, nouveau et engendrait

---

1. Série télévisée américaine (*NdT*).

une réaction chimique qu'il semblait impossible de freiner. Margaret ne savait toujours pas comment il agissait.

Peu après la désintégration de Wilson, Margaret fouilla la base de données informatique, à la recherche des mots « excroissances triangulaires ». Elle dénicha la mention de Gary Leeland, un homme de cinquante-sept ans qui s'était rendu à l'hôpital, où il s'était plaint d'excroissances triangulaires. Moins d'une demi-journée après son admission, Leeland s'était suicidé en mettant le feu au lit de sa chambre. Les photographies représentant Wilson, ajoutées à celles que les médecins avaient auparavant prises de Leeland, constituaient la raison de la présence de Margaret en ce lieu.

Otto contourna les fourgons des journalistes et les équipes de cameramen, qui semblaient s'ennuyer profondément. La Lexus banalisée n'attira rien de plus que quelques regards désintéressés avant de s'arrêter près d'une porte située sur l'arrière du bâtiment, où un journaliste rusé et son cameraman attendaient également.

— Qu'a-t-on dit à la presse ? demanda Margaret.

— Sras, répondit Otto. La même histoire que pour Judy Washington.

Dew Phillips et Malcolm Johnson avaient trouvé le corps décomposé de Judy Washington quatre jours plus tôt dans un terrain vague, non loin de la maison de retraite de Detroit où elle vivait. Son cadavre était le pire à ce jour ; rien de plus qu'un squelette grêlé et une tache noire huileuse sur le sol. Il ne restait plus le moindre lambeau de chair.

— Deuxième cas en huit jours, dit Margaret. La presse va penser que c'est une épidémie foudroyante de Sras.

Le Sras, syndrome respiratoire aigu sévère, avait à plusieurs reprises été cité par les médias comme étant le prochain « fléau de cauchemar ». Si ce mal était potentiellement mortel, il avait fait un nombre élevé de victimes en Chine et ne constituait pas une menace majeure pour un pays doté d'un système médical efficace comme les États-Unis. Cela dit, le Sras était une maladie contagieuse qui se propageait par voie aérienne, ce qui expliquait les combinaisons étanches et la quarantaine. Conclusion, concernant le Sras ? Suffisamment de danger pour capter l'attention du public, mais une menace réelle uniquement portée sur les personnes âgées et les pays du tiers-monde : et en Amérique, cela ne suffisait pas à déclencher une panique.

Margaret sortit de la voiture. Comme un seul homme, le journaliste et le cameraman bondirent, comme des araignées, tout en allumant un projecteur qui l'aveugla et en brandissant un micro vers son visage. Elle se déroba, tentant de réfléchir à ce qu'elle allait dire, déjà presque prête à débiter son laïus. Toutefois, si rapides que furent les journalistes, Clarence Otto se montra plus vif ; il recouvrit l'objectif de la caméra d'une main et attrapa le micro de l'autre, tout en se servant de son corps pour protéger Margaret suffisamment longtemps pour lui permettre d'atteindre la porte. Il se déplaçait avec une grâce fluide de danseur et à la vitesse d'un serpent prêt à frapper.

— Je suis désolé, dit-il avec son sourire désarmant. Pas de questions pour le moment.

Margaret laissa la porte se refermer dans un chuintement derrière elle, réduisant au silence les protestations véhémentes du journaliste. Clarence Otto était capable de gérer les médias. Il savait probablement fait beaucoup de choses, dont certaines qu'elle ne voulait pas connaître et d'autres auxquelles elle songeait chaque nuit qu'elle passait seule dans une chambre d'hôtel. Elle pensait pouvoir le séduire assez facilement ; malgré ses quarante-deux ans, elle était consciente que ses longs cheveux d'un noir brillant et ses yeux sombres ne laissaient pas indifférents beaucoup d'hommes. Elle se considérait comme une femme attirante de type hispanique : ceux qui la courtisaient lui déclaraient qu'elle était « exotique », ce qui l'amusait, car elle avait vu le jour à Cleveland. Bien entendu, elle s'était un peu enrobée à hauteur des hanches – mais qui ne connaissait pas ça à quarante-deux ans, bon sang ? – et les rides se faisaient sensiblement plus visibles, cependant elle se savait pertinemment capable d'avoir n'importe quel homme de son choix. Et son choix se portait sur Clarence.

Elle secoua vivement la tête et tenta de s'éclaircir les idées. Le stress provoquait chez elle un certain désir sexuel, comme si son corps savait que c'était une façon infaillible de relâcher la tension nerveuse. Elle allait examiner un cadavre, au nom du ciel, elle devait contrôler ses hormones ! Elle prit une profonde inspiration et tenta de maîtriser son stress, qui semblait plus intense à chaque affaire.

Dès qu'elle entra dans l'hôpital, un autre agent de la CIA – un homme entre deux âges qu'elle n'avait jamais vu – se posta près d'elle et l'escorta à travers les couloirs déserts. Elle songea que ce type, comme Clarence, ne devait pas en savoir long sur cette histoire. C'est ce que voulait Murray ; moins il y avait de gens au courant, plus les chances de fuites étaient réduites.

Elle entra dans la morgue, où avaient récemment été dressées des chambres de décontamination amovibles. Amos Braun, son seul aide dans cette chasse aux réponses à ce cauchemar biologique, l'attendait.

— Bonjour, Margaret.

Elle ne pouvait jamais s'empêcher de comparer sa voix à celle d'une grenouille. Ou peut-être d'un crapaud. Un crapaud ivre, pas très vif et grognant sans cesse, dont peut-être seulement la moitié de la bouche fonctionnait correctement. Le plus-que-maigre Amos était quelque peu efféminé et toujours bien vêtu, bien qu'en retard de près de dix ans question mode. La plupart des gens le prenaient au premier abord pour un homosexuel. Sa femme et ses deux enfants étaient la preuve du contraire. Il semblait toujours avoir manqué de une ou deux heures de sommeil la nuit précédente, et pourtant son énergie ne faiblissait jamais.

Amos l'avait accompagnée à Royal Oak quand ils avaient examiné Charlotte Wilson, ainsi qu'à chaque étape depuis lors. Certes, il était l'un des meilleurs dans son domaine, mais ça s'arrêtait là. Elle avait demandé à Murray des équipiers supplémentaires, elle lui avait dit qu'elle avait besoin d'équipiers supplémentaires, mais il avait refusé ; il tenait à réduire le flux d'informations et à limiter le nombre de ceux qui étaient dans la confidence.

— Je suis surprise que tu m'aies devancée sur ce coup-là, Amos.

— Tout le monde ne se balade pas avec le président, ma chère. Te voilà une célébrité, non ?

— Oh ! ferme-la et préparons-nous. Nous n'avons pas beaucoup de temps si ce cadavre réagit comme les autres.

Ils entrèrent dans deux petits vestiaires improvisés séparés par des cloisons en plastique et renfermant chacun une combinaison étanche orange, conçue pour protéger celui qui la portait contre tous types d'agents hostiles. Ces vêtements évoquaient toujours l'enfer pour Margaret, qui imaginait des peaux humaines brûlées pendues, comme quelques trophées sataniques.

Elle commença par ôter ses vêtements, puis elle enfila une tenue chirurgicale avant de se glisser dans la combinaison de Tyvek, un tissu synthétique imperméable à l'air, aux produits chimiques et aux particules virales, tandis que des anneaux métalliques très élaborés enserraient les chevilles, les poignets et le cou. Une fois vêtue, elle chaussa des bottes pourvues des mêmes anneaux, qui s'enclenchaient dans ceux des jambes de la combinaison. Elle ajusta avec satisfaction les anneaux ensemble dans un claquement souple, caractéristique de la fermeture hermétique. Elle recouvrit ensuite le joint avec un ruban adhésif marron, protégeant ainsi davantage ses pieds d'une éventuelle contamination. Elle procéda ensuite de même avec les épais gants en Tyvek, à hauteur des poignets. Le ruban adhésif était quelque peu exagéré, en particulier au vu de la combinaison étanche dernier modèle, mais, après avoir été témoin de ce que ce virus mystérieux infligeait à ses victimes, elle tenait à prendre toutes les précautions possibles. Elle s'accrocha ensuite plusieurs bandes d'adhésif sur un bras ; en cas de déchirure accidentelle de la combinaison, elle pourrait alors boucher la fuite au plus vite.

Ils ne comprenaient pas comment l'infection se propageait. En dehors des symptômes partagés, il ne semblait y avoir aucun point commun entre les cinq victimes connues. Le mal pouvait se transmettre aussi bien par contact avec un porteur humain non identifié que par voie aérienne – même si cela semblait hautement improbable si l'on considérait qu'aucune des personnes en contact avec les victimes n'avait contracté l'infection –, par un même agent contaminant, ce qui concernait la nourriture, l'eau ou tout type de médicament, ou enfin par des vecteurs de maladie communs comme les moustiques, les mouches, les rats et autres animaux nuisibles. La théorie actuelle de Margaret était bien plus perturbante ; elle pensait que ce fléau visait intentionnellement certaines cibles spécifiques. Quelle que soit son opinion, tant que le mode de transmission ne serait pas établi avec certitude, elle ne prendrait aucun risque.

Quand elle tira le rideau et sortit de son vestiaire, Amos l'attendait déjà. Dans son encombrante combinaison et sans son casque, il avait une allure particulièrement curieuse : l'anneau de jointure du casque lui donnait l'air d'avoir un cou d'anorexique.

Elle avait dû se battre avec Murray Longworth pour garder Amos. En réalité, Murray était persuadé qu'elle était capable de comprendre seule un phénomène biologique totalement inconnu, alors qu'elle avait besoin d'une équipe complète d'experts. Mais Murray ne voulait pas en entendre parler.

Elle avait besoin des compétences d'Amos en biochimie et en parasitologie. Elle savait que la première discipline était indispensable pour analyser les étranges changements de comportement de victimes, tandis que le sentiment persistant que la seconde prendrait de plus en plus d'importance ne la quittait pas. C'était un bêcheur mais également quelqu'un de brillant, perspicace et qui semblait n'avoir besoin que de très peu, voire pas du tout, de sommeil. Elle était infiniment soulagée de l'avoir à ses côtés.

Amos l'aida à fixer son casque volumineux et scella l'anneau autour du cou de Margaret, isolant ainsi celle-ci de façon hermétique. La visière de son casque se couvrit instantanément de buée. Il recouvrit ensuite ce joint de ruban adhésif, puis il enclencha le filtre à air – qui servait également de compresseur – attaché à la taille. Elle sentit alors un sifflement d'air frais : la combinaison se gonfla légèrement. Cette surpression signifiait qu'en cas de fuite l'air jaillirait du vêtement au lieu d'y pénétrer, ce qui, en théorie, devait empêcher tout vecteur de la maladie de s'y introduire.

Elle aida ensuite Amos à enfiler son casque.

— Tu m'entends ? demanda-t-elle.

Sa voix lui parut curieusement confinée, mais un microphone intégré transmettait le son à un petit haut-parleur fixé sur le menton du casque, tandis que des microphones externes captaient les bruits ambiants et les relayaient jusqu'à de minuscules écouteurs à l'intérieur de la combinaison, ce qui faisait bénéficier à celui qui la portait d'une ouïe à peu près normale.

— Ça a l'air d'aller, répondit Amos.

Sa voix de grenouille semblait quelque peu métallique et artificielle, mais Margaret distinguait clairement ses paroles.

L'hôpital ne disposant pas de chambre étanche, Murray en avait fourni une amovible, un labo top secret Risque Bio Niveau de Sécurité 4. Margaret elle-même ne savait pas qu'un tel outil existait jusqu'à ce que Murray en réquisitionne un à l'USAMRIID, l'institut de recherches médicales de l'armée américaine pour les maladies contagieuses [1]. L'USAMRIID aurait sans doute dû être chargé d'étudier Brewbaker et les autres mais, puisque Margaret était déjà au courant, elle devait s'occuper du bébé. Les niveaux de sécurité risque bio se comptaient de 1 à 4, RBNS-4 étant le plus critique.

De petite taille, le labo amovible RBNS-4 était conçu pour être installé à l'intérieur de structures existantes ; ses parois en plastiques étaient dressées entre les murs de la morgue, comme si des enfants avaient monté une grande tente blanche au sous-sol de l'appartement de leurs parents. Ayant donné des instructions très précises à Murray, Margaret savait précisément ce qu'elle découvrirait dans cet espace réduit : une table de morgue en acier inoxydable équipée d'un système complet de drainage afin de récupérer le corps de Brewbaker qui se liquéfiait, un ordinateur afin d'envoyer et de recevoir des informations sur un réseau totalement isolé, ainsi qu'une table de préparation chargée de tout l'équipement nécessaire, y compris une pile de récipients à échantillons RBNS-4 que l'on pouvait complètement immerger dans un solvant décontaminant dans le sas avant de les envoyer vers d'autres labos RBNS-4 pour analyse.

Margaret et Amos entrèrent dans la chambre étanche par le sas flexible.

Dew Phillips attendait à l'intérieur… il ne portait pas de combinaison. Il se tenait à côté du cadavre carbonisé

---

1. USAMRIID : *U.S. Army Medical Research Institute for Infectious Diseases* (*NdT*).

étendu sur la table d'acier. Celui-ci était affreusement brûlé, notamment à hauteur de ce qu'il restait de ses jambes.

Margaret sentit la colère monter en elle ; cet homme pouvait contaminer son labo et entraver son travail à venir alors qu'elle disposait enfin d'un véritable corps et non pas d'un amas de chair noire pourrissante qui se désintégrait.

— Agent Phillips, que faites-vous ici sans combinaison ?

Il se contenta de la regarder, puis il sortit un Tootsie Roll [1] de sa poche, le déballa avec lenteur, l'enfourna et en jeta le papier d'emballage par terre.

— Également ravi de vous voir, prof.

Les yeux d'un vert profond de Dew n'étaient pas sans évoquer la couleur d'une émeraude sombre. Sa peau était pâle, son visage mal rasé et défait et son costume froissé de façon définitive, tandis que son crâne marbré brillait sous les lumières crues du labo. Son corps n'était pas éprouvé par l'âge, pas tant que ça : il semblait dur comme de la pierre sous le costume ruiné.

— Répondez à ma question, insista Margaret, la voix rendue artificielle par le petit haut-parleur de sa combinaison.

Elle ne l'avait pas aimé dès qu'elle l'avait rencontré, elle n'appréciait pas son comportement distant, et cet incident n'allait pas la faire changer d'avis.

Dew mâchonna quelques instants en gardant ses yeux froids plongés dans ceux de Margaret.

— Je me suis approché très près de ce type. S'il est contagieux, je suis touché, alors quel intérêt d'enfiler une capote géante ?

Elle avança jusqu'à la table et examina le cadavre. Le feu avait légèrement atteint la tête ; les cheveux avaient brûlé et découvert un crâne parsemé de petites cloques. Une expression de furie complète déformait le visage du défunt. Margaret

---

1. Bonbon au caramel et au chocolat (*NdT*).

réprima un frisson, non seulement à la vue de la démence personnifiée allongée devant elle, mais également en songeant à Dew Phillips, qui avait contemplé cette ignoble expression et pressé la détente à trois reprises.

Les bras et les jambes étaient les plus touchés, réduits par endroits à des cendres noires, alors que le noir verdâtre parcheminé typique des brûlures au troisième degré était apparu là où il restait de la peau. La main gauche n'était plus qu'une serre squelettique recouverte de morceaux de chair carbonisée. La main droite était en meilleur état, presque épargnée par le feu, formant une zone curieusement blanche à l'extrémité d'un bras flétri et réduit en cendres. Les deux jambes s'arrêtaient juste sous les genoux.

Les parties génitales avaient sérieusement brûlé. L'abdomen et le bas du torse étaient couverts de brûlures au deuxième degré. Trois impacts de balles étaient visibles sur la poitrine ; deux à quelques centimètres du cœur et un en plein dedans. Les traînées de sang avaient séché et s'écaillaient, faisant place à des zones blanchâtres sur la peau à vif.

— Qu'est-il arrivé à ses jambes ?

— Il les a tranchées, répondit Dew. Avec une hache.

— Que voulez-vous dire, « il les a tranchées » ? Il a tranché ses propres jambes ?

— Juste avant de s'immoler par le feu. Avec de l'essence. Mon équipier a tenté de l'éteindre et s'est pris un coup de hache dans le ventre pour la peine.

— Mon Dieu…, dit Amos. Il a coupé ses propres jambes puis s'est fait flamber ?

— C'est ça, dit Dew. Mais ces jolis trous dans la poitrine, c'est moi.

Margaret observa le corps, puis revint vers l'agent.

— Bon… En a-t-il ?

Sans savoir pourquoi, elle fut surprise de constater que Dew portait des gants chirurgicaux. Il se pencha et retourna le cadavre sans trop d'efforts ; Martin Brewbaker n'avait pas été quelqu'un de corpulent, et la majorité de son poids avait été consumée par le feu.

Les blessures étaient nettement plus graves dans le dos ; des trous de la taille d'un poing créés par les balles de calibre 45. Cela dit, ce ne fut pas ce qui attira l'attention de Margaret. Elle retint inconsciemment son souffle : là, juste à gauche de la colonne vertébrale, sous l'omoplate… une excroissance triangulaire. C'était la première fois qu'elle en voyait une de ses propres yeux et non pas sur une photo depuis l'examen de Charlotte Wilson. L'une des balles avait déchiré un petit morceau de l'excroissance. Les flammes avaient causé des dommages plus importants mais, au moins, il restait encore de la matière sur laquelle travailler.

Amos se pencha en avant.

— Y en a-t-il d'autres ?

— J'ai cru en apercevoir sur ses avant-bras, mais je n'en suis pas certain, répondit Dew.

— Pas certain ? releva Margaret. Comment pouvez-vous ne pas en être certain ? Je veux dire : vous en avez vu ou vous n'en avez pas vu ?

Elle remarqua la grimace d'Amos, derrière sa visière, mais il était trop tard.

Dew la regarda, les yeux bouillonnants de colère.

— Désolé, prof, j'étais occupé à regarder la putain de hache que cet enfoiré avait plantée dans l'estomac de mon équipier, expliqua-t-il d'une voix posée, froide et menaçante. Je sais que je ne fais ce boulot de merde que depuis trente ans, mais la prochaine fois je ferai plus attention.

Elle se sentit soudain minuscule : un seul regard sur ce cadavre avait suffi à lui faire oublier le collègue de Dew, dans un état critique. *Bon sang, Margaret !* songea-t-elle. *Quelle conne ! Tu es née comme ça ou bien t'as bossé pour le devenir ?*

— Dew… Je suis désolée… à propos de…

Le nom de l'équipier de Dew lui échappait.

— Malcolm Johnson, compléta ce dernier. Agent, mari et père.

Margaret hocha la tête.

— Oui, bien sûr. Agent Johnson. Bon, je m'excuse.

— Gardez ça pour les revues médicales, prof. Je suis conscient que je dois répondre à vos questions mais, voyez-vous, je ne me sens pas bien, brusquement. Il y a quelque chose qui pue ici et ça me rend malade.

Dew se retourna et se dirigea vers la sortie.

— Dew, j'ai besoin de savoir comment c'est arrivé ! J'ai besoin de toutes les informations possibles !

— Lisez mon rapport, lança l'agent par-dessus son épaule.

— Je vous en prie, attendez…

Il se glissa dans le sas et disparut.

Amos s'approcha de la table de préparation. Entre autres instruments, l'équipe de préparateurs avait laissé un appareil photo numérique. Il s'en empara et fit le tour du cadavre, prenant photo sur photo.

— Margaret, pourquoi le laisses-tu te marcher ainsi sur les pieds ?

Elle se tourna vers lui, le visage écarlate de colère.

— Je n'ai pas l'impression de t'avoir entendu t'élever contre lui !

— C'est parce que je suis une gonzesse, répondit Amos en prenant un autre cliché. Sans compter que je ne suis pas en charge de toute cette affaire… contrairement à toi.

— Ferme-la, Amos.

À vrai dire, elle était ravie que Dew soit parti. Ce type dégageait une certaine aura, comme s'il n'était pas seulement un habitué de la mort mais quelqu'un qui attendait également avec impatience sa propre fin. Dew Phillips lui fichait la trouille.

Elle se retourna vers le corps et, avec la plus grande délicatesse, effleura l'excroissance triangulaire. Elle semblait spongieuse sous la peau brûlée. Un léger écoulement d'une matière noire suintait par l'un des coins du triangle.

Margaret soupira.

— Allons-y. Prélevons des échantillons de cette excroissance et envoyons-les immédiatement pour analyse… Le cadavre est déjà en train de pourrir et nous n'avons pas beaucoup de temps.

Elle ramassa l'emballage du Tootsie Roll de Dew, le jeta dans une corbeille médicale, fit craquer ses doigts dans ses gants épais et se mit au travail.

11.
Gronder, trébucher, bafouiller…

— C'était un appel merdique ! s'écria Perry, dont la voix tonitruante se joignit au concert de protestations des autres clients du bar. Cette interception n'a rien d'extraordinaire !

Alors que les fans de football huaient et braillaient, entassés contre le bar, un vide notable s'était formé autour de la table de Perry et Bill. L'air renfrogné, les yeux plissés, qu'arborait Perry était le même que celui qu'il avait inconsciemment affiché sur le terrain. Les autres clients jetaient de fréquents coups d'œil discrets dans sa direction et ne quittaient pas du regard sa masse imposante et tendue, comme s'il était un prédateur susceptible de bondir à chaque instant.

Les maillots rouges et les casques dorés de San Francisco, mêlés aux tenues traditionnelles, vert et jaune, de Green Bay, étincelaient sur les écrans de trois mètres du Scorekeeper Bar & Grill[1]. L'action fut diffusée au ralenti ; la balle

---

1. Bar-restaurant. Le *scorekeeper* est l'arbitre chargé de marquer les points au football américain (*NdT*).

descendit en une spirale parfaite vers un receveur des Packers mais, soudain, un defensive back[1] des 49ers sauta et l'écarta.

Perry hurla en direction de l'écran.

—T'as vu ça? cria-t-il en se tournant avec une colère incrédule vers Bill, calmement assis et sirotant une bouteille de Budweiser. Non mais t'as vu ça?

—Je trouve que c'était un bon appel, répondit Bill. Pas d'doute. Il s'est carrément fait voler la balle, si tu regardes bien.

Perry poussa un cri de protestation et renversa de la bière tant ses mains s'agitaient pour accompagner ses propos.

—Tu délires! Le défenseur a le droit d'attraper la balle! Maintenant les Packers se retrouvent avec une première tentative et encore dix yards à parcourir[2] sur cette foutue ligne des quinze yards!

—Essaie de garder un peu de bière dans ta chope, si ça ne te fait rien, lâcha Bill en avalant une autre gorgée de sa bouteille.

Perry essuya la boisson renversée avec une serviette.

—Désolé. Seulement, ça me tue quand les arbitres décident qui est censé gagner et ne laissent personne jouer.

—C'est une existence cruelle et injuste, mon ami. Il nous est impossible d'échapper aux iniquités de la vie, en particulier dans le monde sportif.

Perry reposa sa chope sur la table, les yeux rivés sur l'écran et se grattant sans s'en rendre compte l'avant-bras gauche avec la main droite. Un blitz[3] en coin balaya la dernière

---

1. Joueur de la défense (*NdT*).
2. Lors d'une phase offensive, une équipe dispose de quatre tentatives pour faire progresser le ballon de 10 yards, soit 9,1 mètres.
3. Attaque de l'équipe défensive, préparée à l'avance et destinée à empêcher le quarterback adverse d'effectuer une passe (*NdT*).

phase offensive et emboutit le quarterback[1] de Green Bay, qui perdit sept yards dans la manœuvre.

Perry brandit son poing serré vers l'écran.

—Prends ça, mon cœur ! Ah ! J'adore voir ça ! Je déteste les quarterbacks. De foutues tapettes ! Ça fait du bien de voir quelqu'un en enrhumer un !

Bill détourna le regard et leva la main, comme pour dire que c'en était assez. Perry sourit et vida le reste de sa bière d'un long trait, puis se gratta la cuisse.

—La bière te donne de l'urticaire ou quoi ? lui dit son ami.

—Quoi ?

—Tes puces, encore. Tu en es à ta cinquième bière et tu te grattes de plus en plus.

—Oh… c'est pas grave. Juste une piqûre d'insecte.

—Je commence à me demander si c'est une bonne idée de nous asseoir à la même table… Je ne tiens pas à attraper des poux.

—T'es un vrai comique, tu sais, lâcha Perry en faisant un signe à la serveuse. Tu en veux une autre ?

—Non merci. Je rentre à la maison après ça. Tu ferais mieux de te calmer, cow-boy… Tu deviens nerveux.

—Ça va, Bill, pas de problème.

—Très bien, faisons en sorte qu'il n'y en ait pas. Tu sais comment tu réagis quand tu bois trop. Ça ira pour ce soir.

Contrarié par ces propos, Perry plissa les yeux. Bon sang, pour qui Bill se prenait-il pour lui dire ce qu'il devait faire ?

—Pardon ? dit-il.

Sans y réfléchir, il se pencha vers son ami, la lèvre retroussée en un léger rictus.

Le visage de Bill n'afficha pas de changement.

---

1. Joueur de l'équipe offensive chargé de lancer le ballon. Les quarterbacks sont traditionnellement des joueurs très populaires (*NdT*).

— Tu sais que tu ressembles à ton père quand tu grognes comme ça ?

Perry tressaillit comme s'il avait reçu une gifle. Il recula sur son siège, la tête baissée, et, honteux, il se sentit rougir tandis qu'une vague de chaleur le parcourait. Il repoussa la chope de bière.

— Je suis désolé, dit-il avant de relever la tête, les yeux suppliants. Bill, je suis vraiment désolé.

Bill lui adressa un sourire rassurant.

— Relax, mon pote. Tu te contrôles, tout va bien.

— Non, tout ne va pas bien. Je ne dois pas parler à des gens de cette façon… en particulier à toi.

Bill se pencha en avant.

— Ne sois pas si dur avec toi-même, Perry, lui dit-il d'une voix douce et encourageante. Tu n'as pas eu de problème de ce côté depuis des années.

Le regard de Perry se perdit dans le vide.

— Je m'inquiète quand même. Je pourrais bien faire une connerie, tu sais. Sans y faire attention. Tabasser quelqu'un avant même de me rendre compte de ce que je fais. Quelque chose dans le genre…

— Mais tu ne l'as pas fait. Pas depuis longtemps, mec. Calme-toi. Ton mélodrame va faire pleurer mes yeux de mâle.

Le sourire de Bill témoignait de sa compréhension.

Perry remercia le Tout-Puissant, et pas pour la première fois, d'avoir un ami tel que Bill Miller. Il était conscient que sans Bill il se trouverait probablement quelque part en prison.

Une main sur le bras de son ami, Bill poursuivit :

— Perry, tu dois faire preuve d'indulgence envers toi-même. Tu ne ressembles en rien à ton père. Tout ça est derrière toi. Tu dois simplement faire attention, c'est tout ; tu as un foutu caractère, alors reste vigilant. Maintenant, on peut arrêter de parler comme des gonzesses et regarder un peu de football ? Le temps mort est terminé. Que vont faire les Packers, à ton avis ?

Perry leva la tête vers l'écran et oublia ce léger incident, tout comme il oublia le souvenir de la violence sans fin de son père. C'était toujours si facile pour lui de se perdre dans le football.

— Je parie qu'ils vont se faufiler dans la défense, cette fois. Ils vont essayer de surprendre les Niners, mais ils n'ont pas été foutus de bloquer le linebacker central depuis le début. Il s'avance dès la mise en jeu… Il aurait intérêt à faire gaffe à ses fesses ; ils vont finir par lancer la balle par-dessus ce gars quand il foncera en avant.

Le toucher apaisant de Bill avait de nouveau déclenché une démangeaison sur le bras de Perry. Il se gratta inconsciemment tandis qu'il regardait le running back[1] des Packers progresser de deux yards avant de se faire plaquer par le linebacker intérieur.

Bill avala une lampée de bière et observa le bras de Perry.

— Tu sais, je suis conscient que ton front fuyant trahit une mentalité proche de celle des hommes des cavernes, mais tu devrais peut-être mettre de côté tes *a priori* négatifs envers la profession médicale et consulter un médecin.

— Ces escrocs ! Ils ne pensent qu'à t'arnaquer.

— Oui, bien sûr, et je parie que tu as vu Elvis hier soir et qu'il y a des putes extraterrestres dans les caravanes le long de la route. Tu as un diplôme universitaire, bon sang, et tu crois encore que les toubibs sont des sorciers qui te font saigner avec des rasoirs et se servent de sangsues pour aspirer les mauvaises humeurs !

---

1. Joueur de l'équipe offensive, principalement chargé de porter le ballon et de courir avec celui-ci à travers la défense adverse afin de gagner un maximum de terrain (*NdT*).

— Je n'aime pas les docteurs, dit Perry. Je ne les aime pas et je ne leur fais pas confiance.

Sur l'écran, le quarterback des Packers initia l'action et simula une passe. Le linebacker intérieur avança d'un pas et, à la seconde où il le fit, Perry vit une ouverture au centre. Le quarterback la vit également. Dressé en équilibre parfait dans sa zone, il projeta le ballon dans la zone d'en-but, quelques yards à peine derrière le linebacker. Le receveur l'attrapa en plongeant, offrant ainsi aux Packers un avantage de 22 points à 20 à seulement quatorze secondes de la fin du match.

— Putain, je déteste ces enfoirés de quarterbacks ! lâcha Perry.

Il ressentit une jalousie tenaillante, celle qui l'envahissait chaque fois qu'il voyait quelqu'un exécuter une action qu'il aurait lui-même facilement réalisée. C'était si difficile de regarder les affrontements hebdomadaires de la NFL[1] en sachant pertinemment que sa place était là-bas et qu'il n'y aurait pas simplement été compétitif mais dominant. Il maudit en silence la blessure qui avait mis un terme à sa carrière.

— D'abord les Lions, ensuite les Niners, et tu n'as toujours pas résolu le problème chez Pullman, rappela Bill. On dirait que ce n'est pas ta semaine.

— Ouais…, répondit Perry en se grattant l'avant-bras, la voix résignée. Tu peux le dire…

12.
Indices

Entravée dans chacun de ses mouvements par la combinaison étanche, Margaret se cambra, prit une profonde inspiration et tenta de se calmer. Ses mains tremblaient,

---

1. *National Football League* : championnat de football américain (*NdT*).

un tremblement infime mais suffisant pour la perturber dans le maniement du laparoscope.

Le laparoscope, un outil chirurgical utilisé lors d'opérations dans la cavité abdominale, était constitué d'une caméra très sensible à fibre optique et d'un point de fixation destiné aux sondes, scalpels, forets et autres instruments. Muni de son propre éclairage, l'objectif était à peine plus large qu'un fil et relié au grand écran d'un système vidéo. Les chirurgiens se servaient de cet équipement pour réaliser de délicates interventions sans inciser le patient de façon traditionnelle.

Rares étaient ceux qui utilisaient ce matériel lors d'autopsies, pourtant Margaret avait tenu à examiner la zone qui entourait l'excroissance en la perturbant le moins possible. Sa stratégie semblait avoir payé.

Comme lors de l'examen du corps de Charlotte Wilson, les excroissances avaient déjà commencé à pourrir en une chair noire liquéfiée. Il n'y avait rien dans l'excroissance proprement dite qu'elle puisse examiner. Les tissus environnants se décomposaient à une allure d'une rapidité effrayante mais, cette fois, elle était prête. Grâce au laparoscope, elle avait sondé sous et autour de l'excroissance. Profondément dans le cadavre, presque sur l'os et au cœur de la chair noire pourrissante, elle avait trouvé un morceau d'une matière qui, clairement, n'appartenait pas à la victime.

Elle fit craquer ses jointures, une à la fois. Les os cédèrent en silence, étouffés par la combinaison. Elle prit une autre inspiration puis se saisit du manche de la caméra de la main gauche. L'écran affichait l'intérieur décomposé et noirci de l'excroissance. Elle savait que la pourriture ne tarderait pas à se propager vers d'autres parties du corps, lequel serait réduit à un amas dérisoire sous l'effet de la putréfaction, en quelques heures trop courtes. Chaque seconde comptait.

Ses mains cessèrent de trembler ; c'était indispensable pour un travail si délicat. Le morceau de substance, à peine large de quelques millimètres, semblait faire partie de l'excroissance. Noir, tout comme le sang décomposé qui l'entourait, il reflétait la lumière comme du plastique. Cette qualité de réflexion était d'ailleurs l'unique raison pour laquelle elle l'avait remarqué.

Sa main gauche manœuvra la caméra et l'approcha de sa cible, tandis que sa main droite contrôlait un trocart, un tube creux à l'intérieur duquel des instruments chirurgicaux spécialisés pouvaient pénétrer dans les cavités du corps d'un patient sans l'ouvrir. Le trocart de Margaret renfermait une minuscule pince. Comme un enfant aux commandes d'un jeu vidéo à cent mille dollars, elle approcha la pince de la petite tache noire en plastique. Ses doigts étaient posés sur une détente qui, quand elle appuierait dessus, refermerait la pince.

Margaret ajusta les réglages de la caméra. L'image, légèrement déformée du fait du considérable grossissement, zooma sur la mystérieuse tache noire. La pince avait l'allure d'une griffe métallique monstrueuse sur le point de cueillir un nageur solitaire dans une mer noire.

Elle pressa doucement la détente. La pince se referma fermement sur l'étrange objet, duquel furent éjectées quelques bulles épaisses de matière gluante sous la pression.

— Beau travail, dit Amos. Du premier coup. Le premier prix pour la dame !

Un sourire aux lèvres, Margaret tira sur la pince. Toutefois, l'objet résista à la traction. Elle observa de près l'écran, puis fit jouer la pince de chaque côté, ce qui fit bouger le morceau coincé, dont la résistance s'expliqua alors clairement ; il était enfoncé dans une côte. Elle tira avec précaution en forçant peu à peu. L'objet se pencha légèrement dans un premier temps, puis il se libéra. Ils entendirent ensuite un bruit de succion humide quand la petite pince – enduite de matière gluante – fut extraite de la blessure.

Amos approcha une boîte de Petri sous l'outil et Margaret relâcha la détente. Pourtant, le petit objet resta collé à la substance visqueuse qui maculait la partie inférieure de la pince. Il s'empara alors d'un scalpel, dont il utilisa l'extrémité pour pousser la prise dans la boîte de Petri.

Margaret se saisit de la boîte et l'approcha de sa visière. Elle se rendit compte que cette chose avait une forme bien précise, qui expliquait pourquoi elle était restée si fermement plantée dans l'os ; elle ressemblait à s'y méprendre à une épine de rose noire.

Elle ressentit soudain une satisfaction intense. Il restait encore des centaines de kilomètres à parcourir avant de résoudre cette affreuse énigme, mais grâce à Charlotte Wilson elle savait mieux quoi chercher et de combien de temps elle disposait pour travailler dessus. Cette masse noire était quelque chose de nouveau, qui les rapprochait d'un pas de la solution.

— Hé, que penses-tu de ça ? dit Amos.

Il se tenait près de la hanche de Brewbaker, l'un des endroits les moins endommagés par les flammes, et il avait posé son doigt près d'une petite lésion, comme une sorte de bouton flétri.

Un bouton flétri duquel sortait une minuscule fibre bleue.

— Il avait de l'acné, répondit Margaret. Tu penses que c'est significatif ?

— Je pense que tout est significatif. Devons-nous l'extraire et l'envoyer ?

— Pas pour le moment, répondit-elle après un instant de réflexion. Il ne semble pas qu'il y ait de décomposition à cet endroit, je veux l'examiner moi-même. Concentrons-nous sur les zones qui pourrissent, comme nous savons que nous ne pourrons pas travailler très longtemps dessus. Nous reviendrons ensuite à ce bouton, d'accord ?

—Ça me paraît bien, convint Amos en se saisissant de l'appareil photo sur la table de préparation. (Il se pencha sur le bouton, prit un cliché puis reposa l'appareil.) Entendu, nous y reviendrons.

—Combien de temps avant d'obtenir les résultats de l'analyse des tissus de l'excroissance ?

—Nous les aurons demain. Je suis certain qu'ils y passeront la nuit. Analyse ADN, séquençage des protéines et quoi que ce soit d'autre qui puisse se présenter.

Margaret consulta sa montre ; 22 h 07. Amos et elle resteraient également debout toute la nuit ainsi qu'une bonne partie du lendemain. Il le fallait. Grâce à leur expérience chèrement acquise, ils savaient ne disposer que de quelques jours avant que le corps de Brewbaker pourrisse complètement.

13.
Mardi : deux problèmes pour le prix d'un

—Bon dieu, Perry ! dit Bill. Deux jours de suite ! J'ai déjà vu des chiens bourrés de puces se gratter comme ça mais jamais un être humain. (À demi penché par-dessus la cloison du box, il regardait un Perry qui se grattait comme un fou.) Bien entendu, je pars de l'hypothèse que tu es un être humain, ce dont les scientifiques ne sont pas encore certains.

Perry ne tint pas compte de cette petite moquerie et resta concentré sur son avant-bras gauche. Il avait relevé la manche de son sweat-shirt miteux des Lions de Detroit au-dessus du coude. Sa main droite était floue tant ses ongles ratissaient vivement sa peau poilue.

—J'ai entendu dire que la gale était virulente à cette époque de l'année, ajouta Bill.

—Ce foutu truc me gratte comme c'est pas possible !

Perry s'interrompit un instant pour observer le point qui le démangeait. La texture de celui-ci évoquait une petite fraise : si on considérait que les fraises étaient jaunes et que de petites gouttes d'un liquide clair en suintaient. Cette marque jaunâtre semblait dure, comme si un morceau de cartilage s'était détaché quelque part dans son corps avant de venir se loger dans son bras. Dans son bras et en six autres endroits…

Les assauts des ongles avaient laissé des éraflures rouge vif qui entouraient la zone critique comme du blanc d'œuf autour d'un jaune trop cuit.

— Eh bien ! ça a l'air costaud, fit remarquer Bill avant de retourner dans son box.

— C'est rien.

Perry reporta son attention sur son écran, sur lequel était affiché un diagramme de réseau d'ordinateur. Il passa la main dans ses cheveux, ôtant ainsi une lourde mèche blonde de devant ses yeux.

BlanchetteDoigtsDeFée : Eh mec, sérieusement… c'est pas beau à voir.
Jaune_bleu_sanglant : C'est rien. T'occupe.
BlanchetteDoigtsDeFée : C'est Dieu en personne qui t'a interdit d'acheter des — Oh ! Oserais-je prononcer le mot qui ne doit jamais être prononcé ? – MÉDICAMENTS ?

Perry tenta d'ignorer le sarcasme de Bill. Comme si ces violentes rougeurs ne le perturbaient pas assez. Il travaillait depuis plus d'une heure sur le problème Pullman, celui-là même qu'il n'était pas parvenu à résoudre la veille. En tout cas, il essayait de travailler. Les éruptions rendaient difficile le fait de se concentrer sur le service client.

—Arrête de te conduire comme un fier-à-bras et va t'acheter du Cortaid [1], intervint Bill, juché sur la cloison, comme un chiot tentant de comprendre un son nouveau et inhabituel. Tu n'es pas obligé d'aller consulter M. Charles Hattan, le sorcier, bon sang, mais prends-toi quelque chose pour soulager ces démangeaisons! Un désinfectant ne serait pas de trop, d'ailleurs, d'après la tournure que ça prend. Je ne comprendrai jamais pourquoi tu préfères rester assis à souffrir plutôt que profiter des bienfaits de la société moderne.

—Tes toubibs n'ont rien pu faire pour mon genou, non?

—C'était en match, Perry! Tu t'en souviens, au moins? J'ai vu ton genou quand je suis venu te voir à l'hôpital. M. Jésus-Christ en personne n'aurait pas pu faire revenir ce genou d'entre les morts.

—Peut-être que je ne suis qu'un Cro-Magnon, c'est tout? lâcha Perry, non sans lutter contre l'envie de se gratter de nouveau, l'éruption localisée sur la fesse droite réclamant soudain son attention. On s'fait toujours le bar ce soir?

—Je ne pense pas, M. Contagion. Je préfère la compagnie de personnes au moins à moitié en bonne santé. Tu sais, avec la rubéole ou la variole? Peut-être un peu de Mort noire? Je préfère encore les fréquenter qu'affronter la gale.

—C'est juste une éruption, abruti!

Perry sentit la colère monter lentement dans sa poitrine. Il la réprima aussitôt. Apparemment, Bill Miller ne vivait que pour agacer ses semblables et, une fois lancé, il ne s'arrêtait plus. Il ne parlerait plus que de «gale par-ci» et de «gale par-là» le reste de la semaine… et on n'était que mardi. Certes, ce n'étaient que des mots, et des mots bien intentionnés, qui plus est. Perry se calma. Il avait déjà laissé

---

1. Préparation à la cortisone, en vente libre, utilisée pour soulager les démangeaisons (*NdT*).

son humeur éclater une fois cette semaine : qu'il soit maudit s'il insultait Bill ainsi une nouvelle fois.

Il fit bouger sa souris et cliqua, zoomant ainsi sur une partie du schéma du réseau.

— Laisse-moi seul, d'accord ? Sandy veut que je règle rapidement ce truc. Les gars de Pullman sont en rogne.

Bill se laissa glisser dans son box. Perry regarda l'écran, déterminé à résoudre un problème qui s'était produit à plus de mille cinq cents kilomètres d'ici, dans l'État de Washington. Analyser des pépins d'ordinateurs par téléphone n'était pas un job facile, en particulier quand cela concernait des problèmes de réseau, où le souci pouvait être un câble dans le plafond, un port défectueux ou un simple composant hors service de n'importe lequel des cent douze postes de travail. En tant que membre du service clients, il devait souvent faire face à des problèmes qui auraient avalé Agatha Christie, Columbo et Sherlock Holmes d'une seule et énorme bouchée. Il se trouvait justement dans une telle situation.

La solution dansait aux frontières de son esprit mais il ne parvenait pas à la cerner. Il s'adossa sur sa chaise, ce qui accrut avec une intensité affolante la démangeaison qu'il subissait dans le dos. C'était comparable à un millier de piqûres de moustiques condensées en une seule morsure.

Les pensées de Perry s'égarèrent complètement tandis qu'il se grattait le dos contre le dossier de son siège de bureau, dont le tissu épais le frottait à travers son sweat-shirt. Il grimaça quand les marques de sa jambe s'éveillèrent et le démangèrent si fort et si brutalement qu'il aurait aussi bien pu être piqué par une guêpe. Il s'y attaqua, les ongles plantés dans le tissu de son jean. C'était comme essayer d'attraper une hydre ; chaque fois qu'il arrêtait une tête qui le mordait, deux autres surgissaient et la remplaçaient.

Depuis le box voisin, il entendit Bill imiter de façon médiocre un comédien shakespearien.

— Être galeux… ou ne pas être galeux, dit-il, la voix seulement légèrement étouffée par la cloison. Telle est l'infection.

Perry serra les dents et réprima une réplique coléreuse. Ces rougeurs le rendaient dingue et facilement irritable pour des choses insignifiantes. Tout de même… Bill était peut-être son ami, mais parfois ce type ne savait pas quand il fallait s'arrêter.

14.
Ongles sales

Margaret regardait dans l'oculaire du microscope et tentait de se concentrer sur l'image agrandie. Ses yeux étaient rouges à cause du manque de sommeil. Sa visière et son encombrante combinaison l'empêchaient de les frotter. Elle cilla à plusieurs reprises afin de clarifier sa vision. Depuis combien de temps travaillait-elle sur Brewbaker ? Vingt-quatre heures et des poussières, et pas de repos en vue. Elle se pencha et plongea de nouveau le regard dans le microscope.

— Mmm… qu'avons-nous ici ? Amos, viens par ici et jette un coup d'œil à ça.

La nature de l'échantillon semblait évidente, mais la fatigue de Margaret et l'épouvantable état de la peau de la victime la faisaient hésiter.

Amos posa ses prélèvements chimiques et s'approcha du microscope. Tout comme sa collègue, il n'avait pas dormi depuis plus de vingt-quatre heures. Pourtant, malgré le manque de sommeil et la tenue encombrante qu'il portait, il se déplaça avec une grâce sans heurts qui donna la sensation qu'il flottait plus qu'il marchait. Il se pencha au-dessus de l'oculaire sans toucher à rien.

— Que suis-je supposé chercher ? demanda-t-il après un moment.

—J'espérais que tu le verrais tout de suite.

—Je vois beaucoup de choses, Margaret. Peut-être pourrais-tu préciser? D'où provient ce prélèvement de peau?

—De la zone qui entoure l'excroissance. Tu ne vois rien qui trahit un traumatisme modéré de la peau? (Amos se redressa pour lui répondre, mais elle poursuivit:) Et ne me sors pas une de tes réponses de bêcheur, s'il te plaît. Je sais bien que ce foutu cadavre est réduit en lambeaux.

Amos se pencha encore sur le microscope, dans lequel il regarda quelques secondes, tandis que le silence envahissait la morgue stérile.

—Oui, je vois. Je vois des croûtes et quelques dommages en dessous de la couche sous-cutanée. On dirait une longue rainure… comme une blessure due à une griffe, peut-être.

Margaret hocha la tête.

—Je crois que je vais jeter un nouveau coup d'œil aux échantillons de peau que nous avons prélevés sous les ongles de la victime.

—Tu ne penses tout de même pas qu'il s'est fait ça lui-même? dit Amos en se redressant, le regard tourné vers elle. Cette déchirure est si profonde que le muscle est atteint, et on dirait qu'il y en a plusieurs. Sais-tu à quel point ça doit faire mal?

—C'est une supposition.

Margaret s'étira, les bras tendus vers le haut, puis elle les pencha vers la gauche et ensuite vers la droite. Elle en avait assez de ce labo, assez du manque de sommeil. Elle voulait un vrai lit, pas un lit de camp, ainsi qu'une authentique bouteille de vin rouge pour aller avec. Tant qu'à rêver, autant y ajouter l'agent Clarence Otto dans un caleçon boxer en soie.

Elle poussa un soupir. L'agent Otto devrait attendre une journée de plus. Elle avait pour le moment d'autres choses au sujet desquelles s'inquiéter, comme déterminer ce qui pouvait contraindre un homme à se servir de ses ongles comme de griffes pour lacérer sa propre chair.

L'ordinateur émit un long « bip » ; les informations étaient arrivées. Amos s'y traîna avant de s'asseoir.

— C'est étrange, dit-il. Très étrange, en réalité.

— Fais-moi un résumé.

— Les résultats sur l'excroissance extraite, pour commencer. Ils disent que le prélèvement s'était pratiquement liquéfié en totalité quand ils l'ont reçu. Cela dit, ils ont fait ce qu'ils ont pu. Le tissu était cancéreux.

— Que veulent-ils dire par « c'était cancéreux » ? Nous l'avons vu. Ce n'était pas une masse de cellules désordonnées ; il y avait une structure.

— Je suis d'accord, mais regarde ces résultats : du tissu cancéreux. Mais aussi de grandes quantités de cellulase et des traces de cellulose.

Margaret médita quelques instants sur ces propos. La cellulose était le constituant principal des cellules végétales, la plus abondante forme de biomasse sur la planète. Le mot-clé de cette phrase était « végétales »… Les animaux ne produisaient pas de cellulose.

— La cellulose n'a pas non plus tenu très longtemps, poursuivit Amos. Au cours des quelques heures qui ont suivi la réception de l'échantillon, elle s'est décomposée en cellulase. Ils ont fait tout leur possible pour arrêter cette réaction, y compris tenter de congeler le prélèvement, mais celui-ci n'a pas gelé.

— Tout comme l'enzyme qui décompose la chair. C'est comme un… mécanisme d'autodestruction.

— Un cancer suicidaire ? Tu vas chercher un peu loin, Margaret.

C'était pourtant ce qu'il fallait faire. Chercher loin. Chercher quelque chose au-delà de ce qu'admettait communément la science.

15.
Un domicile masculin...

Lorsqu'il rentrait chez lui, dans l'appartement B-203, il éprouvait toujours des sentiments mêlés. Cet endroit n'avait rien de particulier, logement insignifiant parmi une infinité de structures identiques. La résidence Windywood[1] était le genre de complexe dans lequel on finissait par douter des directions les plus nettes ; elle était constituée de suffisamment de bâtiments pour nécessiter un petit réseau de rues, dotées d'appellations flatteuses comme Evergreen[2] Drive, Shady Lane[3], ou Poplar Street[4]. Après un ou deux virages pris par erreur, on ne voyait plus que l'inévitable assemblage de douze bâtiments de trois étages chacun.

Le sien était seulement le deuxième après l'entrée de la résidence, de l'autre côté de la rue par rapport à la boutique de fêtes et réceptions de Washtenaw. C'était plutôt pratique. L'épicerie de Meijer se trouvant trois kilomètres plus loin, il ne s'y rendait que pour remplir ses placards. Pour le reste, la boutique faisait l'affaire. Cet endroit de la ville était réservé aux HLM et ce magasin n'était pas du plus haut standing ; quelque cas social traînait toujours devant le téléphone public, à l'extérieur, près de la porte, occupé à négocier un « coup » ou à se disputer bien trop fort avec un de ses semblables.

Perry avait envie de dîner chez lui comme de se pendre. La boutique faisant également office de traiteur, très bon d'ailleurs, il s'y arrêta pour un sandwich au jambon et à la moutarde du Texas, non sans attraper un pack de six bières Newcastle. Bien évidemment, une nana hurlait dans

---

1. « Bois venteux » (*NdT*).
2. Littéralement « toujours vert » ; qualifie la végétation au feuillage persistant (*NdT*).
3. « Avenue ombragée » (*NdT*).
4. « Rue des peupliers » (*NdT*).

le téléphone. Elle tenait le combiné d'une main et un bébé emmailloté dans l'autre. Perry essaya de l'ignorer quand il entra, puis quand il sortit, mais cette fille parlait vraiment fort. Il ne ressentait aucune sympathie pour elle ; si lui était capable de s'émanciper de ses origines et de son éducation, n'importe qui le pouvait. Les gens qui vivaient ainsi le désiraient.

Il s'engagea dans la résidence, jusqu'à sa place de parking, qui se trouvait à moins de deux cents mètres de l'entrée. Cette fille l'agaçait : s'il avait réussi à atteindre la NFL, il aurait vécu dans une grande maison, quelque part, loin de la populace d'Ypsilanti. Il ne pouvait s'empêcher de penser qu'il était un raté. Il aurait dû mieux réussir. Son appartement était plutôt agréable, en un sens, et il détestait ne pas se sentir reconnaissant pour ce qu'il avait, mais il était indéniable que cet endroit était un HLM.

Sept ans plus tôt, personne ne pensait qu'il se retrouverait dans quoi que ce soit de moins luxueux qu'un hôtel particulier. Perry Dawsey, surnommé « l'Effrayant », alors étudiant en deuxième année à l'université du Michigan, avait été nommé linebacker des All-Big Ten avec Cory Crypewicz, en troisième année à Ohio State. Crypewicz avait été pris du premier coup à Chicago. Il s'était fait 2,1 millions de dollars par an, sans compter les 12 millions de la prime à la signature. C'était à des années-lumière du maigre salaire de soutien technique de Perry.

Pourtant, Crypewicz n'était à l'époque pas aussi bon que Perry, tout le pays en était conscient. Perry était un monstre, le genre de joueur défensif capable de dominer un match par sa simple férocité. La presse lui avait attribué plusieurs surnoms, dont « la Bête », « Cro-Mag » et « les Crocs ». Bien entendu, Chris Berman, d'ESPN [1], semblait toujours avoir

---

1. *Entertainment Sport Programming Network* : chaîne de télévision sportive (*NdT*).

le dernier mot dans ce domaine, et la première fois qu'il évoqua «l'Effrayant», cela lui resta.

Un plaquage anodin pouvait changer bien des choses…

La blessure au genou avait été affreuse, un véritable broyage, qui avait touché le ligament croisé antérieur, le ligament collatéral tibial, bref… tous les foutus ligaments du coin, sans oublier les os, également atteints; le péroné fracturé et la rotule éclatée. Une bonne année de chirurgie réparatrice et de rééducation ne lui avait pas entièrement rendu sa vitesse. Il n'était plus à la hauteur, tout simplement. Alors qu'autrefois il lâchait sa fureur sur le terrain et imposait son autorité sauvage aux adversaires suffisamment inconscients pour se trouver sur son chemin, il ne pouvait désormais plus que boitiller en pourchassant les running back sans jamais les rattraper et encaisser des plaquages qu'il ne parvenait plus à éviter.

Sans la libération que lui procurait le jeu physique du football, la propension à la violence de Perry menaçait de le dévorer de l'intérieur. Dieu merci, Bill avait été présent pour l'aider à s'adapter. Il ne l'avait pas quitté pendant les deux années suivantes, jouant le rôle de la conscience de Perry en lui permettant de se rendre compte de son attitude.

Perry tira le frein à main de la Ford et sortit de la voiture. Il était né et avait grandi dans le Michigan et il adorait les mois froids, toutefois l'hiver rendait la résidence déserte, vide et désespérante. Tout semblait gris clair et sans vie, comme si une force issue d'un conte de fées avait aspiré les couleurs du paysage.

Il enfouit ses mains dans ses poches; le sac en papier de *Walgreens*[1] était toujours là. Les démangeaisons étaient trop intenses: il s'était arrêté à la pharmacie située à quelques pâtés de maison de son immeuble et avait acheté un tube de

---

1. Chaîne de pharmacie américaine (*NdT*).

Cortaid. Il se sentait idiot d'avoir le sentiment qu'il avait cédé, comme si acheter un médicament contre les démangeaisons représentait un signe de faiblesse, mais cette sensation ne le quittait pas.

Il se demanda quel avis précieux et empreint de sagesse son père aurait eu concernant les médicaments. Sans doute quelque chose dans ce goût-là : *Tu es incapable de résister à des démangeaisons ? Mon Dieu… mon garçon, tu m'emmerdes. Il va bien falloir que quelqu'un t'enseigne un peu de discipline.* Il aurait fait suivre ce commentaire d'un coup de ceinture, d'une gifle du revers de la main, ou encore d'un coup de poing.

Ce cher vieux p'pa… Humain et parfait en tout point. Perry chassa ces pensées. Son père était mort depuis longtemps, victime d'un cancer bien mérité. Perry n'avait plus à s'embêter avec lui.

Glissant autant que marchant sur la neige du parking, une fine pellicule qu'aucune pelle ne semblait en mesure d'ôter, il parvint à la porte verte cabossée de son immeuble, dans laquelle il inséra sa clé. Il attrapa son courrier, principalement de la publicité destinée à la poubelle, puis grimpa péniblement les deux étages qui le séparaient de son appartement. Le fait de monter les marches faisait frotter son jean contre les marques qu'il portait sur la jambe et rendait la démangeaison plus insupportable encore : comme si quelqu'un lui avait enfoncé un charbon ardent sous la peau. Il se contraignit à rester stoïque, à faire preuve d'un minimum de discipline, alors qu'il ouvrait la porte de son appartement.

L'agencement de celui-ci était simple : le dos à la porte et face au couloir, le coin cuisine se trouvait sur la gauche et le salon à droite. Juste après le coin cuisine venait la « salle à manger ». Pour commencer, cet endroit était réduit, encombré par le bureau sur lequel se trouvait son Macintosh et par une petite table ronde et ses quatre chaises. Il y avait à peine la place de passer entre ces meubles.

Le salon était d'une taille décente, confortable et peu meublé ; son vieux canapé, de bonne taille, devant lequel était disposée une table basse récupérée. Une petite commode surmontée d'une lampe était accolée au canapé, tandis qu'un petit fauteuil – trop étroit pour le corps de Perry – constituait le territoire habituel de Bill lors des dimanches de football. Exactement en face du canapé et à la droite de la porte était installé le matériel de loisir ; un écran plat de trente-deux pouces et une chaîne stéréo Panasonic, les seuls objets de valeur que possédait Perry. Nul besoin d'un téléphone fixe ; son boulot lui fournissait son portable, et le modem câble sa connexion Internet.

Pas de plante et peu de décoration. Sur le mur, au-dessus de l'équipement audio-vidéo, étaient tout de même accrochées les nombreuses distinctions footballistiques de Perry. Une étagère était réservée aux trophées de MVP[1] au lycée et à son trophée adoré de MVP du Gator Bowl[2], obtenu en première année. Le mur était parsemé de plaques : Défenseur de l'année du Big Ten, prix M. Football du *Detroit Free Press* pour sa dernière année de lycée, ainsi qu'une dizaine d'autres.

Deux objets étaient accrochés l'un à côté de l'autre, en évidence parmi le reste. Le premier était quelque chose qu'il avait été stupéfait de voir, bien qu'au courant de son arrivée, quelque chose qui avait marqué un tournant dans sa vie : la lettre d'acceptation de l'université du Michigan. Quant à l'autre objet, il l'aimait autant qu'il le haïssait : son visage, grondant, maculé de sueur et surmonté de son casque, sur la couverture de *Sports Illustrated*. Sur la photo, il était en train de plaquer Jervis McClatchy, d'Ohio State, complètement enveloppé dans les énormes bras de Perry recouverts de terre et d'herbe. La légende indiquait : *C'est bon quand c'est*

---

1. Most Valuable Player : meilleur joueur (*NdT*).
2. Trophée universitaire de football américain (*NdT*).

EFFRAYANT : Perry Dawsey et les Wolverines[1] *ouvrent la route du Rose Bowl*[2] *au Michigan.*

Il adorait cette couverture pour des raisons évidentes – quel athlète ne rêve pas de faire la couverture de *Sports Illustrated*? Il la détestait car, comme de nombreux footballeurs, il était superstitieux. La couverture de *Sports Illustrated* était considérée par beaucoup d'entre eux comme maudite. Si vous êtes une équipe imbattable et que vous faites la couverture, vous perdrez le prochain match. Ou si vous êtes le meilleur linebacker de la décennie et que vous faites la couverture, votre carrière prendra bientôt fin. Une partie de lui-même ne pouvait s'empêcher de songer à cette idée stupide; s'il n'avait pas figuré sur cette couverture, il jouerait encore au football.

L'appartement était petit et ressemblait, il fallait le reconnaître, quelque peu à un ghetto, mais c'était un véritable hôtel de luxe, comparé à la maison dans laquelle il avait passé son enfance. Il chérissait son indépendance. Il se sentait parfois un peu seul, mais il était libre d'agir selon ses envies quand il le souhaitait. Personne ne surveillait son emploi du temps, personne ne s'inquiétait de le voir rentrer en compagnie d'une fille rencontrée au bar, personne ne l'engueulait s'il laissait ses chaussettes sales sur la table de la cuisine. Personne ne lui hurlait après pour des raisons obscures. Évidemment, ce n'était pas la grande maison qu'il aurait dû posséder, ce n'était pas un domicile digne d'une star de la NFL, mais c'était chez lui.

Il avait fini par trouver un emploi à Ann Arbor, où il avait fait ses études. Il était tombé amoureux de cette ville durant son passage à l'université. Issu d'une petite ville comme Cheboygan, il se méfiait des agglomérations et ne se sentait pas à l'aise dans des métropoles étendues comme

---

1. Équipe de football américain du Michigan (*NdT*).
2. Stade de Pasadena, ville de la banlieue de Los Angeles (*NdT*).

Chicago ou New York. D'un autre côté, il tenait également du cliché du garçon de ferme qui a vu les lumières de la ville ; il lui était impossible de retourner à une vie de patelin qui, à côté de cela, était dénuée de culture et de distractions. Ann Arbor était une ville universitaire de cent dix mille habitants, mais il y régnait une atmosphère chaleureuse et confortable de petite bourgade, ce qui lui offrait le meilleur des deux univers.

Il jeta ses clés et son téléphone portable sur la table de la cuisine, lança son porte-documents et son épais manteau sur le vieux canapé défraîchi, sortit le sachet Walgreens de sa poche et se dirigea vers la salle de bains. Les éruptions lui faisaient l'effet de sept électrodes brûlantes greffées sur sa peau et connectées à un courant de dix mille volts.

Il gérerait les éruptions mais, tout d'abord, il devait faire disparaître ce bouton au-dessus de son sourcil. Il posa le sachet, ouvrit son armoire à pharmacie et se saisit d'une pince à épiler. Comme d'habitude, il donna une pichenette sur l'outil, qui résonna comme un diapason, puis il se pencha vers le miroir. L'étrange bouton était toujours présent, bien entendu, et le lançait encore. Il avait un jour vu Bill percer un bouton ; le processus avait pris quelque chose comme vingt minutes. C'était normal : Bill était méthodique et assez douillet. Perry, lui, supportait beaucoup mieux la douleur mais manquait de patience. Il inspira profondément, ajusta la pince à épiler sur la petite protubérance rouge ratatinée et tira d'un coup sec. Le morceau se détacha… et la douleur survint, chaude et douce. Du sang se mit à ruisseler sur son visage. Il emplit de nouveau ses poumons et attrapa quelques feuilles de papier toilette et les appliqua sur sa nouvelle blessure. Il tenait encore la pince à épiler dans sa main droite. Un simple petit morceau de chair. Mais là, au milieu, était-ce un poil ? Ce n'était pas du tout noir, c'était… bleu… un bleu profond, sombre et irisé.

—Foutrement bizarre.

Il passa la pince à épiler sous l'eau chaude et se débarrassa de l'étrange bouton, puis il attrapa la boîte de pansements dans l'armoire à pharmacie ; il n'en restait plus que six. Il arracha le film protecteur de l'un d'entre eux et l'appliqua sur le petit point sanglant où avait poussé ce similibouton. La partie la plus facile était faite : la première tapette venue savait gérer la douleur. Mais les démangeaisons… c'était une autre histoire.

Perry ôta son pantalon et se laissa tomber sur la cuvette des toilettes, avant de sortir le Cortaid du sachet blanc. Il en fit jaillir une bonne dose dans la main, qu'il appliqua sur la marque jaunâtre située en haut de sa cuisse gauche.

Il le regretta aussitôt.

Le contact direct accentua la démangeaison et la douleur, comme chauffées à blanc par un chalumeau, comme si sa peau fondait et partait en gouttelettes rougeoyantes en fusion. Il s'agita sur son siège et fut près de crier. Au bout d'une ou deux secondes, ayant repris le contrôle de lui-même, il prit une longue et lente inspiration et se força à se calmer.

Presque aussitôt après être apparue, la douleur s'atténua, puis s'évanouit complètement. Un sourire aux lèvres après cette petite victoire, Perry badigeonna avec douceur le baume sur la marque et autour de celle-ci.

Il en riait presque de soulagement. Avec encore plus de précautions, il appliqua le Cortaid sur les autres marques. Quand il eut terminé, les sept points sensibles s'étaient calmés.

—Les Sept Mercenaires, marmonna Perry. Vous n'êtes plus aussi fiers que des héros de cinéma, maintenant !

Ses sept points critiques vaincus, il se sentait en proie à une certaine ivresse, prêt à hurler sa joie. Pourtant, plus que toute autre chose, il était épuisé. Les démangeaisons qui rendaient fou créaient une tension permanente ; celle-ci soudain relâchée, il se faisait l'effet d'une goélette dont les voiles n'étaient plus gonflées par le vent.

Il se déshabilla entièrement, à l'exception de son caleçon, laissa ses vêtements dans la salle de bains et entra dans sa petite chambre. Son grand lit double ne laissait de la place que pour un seul placard et une table de chevet. Moins de cinquante centimètres séparaient les côtés de son matelas des murs.

Il s'effondra littéralement sur son vieux lit confortable, puis il tira à lui les couvertures laissées en désordre, non sans frissonner quand le coton froid lui donna la chair de poule. Les couvertures se réchauffèrent rapidement et à 17 h 30, il dormait profondément, un léger sourire toujours sur les lèvres.

16.
Veines

Margaret fit quelques pas et tenta de se détendre les muscles. Hélas, il n'y avait guère de place dans la tente étouffante RBNS-4. Elle finit par aboutir du côté d'Amos, qui semblait hypnotisé par une lamelle placée sous un puissant microscope.

— Qu'as-tu sur cette épine ?

— Je fais encore quelques tests. J'ai trouvé une autre structure sur laquelle tu devrais jeter un coup d'œil. Fais vite, elle se décompose alors même que nous parlons.

Il se leva et la laissa observer dans l'oculaire. Considérablement agrandie, l'image ressemblait à un vaisseau capillaire dégonflé, une veine ordinaire. Mais elle était loin d'être ordinaire. Elle paraissait en partie endommagée, et de cette zone partait un tube gris-noir. Celui-ci s'achevait sur une région en décomposition qui affichait l'omniprésente pourriture commune à toutes les victimes. Amos avait raison ; elle voyait les tissus se dissoudre sous ses yeux. Elle délaissa la zone pourrissante et se concentra sur le tube.

— C'est quoi, ce truc, bon sang ?

— J'adore ton utilisation subtile de la terminologie scientifique, Margaret. Ça ressemble à un genre de siphon.

— Un siphon ? Tu veux dire que ça aspirait le sang de Brewbaker ? comme un moustique ?

— Non, pas comme un moustique. Pas du tout. Un moustique se contente d'insérer sa trompe dans la peau et de retirer du sang. Ce que tu observes est d'un tout autre niveau. Ce siphon se sert dans le système sanguin, mais il y reste attaché en permanence ; il n'existe apparemment aucun moyen de l'ouvrir ou de le fermer. Cela signifie qu'il doit se trouver d'autres siphons correspondants chargés de renvoyer le sang dans le système sanguin… sinon l'excroissance se remplirait de sang et éclaterait.

— Si ça renvoie le sang dans la circulation sanguine, ça ne se nourrit pas directement de sang ?

— Non, pas directement, mais ça exploite clairement les fonctions physiologiques de l'hôte. Selon toute vraisemblance, l'excroissance prend de l'oxygène, peut-être aussi des nutriments, dans le système sanguin. C'est sans doute de cette façon qu'elle se développe. Elle se nourrit peut-être également directement de l'hôte, mais j'en doute ; cela supposerait un processus de digestion et une méthode d'élimination des déchets. Certes, les excroissances que nous avons vues se sont entièrement décomposées, ce qui ne nous permet pas de confirmer ou d'infirmer l'existence d'un appareil digestif, mais, d'après ce que nous avons ici, je doute qu'il en existe un. Pourquoi ces choses développeraient-elles un système digestif compliqué quand elles n'en ont apparemment pas besoin ? Le sang fournit à l'excroissance toute la nourriture dont elle a besoin.

— Ce n'est donc pas un simple amas de tissu cancéreux, c'est un parasite déclaré.

—En réalité, nous ne savons pas si c'est véritablement vivant, dans le sens habituel du terme. Si c'est une excroissance, ce n'est que ça, une excroissance, tandis qu'un parasite est un organisme distinct. N'oublie pas que les résultats du labo ne relèvent aucune autre présence de tissu que celui de Brewbaker... ainsi que ces énormes quantités de cellulase. Apparemment, cette chose se sert tout de même des fonctions physiologiques de son hôte pour rester en vie. Je suis donc d'accord avec toi pour la définir en tant que parasite, en tout cas pour le moment.

Margaret remarqua une note d'étonnement dans sa voix. Il commençait vraiment à admirer cet étrange parasite. Elle se leva.

Amos se pencha de nouveau sur le microscope.

—C'est un progrès révolutionnaire, Margaret, tu ne le vois pas ? Pense à l'humble ver solitaire ; il ne possède pas d'appareil digestif. Il n'en a pas besoin car il vit dans l'intestin de son hôte. Ce dernier digère la nourriture et épargne cette tâche au ver, qui se contente d'absorber les nutriments qui l'entourent. Où vont ces nutriments si le ver n'y touche pas ? Ils vont dans le sang, qui les transporte, avec l'oxygène, jusqu'aux divers tissus du corps, qu'il débarrasse des déchets et des gaz toxiques.

—En se servant dans le flux sanguin, les parasites triangulaires se fournissent en nourriture et en oxygène. Ils n'ont pas besoin de se nourrir, ni de respirer.

—Selon toute vraisemblance. Plutôt étonnant, non ?

—C'est toi le parasitologue, répondit Margaret. Si cette théorie se confirme, tu seras responsable de cette affaire et je deviendrai le larbin.

Amos éclata de rire. Margaret le détesta en cet instant ; après une session marathon de plus de trente-six heures, avec de petits sommes d'à peine plus de vingt minutes pour récupérer, il n'avait toujours pas l'air fatigué.

—Tu plaisantes ? dit-il. Je suis un dégonflé de première !
Et tu le sais. Au premier signe de danger – physique ou
mental –, je prends mes jambes à mon cou. En fait, ma
femme a enfermé mes couilles dans un bocal à la maison.
Comme elle est plus grande que moi, elle a mis ce bocal
sur une étagère suffisamment haute pour que je ne puisse
pas l'atteindre.

Cette tirade fit rire Margaret. Amos était connu pour être
particulièrement ouvert quant à qui dirigeait son ménage.

—Je suis très bien où je suis, ajouta-t-il. Je préfère être
le larbin, si être responsable signifie devoir traiter avec Dew
Phillips et Murray Longworth. Mais si je me retrouve en
train de mener la barque, n'oublie pas que je préfère mon
café bien noir.

Ils restèrent assis en silence un moment, deux esprits
épuisés occupés à digérer ces étranges informations qui
semblaient ne devoir leur fournir aucune réponse.

—Ça ne doit pas éternellement rester un secret, dit Amos.
Sans réfléchir, je peux te citer trois experts qui devraient être
présents ici en ce moment. La politique du secret de Murray
est idiote.

—Tu dois au moins lui donner raison sur un point,
objecta Margaret. Nous ne pouvons pas dévoiler cette
histoire. Pas encore. Les hôpitaux seraient alors envahis de
personnes atteintes de rougeurs, de piqûres d'insectes ou
même d'assèchement de la peau. Il serait alors extrêmement
difficile de repérer ceux qui sont réellement touchés par
l'infection, d'autant plus que nous n'avons pas la moindre
idée de ce à quoi ressemblent les premières étapes de ce mal.
Si cette affaire était rendue publique maintenant, il nous
faudrait examiner des millions de personnes. Espérons
que nous parvenions au moins à mettre au point un genre
d'examen ou de méthode de dépistage de cette infection
avant que tout éclate au grand jour.

—Je suis conscient du caractère incertain de cette situation, mais je pense simplement que Murray va trop loin. C'est une chose de rester discret, c'en est une autre d'être totalement en sous-effectif. Bon sang, que se passera-t-il si une centaine de Martin Brewbaker surgissent d'un coup et que personne n'y est préparé ? sans parler du simple fait d'avoir été prévenu que ça pouvait se produire ? Tu penses qu'une bombe est une arme qui sème la terreur ? Ce n'est rien en comparaison de centaines d'Américains devenus dingues. Que se passera-t-il si nous conservons ce mal secret jusqu'à ce qu'il soit trop tard pour y faire quoi que ce soit ?

Amos revint à son ordinateur et laissa Margaret, qui considérait le demi-cadavre. La décomposition incessante avait partiellement détendu les doigts de Brewbaker ; alors qu'ils étaient plus tôt tendus vers le haut, ils penchaient désormais à quarante-cinq degrés, à mi-chemin de la table. Ce corps, qui noircissait et se liquéfiait, n'avait plus beaucoup de temps devant lui.

Margaret repensa à la tirade d'Amos ; s'il existait un labo clandestin maîtrisant la technologie nécessaire pour générer un parasite capable de modifier le comportement humain, n'était-il pas déjà trop tard ?

17.
La maladie de la griffe du chat

Perry se réveilla en hurlant. Sa clavicule le faisait atrocement souffrir, comme s'il avait enfoncé une lame de rasoir à travers la fine peau qui recouvrait l'os, tout en épluchant la chair comme une râpe à fromage frottée contre un morceau de cheddar. Les doigts de sa main droite étaient gelés, mouillés et collants. Un rayon du soleil levant traversait les rideaux à moitié tirés et éclairait le givre cristallisé sur le carreau de la fenêtre. La chambre était remplie de la lueur voilée d'un matin d'hiver. Dans la pénombre, Perry regarda ses mains ; elles semblaient recouvertes de sirop chocolaté, épais et d'un brun poisseux. Il tâtonna, à la recherche de la lampe posée sur la table de chevet. La lumière de l'ampoule éclaira la pièce et ses mains. Ce n'était pas du sirop chocolaté.

C'était du sang.

Les yeux écarquillés d'horreur, Perry se retourna vers son lit. De fines rayures de sang parsemaient les draps blancs. Tout en clignant des paupières pour se débarrasser des dépôts de la nuit, il se précipita dans la salle de bains et se regarda dans le miroir.

Des filets de sang séché et des traces de doigts zébraient son muscle pectoral droit, le liquide coagulé dans le fin duvet qui recouvrait son torse. Il s'était déchiré la peau pendant la nuit, il avait raclé jusqu'à sa chair avec ses ongles, qui étaient maculés de sang et de morceaux de peau séchée. Perry baissa les yeux sur son corps. Des taches de sang, certaines humides, d'autres poisseuses et encore d'autres tout à fait sèches, recouvraient sa cuisse gauche.

Avec un sursaut d'horreur, il vit également que son caleçon était moucheté de taches de sang. Il en écarta l'élastique qui lui entourait la taille et regarda. Un soupir de soulagement : pas de sang sur les testicules.

Il s'était ouvert pendant la nuit, il avait gratté les zones atteintes avec un abandon qui n'avait pas eu cours en journée. Comment ne s'était-il pas réveillé ? Qu'il ait « dormi comme un mort » était encore en dessous de la vérité. Pourtant, malgré plus de treize heures de sommeil, il se sentait toujours fatigué. Fatigué et affamé.

Il s'observa dans le miroir. La peau pâle, presque blanche, salie de traînées de son propre sang séché, qui avait pris une teinte entre rouge et noir, comme s'il avait servi de toile pour une peinture aux doigts effectuée par un enfant. Il ressemblait aussi à quelque sorcier des temps anciens, grimé en vue d'un rite tribal.

Les éruptions s'étaient développées durant la nuit. Chacune avait désormais la taille d'une crêpe « silver dollar [1] » et avait pris une teinte cuivrée. Perry tendit le cou et tenta de se servir du miroir pour apercevoir les taches dans son dos et sur sa fesse. Elles semblaient normales, ce qui voulait dire qu'il ne les avait pas grattées jusqu'au sang pendant la nuit. En réalité, elles étaient tout sauf normales.

Ne sachant pas quoi faire d'autre, Perry prit une douche rapide afin de se débarrasser du sang séché. La situation s'annonçait mal, mais il ne pouvait plus y changer quoi que ce soit. D'autre part, il devait se rendre à son travail d'ici quelques heures. Peut-être ensuite céderait-il et prendrait-il rendez-vous chez un médecin.

Il se nettoya les mains puis s'appliqua le restant du tube de Cortaid, en restant extrêmement doux avec les blessures à vif de sa jambe et de sa clavicule. Il recouvrit ensuite ces deux zones de pansements, avant de se vêtir et de se préparer un petit déjeuner gargantuesque. Son estomac grondait, tenaillé par une faim de loup, plus intense que son habituelle envie matinale. Il fit cuire cinq œufs brouillés et huit toasts, avant de noyer le tout dans deux grands verres de lait.

Dans l'ensemble, les éruptions semblaient calmées, même si leur allure semblait pire que jamais. Si elles ne le grattaient plus, ce ne devait pas être si grave. Perry sentait que certaines d'entre elles disparaîtraient avant la fin de la journée, ou en prendraient au moins le chemin. Persuadé que son corps était capable de gérer ce problème, il s'empara de son porte-documents en piteux état et se rendit à son travail.

---

1. Petites crêpes, souvent servies en hors-d'œuvre, mesurant environ 7 ou 8 cm de diamètre (*NdT*).

18.
Nerfs

Margaret lut avec incrédulité les résultats qui s'affichaient.

—Amos, appela-t-elle par les petits microphones de la combinaison. Viens ici et regarde ça.

Amos s'approcha sans bruit, toujours aussi peu affecté par la fatigue.

—Qu'as-tu trouvé?

—J'ai terminé l'analyse des échantillons prélevés sur tout le corps et j'ai découvert des quantités massives de neuro-transmetteurs, en particulier dans le cerveau.

Amos se pencha vers l'écran de l'ordinateur.

—Des niveaux excessifs de dopamine, de noradrénaline et de sérotonine… Mon Dieu, son système nerveux avait totalement perdu les pédales. À ton avis, qu'est-ce qui a bien pu lui infliger ça?

—Ce n'est pas ma spécialité, je vais devoir effectuer des vérifications, mais, d'après ce que je sais, des concentrations excessives de neurotransmetteurs peuvent provoquer des troubles paranoïaques, voire des comportements psycho-pathiques. Je ne suis même pas certaine qu'un cas affichant de telles valeurs ait déjà été relevé.

—L'excroissance contrôle les victimes avec des drogues naturelles. Si seulement nous parvenions à mettre la main sur une cible vivante, nous pourrions observer l'intérieur de ces foutus trucs. C'est la deuxième fois que nous avons l'occasion d'examiner un hôte, mais les excroissances se sont chaque fois avérées complètement pourries. On dirait presque que les personnes qui ont créé ces choses ont inten-tionnellement ajouté ce caractère dégénératif, de façon qu'il soit plus difficile d'étudier ces sales petites bestioles.

Margaret joua avec cette idée mais ne s'y attarda pas. Un doute germait déjà en elle au sujet de l'incroyable complexité des excroissances : une autre théorie prenait peu à peu forme.

Amos désigna l'écran.

— L'excroissance produit – ou elle contraint à produire – des neurotransmetteurs en quantités excessives, ce qui conduit à des résultats reproductibles. Brillant. Absolument brillant.

— Il y a aussi des variantes, révéla Margaret. La concentration d'encéphaline était soixante-quinze fois plus élevée que la normale dans les tissus qui entouraient l'excroissance. L'encéphaline est un antidouleur naturel.

Amos resta songeur un moment.

— C'est logique, dit-il enfin. C'est difficile de l'affirmer avec tant de pourriture, mais on dirait que l'excroissance endommage considérablement les tissus voisins. Quel que soit le créateur de ces parasites, il ne souhaite pas que l'hôte ressente ces lésions. Ce niveau de complexité est astronomique.

— Amos, tu n'es pas obligé d'applaudir ces petites bêtes, dit Margaret sur un ton de reproche. N'oublie pas que nous sommes ici pour arrêter ces trucs.

— C'est difficile de ne pas être ébahi, répondit-il avec un sourire. Viens ici et jette un coup d'œil à ce que j'ai sous le microscope à ultraviolets.

Margaret s'avança d'une démarche traînante vers l'appareil sur lequel son collègue travaillait depuis une demi-heure. Sa combinaison frottait à chaque pas comme si elle portait un pyjama d'enfant type grenouillère.

Elle regarda dans l'oculaire. L'échantillon ressemblait à une cellule nerveuse ordinaire. Amos avait parfaitement isolé et préparé le tissu ; des dendrites, semblables à des doigts, colorées et luisant d'un bleu électrique sous le faisceau d'ultraviolets, s'étendaient vers les axones, plus épais. Cette connexion précise servait à transmettre les informations chez chaque animal de la planète.

—C'est un amas isolé de cellules nerveuses, remarqua Margaret. D'où provient-il?

—Je l'ai trouvé près du huitième nerf crânien. La décomposition est en marche de ce côté, mais j'ai pu dénicher quelques zones encore relativement épargnées.

À l'intérieur de sa combinaison encombrante, Margaret fronça les sourcils. Le huitième nerf crânien, aussi appelé nerf vestibulo-cochléaire, était celui par lequel les signaux en provenance de l'oreille pénétraient dans le cerveau.

—Il est très endommagé et il présente des signes de décomposition, mais il reste indubitablement du tissu nerveux.

Amos garda le silence pendant un moment, puis Margaret se redressa.

—En es-tu certaine? dit Amos en se penchant vers elle.

Margaret n'était pas d'humeur à jouer aux devinettes, pourtant elle prit la peine d'observer de nouveau le prélèvement. Elle ne décela rien d'anormal.

—Amos, si tu as quelque chose à dire, vas-y, je t'en prie.

—Ces cellules n'appartiennent pas à Martin Brewbaker.

Elle le regarda d'un air absent sans comprendre.

—Pas à Brewbaker? Pourquoi examines-tu d'autres prélèvements? Si ce ne sont pas des cellules nerveuses de Brewbaker, alors à qui… (Sa voix mourut quand la lumière se fit dans son esprit.) Amos, essaies-tu de me dire que ces cellules proviennent de l'excroissance?

—J'ai pratiqué un séquençage de protéines sur l'épine noire et sur le siphon de la veine. Les résultats dévoilent des protéines inconnues, assurément non humaines. J'ai donc prélevé quelques échantillons en diverses parties du cadavre et j'ai cherché la même séquence. J'en ai trouvé de fortes concentrations dans le cerveau: c'est ainsi que j'ai découvert l'amas sur le nerf crânien. J'ai repéré la protéine en d'autres endroits mais sans trouver d'autres nerfs, uniquement des restes de cette pourriture bizarre. Il y en avait de hautes concentrations dans le cortex cérébral, le thalamus, l'amygdale, le noyau caudé, l'hypothalamus et le septum.

Margaret se sentit accablée. La plupart des fonctions principales du cerveau demeuraient un mystère, même à cette époque où la connaissance scientifique progressait à grands pas. Les zones du cerveau de Brewbaker infectées par la pourriture composaient en partie le système limbique, dont on supposait qu'il contrôlait la mémoire et les réactions émotionnelles, parmi d'autres fonctions.

Que foutait donc cette excroissance dans le cerveau de Brewbaker ? Elle l'avait pourtant déjà sous son emprise avec les overdoses de neurotransmetteurs, non ?

— Ce que tu observes est le seul échantillon que j'aie trouvé qui ne soit pas complètement décomposé, poursuivit Amos. Je n'ai jamais vu de telles protéines, je suppose donc qu'elles sont synthétiques, créées par l'homme. Si elles sont naturelles, elles ne ressemblent à rien que j'aie déjà rencontré. J'ai fouillé toutes les bases de données universitaires et biotech, mais je n'ai rien trouvé de similaire. Cela signifie que, si ces protéines sont synthétiques, quelqu'un garde soigneusement ses recherches pour lui, ce qui ne me surprend pas, étant donné la technologie extrêmement avancée à laquelle nous avons affaire.

Margaret était atterrée. Il était inconcevable que le créateur de cet organisme soit parvenu à générer un nouveau parasite, capable de se développer en partant d'un minuscule embryon, peut-être même une cellule unique, et s'accrocher sur un hôte humain. C'était encore plus impensable que cette créature produise des neurotransmetteurs au rythme d'une usine et les lâche dans le flux sanguin. C'était malgré tout étourdissant – oui, étourdissant – de songer au génie nécessaire pour créer des nerfs artificiels avec une précision telle qu'ils étaient à même d'interagir avec des nerfs humains.

— C'est logique, si l'on considère le siphon de la veine, dit-elle. Mais ce n'est qu'un accessoire physique destiné à aspirer des nutriments. Quel intérêt pour le parasite de générer des imitations de nerfs ?

— Tu me poses une colle, là. On doit malgré tout aboutir à la conclusion logique que les excroissances se servaient dans le système nerveux comme elles le faisaient dans le système sanguin.

— Mais pourquoi ? insista-t-elle, plus pour elle-même que pour son collègue. L'overdose de neurotransmetteurs produit quelque chose de prévisible, des résultats reproductibles. Si le but est de rendre fous les gens, pourquoi s'embêteraient-elles à exploiter le système nerveux ? Quel intérêt d'agir ainsi ?

Amos haussa les épaules. Il se décontracta ensuite avec quelques assouplissements avant d'effectuer plusieurs fois le tour de la table, suivant un circuit miniature afin de chasser la fatigue.

Margaret regagna lentement son poste, l'esprit perdu dans ses pensées et envisageant mille éventualités. Elle éprouvait désormais un respect grandissant mêlé d'effroi pour le mystérieux organisme.

Cela avait semblé si évident – incroyable et effrayant, mais tout de même évident – qu'il s'agisse d'un organisme artificiel conçu afin de rendre les gens violents et imprévisibles. Elle n'en était plus certaine, désormais. Il y avait autre chose concernant ce mystère, quelque chose que la théorie des terroristes high-tech ne suffisait pas à expliquer.

— Hé ! Margaret, apporte-moi l'appareil photo.

Elle se retourna : Amos se tenait près de la hanche de Brewbaker. L'intégralité du cadavre était la proie de la décomposition, mais certaines zones ne se trouvaient pas dans un état trop avancé. La hanche en faisait partie. Elle attrapa l'appareil photo sur la table de préparation et le tendit à Amos.

Celui-ci désigna la hanche, plus précisément une petite lésion qu'ils avaient repérée plus tôt.

— Margaret, regarde ça, dit-il en s'agenouillant avant de prendre un cliché.

— Je vois. Tu me l'as déjà montré.

— Oui, mais tu ne remarques rien de différent ?

Margaret poussa un soupir.

— Amos, arrête ce jeu, s'il te plaît. Si tu as quelque chose à dire, dis-le.

Il ne répondit pas. Il se leva, tripota l'appareil photo puis s'approcha d'elle, épaule contre épaule, afin qu'ils puissent tous les deux apercevoir le petit écran de l'appareil. Sur celui-ci s'affichait un gros plan de la lésion, de laquelle sortait une minuscule fibre bleue.

— Et alors ? dit Margaret. On doit se bouger les fesses avant que ce corps parte en miettes, Amos.

— Ceci est l'image que nous avons prise la première fois que nous avons vu cette zone, expliqua-t-il avant d'actionner le bouton qui faisait avancer les images, ce qui afficha le cliché suivant. Et voici celle que je viens de prendre à l'instant.

Margaret regarda l'écran. Les deux photographies se ressemblaient à l'identique, à l'exception d'un détail : sur la seconde ne figurait pas une fibre, mais trois ; une petite rouge, une petite bleue, ainsi que la première, également bleue, maintenant trois fois plus grande que précédemment.

Bien que Martin Brewbaker soit décédé, les fibres grandissaient toujours.

19.
Une sale journée

À midi, ces fichus trucs le démangeaient de nouveau et Perry en arriva à se demander s'il ne devait pas consulter un médecin. Mais ce n'était que de simples petites éruptions, enfin ! Quel genre de mauviette se rendait chez un médecin pour une éruption ? Que reste-t-il si l'on est incapable de s'astreindre à une certaine autodiscipline ?

Il avait toujours été en parfaite santé. Il n'avait pas vomi suite à un incident non lié à l'alcool depuis la fin de l'école primaire. Alors que d'autres succombaient à la grippe, Perry ne subissait qu'un nez encombré et quelques légers maux d'estomac. Quand d'autres se faisaient porter malades tous les quatre matins, Perry n'avait pas manqué une journée de travail en trois ans. Il avait hérité cette résistance, ainsi que sa taille, de son père.

Perry était âgé de vingt-cinq ans quand le capitaine Cancer avait finalement eu raison de Jacob Dawsey, le plus solide fils de pute de ce côté-ci de Brian Urlacher[1]. Avant ce dernier voyage à l'hôpital, duquel il n'était jamais rentré, Jacob Dawsey n'avait manqué qu'un seul jour de travail de toute sa vie. Ce jour était survenu quand Perry lui avait brisé la mâchoire.

De retour chez lui après un entraînement de fin de saison, Perry avait trouvé son père en train de battre sa mère. La neige tombait plus ou moins depuis une semaine, suffisamment pour recouvrir l'herbe clairsemée de touches de blanc mais pas assez pour s'accumuler sur le chemin boueux qui menait à la maison, lequel scintillait d'une humidité froide.

Son père avait projeté sa mère dans une flaque de neige fondue, devant le porche, et s'apprêtait à la fouetter avec sa ceinture. Cette scène n'avait rien d'inédit et, encore aujourd'hui, Perry n'avait pas la moindre idée de la raison pour laquelle il l'avait frappée et, pour la première fois de sa vie, il s'était élevé contre la fureur incessante de son père.

---

1. Joueur américain de football américain, qui évolue au poste de linebacker avec les Bears de Chicago (*NdT*).

«*Je vais te montrer qui commande, ici, femme!* dit Jacob Dawsey en faisant claquer la ceinture sur le sol dans un grand bruit. *On vous donne la main et vous prenez le bras, vous autres! Pour qui tu te prends, bordel?*»

Bien qu'ayant passé l'intégralité de sa vie dans le nord du Michigan, le père de Perry avait un léger accent traînant. Ses mots en étaient colorés, son «bordel» sonnait plutôt comme «bordail», en insistant sur le «i».

À cette époque, Perry était en deuxième année à l'université, mesurait un mètre quatre-vingt-cinq, pesait quatre-vingt-dix kilos et n'en finissait plus de grandir. Cela dit, il ne faisait pas le poids face à son père et son mètre quatre-vingt-treize pour cent vingt kilos de muscles massifs. Perry se précipita tout de même et plongea sur son père, qu'il plaqua violemment. Les deux hommes atterrirent sur le porche délabré, détruisant au passage un pan de treillis en bois.

Perry se releva le premier en hurlant et frappa son père d'un puissant crochet du gauche, qui brisa la mâchoire de ce dernier, ce dont Perry ne se rendit compte que plus tard. Jacob Dawsey repoussa son fils comme un tas de détritus et Perry s'apprêta à renouveler son attaque. Son père s'empara d'une pelle, déterminé à lui infliger la pire correction de sa vie.

Perry se battit comme il ne s'était encore jamais battu car il était certain qu'il allait mourir en ce jour. Il porta deux autres coups sur la mâchoire de son père mais celui-ci broncha à peine, tandis qu'il abattait le plat de la pelle, encore et encore.

Le lendemain, la douleur fut trop intense, même pour le puissant Jacob Dawsey. Il se rendit à l'hôpital, où les médecins maintinrent sa bouche fermée à l'aide de bandages. Quand il retourna chez lui, il appela son fils à la table de la cuisine.

Couvert de bleus, ouvert en une dizaine d'endroits, Perry pouvait à peine marcher après les coups de pelle reçus. Il s'assit tout de même à la table tandis que son père griffonnait un bout de papier d'une écriture enfantine. Jacob Dawsey était quasiment illettré mais Perry parvint à déchiffrer le message :

« Peux pas parler, cassé mâchoire. Tu t'es battu comme un homme. Fier de toi. C'est monde de merde, tu dois apprendre pour survivre. Tu comprendras un jour. Tu me remercieras. »

Il avait été bouleversé, au-delà du concevable, non pas par les coups reçus mais par le regard de son père. Un regard dans lequel se lisaient la tristesse, l'amour et la fierté. Un regard qui disait « Ça me fait plus mal qu'à toi », et ce n'était pas à cause de la mâchoire brisée. Cet homme considérait le fait de battre son fils avec une pelle du même œil qu'un père sensé estimait une fessée ; quelque chose de désagréable qui devait être fait en tant que responsabilité parentale. Jacob Dawsey ne pensait pas avoir mal agi. En réalité, il pensait s'être correctement conduit, de façon responsable, et bien que détestant frapper son fils unique, il avait fait ce qui devait être fait pour être un bon père.

Ouais, merci Papa, songea Perry. *Merci beaucoup. T'es le meilleur.*

Autant il détestait l'homme, autant il lui était impossible de nier que son père avait fait de lui ce qu'il était devenu. Jacob Dawsey s'était fixé comme objectif d'endurcir son fils et il y était parvenu. La résistance de Perry l'aida à exceller sur les terrains de football, ce qui lui valut une bourse et un diplôme universitaire. Aussi fou qu'ait été Jacob Dawsey, il lui avait également insufflé une ténacité qu'il considérait comme une part primordiale de sa personnalité. Il aimait travailler dur. Il aimait être le seul sur qui l'on comptait pour faire le boulot.

Éruptions ou non, Perry était au travail et faisait son boulot. Hélas, se trouver sur son lieu de travail et être efficace étaient deux choses bien distinctes. Il était incapable de se concentrer. Il évoquait sans cesse les mêmes idées, les mêmes solutions éventuelles dans son esprit. Il avait la sensation que son cerveau était embrumé, comme s'il n'était pas en mesure de se fixer sur la tâche dont il devait s'occuper.

— Perry, puis-je vous parler un instant ?

Il se retourna et vit Sandy, qui était entrée dans son box. Elle ne semblait pas satisfaite.

— Bien sûr, répondit-il.

— Je viens de recevoir un appel de Samir, de Pullman. Leur réseau est hors service depuis trois jours, maintenant.

— J'y travaille. Je pensais pouvoir le réparer hier. Je suis désolé que ça prenne autant de temps.

— Je sais que vous travaillez dessus mais j'ai le sentiment que vous n'êtes pas très concentré. D'après Samir, vous lui avez demandé de réinitialiser les routeurs de réseau hier. Deux fois. Et bien que ça n'ait pas fonctionné chaque fois, vous le lui avez de nouveau demandé ce matin. (Le cerveau de Perry chercha une réponse mais n'en trouva aucune.) Ils perdent de l'argent, Perry, poursuivit Sandy, qui semblait très en colère. Ce n'est pas grave si les membres de mon équipe ne parviennent pas à résoudre un problème, mais je ne veux pas que vous insistiez n'importe comment sur quelque chose si vous ne savez pas comment en venir à bout.

Perry sentit la colère monter en lui. Il bossait aussi dur que possible, bon sang ! Il était le meilleur du service ! Peut-être existait-il des problèmes impossibles à résoudre ?

— Bon, pouvez-vous me dire ce qui ne va pas dans leur système ? demanda Sandy.

Perry remarqua pour la première fois que les yeux de sa patronne s'agrandissaient et que ses narines s'élargissaient quand elle était furieuse. Cela lui donnait un air irrité enfantin et la faisait ressembler à une petite fille gâtée persuadée que le monde était à ses ordres.

— Je n'en sais rien, avoua Perry.

Les yeux de Sandy, les mains sur les hanches, s'écarquillèrent encore. Perry vit dans cette posture hautaine une autre expression de sa colère.

—Comment pouvez-vous ne pas le savoir, enfin! Vous êtes dessus depuis trois jours! Ça fait trois jours que vous ne trouvez rien, et vous n'avez pas demandé d'aide?

—J'ai dit que j'y travaillais!

Il fut lui-même surpris par son ton; un mélange de fureur et d'impatience. Une vive inquiétude apparut dans les yeux de Sandy quand elle les baissa. Elle n'avait plus l'air agacée maintenant, mais vaguement apeurée. Perry baissa lui aussi la tête afin de voir ce qu'elle regardait. Ses poings étaient si fermement serrés que ses articulations en étaient blanchies, comparées à sa peau rougeâtre. Il se rendit alors compte que son corps tout entier était tendu de manière agressive, dans cette même attitude dont il était coutumier avant le coup d'envoi… ou avant une bagarre. Les boxes furent soudain plongés dans un grand silence. Il imagina à quel point cette scène devait être effrayante pour elle: son corps furieux et menaçant dominant la silhouette, petite et faible, de sa supérieure. Il devait ressembler à un ours enragé sur le point de bondir sur un faon blessé.

Il se força à ouvrir les mains, tandis qu'il se sentait rougir de honte et de gêne. Il avait effrayé Sandy, il l'avait incitée à croire qu'il allait commettre une folie et la frapper. *Comme la dernière fois*, le taquina sa conscience. *Comme avec le dernier patron.*

—Je suis désolé, répondit-il avec calme.

La peur quitta les yeux de Sandy et fit place à de l'inquiétude. Malgré cela, elle recula d'un pas et sortit du box.

—Vous semblez stressé ces derniers temps, dit-elle posément. Et si vous preniez le reste de votre journée pour vous détendre?

Perry blêmit à l'idée de quitter le travail en avance.

—Ça va aller. Vraiment, je peux régler le problème chez Pullman.

—Je me fiche de ça. Je vais demander à quelqu'un d'autre de s'en occuper. Rentrez chez vous. Maintenant.

Elle fit demi-tour et s'en alla.

Perry regarda par terre, avec la sensation d'être un raté et d'avoir trahi la loyauté de Sandy. Il s'était trouvé tout près de frapper la seule personne qui lui avait donné sa chance, qui lui avait permis de reprendre sa vie en main. Elle avait tout fait pour lui en lui offrant cette chance. Et c'était ainsi qu'il la remerciait. Les sept points sensibles s'éveillèrent sur son corps en même temps, ce qui ne fit qu'ajouter à sa frustration. Comme un enfant géant, il remplit son porte-documents recouvert d'adhésif et enfila son manteau.

L'alerte de sa messagerie instantanée sonna :

> **BlanchetteDoigtsDeFée** : Hé ! Ça va, mec ? Je peux t'aider ?

Perry contempla le message une bonne seconde. Il ne méritait pas d'aide, il ne méritait pas de compassion. Sans s'asseoir, il tapa une réponse :

> **Jaune_bleu_sanglant** : Ne t'inquiète pas pour moi. Ça baigne.
> **BlanchetteDoigtsDeFée** : Tu parles ! Reste cool, rentre chez toi, j'arrangerai ça.
> **Jaune_bleu_sanglant** : Non, te mêle pas de ça.
> **BlanchetteDoigtsDeFée** : Très bien. Je promets de ne rien dire à Sandy. Mais bon, je mens tout le temps. Je "promets" aussi de ne pas m'occuper de Pullman.
> **BlanchetteDoigtsDeFée** : Va regarder tes cochonneries sur le pape, je gère. Pas de souci.

Bill le soutenait totalement, ce qui rendait Perry encore plus mal à l'aise. Même s'il insistait pour que son ami ne s'en occupe pas, ce dernier se chargerait du boulot de toute façon.

Il sortit du bureau, conscient de tous les regards braqués sur lui dans son dos. Frustré, le visage écarlate, Perry marcha jusqu'à sa voiture et prit la direction de son appartement.

20.
En sous-effectif

Il était difficile de croire que cela ne faisait que sept jours que Murray l'avait appelé. Sept jours plus tôt, alors qu'il n'avait jamais entendu parler de triangles, de Margaret Montoya ou de Martin Brewbaker... Sept jours plus tôt, alors que son équipier ne se trouvait pas dans un lit d'hôpital, un lit dans lequel Dew l'avait cloué, quoi qu'on en dise.

Sept jours plus tôt, Murray avait appelé Dew. Ils avaient autrefois combattu côte à côte, mais après le Vietnam ils n'étaient pas vraiment restés en contact. Quand Murray se manifestait, cela ne se traduisait que d'une seule façon ; il voulait que quelque chose soit fait. Quelque chose de peu motivant. Quelque chose qui impliquait de se salir un peu, quelque chose dont Murray – avec ses costumes taillés sur mesure et ses manucures – ne souhaitait pas se charger. Pourtant, ils avaient traversé l'enfer ensemble et, même si Murray avait progressé dans la hiérarchie de la CIA et fait tout son possible pour s'élever au-dessus du lieutenant qui marchait dans la merde qu'il avait été au Vietnam, quand Murray appelait, Dew répondait toujours présent.

Cela ne faisait que sept jours que Dew s'était rendu dans la salle d'attente de Murray. Il avait regardé la secrétaire rouquine de vingt et quelques années en se demandant si Murray se la tapait.

Elle avait alors levé les yeux, d'un vert étincelant, et lui avait adressé un large sourire.

— Puis-je vous aider, monsieur ?

Accent irlandais, songea Dew. *S'il ne la baise pas, ou si au moins il n'essaie pas, c'est qu'il est impuissant.*

— Je suis l'agent Dew Phillips. Murray m'attend.

— Bien entendu, agent Phillips, entrez donc, répondit la rouquine, avant d'ajouter sur un ton plus confidentiel : Vous êtes en retard de quelques minutes… et Monsieur Longworth a horreur du manque de ponctualité.

— Vraiment ? C'est pas formidable, ça ? Bon, faudra que je m'organise un genre d'emploi du temps.

Dew entra dans l'immense et spartiate bureau de Murray. Un drapeau américain troué par des balles décorait un mur. Sur le mur opposé était suspendue une rangée de photographies, sur lesquelles Murray figurait aux côtés des cinq derniers présidents. Ces images constituaient des instantanés relatant le vieillissement de l'occupant des lieux, depuis un jeune homme au corps ferme jusqu'à une boule de nerfs aux yeux froids et plus que légèrement enveloppée.

Dew remarqua l'absence de photographie de Murray en uniforme, tenue d'apparat ou treillis. Ce dernier voulait oublier cette époque, oublier celui qu'il avait alors été et oublier ce qu'il avait fait. Dew ne pouvait rien oublier… d'ailleurs il ne le souhaitait plus. C'était une partie de sa vie et il avait évolué. Globalement, en tout cas.

Il était loin d'avoir oublié le drapeau accroché au mur, ainsi que le camp retranché où lui, Murray et six autres hommes avaient été les seuls survivants d'une compagnie entière, il se rappelait s'être battu pour sa vie comme un animal enragé. Cela avait ressemblé à la fin de la première guerre mondiale, juste avant que les hélicos arrivent, à se battre au corps à corps à

2 heures du matin dans des tranchées humides renforcées avec des sacs de sable, les étoiles cachées par des nuages vomissant une pluie qui transformait le camp en un océan de boue.

Murray Longworth était assis derrière un vaste bureau en chêne dénué de tout ornement, si l'on exceptait l'ordinateur, et dont la surface vide brillait sous plusieurs couches de cire.

—'lut, L. T.[1], dit Dew.

—Tu sais, Dew, j'apprécierais beaucoup que tu n'utilises pas ce surnom. Nous en avons déjà parlé.

—Sans doute. J'ai dû oublier.

—Assieds-toi.

—Chouette bureau que tu as là. Ça fait quelque chose comme quatre ans que tu es ici, non? Heureux de le voir enfin. (Murray ne fit aucun commentaire.) Ça fait… quoi, trois ans qu'on ne s'est pas parlé, L. T.? sept ans que tu ne m'as pas demandé quelque chose? Ta carrière est encore en danger, c'est ça? Tu as besoin du bon vieux Dew pour te sortir les fesses du feu? pour te donner bonne mine?

—Pas cette fois.

—Bien sûr, L. T., bien sûr. Tu sais, je ne suis plus aussi jeune que je l'ai été. Mon vieux corps pourrait ne pas être à la hauteur de tes sales besognes.

Dew s'immobilisa devant le drapeau. Une tache d'un brun crasseux en maculait le coin supérieur gauche; «simplement de la boue du delta», expliquait Murray à ceux qui posaient la question. Ce n'était pas de la boue, et Dew le savait mieux que personne. Ce drapeau avait autrefois été attaché à un mât dont Dew s'était servi pour tuer un Viêt-cong; il en avait plongé la pointe en cuivre dans les tripes de l'ennemi comme un guerrier primitif armé d'une lance. Dans le coin supérieur droit, une tache similaire rappelait le jour où Dew avait tenté en vain de stopper une hémorragie à la gorge de

---

1. Abréviation de «lieutenant» (*NdT*).

Quint Wallman, touché par une balle d'AK-47 qui avait presque décapité le caporal-chef de dix-huit ans.

Ils n'avaient pas utilisé cet étendard par motivation ; aucune fibre patriotique ne vibrait particulièrement à l'époque chez le moindre d'entre eux. Ce drapeau indiquait juste leur dernière position, l'endroit où ils avaient repoussé l'attaque, avant que les hélicos surviennent et les sortent d'affaire. Murray avait embarqué le dernier ce jour-là, il s'était assuré que les autres soldats – tous blessés, Dew compris – soient à bord avant de s'inquiéter pour lui-même. Il avait alors attrapé le drapeau, taché de sang, brûlé et troué d'impacts de balles, et l'avait emporté. Personne n'avait compris pourquoi sur le moment, sans doute pas même Murray. Quand ils avaient pris conscience que tout était terminé, qu'ils avaient échappé à la mort, laissé des corps amis et ennemis derrière eux, cet objet avait d'une certaine façon revêtu davantage de signification.

Plongé dans ses souvenirs, Dew regardait le tissu déchiré quand il se rendit compte que Murray l'appelait d'une voix calme.

— Dew ? Dew ?

Dew se retourna et cligna des yeux, puis revint rapidement à la réalité, au présent. Murray lui désignait la chaise disposée en face de son bureau. Après avoir envisagé un instant d'ignorer la proposition de Murray, Dew obtempéra et s'assit.

Il sortit un Tootsie Roll de la poche de sa veste, l'ôta de son emballage et engouffra la friandise marron avant d'en jeter le papier d'emballage par terre. Il mâchonna un moment, sans quitter Murray du regard, avant de prendre la parole :

— T'as eu des nouvelles de Jimmy Tillamok ? (Murray secoua la tête.) L'a avalé une balle. S'est servi d'un vieux 45… Il ne restait plus grand-chose de sa tête.

La tête du directeur adjoint s'affaissa et un long sifflement s'échappa de son corps.

— Mon Dieu… Je ne savais pas…

— Rends-toi compte, il n'a subi qu'une demi-douzaine de cures de désintoxication au cours de ces quatre dernières années, dit Dew. Il était mal, Murray. Il était mal et il avait besoin de ses amis.

— Pourquoi ne m'as-tu pas prévenu ?

— Tu serais venu ?

Le silence de Murray répondit à cette question. Il releva la tête et plongea son regard dans celui, de pierre, de son subordonné.

— Nous sommes donc les derniers, alors…

— Ouaip, il ne reste plus que nous deux, enchaîna Dew, avant de prendre un ton sarcastique. Bon sang, quelle bonne chose que nous soyons restés si proches toutes ces années. Nous pouvons maintenant compter l'un sur l'autre… Putain, L. T., viens-en au fait ! Qu'est-ce que tu veux ?

Murray s'empara d'une enveloppe en papier kraft et la tendit à Dew. Les mots « PROJET TANGRAM » étaient inscrits dessus.

— Nous avons ce qui pourrait être un problème majeur.

— Murray, si c'est le genre de conneries où je me fais buter pour que ta carrière avance, je ne marche pas.

— Je t'ai dit que ce n'était pas le cas, cette fois, Dew. C'est sérieux.

— Ah ouais ? Encore du nettoyage à faire, Murray ? Qui t'a donné son linge sale, ce coup-ci ?

— Je ne peux pas te le dire.

Dew regarda intensément L. T. Celui-ci se fichait de lâcher des noms, c'était sûr. Tout s'éclaira soudain : Murray n'avait pas le droit de dire qui, et il avait fait appel à la seule personne qui ferait le boulot coûte que coûte.

— Putain de merde…, lâcha Dew. Ça vient du grand chef, c'est ça ? On est dans un genre d'opération secrète présidentielle, je ne me trompe pas ?

Murray s'éclaircit la voix.

— Dew, je t'ai dit que je ne pouvais pas te le dire.

Le démenti classique, en réalité un aveu. La façon de Murray de confirmer la supposition de son homme sans prononcer les mots.

Dew ouvrit l'enveloppe et se mit à en examiner le contenu. Elle ne renfermait que quatre dossiers : trois rapports et un résumé, qu'il lut deux fois avant de relever la tête, le visage livide et affichant une expression d'incrédulité. Il se replongea dans le rapport et commença à citer quelques-uns des extraits les plus surprenants.

— « Manipulation biologique du comportement » ? « Organisme biologique artificiel » ? « Arme terroriste infectieuse » ? Murray, tu te fous de moi avec ce truc ? (Murray secoua la tête.) C'est n'importe quoi ! Tu penses qu'un terroriste a créé un... voyons... un « organisme biologique artificiel » pour rendre fous les gens ?

— Ce n'est pas exactement ce qui est écrit, Dew. Nous avons pour le moment relevé trois cas où des individus ordinaires ont développé des sortes d'excroissances avant d'être peu après pris de folie. Nous ne sommes pas certains qu'il s'agisse de l'œuvre d'un terroriste, mais je pense que tu te rends compte que nous devons agir. Nous ne devons pas nous laisser surprendre les bras croisés.

Dew poursuivit sa lecture. Le rapport concernant Charlotte Wilson était accompagné d'un cliché Polaroïd qui montrait une marque triangulaire bleuâtre sur son épaule. Sur la photo attachée au dossier de Gary Leeland figurait un vieil homme renfrogné, dont le visage ridé et mal rasé était marqué d'une expression de haine et de suspicion. Le triangle grumeleux et tirant sur le bleu que l'on distinguait sur son cou accentuait cet air peu avenant.

— Alors, ce truc transforme les gens en tueurs ?

— Ça a poussé Charlotte Wilson, une grand-mère de soixante-dix ans, à tuer son propre fils avec un couteau de boucher, Blaine Tanarive à tuer sa femme et ses deux petites filles avec une paire de ciseaux, et Gary Leeland, un homme de cinquante-sept ans, à mettre le feu à son propre lit d'hôpital, ce qui a provoqué sa mort ainsi que celle de trois autres patients.

—Pas de coïncidence possible ? Avons-nous vérifié le passif de ces personnes ? Pas de prédispositions mentales ?

—J'ai vérifié, Dew. Je ne t'aurais pas appelé dans le cas contraire. Dans tous ces cas, les victimes n'ont aucun acte de violence à leur actif, pas de prédispositions génétiques, pas de problèmes psychologiques. Leurs amis et voisins ont tous assuré qu'ils étaient des gens charmants. Ils n'ont en réalité en commun que ce brutal accès de comportement paranoïaque et ces excroissances triangulaires.

—Et concernant l'étranger ? Personne n'a vu quelque chose de similaire ?

Murray secoua encore la tête, le regard grave.

—Rien. Et nous avons cherché, Dew, nous avons cherché à fond. Pour autant que nous le sachions, nous sommes le seul pays où de tels cas se sont produits.

Dew hocha lentement la tête, comprenant désormais pourquoi Murray avait décidé de voir un complot dans ce carnage.

—Comment des terroristes pourraient-ils mettre au point une telle chose ?

—Je ne pense pas qu'elle ait été créée par des terroristes, dit Murray. Mais ils n'ont pas non plus inventé les ogives nucléaires, le gaz sarin ou les avions de ligne. Quelqu'un a mis ça au point, et c'est tout ce qui compte.

Dew relut le rapport. S'il s'agissait d'une arme terroriste, elle était énorme. Elle ridiculisait les voitures piégées et les détournements d'avions, en comparaison : imaginez un pays où vous ne sauriez jamais si vos amis, voisins ou collègues ne vont pas soudain se mettre à frapper et à tuer ceux qui croiseront leur chemin. Les gens ne se rendraient plus au travail, ne quitteraient plus leur domicile sans un pistolet. Vous soupçonneriez tout le monde d'être un assassin en puissance. Bon sang, si les parents tuaient leurs propres enfants, personne n'était en sécurité. Une telle arme paralyserait l'Amérique.

Dew sortit un autre Tootsie Roll.

— Murray, ce n'est pas une de nos armes, n'est-ce pas ? Quelque chose dont on aurait peut-être volontairement vaguement perdu le contrôle en simulant une erreur ?

Le directeur adjoint secouait déjà la tête avant que son subordonné ait achevé sa phrase.

— Non, absolument pas. J'ai tout vérifié, et j'insiste : tout. Ce n'est pas à nous, Dew, tu as ma parole.

Dew déballa sa friandise et en jeta de nouveau l'emballage sur la moquette impeccable de son supérieur.

— Comment ça fonctionne ?

— Nous n'en sommes pas certains. Selon toute logique, ces excroissances produisent des drogues, qui sont ensuite injectées directement dans le flux sanguin. Un genre d'aiguille hypodermique vivante qui balance une sacrée merde.

— Combien de personnes sont au courant de cette histoire ?

— Quelques-unes en ont pris connaissance par bribes mais, pour parler de celles qui sont au courant de tout le machin, il y a moi, le directeur, le président et les deux médecins des CDC qui figurent dans les rapports.

Dew regarda les photos. Elles firent germer en lui un sentiment de malaise, profondément ancré, à un niveau instinctif.

— J'ai besoin de toi sur ce coup-là, Chef, conclut Murray.

Cette appellation agaçait autant Dew que L. T. agaçait Murray. Chef : le diminutif de sergent-chef, son grade au Vietnam, sous les ordres de Murray. Cela avait été son seul nom durant des années, un nom qui inspirait le respect. À une époque, tous les gens qu'il connaissait l'appelaient Chef. Désormais, le dernier à simplement connaître ce surnom était Murray, le type qui voulait faire comme si le Vietnam ne s'était jamais produit. Cette ironie ne fit pas rire Dew.

— Et je me fiche de ton âge, Chef. En ce qui me concerne, tu es le meilleur agent sur le terrain. Nous avons besoin de quelqu'un qui saura faire ce qu'il faut pour mener cette mission à bien. Même si tu ne crois que la moitié de ce qui est rédigé dans ce rapport, tu sais que nous devons découvrir ce qui se passe, et foutrement vite.

Dew étudia le visage de Longworth. Il connaissait ses traits depuis plus de trente ans. Malgré toutes ces années, il savait reconnaître quand Murray mentait. Celui-ci lui avait demandé de l'aide auparavant et, en chacune de ces occasions, Dew avait parfaitement été conscient qu'il agissait pour le bénéfice de la carrière de son patron. Pourtant, il s'était chaque fois exécuté. Parce que c'était Murray, parce que c'était L. T., parce qu'il s'était battu aux côtés de cet homme durant la période la plus cauchemardesque de leur vie. Mais à présent, c'était différent ; L. T. ne songeait pas à un profit personnel. Il avait peur. Une peur bleue.

— OK, je marche. Je dois prendre mon équipier avec moi.

— Hors de question. Je te trouverai quelqu'un d'autre, quelqu'un que je connais. Malcolm n'a pas ton habilitation.

Dew resta un moment décontenancé, stupéfait que Murray connaisse le nom de son équipier.

— Qu'est-ce que les habilitations viennent faire là-dedans, L. T. ? Tu veux simplement quelqu'un capable d'appuyer sur la détente quand tu le jugeras nécessaire et, bien que ça me tue de l'admettre, c'est mon cas. Ça fait sept ans que je bosse avec Malcolm, et je ne me lancerai pas dans ce truc de dingues sans lui. Crois-moi, on peut compter sur lui.

Murray Longworth était un homme habitué à agir à sa façon et à voir ses ordres exécutés, mais Dew le savait également politicien. Ces gens-là devaient parfois céder un petit quelque chose pour parvenir à leurs fins : c'était l'aspect du jeu que Dew ne saisissait jamais, ce jeu auquel Murray était si fort.

— Très bien, dit ce dernier. Je fais confiance à ton jugement.

— Que fait-on ensuite, alors ? demanda Dew après avoir haussé les épaules.

Murray tourna son regard vers la fenêtre.

— On attend, Chef. On attend la prochaine victime.

Il avait alors attendu. Et il attendait encore. Sept jours auparavant, il avait attendu que quelque chose se produise, qu'il puisse enfin avoir l'occasion de déterminer si ce foutu projet Tangram était réel, une arnaque ou quelque chose manigancé pour offrir une nouvelle promotion à Murray. Mais aujourd'hui, il attendait que son meilleur ami meure.

Une mort qui ne serait jamais survenue si Dew n'avait pas insisté – il avait insisté, bon Dieu ! – pour mettre Mal dans le coup.

Reposé mais toujours épuisé et davantage ragaillardi par la colère que par le sommeil, Dew était assis, seul dans sa chambre d'hôtel, son gros téléphone portable coincé entre son épaule et son oreille.

— Ton équipier est toujours dans un état critique ? demanda Murray.

— Ouais, toujours entre la vie et la mort. Il se bat comme un lion.

Sur la table qui faisait face à Dew, un Colt 45 militaire démonté était disposé sur une pièce de tissu jaune. Le métal lisse et terne renvoyait des reflets bleu-gris sous les lumières éblouissantes de la chambre d'hôtel.

— Les toubibs s'en occupent ? s'enquit Murray.

— Jour et nuit. Cette salope des CDC est aussi venue le voir. Elle ne peut pas au moins attendre que le gamin ait refroidi, Murray ?

— C'est moi qui l'ai envoyée, Dew, tu le sais très bien. Elle a besoin de toutes les informations possibles. On se raccroche à ce qu'on peut, là.

— Alors, qu'est-ce qu'elle a trouvé ?

— J'arrive par le vol de demain. Elle me fera un premier rapport, et je te tiendrai ensuite au courant. Ne bouge pas d'ici là.

— Qu'est-ce que ça donne au niveau national ? De nouveaux clients ?

Quand il eut achevé d'huiler et d'assembler son arme, Dew la repoussa sur le côté et sortit deux boîtes, l'une pleine de chargeurs vides et l'autre remplie de balles de calibre 45.

— Pas à notre connaissance, répondit Murray. Tout est calme sur le front, apparemment, mais si d'autres clients se déclarent, tu n'auras pas à t'en inquiéter ; tu as besoin de repos. Je m'occupe de trouver du monde pour nous aider.

Avec sa vitesse habituelle et mécanique, Dew remplit le premier chargeur, qu'il posa ensuite sur le côté avant de faire de même avec le second. Il soupira, comme si ce qu'il allait dire pouvait sceller le sort de son ami. Mais le devoir avant tout…

— Mal ne va pas s'en sortir, Murray. Ça craint peut-être de dire ça, mais c'est vrai.

— J'ai prévu quelqu'un pour toi. Je le brieferai sous peu.

— Plus d'équipier.

Murray dissimulait bien ses émotions, comme il l'avait toujours fait, mais sa frustration était trop forte et il perdit son calme.

— Putain, Dew ! lâcha-t-il, soudain furieux. Ne commence pas à me contredire. Je sais que je te voulais en solo là-dessus, mais ça devient trop gros. Je veux quelqu'un avec toi. Tu as besoin d'aide.

— J'ai dit «plus d'équipier», Murray.

— Tu suivras les ordres.

— Envoie-moi un gars et je lui tire une balle dans le genou. Tu sais que je le ferai. (Murray resta silencieux et Dew poursuivit, sa voix ne fléchissant que légèrement, colorée par une infime nuance d'émotion.) Malcolm était mon équipier, mais il ne vaut pas mieux qu'un cadavre. Ce que j'ai vu est une sacrée merde, Murray. Les gens infectés par cette saloperie ne sont plus des êtres humains. Je l'ai vue de mes yeux, alors je sais à quoi nous nous attaquons. Je sais aussi que Margaret a besoin de matériel sur lequel travailler et qu'elle en a besoin rapidement. Je peux m'en charger. Si je dois m'habituer à une autre présence, je ne serai pas aussi flexible que nécessaire. Je vole en solo à partir de maintenant, Murray.

— Dew, n'en fais pas une affaire personnelle. L'heure n'est pas aux idées stupides susceptibles d'embrumer ton jugement.

Dew tenait dans la main gauche le deuxième chargeur, qu'il venait de finir de remplir, et regardait l'extrémité brillante de la seule balle visible.

— Il ne s'agit pas de revanche, Murray, ne dis pas de conneries. Le salaud qui a eu Malcolm est déjà mort, de qui pourrais-je me venger? C'est juste que je travaillerais mieux *sans** équipier.

Le directeur adjoint n'ajouta rien durant un moment. Dew ne se souciait pas vraiment que Murray soit d'accord ou non; il opérerait seul, point final.

— Très bien, Dew, reprit Murray d'un ton posé. N'oublie pas que nous avons besoin d'une victime en vie, et pas d'un nouveau cadavre.

---

* En français dans le texte

—Appelle-moi quand tu seras en ville, dit Dew avant de raccrocher.

Il avait menti, bien entendu. C'était bien une affaire personnelle. En y réfléchissant suffisamment, tout était une affaire personnelle, d'une façon ou d'une autre. Tôt ou tard, il saurait qui mettait au point ces saletés triangulaires. Malcolm était parti, et quelqu'un allait payer.

Il enclencha un chargeur dans le 45, inséra une balle dans la chambre et se dirigea vers la salle de bains. Le pistolet dans la main droite, le doigt sur la détente, Dew s'observa attentivement dans le miroir. Il n'allait pas se faire éliminer ainsi, pas comme Brewbaker. Sa peau présentait un aspect normal, mais de petits points rouges semblaient apparaître par intermittence dans le coin de son champ de vision, avant de disparaître quand il se concentrait dessus. Son imagination lui faisait perdre la tête. S'il contractait l'infection, resterait-il suffisamment longtemps sensé pour en reconnaître les symptômes ? Il n'avait pas besoin de rester lucide très longtemps – simplement le temps de presser la détente.

Dew gagna son lit, posa les chargeurs restants sur la table de chevet et glissa le 45 sous son oreiller. Puis il s'allongea et flotta aussitôt dans un sommeil léger.

Il rêva de maisons brûlées, de corps pourris et de Frank Sinatra qui chantait *Je t'ai dans la peau*.

21.
Le raté

Comme c'était agréable d'avoir ôté la combinaison ! Elle avait hâte de se doucher car elle sentait encore moins bon qu'un œuf pourri. Il lui fallait se laver ; Murray était en route pour l'hôpital pour un point officiel sur la situation. Cependant, la douche devait attendre pour le moment. Elle lisait le rapport d'analyse de l'étrange fibre qui poussait sur Martin Brewbaker.

— Après quelques heures, la fibre s'est dissoute, dit Amos. Ils ne comprennent toujours pas pourquoi. Elle semblait épargnée par la décomposition quand nous l'avons prélevée, mais quelque chose a déclenché le processus.

— Mais ce rapport est arrivé auparavant, non ? Il décrit la fibre elle-même, pas la pourriture ?

Amos hocha la tête. Lui aussi ravi d'être enfin débarrassé de la combinaison, il ressemblait à un jeune adolescent qui venait juste de perdre sa virginité.

— C'est ça, ils ont réussi à l'analyser avant que l'effet se produise. De la cellulose pure.

— Le même tissu que celui qui a généré l'excroissance.

— Exactement. Enfin, presque. La cellulose de l'excroissance semblait être une structure : une coquille, un squelette, des éléments bien définis. La majeure partie de l'excroissance était constituée de cellules cancéreuses.

Ils avaient ôté leurs combinaisons car il n'y avait plus aucun intérêt à examiner un corps réduit à des tissus noirs qui se liquéfiaient et à une étrange moisissure verte qui recouvrait la moitié de la table. Ils avaient fait le maximum aussi vite que possible. Ils n'avaient pas véritablement trouvé de réponses, juste des questions supplémentaires. L'une d'entre elles travaillait sans cesse Margaret : la cellulose.

— Nous avons donc une fibre bleue, du même tissu que la structure triangulaire, toutes deux étant composées de cellulose, que le corps humain ne produit pas, résuma-t-elle. Et nous pensons que c'est un genre de parasite. As-tu une théorie sur cette fibre bleue ?

— Je pense que c'est un raté, répondit Amos.

— Un raté ?

— D'après moi, cette fibre bleue est une partie du parasite qui n'est pas parvenue à se développer jusqu'au stade larvaire.

— Parce qu'on connaît les différents stades, maintenant ?

Amos haussa les épaules.

— Faute d'un terme plus adéquat, appelons le triangle dans le corps « le stade larvaire ». Il est évident qu'il existe un stade prélarvaire. Le triangle est constitué principalement de cellulose, la fibre est en cellulose, conclus par toi-même.

Cela se défendait, d'un certain point de vue : quelques zones de création de tissu brut qui n'était pratiquement pas utilisé, ou peut-être une mutation du parasite, lequel restait alors bloqué et ne produisait plus que de la cellulose sans jamais évoluer vers la phase « larvaire », comme Amos l'avait suggéré.

Ce mot ennuyait également Margaret.

— Donc, s'il existe un stade larvaire, je suppose que ça se transforme en autre chose au cours de son passage au stade adulte, fit-elle remarquer.

Amos fit claquer sa langue en regardant sa collègue.

— Ne pose pas de questions stupides, Margaret. Bien sûr que c'est le cas. Et non, je ne sais pas en quoi. Pour le moment, je m'en fiche : je veux prendre une douche avant d'affronter Murray Longworth.

Si Amos était capable de faire taire sa curiosité, c'était impossible pour Margaret. Peut-être, plus précisément : il lui était impossible d'oublier sa peur.

S'il s'agissait d'un stade larvaire, quelles horreurs allaient-ils trouver à la phase *adulte* ?

22.
Ne pas attendre, extraire

Perry était assis sur son canapé, une bière brune Newcastle dans une main et la télécommande dans l'autre. Il passait d'une chaîne à l'autre sans vraiment voir les programmes.

Il connaissait ce canapé et son tissu écossais bleu et vert depuis son enfance, quand son père l'avait trouvé à l'Armée du Salut et emporté chez lui pour en faire la surprise à sa mère. À cette époque, il était plutôt en bon état, pour un meuble d'occasion, mais cela datait de quinze ans. Après la mort de sa mère, il n'avait récupéré dans la vieille maison que ce canapé, ainsi que de la vaisselle et de l'argenterie, aucune série n'étant complète. À sa connaissance, la maison se dressait toujours sur cette route sale à Cheboygan et tombait peu à peu en ruine. Quand Perry était enfant, cet endroit n'avait tenu le coup que grâce aux éternels bricolages et réparations spéciales de son père. Perry savait que personne ne voudrait jamais de cette maison délabrée : soit elle pourrissait sur place, soit elle avait déjà été balayée par un bulldozer.

Il possédait le canapé depuis plusieurs années, il l'avait d'abord installé à l'université, puis dans son appartement. Après tout ce temps, il épousait les contours de son corps massif comme s'il avait été conçu sur mesure pour lui. Hélas, même ce bon vieux meuble, une bière et la télécommande ne suffisaient pas à chasser les idées noires qui l'avaient suivi depuis son travail. Il avait été renvoyé chez lui plus tôt que d'ordinaire. *Renvoyé chez lui !* Pour avoir parlé trop fort, comme un cancre feignant et indiscipliné. Ce détail aurait suffi à lui miner le moral, mais il fallait ajouter les Sept Mercenaires, qui refusaient de se calmer.

Ils ne se contentaient plus de le démanger, ils le faisaient souffrir.

Il ne s'agissait pas simplement des cicatrices durcies, qui le lançaient sans cesse. Il y avait autre chose, quelque chose qui filait profondément en lui ; Quelque chose dans son corps lui disait qu'il perdait le contrôle.

Perry s'était toujours demandé si les malades du cancer savaient que quelque chose allait affreusement mal. Bien sûr, les gens affichaient toujours un air surpris quand le médecin leur annonçait ce foutu « x-années-à-vivre », et certains étaient sans doute réellement quelque peu étonnés, mais la plupart savaient que leur douleur n'était pas normale. Comme son père.

Son père avait su. Mais il n'en avait jamais parlé à qui que ce soit, il s'était muré, il était devenu de plus en plus grave et encore plus colérique. Ouais, même si Perry n'avait pas assemblé toutes les pièces du puzzle avant l'entrée de son père à l'hôpital, celui-ci avait su.

Et maintenant, Perry savait. Il était saisi d'une étrange sensation à hauteur de l'estomac. Non pas un instinct, une intuition, ou quoi que ce soit dans le genre, mais plutôt une vague nausée. Pour la première fois depuis l'apparition des éruptions le lundi matin, il se demanda si c'était un mal potentiellement… mortel.

Il se leva et se rendit dans la salle de bains, où il ôta sa chemise et regarda son corps, autrefois impeccable. Il était indéniable que le manque de sommeil provoqué par son état – c'était un «état», désormais, à cause de cette sensation qui disait que quelque chose n'allait vraiment pas bien – se faisait sentir. Il avait une mine pathétique. Comme il se frottait toujours la tête quand il était nerveux, ses cheveux étaient ébouriffés dans tous les sens. Sa peau semblait plus pâle qu'à l'accoutumée, même pour un jeune homme d'allure nordique qui affrontait difficilement l'hiver du Michigan, et les cernes noirs marqués sous ses yeux étaient peu engageants.

Il avait l'air… malade.

Un autre détail le fit tiquer, même s'il se demanda si son imagination ne le trahissait pas. Ses muscles semblaient un peu mieux dessinés. Il tourna lentement le bras et observa son muscle deltoïde jouer sous le gras de sa peau. Était-il mieux taillé qu'auparavant ?

Perry déboutonna son pantalon et le poussa du pied dans un coin. Il ouvrit ensuite l'armoire à pharmacie et s'empara de la pince à épiler avant de s'asseoir sur les toilettes, dont la cuvette froide lui donna la chair de poule.

D'un doigt, il donna un petit coup sur la pince à épiler, qui vibra avec une légère résonance de diapason.

L'éruption localisée sur sa cuisse gauche était la plus aisée à atteindre. Il l'avait sérieusement écorchée, à la fois en se grattant intentionnellement et lors de ses assauts inconscients au cours de la nuit précédente. Des croûtes, vieilles et craquantes comme récentes et rouges, parsemaient la zone, de huit centimètres de diamètre. C'était un endroit aussi bon qu'un autre pour commencer.

Il pinça la peau autour de l'éruption avec son index et son pouce droits, ce qui fit légèrement se bomber cette portion. Les bords de la croûte avaient en partie commencé à peler naturellement. Il en attrapa un avec la pince et tira doucement. La croûte se souleva mais resta fermement fixée sur la peau.

Perry se pencha en avant et plissa les yeux, déterminé et concentré. Il allait souffrir comme un damné, mais il devait sortir ce truc de son corps. Il serra davantage la pince et tira d'un coup sec. Enfin, l'épaisse croûte céda, accompagné par une douleur fulgurante et un infime bruit de déchirure.

Il posa son outil sur le lavabo et s'empara d'une feuille de papier toilette, dont il se servit pour tamponner la plaie ouverte et sanguinolente. Au bout de quelques secondes, l'hémorragie cessa. La peau désormais exposée avait un aspect troublant. Elle aurait dû être humide et brillante, comme une peau en formation ou quelque chose dans ce genre. Elle semblait différente.

Trop différente.

La chair évoquait une pelure d'orange, pas simplement en raison de sa couleur mais aussi à cause de sa texture, et elle exhalait une vague senteur de feuilles mouillées, tandis que de minuscules larmes d'un sang aqueux suintaient.

Un frisson de panique soudaine le frappa de plein fouet. Si sa jambe avait évolué de cette façon, c'était alors également le cas de…

Il porta la main sur ses testicules et les souleva afin de mieux les observer, tout en priant Dieu que leur aspect soit resté normal.

Le fait est que Dieu n'en avait rien à foutre de Perry.

C'était la chose la plus terrifiante qu'il avait jamais vue. Une peau orange pâle recouvrait le côté gauche de son scrotum, qui était dans un sale état ; seuls quelques poils pubiens bouclés s'accrochaient encore.

Il avait jusqu'à présent été nerveux, il avait même arpenté le monde merveilleux de la terreur pure, mais il s'agissait là de ses couilles ! Ses couilles, au nom du ciel ! Il s'assit, saisi d'un frisson, le siège des toilettes refusait de se réchauffer, le goutte-à-goutte dans le lavabo était soudain devenu si bruyant que Perry se demanda par quel miracle il était parvenu à s'endormir tant de fois dans cet appartement étroit.

Sa bouche était aussi sèche que du papier. Il s'entendait respirer. Tout semblait si calme. Il lutta pour contrôler la panique qui allait et venait dans son esprit et tenta d'envisager la situation de manière rationnelle.

C'était une éruption étrange, rien de plus. Il irait consulter un médecin, qui ôterait ça. Il subirait peut-être une ou deux piqûres, mais elles ne seraient probablement pas pires que les tests de blennorragie et de syphilis qu'il avait passés à l'université.

Il rassembla son courage et explora des doigts la zone atteinte. Elle présentait un aspect ferme, peu naturel. Ce n'était pas quelque chose qu'une injection de pénicilline pouvait faire disparaître ; en effet, elle ne se limitait pas à la surface. Il sentait quelque chose à l'intérieur de son scrotum, quelque chose qui n'avait jamais été présent auparavant, quelque chose situé juste en dessous de cette épaisse peau orange.

Perry fut saisi d'un sentiment de froid métallique quand il prit conscience, brutalement et avec une parfaite certitude, qu'il allait mourir. Quelle que soit la nature de cette merde, elle allait le tuer, lentement, comme elle grandissait dans ses bourses et vers sa bite. La terreur grandissait désormais en lui, aussi sûrement que les Sept Mercenaires se développaient au rythme d'une vibration sombre, froide et tremblante dans son âme.

Respire, s'ordonna-t-il. *Respire, tout simplement. Contrôle-toi. De la discipline.* Il se contraignit à ne plus penser à cette masse, ferme et mauvaise, qui grandissait en lui, ni à cette épaisse peau orange. Cette étrange sensation de flou le submergea de nouveau, et il se retrouva à contempler le mur avec un visage dénué de toute expression.

Sans vraiment y penser, il reprit la pince à épiler et se frappa violemment le côté de la cuisse. Les deux extrémités, pointues comme des aiguilles, s'enfoncèrent sans effort dans la peau. Perry hurla de douleur ; son esprit s'éclaircit, et il se rendit à la fois compte de ce qu'il venait de faire et de ce qu'il devait faire.

Il retira la pince à épiler de sa chair. Des filets d'un sang rouge vif coulèrent de tous côtés et s'écoulèrent sur le linoléum, comme des petits fils, de même que d'autres filets, d'un rouge beaucoup plus foncé, si foncé qu'il semblait… pourpre.

Le sang – et le liquide pourpre – coulait le long de sa jambe. Il posa la pince sur le lavabo et détacha quelques feuilles de papier toilette, qu'il appliqua fermement contre la blessure. Elles prirent une teinte rouge vif, tandis que le saignement s'atténuait rapidement.

Perry souleva avec précaution les feuilles de papier maculé de sang. La pince pointue avait déchiré la peau orange, dont il ne restait qu'un morceau, épais et tordu, qui émergeait au centre.

Il fallait virer ce truc, et il fallait le virer tout de suite, putain !

Jouer dans la douleur.

Il approcha la pince du morceau de peau orange et serra fortement, avant de tirer aussi violemment que possible.

Une douleur déchirante lui laboura la jambe, mais il sourit avec satisfaction quand le morceau de chair se détacha. Du sang se déversa encore sur le sol.

Il brandit sa prise sous la lumière ; c'était épais, épais comme la peau de l'une de ces énormes oranges Sunkist [1], aussi grosses que des pamplemousses. Comme mille tentacules de méduse, de fins filaments sortaient sur les côtés de cette chose gluante, qui, bien que déchirée en une dizaine d'endroits, avait cédé en un seul morceau.

Il la posa à côté de lui avant de tamponner sa blessure avec de nouvelles feuilles de papier toilette. En dépit de la douleur, il se sentait étonnamment bien, comme s'il avait enfin pris le contrôle de la situation. La chair nouvellement exposée semblait incroyablement sensible, et le moindre effleurement était douloureux. De minuscules filets de sang coulaient des bords de la blessure.

Mais quelque chose n'allait pas. Il regarda sa cuisse, et son sentiment de contrôler les événements s'évanouit ; ce n'était pas terminé, pas encore. Une tache, pâle, sans couleur et de la taille d'une pièce de vingt-cinq cents, se dessinait au centre de la zone touchée.

Elle semblait parfaitement circulaire, toutefois des morceaux de chair ordinaire se gonflaient et recouvraient les bords de cette excroissance blanche. Perry se servit de la pointe de la pince à épiler pour la tâter ; elle était à la fois ferme et souple.

Ressentant une montée glaciale de panique, il se rendit compte qu'il ne sentait pas le toucher de la pince. Il ne le sentait pas car cette masse blanchâtre ne faisait pas partie de lui.

Quand il la pinça, la chair normale qui entourait l'anomalie se détacha facilement de la matière inconnue.

---

1. Coopérative de producteurs d'agrumes (*NdT*).

Ce point blanc était… quelque chose d'autre… que sa peau. C'était comme si un bouton rond en plastique s'était développé de façon spontanée au milieu des muscles de sa cuisse.

Il écarta les chairs lâches des bords de l'excroissance blanche, dont le revêtement brillant la faisait ressembler à un éclat de porcelaine de cendre d'os.

Un cancer se présentait-il ainsi ? Peut-être, mais il était certain que les tissus cancéreux ne produisaient pas des cercles parfaits et ne jaillissaient pas en quelques jours.

Cancer ou non, la vue de cette excroissance d'un blanc laiteux déclencha une peur pure et sans mélange au plus profond de son âme. Il avait l'impression qu'un piège à loup rouillé s'était refermé sur son cœur, et qu'il le serrait au point de l'empêcher de battre. Il essaya de maîtriser sa respiration et de se calmer.

Il glissa avec prudence la pince sous l'excroissance. Les extrémités de l'ustensile entrèrent directement en contact avec le muscle, mais il ne tint pas compte de la douleur. Il souleva ensuite la pince, ce qui fit bouger l'objet dans sa chair, mais sans parvenir à le détacher de sa jambe. Du sang s'écoula à chaque tentative.

Il se servit délicatement de ses doigts pour écarter ses propres tissus et inséra la pince en profondeur. De la même façon que l'on «voit» le contenu d'une poche en la fouillant de la main, Perry sentit une tige : une tige qui se prolongeait plus loin dans sa cuisse et qui servait d'ancre à la chose blanche.

Un médecin.

Le doute n'était plus permis, il fallait consulter un médecin.

Mais avant cela, il voulait ôter cette chose de sa jambe. Et tout de suite. Il le fallait, il ne supporterait pas de laisser ce putain de truc dans sa chair une seconde de plus.

Une fois la pince fixée sur la tige invisible, Perry tira doucement. Tandis qu'il soulevait l'excroissance, il sentit la longueur de la tige, grâce à un étrange mélange de la sensation de ses muscles et de la résistance de ce filament face à la traction de la pince. La masse blanchâtre fut dégagée de la chair dans un bruit de ventouse. De fines gouttes de sang jaillirent de la blessure ouverte et éclaboussèrent sa jambe, se mêlant aux filets rouges et pourpres sur le sol carrelé usé. Hélas, la tige resta fermement fixée dans la cuisse de Perry. Une douleur atroce parcourut sa jambe, mais il n'en tint pas compte et se força à ne pas y penser.

Il devait le faire. Il était temps de réduire les Sept Mercenaires à une Bande des Six.

La pince à épiler toujours fermement accrochée à l'étrange tige, il tira de toutes ses forces d'un coup sec, avec l'énergie d'un condamné luttant pour sa survie.

La tige, solide et résistante, s'étira, encore et encore, jusqu'à ce que la pince qui la tirait se trouve à cinquante bons centimètres au-dessus de la cuisse. Elle s'étira comme de la guimauve, blanche et couverte de traînées de sang et d'une substance collante et claire.

Après avoir ralenti, elle cessa de s'étirer.

Avec un grondement, Perry tira encore plus fort.

L'ancre invisible céda alors ; la tige fut éjectée de la jambe, comme un élastique, et vint claquer mollement le poignet de Perry.

Celui-ci observa sa cuisse. Un trou, plus étroit que le diamètre d'un crayon et qui se refermait déjà, formait un puits dans sa chair à vif, un petit trou sombre. Un filet de sang en sortait, expulsé de ce boyau comme du dentifrice d'un tube, à mesure que les muscles se dilataient et refermaient le trou.

Un sourire se dessina sur le visage de Perry. Une sensation de victoire brute l'envahit, tout comme une vague étincelle d'espoir. Il reporta son attention sur la curieuse excroissance blanche, dont l'extrémité ronde était toujours prise dans la pince à épiler, et sur la tige – ou la queue, ou quoi que ce machin soit –, enveloppée de façon flasque autour de son poignet et collée contre sa peau par la substance gluante et ensanglantée dont elle était enduite.

Il approcha sa main de la lumière afin de mieux l'observer. Alors qu'il tournait le poignet, fasciné par cette étrange chose, il ressentit comme une légère chatouille, presque imperceptible, comme si un moustique était sur le point de se poser.

Perry écarquilla les yeux, écœuré. Il sentit son estomac se révulser et l'adrénaline affluer en lui…

La queue de la chose blanche se tortillait comme un serpent piégé dans les griffes d'un prédateur. Avec un cri d'effroi, Perry jeta la pince à épiler dans le bac à douche, où elle rebondit contre la porcelaine blanche et s'immobilisa avec un bruit métallique près de la bonde d'écoulement. La chose blanche et gluante qui s'agitait resta enroulée autour de son poignet, sa queue lui titillant la peau, tandis que la grosse tête ronde en forme de bouton en plastique pendait mollement et se balançait frénétiquement à chacun des mouvements de Perry.

Celui-ci cria, à la fois de dégoût et de panique, et agita violemment son poignet, comme pour débarrasser ses doigts de boue. La chose blanche heurta le miroir avec un bruit humide. Elle avait l'allure d'un spaghetti cuit collé sur le verre. Sans cesser de se tortiller, et tout en laissant des traînées de matière gluante dans son sillage, la chose commença lentement à glisser vers le bas.

Ce truc était en moi ! *Ce truc était* vivant ! *C'est TOUJOURS vivant !*

D'instinct, Perry écrasa la main contre le miroir, ce qui le fit vibrer dans un grand bruit. L'excroissance frétillante éclata comme s'il avait écrasé un œuf mollet. De fines gouttes d'épaisse gelée pourpre se répandirent sur le miroir. Perry ôta sa main, dont la paume était recouverte de morceaux de chair blanchâtre, désormais inerte et flasque, ainsi que de petites boulettes de matière visqueuse pourpre. Écœuré au point de retrousser les lèvres, il se retourna précipitamment pour attraper la serviette suspendue sur la tringle du rideau de douche... trop précipitamment. Ses jambes se prirent dans son pantalon, toujours baissé sur ses chevilles. Il perdit l'équilibre et tomba en avant.

Il tendit les bras pour retenir sa chute, mais il ne trouva rien à quoi se raccrocher et son front heurta la cuvette des toilettes. Un craquement sec résonna entre les murs étroits de la salle de bains. Perry n'eut pas l'occasion de l'entendre ; il avait déjà perdu connaissance.

23.
Parasitologie

Martin Brewbaker n'existait plus. Mercredi, moins de trois journées complètes après les coups de feu qui lui avaient été fatals, il ne restait de lui plus qu'un squelette grêlé et noirci auquel il manquait le bas des jambes, sous les genoux. Cela et la délicate moisissure arachnéenne qui se développait désormais par petites taches, non seulement sur le squelette et la table, mais également par endroits situés en divers points de la tente RBNS-4. La main en forme de serre de Brewbaker avait même fini par se détendre ; les os des doigts entremêlés s'effritaient. Des caméras disposées à l'intérieur de la tente fournissaient des images – une retransmission en direct et des photos – qui permettaient à Margaret d'observer l'ultime étape de dégénérescence du cadavre.

Elle n'avait pas ressenti de si sinistres pressentiments depuis son enfance, à l'époque des foutus concours toujours-plus-mortels entre les États-Unis et l'Union soviétique. Les deux puissances garantissaient la destruction, ainsi que la promesse que le moindre conflit dégénérerait rapidement en une guerre nucléaire totale. « Bang ». Morts. C'est fait.

Elle n'était alors qu'une fillette, plus que suffisamment futée pour concevoir le désastre potentiel. C'était drôle, vraiment, de penser que ses parents avaient à l'époque cru qu'elle ne comprenait cela que grâce à son intelligence supérieure, comme si seul un enfant doué était en mesure de saisir la menace imminente d'une guerre nucléaire. Comme au cours des années précédentes et de celles qui avaient suivi, et probablement comme ils le feraient toujours, les adultes prenaient la naïveté des enfants pour de l'ignorance.

Margaret était pleinement consciente des événements, tout comme la plupart de ses camarades de classe. Ils savaient tous qu'il fallait craindre les communistes, bien plus concrets que La Chose Sous le Lit. Ils savaient que Manhattan, où ils résidaient, figurerait parmi les premiers quartiers détruits.

Pourquoi les gens pensent-ils que la fin du monde est un concept si difficile à comprendre pour un enfant ? Les enfants passent leur vie à redouter l'inconnu, à avoir peur des ombres rampantes, des monstres tapis et autres choses promettant une mort lente, affreuse et douloureuse. Une guerre nucléaire n'était qu'un croque-mitaine supplémentaire qui menaçait de les emporter, la différence étant que celui-ci effrayait également les parents de Margaret et les autres adultes. Les enfants étaient habitués à cette intensité d'effroi aussi sûrement qu'ils l'étaient à Bugs Bunny.

Si on pouvait fuir un monstre ou échapper au croque-mitaine, la guerre nucléaire était tout près et on ne pouvait rien y faire. La guerre était susceptible d'éclater à tout moment ; peut-être quand Margaret serait dans la cour de récréation, peut-être quand elle s'assiérait pour le dîner, peut-être après qu'elle se serait mise au lit.

Maintenant que je me suis allongée pour dormir, je prie le Seigneur de veiller sur mon âme. Si je dois mourir avant de m'éveiller, je prie le Seigneur de prendre soin de mon âme.

Cette prière ne se réduisait pas à quelques mots abstraits, à cette époque, mais évoquait alors une éventualité aussi réelle que le coucher du soleil. Elle se rappelait avoir vécu avec cette constante peur de l'inconnu. Bien entendu, elle jouait, elle allait à l'école, elle riait et voyait ses amis, néanmoins la menace restait toujours présente. La moindre légère traînée de condensation dans le ciel représentait potentiellement le premier signe de l'enfer.

La partie serait jouée, qu'elle soit perdue ou gagnée, sans qu'elle-même puisse rien y faire.

Elle essaya de se dire qu'il ne s'agissait pas aujourd'hui de la même chose. Elle se trouvait sur le front face à cet holocauste potentiel ; elle se battait sur la première ligne de défense. Cette menace n'était pas une chose contre laquelle elle était impuissante, mais elle reposait plutôt – littéralement parlant – totalement entre ses mains. Malgré cela, pour quelque raison, tenir un raisonnement rationnel d'adulte ne suffisait pas à chasser la peur de la fillette en elle, cette peur qui lui disait qu'elle était incapable d'influer sur l'issue de ce combat.

Elle se demanda comment Amos parvenait à passer outre ce sentiment, si toutefois il l'éprouvait. Il sifflait le générique de la série *Hawaï Police d'État* pour la millionième fois, mais Margaret était trop épuisée pour s'en plaindre. Elle avala une petite gorgée de son café. Elle avait descendu des cafetières entières, espérant que cela la stimulerait, hélas rien ne semblait en mesure de briser sa léthargie. C'était agréable de respirer de l'air normal et non pas filtré par la combinaison. Elle voulait dormir, ou au moins s'étirer et se détendre, mais elle n'en avait pas vraiment le temps. Ils devaient terminer leur travail, incinérer les restes décomposés avant de ficher le camp de cet hôpital.

Amos se tourna vers elle, les cheveux ébouriffés, les habits froissés, et les yeux pourtant brillants d'excitation.

— C'est véritablement stupéfiant, Margaret! s'écria-il. Penses-y; c'est un parasite humain d'une complexité sans précédent. Je n'ai pas le moindre doute : cette créature est parfaitement adaptée à son hôte humain.

— J'ai horreur de rabâcher de vieux clichés mais c'est presque trop parfait, répondit Margaret, les yeux rivés sur le mur, d'une voix à peine audible.

— Qu'est- ce que tu veux dire ?

— Comme tu l'as dit, cette créature est parfaitement adaptée. Une main dans un gant. Réfléchis à ça, Amos, réfléchis à notre niveau de technologie actuel ; cette bête en est à des années-lumière. C'est un peu comme si les Russes s'étaient posés sur la Lune à l'époque où les frères Wright luttaient pour mettre au point leurs premiers vols à Kitty Hawk.

— C'est époustouflant, c'est certain, mais nous ne pouvons pas ignorer le fait que ça se trouve juste devant nous. L'heure n'est pas à ménager notre sensible orgueil américain. Il y a une espèce de génie quelque part, dont les seules connaissances dépassent de très loin les nôtres.

— Et s'il n'y avait pas de génie ? suggéra Margaret, sans plus élever la voix que précédemment.

— À quoi tu penses ? Bien sûr qu'il y a un génie : comment cette chose aurait-elle pu être créée, sinon ?

Elle se retourna et le regarda, la peau presque grise, le visage recouvert d'un voile de fatigue.

— Et si ça n'avait pas été créé ? Et si c'était naturel ?

— Margaret, je t'en prie ! Je sais que tu es épuisée, mais là tu n'as plus toute ta tête. Si c'était naturel, pourquoi est-ce qu'on ne l'aurait pas remarqué plus tôt ? Un parasite humain de cette taille et d'une telle virulence, sans aucun cas répertorié avant cette année ? Ça n'a aucun sens. Il aurait fallu des millions d'années d'évolution pour que cette chose corresponde si parfaitement à son hôte humain. Or, nous n'avons jamais repéré quoi que ce soit de tel chez aucun mammifère, et je ne te parle même pas des primates ou des êtres humains.

— Je suis certaine que beaucoup, beaucoup de choses nous ont échappé, souligna Margaret. En réalité, j'ai surtout du mal à accepter l'idée que quelqu'un ait créé ce truc. C'est trop élaboré, trop avancé. Malgré ce que les médias adeptes des théories catastrophistes aiment débiter, la science américaine est à la pointe du progrès. Qui nous devance ? les Chinois ? le Japon ? Singapour ? Évidemment, certains pays commencent peut-être à nous rattraper, mais rattraper est une chose, progresser de façon exponentielle en est une autre. Si nous sommes incapables de créer quelque chose qui s'approche de cette créature, j'ai du mal à croire que d'autres le puissent. Ce n'est pas une question d'orgueil, il s'agit simplement des faits.

Amos semblait agacé par l'insistance de sa collègue.

— Il est hautement improbable que ce fléau ait existé sans jamais avoir été repéré. Bien sûr, il existe des espèces encore à découvrir, je te l'accorde, mais il y a une différence entre une vague créature microscopique et ça. Nous n'avons jamais rien vu de tel. Je n'ai en tête aucun mythe tribal ni la moindre légende qui évoque quoi que ce soit ressemblant à ça. Alors, si ce truc est naturel, d'où ça vient, bon sang ?

— Aucune idée, avoua Margaret en haussant les épaules. Peut-être un genre de latence. Cette espèce a peut-être connu une période faste aux temps préhistoriques, avant que quelque chose l'extermine. Elle n'aurait pas été totalement décimée et serait restée en hibernation durant des milliers d'années, jusqu'à ce qu'un événement déclenche son réveil. Il existe des graines d'orchidées capables de rester deux mille cinq cents ans en dormance, par exemple.

— Ta théorie semble aussi tirée par les cheveux que celle du monstre du loch Ness, commenta Amos.

— Eh bien, que dire alors du cœlacanthe ? On le croyait éteint depuis soixante-dix millions d'années quand un pêcheur en a attrapé un en 1938. Le fait que personne ne l'ait vue ne signifie pas que cette créature n'ait jamais été présente, Amos.

— Bien sûr, et ce truc serait resté des centaines d'années en dormance sur des zones d'extrême densité démographique ? Ce serait une chose de le trouver au plus profond de la jungle congolaise, c'en est une autre de le dénicher à Detroit. On ne parle pas du sida, qui se contente de tuer ses victimes, mais bien d'excroissances triangulaires parfaitement définies. Dans notre ère de communication, un tel phénomène est forcément relaté. Désolée pour ma rudesse, mais tu vas devoir trouver autre chose.

Margaret acquiesça, l'air absent. Amos avait raison. Le concept du parasite humain en latence ne tenait pas la route. Quelle que soit la nature de ces choses, elles étaient nouvelles.

Amos changea de sujet.

— Les hommes de Murray ont-ils trouvé des liens entre les victimes ?

— Rien pour le moment. Ils ont retracé les trajets de chacune d'entre elles, ainsi que ceux des personnes entrées en contact avec elles. Aucune connexion. La plupart des victimes n'avaient pas bougé. Le seul lien est que Judy Washington et Gary Leeland, les deux cas de Detroit, se sont produits à une semaine d'intervalle dans la même maison de retraite. Ils ont passé cet endroit au peigne fin, mais aucun autre pensionnaire n'a montré de signe d'infection. Ils ont pratiqué des tests sur l'eau et sur l'air ; rien qui sorte de l'ordinaire. Cela dit, nous ne savons pas véritablement quoi rechercher, ça n'exclut donc aucune hypothèse.

» Les deux cas de Toledo sont séparés par plusieurs semaines mais, physiquement, uniquement par quelques pâtés de maison. Il semble exister un certain effet de proximité. Le vecteur de transmission reste inconnu, mais Murray est toujours persuadé qu'un terroriste infecte délibérément des gens au hasard.

— Ça correspond à nos observations, dit Amos. Je suis de plus en plus convaincu que Brewbaker et les autres ont pu être contaminés mais n'étaient pas contagieux. Nous n'avons rien trouvé sur lui qui ressemble à des œufs, des formes embryonnaires ou quoi que ce soit d'autre susceptible d'engendrer de nouveaux parasites. D'autre part, Dew ne présente aucun symptôme, pas plus que tous ceux qui ont été en contact avec le corps de Brewbaker.

Margaret se frotta les yeux. Grand Dieu, elle avait besoin de faire une sieste. Et merde, elle avait plutôt besoin d'une semaine à Bora Bora en compagnie d'un maître nageur parfait nommé Marco et pourvoyant au moindre de ses désirs. Hélas, pas de Bora Bora pour elle mais plutôt Toledo, Ohio. Pas davantage de maître nageur nommé Marco… mais un squelette noirci, criblé de trous, recouvert d'une fine moisissure et anciennement appelé Martin Brewbaker.

24.
Le sol de la salle de bains

Le contrôle du plan génétique prit conscience que les coquilles avaient atteint l'épaisseur adéquate ; les énergies furent alors consacrées à la croissance du corps proprement dit. Les cellules se divisèrent encore et encore, en un processus ininterrompu de création. Les organes internes commencèrent à prendre forme, même s'ils ne se développeraient complètement que plus tard. L'hôte fournissant toujours nourriture et chaleur, la plupart d'entre eux pouvaient attendre ; pour l'heure, les besoins les plus urgents concernaient les filaments, les tiges et le cerveau.

Le cerveau se développait rapidement mais était encore très loin de former quelque chose ayant une vague ressemblance avec une pensée intelligente. Quant aux filaments, ils bénéficiaient d'une conception relativement simple. Ils se répandaient comme une traînée de poudre et s'éparpillaient dans toutes les directions à l'intérieur de l'hôte, dont ils recherchaient les cellules nerveuses et s'interconnectaient avec les dendrites, telles des mains fermement accrochées deux à deux.

Lentement au début, presque timidement, les organismes libérèrent des composés chimiques complexes, appelés neurotransmetteurs, dans la fente synaptique, l'espace situé entre les filaments et les dendrites. Chaque neurotransmetteur constituait une partie d'un signal, d'un message ; ils se glissaient dans les sites récepteurs des axones, comme une clé dans une serrure, et conduisaient cette cellule nerveuse à générer ses propres neurotransmetteurs avec ses propres messages spécifiques. Comme au cours du processus sensoriel habituel de l'hôte, cette action produisit une réaction électrochimique en chaîne : les messages se répétèrent dans le système nerveux, jusqu'à atteindre le cerveau de l'hôte. Cet enchaînement d'actions – du moment où le message est envoyé à celui où il parvient au cerveau – nécessite moins de un millième de seconde.

Bien qu'encore incapables de produire une pensée consciente, les organismes nichés à l'intérieur de Perry comprirent, à un niveau primitif, qu'ils avaient été attaqués. Ils déclenchèrent alors d'instinct un processus immédiat de croissance ; la tige entra dans un changement de phase. Des cellules spécialisées se développèrent, s'assurant que les organismes demeureraient ancrés dans leur environnement suffisamment longtemps pour pleinement s'épanouir.

Les six organismes restants grandissaient, rapidement et sans entraves, tandis que leur hôte gisait, évanoui, sur le sol de la salle de bains.

La sensation du linoléum sur son visage était agréable et fraîche pour Perry. Il ne voulait pas vraiment essayer de se redresser et s'asseoir. Tant qu'il ne bougeait pas, la douleur restait seulement légèrement intolérable.

À quand remontait la dernière fois qu'il avait été mis KO ? Huit ans plus tôt ? Non, neuf, le jour où son père l'avait frappé à l'arrière du crâne avec une bouteille pleine de whisky Wild Turkey. Il s'était retrouvé avec neuf points de suture sur le cuir chevelu.

Avait-il ressenti une telle douleur après avoir reçu ce coup de bouteille de la part de son père ? Cela s'était produit si longtemps auparavant et ça semblait dérisoire comparé aux sourdes vagues de douleur qui déferlaient ce jour-là dans sa tête. Il tenta de s'asseoir, ce qui ne fit qu'empirer les choses. On aurait dit une gueule de bois à la tequila, multipliée par dix.

Il éprouvait une sensation étrange au niveau de l'estomac, peu stable. Le moindre mouvement provoquait d'autres élancements douloureux dans sa tête. Il sentit la nausée monter.

Il leva un bras et effleura avec précaution son front blessé. Au moins, aucun saignement n'était à déplorer. Il sentit sur son crâne une bosse prononcée, de la taille de la moitié d'une balle de golf.

Il prit alors conscience que son pantalon était baissé sur ses chevilles, ce qui ne l'aidait guère à s'asseoir. Ce serait une histoire formidable à raconter au cours de soirées… si seulement il parvenait à s'en souvenir. Il roula lentement sur le dos et remonta son jean. La pièce lui semblait embrumée et pas très nette.

Perry s'accrocha à la cuvette des toilettes, qui trembla curieusement quand il s'en servit pour se redresser. Le siège était fêlé. Sans doute une conséquence du choc avec sa tête.

Son estomac se souleva une fois, puis une autre, et se révolta. Perry se pencha en avant et vomit dans les toilettes. Il cracha une grande quantité de bile dans l'eau, tandis qu'un grognement guttural résonnait dans la cuvette en céramique. Son estomac noué se relâcha, ce qui lui permit de respirer, mais l'air lui gela la gorge alors qu'une douleur aiguë lui transperçait le crâne.

Il ferma violemment les yeux, avant de pousser un faible râle de protestation contre le martèlement régulier que subissait son crâne. La souffrance l'immobilisait aussi sûrement qu'une camisole de force ; il n'était même pas en mesure de se lever pour prendre une bonne dizaine d'Excedrin.

Confusément, il se rappela avoir entendu dire que les victimes de commotion commençaient par vomir. Il se demanda comment les boxeurs ou les quarterbacks professionnels supportaient cette douleur. Rien ne valait la peine qu'on endure cela.

Une autre vague nauséeuse le frappa à l'estomac et envoya encore plus de bile dans la cuvette troublée. L'odeur âcre de vomi qui emplissait la salle de bains rendit Perry encore plus mal en point, ce qui lui fit encore plus mal à la tête, ce qui lui donna encore envie de vomir. Il se trouvait dans l'un de ces cercles vicieux qui conduisent même les athées à demander à Dieu ce qu'ils ont fait pour mériter un tel supplice.

— J'ai dû torturer des enfants dans une autre vie, marmonna-t-il pour lui-même. Ou alors j'ai été Gengis Khan.

Une troisième vague le frappa. Il ne lui restait plus rien à vomir, mais son estomac s'en fichait. Ce dernier se contracta avec une telle violence que Perry se courba en deux, la tête presque à l'intérieur de la cuvette des toilettes.

Son visage était aussi crispé que son diaphragme, et son estomac refusait de se détendre plus de cinq secondes consécutives, ce qui l'empêchait de reprendre sa respiration. Quand ce fut enfin le cas et qu'il parvint à remplir d'air ses poumons, Perry ouvrit ses yeux embués juste au moment où la douleur le frappa à la tête avec la force d'un semi-remorque lancé à cent kilomètres à heure écrasant un jeune raton laveur. Il vit quelques points noirs, puis laissa retomber son visage sur le linoléum frais.

25.
« Parasitose imaginaire »

La maladie des Morgellons.

Incrédule, Margaret lisait le rapport des CDC. Cette maladie n'en était pas une ; elle était tenue par la majorité de la communauté médicale comme une « parasitose imaginaire ».

— Imaginaire, dit Margaret. Vise-moi ça !

— Comme la plupart des cas, on dirait, dit Amos. Les symptômes vont de sensations de morsures ou de piqûres jusqu'à celles décrivant des choses se faufilant sous la peau. Certains cas évoquent les étranges fibres et quasiment tous impliquent un certain état mental : dépression, graves signes de TDAH[1], cyclothymie et… devine les trois derniers.

— Paranoïa, psychose et psychopathie ?

— Tu tapes dans le mille, ces derniers temps, Margo !

Margaret, Amos et Clarence Otto patientaient dans le bureau du directeur de l'hôpital, une pièce recouverte de panneaux de bois chaud dans laquelle étaient disposés quatre ficus en pot soigneusement entretenus. Le directeur avait été prié de les laisser seuls par le très persuasif agent Otto, qui s'était excusé pour cette intrusion sans pour

1. Trouble déficitaire de l'attention/hyperactivité (*NdT*).

autant lui offrir la possibilité de refuser. Margaret avait alors songé que cet agent était un vendeur-né, un type capable de vous faire faire ce qu'il voulait tout en vous persuadant que l'idée venait de vous. Les deux scientifiques étaient assis sur un canapé en cuir, tous les deux plongés dans les pages d'un rapport étalées sur une table basse. Otto s'était installé dans le fauteuil du directeur, derrière le bureau en bois décoré. Il faisait lentement tourner son siège et semblait savourer l'autorité qui allait de pair avec les lieux ; il souriait comme un gamin qui jouait au chef.

Murray était en route. Ils lui feraient leur rapport de vive voix.

— Je sais que je suis le simplet de la bande alors excusez-moi si je vous pose une question, dit Otto. Vous avez un rapport des CDC et vous dites que le truc que vous avez examiné ces derniers jours est en réalité déjà connu ?

Amos secoua la tête.

— Non, loin de là. Ce machin, là, Morgellons, on ne sait pas si c'est réel ou si c'est un genre d'hallucination collective. Des années de pression ont été nécessaires aux associations de victimes pour contraindre les CDC à au moins faire semblant de le prendre au sérieux. Les CDC ont créé une équipe spéciale, mais ils n'ont toujours pas clairement défini la maladie des Morgellons. La plupart des cas finissent en effet par être reconnus comme des parasitoses imaginaires. Les gens sont persuadés d'être infectés par quelque chose, par des organismes qui ne peuvent être vus que par le patient. En réalité, le terme « Morgellons » n'est apparu qu'il y a quelques années et, depuis qu'il a bénéficié d'une certaine publicité, de plus en plus de personnes ont déclaré en subir les symptômes.

— Ce qui signifie qu'il se propage, dit Margaret.

— Pas forcément. Ça peut vouloir dire cela, mais ça peut aussi traduire le fait que, lorsque des individus instables entendent parler de cette maladie, leurs cerveaux décident qu'ils en sont atteints. Ils inventent alors les symptômes dans leur propre esprit : d'où le côté « imaginaire ».

Otto fit tourner le fauteuil du directeur et décrivit trois cercles complets tout en parlant.

— Donc, plus il y a de gens qui prétendent être atteints par ce mal, plus ceux qui apprennent son existence sont nombreux et plus il y a de gens qui pensent en être victimes.

— Un cercle vicieux de dingues, compléta Amos.

— Sacré Murray, dit Margaret. Il a raison de vouloir garder cette affaire secrète. Il a dit que c'est ce qui se produirait s'il y avait une fuite. Et on ne parle que de ces démangeaisons et de ces bestioles sous la peau. Imaginez la réaction si on montre à la population des photos des triangles.

— Ou s'ils sont mis au courant des grands-mères qui découpent leurs gosses, ils iront tous jouer les Scarface auprès de la police, dit Otto. Les grands-mères psychopathes chagrineraient terriblement l'américain moyen et son épouse.

Amos acquiesça.

— Murray a vu juste, je suppose. Une dizaine de cas de Morgellons étaient répertoriés il y a cinq ans, ils sont aujourd'hui plus de mille cinq cents, localisés dans les cinquante états et en Europe.

— Alors pourquoi n'avons-nous pas plus entendu parler des triangles ? s'étonna Margaret. Nous savons que ce n'est pas une illusion. Nous avons vu ces sales petits trucs, tout comme les déséquilibres chimiques dans le cerveau de Brewbaker. C'est réel, Amos.

— Parce que la plupart des cas relèvent d'illusions, mais pas tous. C'est les fibres, Margaret. Il existe des cas recensés qui parlent de fibres – bleues, rouges, noires et blanches – constituées de cellulose. En trois occasions au cours des quatre dernières années, les médecins les ont analysées. Et devine quoi ; leur composition chimique s'est avérée la même que celles de Brewbaker. Exactement identique, à la molécule près.

—Tes ratés.

—Oui, les ratés, répéta Amos, un sourire aux lèvres. Nous avons les cas de triangles dont nous avons été témoins au cours des dernières semaines. Admettons que dans ces cas les organismes soient parvenus à atteindre le stade larvaire. Ces recherches à propos de la maladie des Morgellons indiquent que d'autres cas se sont produits, sur plusieurs années ; quand nous voyons les fibres, nous voyons des ratés. Il est possible que des infections complètes de larves se soient déroulées avant ces dernières semaines, bien entendu, mais si c'est le cas, personne n'en a jamais entendu parler.

L'agent Otto se lança dans une autre série de rotations. Il avait l'air d'essayer de déterminer combien il était capable d'en faire avec une seule poussée.

—Ainsi, les fibres existent depuis un moment mais n'atteignent leur stade larvaire que maintenant ? Ça signifie qu'elles évoluent ?

Margaret s'apprêtait à répondre, une réaction automatique pour corriger une tentative d'explication scientifique de la part d'un profane, mais elle s'arrêta dans son élan. Otto l'avait simplifié à l'extrême, mais le concept était on ne peut plus exact.

—Amos, dit-elle. Cette équipe spéciale a-t-elle localisé les apparitions récentes de ces fibres ?

—J'imagine que oui, mais je n'en suis pas certain, répondit Amos après avoir haussé les épaules. Il faudrait les contacter.

Margaret feuilleta les pages du rapport.

—Docteur Frank Cheng. Le chef du projet. Je dois lui parler. Je ne sais pas si Murray m'autorisera à l'appeler.

—Margaret, puis-je dire quelque chose ? intervint Otto.

—Bien sûr.

Il fit un tour avec sa chaise et se bloqua en agrippant le bureau à deux mains, le tout sans cesser de sourire.

— On dirait que vous vous laissez bousculer par les autres. Ne l'avez-vous jamais remarqué ?

Elle sentit son visage prendre une teinte cramoisie. Le fait qu'elle ait un problème et que tout le monde en ait connaissance ne signifiait pas qu'Otto devait l'évoquer.

— Ça ne vous regarde pas, répondit-elle.

— Il me semble que vous êtes considérablement plus forte que vous le pensez. Nous nous attaquons à quelque chose de plutôt fou, là, je ne me trompe pas ? (Elle hocha la tête.) Dans ce cas, si vous avez une idée de ce que nous devrions faire, peut-être devriez-vous cesser de vous comporter en froussarde.

— Je vous demande pardon ?

— En avant pour le sermon, frère Otto ! s'exclama Amos en frappant la table basse du plat de la main.

— J'ai dit : « Margaret, arrêtez d'être froussarde. »

— J'ai entendu !

— Alors arrêtez de laisser Murray vous dire ce que vous devez faire.

Margaret en resta bouche bée.

— Vous êtes complètement malade ? C'est le directeur adjoint de la CIA ! Comment pourrais-je ne pas le laisser me dire ce que je dois faire ?

— C'est le directeur adjoint, et alors ? Êtes-vous consciente de ce que vous êtes ?

— Dites-lui ! s'écria Amos avant de se lever et de brandir les mains vers le ciel. Dites à cette bonne sœur ce qu'elle est !

— Oui, agent Otto, je vous en prie, dites-moi ce que je suis.

Otto fit deux tours sur lui-même avant de répondre :

— Vous êtes l'épidémiologiste en chef chargée d'étudier un mal inconnu et ses implications terrifiantes.

— Terrifiantes ! reprit Amos en écho.

— Votre équipe n'est pas assez étoffée et vous ne disposez pas des experts qui devraient se trouver à vos côtés.

— C'est un péché! déclara Amos.

— Amos, ferme-la, merde! dit Margaret.

Amos sourit, puis s'empara d'un magazine qui traînait sur la table basse et fit semblant de le lire.

— Margaret, il vous a chargé de cette mission. Que se passera-t-il si vous insistez pour parler à ce Cheng? Croyez-vous que Murray vous remplacera par quelqu'un d'autre?

Sur le point de répondre, elle garda le silence. Non, Murray n'agirait pas ainsi. Pas parce qu'elle était la meilleure, mais parce qu'il tenait à ce qu'aucune fuite ne se produise. Murray avait besoin d'elle.

— Bon, dit Otto en imprimant une forte poussée. (Il se mit à tourner et lâcha quelques mots à chaque tour, presque comme s'il avait lu dans l'esprit de Margaret.) Servez-vous... de ce que... vous... avez.

La colère de Margaret s'estompa.

L'agent Clarence Otto avait raison.

26.
La pilule de poison

Les jeunes pousses contrôlaient en permanence leur développement grâce aux données en provenance des lecteurs qui erraient. À un certain point, les check-lists des pousses établirent que le travail des lecteurs était mené à bien. Un signal chimique fut alors libéré dans l'hôte et les lecteurs entrèrent dans une phase de mutation. Suite à un simple ajustement, les mâchoires en forme de scie se détachèrent et les boules se refermèrent.

À l'intérieur de ces dernières, la mort se mit en marche.

Elles gonflèrent sous l'effet d'un nouveau composé chimique dont elles se remplissaient. Les gardiens déplacèrent les boules chimiques dans la charpente et les disposèrent çà et là.

Une sorte de croûte apparut à l'endroit où avaient été fixées les mâchoires. Le composé mortel rongea l'intérieur de la croûte, mais les pousses remplirent cette structure avec un autre produit chimique qui solidifiait la croûte par l'extérieur. L'équilibre était subtil mais, tant que les pousses restaient « en vie » et continuaient à émettre cette substance, les boules de poison demeureraient hermétiquement fermées.

Si les pousses cessaient de fonctionner, les croûtes se désintégreraient et le terrible catalyseur renfermé se disperserait dans la charpente et la dissoudrait, ainsi que les cellules modifiées destinées à la tige et toutes les autres cellules créées. Elles noirciraient, mourraient et se désintégreraient, puis le restant du poison se déplacerait pour en contaminer d'autres. La réaction en chaîne qui s'ensuivrait dissoudrait tous les tissus mous qu'elle toucherait ; charpente, muscles, peau, organes… tout.

Pour éviter que cela se produise, les pousses devaient survivre.

Mais cet hôte n'avait aucun moyen de le savoir.

27.
Adieu

— Je suis navré, monsieur Phillips, dit le médecin. Il s'est simplement éteint. Nous pensions l'avoir tiré d'affaire, et soudain il est parti.

Dew regardait le médecin, épuisé et débraillé. Ce n'était pas la faute de cet homme ; il avait fait tout son possible. Néanmoins, il ne put réprimer la vague de fureur qui le parcourut, qui lui fit se demander s'il serait facile d'écraser le cou maigre de ce petit docteur.

— Qu'est-ce qui l'a tué ?

— Rien de précis. Je pense que l'accident dans son ensemble a été trop difficile à supporter pour son corps. Au risque de paraître brutal, il aurait dû mourir lundi dernier… mais il s'est révélé suffisamment fort pour tenir soixante heures supplémentaires. C'est pour cette raison que nous avons cru pouvoir le sauver ; hélas, ses blessures étaient trop importantes. Je suis sincèrement désolé. Maintenant, si vous voulez bien m'excuser, je dois m'entretenir avec sa femme.

— Non ! coupa sèchement Dew avant de poursuivre plus calmement. Non, je m'en occupe. J'étais son équipier.

— Comme vous voudrez, monsieur Phillips. Je ne serai pas loin si vous avez besoin de moi.

Le médecin s'éloigna. Dew baissa regarda par terre et rassembla son courage. Ce n'était pas la première fois qu'il perdait un partenaire et ce n'était pas non plus la première fois qu'il devait l'apprendre à la nouvelle veuve. Ce n'était pas pour autant plus facile. Curieux comme on pouvait s'habituer à tuer mais pas s'habituer à la mort.

Il jeta un regard las dans le couloir. Shamika le regardait, son fils Jérôme endormi sur ses genoux. Ses yeux étaient remplis de larmes de refus. Elle savait. Dew devait quand même le lui dire ; les mots devaient être prononcés.

Il marcha vers elle et se rappela un autre hôpital, six ans auparavant, le jour de la naissance de Jérôme. Il se rappela avoir attendu, assis dans la salle d'attente à côté de Malcolm, si nerveux qu'il avait vomi deux fois. Il se rappela avoir parlé à Shamika quelques heures à peine après l'accouchement.

Il marchait toujours vers elle. Elle se mit à secouer la tête tout en serrant plus fort Jérôme. Elle marmonna quelques mots incompréhensibles mais dont la signification était évidente. Dew aurait voulu se trouver n'importe où ailleurs, n'importe où et ne pas affronter cette femme en pleurs, la femme de son ami, son équipier… l'homme qu'il n'était pas parvenu à protéger.

Il refoula ses propres larmes, tandis qu'une tristesse sans fond le submergeait et se mêlait à la haine et la colère bouillantes. La certitude qu'il retrouverait le responsable lui donnait la force de continuer. Et quand ça arriverait… oh, mon vieux… quel pied il prendrait.

28.
Le sol de la salle de bains…
encore

L'espace de quelques instants, Perry se sentit glisser en arrière dans le temps. Il avait dix-sept ans. Sa mère pleurait, comme d'habitude, et le secouait doucement. Il ouvrit lentement les yeux et la douleur se mit à rugir dans son cerveau. Il tâta des doigts l'arrière de son crâne – ils étaient maculés de sang. Son père était assis à la table de la cuisine et avalait des gorgées régulières de la bouteille de Wild Turkey dont il s'était servi comme arme contre son enfant unique.

Celle-ci était tachée d'un léger filet de sang poisseux, collé sur l'étiquette et perlant sur le verre.

Jacob Dawsey regarda son fils, ses yeux froids figés reflétant la colère permanente qui l'habitait.

— *Comment tu t'sens, mon garçon?*

Perry se redressa lentement. La douleur martelait sa tête à tel point qu'il y voyait à peine.

— Un jour, papa…, parvint-il à articuler. Un jour, je te tuerai…

Jacob Dawsey s'octroya une nouvelle lampée, sans quitter son fils du regard. Puis il reposa la bouteille striée de sang sur la table et s'essuya la bouche du revers de sa main crasseuse.

— Contente-toi de ne pas oublier que ce monde est fait de violence, mon fils, et que seuls les plus forts survivent. Je te prépare, c'est tout… Un jour, tu me remercieras. Un jour, tu comprendras.

Perry secoua la tête, tenta de clarifier ses pensées… et se retrouva allongé sur le sol de sa propre salle de bains. Il n'était plus neuf ans dans le passé. Il n'était plus à Cheboygan. Papa était mort. Ce chapitre de sa vie était terminé… mais sa tête n'allait pas mieux pour autant.

Son visage lui semblait craquant et spongieux contre le linoléum, tandis que l'odeur de bile lui emplissait les narines. Il ne lui fallut pas longtemps pour comprendre pourquoi. Son estomac rebelle avait apparemment trouvé autre chose à cracher alors qu'il était inconscient.

Un infime frisson lui tirailla l'âme. C'était une bonne chose qu'il se soit évanoui le visage contre le sol, il aurait autrement pu s'étouffer dans son propre vomi, exactement comme l'avait fait Bon Scott, le premier chanteur d'AC/DC. Bon avait perdu connaissance à l'arrière d'une Cadillac noire, d'après la légende, anéanti par du whisky et peut-être quelques autres substances illicites, trop explosé pour se réveiller ; il s'était noyé dans son propre vomi.

Perry passa une main sur son visage, ôtant au passage de la matière gluante. Il en avait également un peu dans les cheveux. Son estomac paraissait épuisé mais plutôt en bon état ; le festival de régurgitation était apparemment terminé. L'odeur pestilentielle émanait principalement de la cuvette des toilettes. Perry s'assit laborieusement et tira la chasse d'eau.

Comment cela avait-il pu se produire, bon sang ? Des images vagues et floues dansaient dans son esprit, comme des papillons de nuit autour d'un réverbère. Il souffrait de la jambe gauche – des élancements comme des coups de barre de fer gelée.

Il s'aida du lavabo et se releva lentement. Son corps lui semblait dans un état de grande faiblesse, et Perry se demanda combien de temps il était resté inconscient. Dans la salle de bains, la porte à demi fermée, il n'avait aucun moyen de se renseigner sur l'heure ; les rayons du soleil n'atteignaient pas le fond du couloir.

Appuyé de tout son poids sur le lavabo, il se regarda dans le miroir. « Un air merdique » était encore en dessous de la vérité. Une pellicule de vomi d'un vert jaunâtre lui recouvrait la moitié droite du visage et lui emmêlait les cheveux. Un hématome bombé se dessinait sur le front, comme l'ébauche d'une corne de licorne. Les cernes noirs sous ses yeux étaient si marqués qu'ils en étaient presque comiques, comme s'il portait un maquillage outrancier de cinéma conçu pour un figurant dans *La Nuit des morts-vivants*.

Son attention se porta toutefois davantage sur les saletés séchées qui recouvraient son miroir que sur son visage. Des filets d'un liquide bizarre avaient coulé sur le verre, avant de sécher et de prendre une teinte noire. Des morceaux parcheminés d'une substance grise étaient tassés sur le verre comme une pâte vieillie, ou peut-être un insecte écrasé.

Seulement, ce n'était pas un insecte, et Perry le savait. Des souvenirs du carnage sur le miroir se bousculaient dans son cerveau embrumé et perclus de douleur. Il ne savait pas de quoi il s'agissait, mais il était conscient que c'était mauvais. Cette chose représentait la mort, quelque chose qu'il convenait de redouter au plus haut point. En tout cas, cela avait été quelque chose à craindre.

Il avait besoin d'un peu de Tylenol et il devait également nettoyer son corps de cette crasse. Le simple fait de se baisser pour tourner le robinet de la douche lui valut de nouveaux élancements douloureux. Il ne se rappelait pas la dernière fois qu'il avait souffert à ce point, ou même si cela s'était déjà produit.

— C'est le moment d'aller voir le médecin, grommela-t-il. Ce putain de médecin…

Il se dirigea vers la cuisine pour y trouver du Tylenol. Il avança lentement et avec précaution en se tenant la tête comme si cela pouvait empêcher son cerveau martelé de tomber par terre. Il avisa l'horloge numérique de la cuisinière : 12 h 15.

Il fallut une minute entière à sa tête bourdonnante pour faire le point sur cette image. Il se demanda alors comment le soleil pouvait être encore levé à minuit et quart, puis il se rendit compte de sa stupidité avec un léger soupir. Il était midi et quart. Il avait dormi au-delà de l'heure à laquelle il était censé partir travailler. Il était hors de question qu'il se rende au bureau, pas avant que sa tête aille mieux, en tout cas. Il se dit qu'il appellerait et tenterait d'expliquer la situation, mais uniquement après une douche.

Le flacon de Tylenol était posé sur le four micro-ondes, juste à côté du bloc de boucher en bois dans lequel étaient encastrés les couteaux. Il garda alors les yeux rivés sur les ciseaux à volaille. Seules leurs poignées en plastique brun étaient apparentes, mais à l'intérieur du bloc se trouvaient leurs épaisses et courtes lames, capable de trancher la viande crue aussi facilement que du papier et les os de poulet comme s'ils n'étaient que des brindilles sèches. Perry resta fasciné un moment puis tendit le bras vers le flacon de Tylenol.

Il expédia quatre comprimés dans sa bouche puis mit ses mains jointes sous le robinet avant d'avaler quelques gorgées d'eau pour faire passer les médicaments. Cela fait, il retourna vers la salle de bains en traînant les pieds tout en se déshabillant. Il entra dans le bac rempli de vapeur et se laissa aller sous le jet, la tête penchée afin de permettre à l'eau d'ôter la matière visqueuse de son visage et de ses cheveux. Le liquide presque bouillant revigora ses muscles flasques, tandis que la brume qui flottait dans son cerveau se dissipait quelque peu. Il espéra que le Tylenol agirait rapidement ; sa tête le faisait tant souffrir qu'il ne voyait presque plus rien.

29.
Motivation

Dew refusait de pleurer. Il n'allait pas pleurer. Les larmes voulaient sortir et il éprouvait des difficultés à les contenir mais, non, il n'allait pas pleurer. Il n'avait pas choisi ce boulot pour se faire des amis. Ça faisait mal, bien sûr, mais Malcolm Johnson n'était pas le premier de ses amis à tomber en service commandé.

Combien de temps devrait-il supporter cela ? Jusqu'à quand tiendrait-il le coup ? Combien d'autres personnes devrait-il voir mourir ?

Combien d'autres personnes… devrait-il tuer ?

Il renifla et s'essuya le nez du revers de la main. Il devait se reprendre.

Il s'empara de son petit téléphone portable, l'ordinaire, et composa un numéro. Trois sonneries se succédèrent avant qu'elle réponde.

—Allô ?

—Salut, Cynthia, c'est Dew.

—Oh ! Salut, comment vas-tu ?

Ses paroles évoquaient toute une histoire, étalée sur des décennies, à vrai dire. Dew et Cynthia s'étaient autrefois haïs, avec une violence qui dépassait même ce qu'il ressentait pour l'ennemi au cours d'un affrontement. Cette haine était la conséquence d'un amour, profond et total, tourné vers la même personne.

Cette personne était Sharon, la fille unique de Dew.

—Pour ne rien te cacher, j'ai connu des jours meilleurs, bien souvent… mais ne dis rien à Sharon, d'accord ?

—Évidemment. Tu veux que je te la passe ?

—S'il te plaît.

—Attends, une seconde.

Dew et Cynthia ne seraient jamais amis mais, au moins,

158

ils se respectaient mutuellement. Ils y étaient contraints ; Sharon les aimait tous les deux, et quand ils se disputaient elle en avait le cœur brisé.

Cela avait été dur d'apprendre que sa petite fille pensait qu'elle était lesbienne, quoi que ce n'était rien comparé à la douleur et la colère qu'il avait ressenties sept ans plus tard quand il avait appris que Sharon et Cynthia étaient bien plus que des « partenaires » ; elles avaient célébré une cérémonie d'union ou quelque chose d'approchant et étaient en fin de compte mariées. Femme et femme. Il avait été furieux et les avait toutes les deux traitées de noms d'oiseaux en hurlant, ce qu'il regrettait à présent. Bien entendu, Cynthia avait répondu. Elle voulait protéger Sharon, Dew le comprenait désormais. Cette femme méprisait en outre les hommes de façon générale, et plus particulièrement les militaires bourrus et autoritaires dénués d'émotions, ce qui résumait parfaitement Dew Phillips. Les attaques constantes de Cynthia sur Dew, à la fois quand il était présent et quand il ne l'était pas, finirent par épuiser Sharon. Dew haïssait. Cynthia haïssait. Sharon n'était pas faite ainsi ; Sharon aimait, purement et simplement.

Deux autres années furent nécessaires, après la mascarade de « mariage », pour que Dew prenne conscience que cette affaire était sérieuse pour sa fille. Il ne s'agissait pas là d'une fantaisie passagère ; elle allait passer le reste de sa vie avec Cynthia. Une fois ce fait établi, il avait réagi comme n'importe quel bon soldat l'aurait fait ; il avait mis son orgueil de côté et avait cédé. Il avait rencontré Cynthia dans ce qu'ils avaient tous les deux appelé la « ZDMS », ou « zone démilitarisée starbucks [1] », et avaient établi un *statu quo*. Ils pouvaient se haïr autant qu'ils le souhaitaient, rien ne pourrait changer cela, mais ils étaient convenu de se montrer courtois et de se

---

1. Chaîne de cafés (*NdT*).

traiter avec respect. Avec les années, à force de politesses, il en était venu à se rendre compte que Cynthia était une brave fille… pour une gouine, en tout cas.

—Salut, papa !

La voix de Sharon, la même depuis l'âge de cinq ans. Enfin, c'était des conneries, Dew le savait, mais c'est exactement ce que ses oreilles entendaient chaque fois qu'elle parlait.

—Salut, chérie, comment vas-tu ?

—Bien ! Je suis ravie que tu appelles. Et toi ?

—Impec. On ne peut mieux. Le boulot marche bien.

—Tu es toujours dans un bureau ? (Il perçut de l'inquiétude dans la voix de sa fille.) Ils ne t'envoient plus sur le terrain, c'est ça ?

—Bien sûr que non, à mon âge ! Ce serait de la folie.

—C'est sûr !

—Écoute, ma chérie, je n'ai qu'une minute. Je voulais juste te passer un petit coup de fil et entendre ta voix.

—Eh bien, la voici. Quand reviens-tu à Boston ? J'ai envie de te voir. On pourrait sortir, juste toi et moi.

Dew déglutit. Si un Malcolm Johnson ne lui tirait pas une larme, il n'allait certainement pas faire couler les grandes eaux parce qu'il appelait sa fille.

—Allons, ma chérie, tu sais que je m'entends bien avec Cynthia, maintenant. On sortira tous les trois et on passera un peu de temps ensemble.

Dew eut presque envie de rire quand il entendit Sharon renifler. Alors qu'il était apparemment capable de retenir ses larmes pour l'éternité, sa fille pleurait pour un rien.

—Ouais, je sais, papa. Et tu n'as pas idée de ce que ça représente pour moi. Pour nous.

—Sèche tes larmes, je dois y aller. Je t'appelle bientôt. Au revoir.

—Au revoir, papa. Et sois prudent ; tu pourrais récolter une écharde sur ton bureau.

Dew raccrocha. Il inspira profondément et les émotions se dissipèrent, refoulées dans leur cachette habituelle. C'était ce dont il avait eu besoin ; se rappeler le pourquoi de ses actions. Pour elle. Pour un pays dans lequel sa fille pourrait vivre comme cela lui plaisait, même si cela signifiait vivre avec une autre femme, même si son père abhorrait cette situation, ainsi que sa compagne, de tout son cœur. Il existait de nombreux endroits dans le monde où Sharon aurait été tuée – ou pire – pour avoir agi d'une façon qui lui semblait naturelle.

Était-ce un cliché ? de continuer à se battre, à tuer quand il le fallait, car l'Amérique était la plus grande nation sur Terre ? Probablement, pourtant Dew se fichait de savoir si ses raisons étaient bonnes, logiques ou si elles tenaient du cliché. C'étaient ses raisons.

Et ça lui suffisait.

30.
M. Sympathique

Margaret, Amos et Clarence Otto se levèrent quand Murray Longworth fit son entrée dans la pièce réquisitionnée. Murray leur serra la main puis ils se rassirent. Bien entendu, le directeur adjoint s'installa derrière l'imposant bureau.

— Qu'avez-vous à m'apprendre ? Nous vous en avons trouvé un relativement frais, cette fois. Je suis persuadé qu'un cadavre non pourri nous a fourni des indices quant à ces foutus trucs.

Margaret se lança :

— Il n'est pas resté « non pourri » très longtemps. Tous les tissus ont disparu. Il ne reste que son squelette, qui présente le même aspect que les restes de Judy Washington et de Charlotte Wilson. Nous avons également les résidus liquéfiés, mais je crois que nous en avons appris le maximum possible. Néanmoins, avant que Brewbaker soit totalement décomposé, nous sommes parvenus à rassembler quelques informations, très utiles et inquiétantes. Tout d'abord, nous pensons que l'excroissance n'est pas un tissu altéré mais plutôt un organisme parasitaire.

Le visage de Murray se plissa de dégoût.

— C'est un parasite ? Qu'est-ce qui vous fait croire ça ?

— Comme sur le corps de Charlotte Wilson, l'excroissance en elle-même était déjà décomposée. Nous n'avons rien pu en tirer, mais nous avons découvert des structures dans les tissus environnants qui nous ont conduits à la classer parmi les parasites. Les excroissances sont branchées sur le système sanguin de l'hôte et pompent de l'oxygène et sans doute des nutriments dans le sang.

Murray garda les yeux rivés sur Margaret, comme une statue de calcaire sur laquelle les effets du vent, de la pluie et de l'érosion commençaient à se voir.

— Vous êtes en train de me dire que ces machins triangulaires sont vivants et qu'ils ne font pas partie de la victime mais qu'ils appartiennent à une créature distincte ?

— Exactement.

— Alors pourquoi les « hôtes », comme vous les nommez, deviennent cinglés ?

— Nous avons repéré des concentrations excessives de neurotransmetteurs dans le cerveau, expliqua Margaret. Ce sont les substances qui transmettent les signaux de cellule nerveuse en cellule nerveuse, permettant ainsi au corps de communiquer avec le cerveau et vice versa, tout comme elles permettent à celui-ci de fonctionner. La dopamine et la sérotonine, en particulier, étaient extrêmement présentes. L'excès de dopamine se retrouve dans des cas aigus de schizophrénie, tandis que trop de sérotonine peut provoquer des comportements psychotiques et de la paranoïa. Nous avons également noté de fortes concentrations d'adrénaline et de noradrénaline dans le cerveau. Ces deux hormones sont vitales pour les réflexes de fuite ou d'agressivité, indispensables dans les réactions face à l'urgence et aux menaces perçues. Elles sont aussi concernées par certaines des expressions physiologiques de la peur et de l'anxiété. Quand ces hormones atteignent un niveau excessif, les troubles liés aux angoisses deviennent très fréquents.

Murray hocha la tête, convaincu.

— Ces parasites rendent donc fous les gens en augmentant leurs concentrations de neurotransmetteurs ?

— Tout à fait, répondit Amos. Mais ce n'est pas tout. Le parasite développe des structures qui imitent les nerfs humains. Nous avons trouvé de tels tissus dans la zone qui entoure l'excroissance mais aussi dans le cerveau, en particulier dans le cortex cérébral et la région limbique.

— Qu'est-ce que la région limbique ?

— Il s'agit d'un amas de zones parmi lesquelles le thalamus, l'hippocampe et l'amygdale, entre autres, que l'on soupçonne de contrôler les émotions et de renfermer les structures de base de la mémoire. Les excroissances situées dans cette zone ont peut-être joué le rôle d'un système endocrinien afin de sécréter l'excès de neurotransmetteurs. D'après les études de cas de surconcentration de dopamine dans la région limbique, les hôtes sont susceptibles de développer une paranoïa extrêmement prononcée, ce qui correspond au comportement observé chez Brewbaker, Blaine Tanarive, Gary Leeland et Charlotte Wilson. Cela dit, si l'excroissance était composée de nerfs artificiels, elle avait peut-être un autre objectif ; il est possible que le parasite ait été relié au cerveau.

Les yeux de Murray laissèrent transparaître de la colère.

— Je vous en prie ! Je suis d'accord avec votre théorie de « distribution d'hormones », c'est cohérent, mais relié au cerveau ? Vous prétendez que nous n'avons pas affaire à un genre d'overdose chimique, mais que le parasite contrôle l'hôte ?

— C'est une éventualité.

— Pourquoi ne me dites-vous pas tout simplement que les hôtes sont possédés par des démons maléfiques, professeur Montoya ? Je commence à me demander si je n'ai pas commis une énorme erreur en vous confiant ce dossier. Bon sang, comment pouvez-vous espérer que je puisse croire un parasite capable de contrôler les gens et leur faire faire ces choses affreuses ?

— Nous n'avons pas dit que les parasites se servaient de leurs victimes comme de robots, intervint Amos. Il existe pourtant des cas similaires dans la nature : des parasites modifient bel et bien le comportement de leur hôte. Je peux citer l'exemple d'un trématode qui parasite une certaine variété d'escargot de vase. Pour mener à bien son cycle de vie, le trématode doit passer de l'escargot à une puce de sable. La larve du trématode contraint l'escargot à se diriger vers la terre ferme et à se hisser hors de l'eau, où il finira par mourir. Elle le force à se suicider, si vous voulez. Le trématode s'extrait alors de l'escargot et pénètre dans la puce. Songez également au ver à tête épineuse, qui débute sa vie dans un cafard et la poursuit dans un rat. Afin de faciliter ce changement, le ver rend le cafard moins attentif au danger, de façon qu'il se fasse plus facilement manger par un rat. Il y a aussi le…

D'un geste de la main, Murray interrompit l'exemple suivant d'Amos.

— J'ai compris, prof. C'est fascinant, vraiment, mais les escargots et ces putains de cafards sont à des années-lumière de l'intelligence humaine !

— Le comportement n'est affaire que de réactions chimiques, monsieur Longworth, objecta Amos. Le comportement humain implique des réactions plus compliquées, mais elles n'en restent pas moins des réactions, et si un escargot ou, comme vous l'avez souligné avec éloquence, un fichu cafard, peut être manipulé, alors c'est aussi le cas d'un être humain.

Murray se frotta l'arrête du nez, comme si quelque mal de tête monstrueux s'était mis à lui marteler l'intérieur du crâne.

— Vous savez, je suis venu ici en espérant de bonnes nouvelles, mais tout ça ne fait qu'empirer à chaque seconde. Bon, d'accord, quelqu'un quelque part a créé un parasite capable de manipuler le comportement humain. Quand est-ce que vous allez me donner quelque chose dont je puisse me servir, tous les deux, bon sang!

— Monsieur Longworth, cette chose est incroyablement pointue, dit Margaret. (Sa voix était froide et gagnée par la colère car elle songeait que cet homme voulait des réponses simples alors qu'il n'y en avait pas à donner.) Nous parlons là d'une supériorité technologique à un degré extrême. S'il s'agit d'un organisme artificiel, il y a quelque part quelqu'un qui nous devance d'une manière qu'il nous est difficile de concevoir. En d'autres termes, si ce parasite est artificiel, de sérieux ennuis nous attendent.

Murray se renfrogna : ces nouvelles complications n'étaient clairement pas les bienvenues.

— Que voulez-vous dire par « si » ?

— Je pense, et je dois préciser qu'Amos ne partage pas mon avis, que ce comportement psychopathique n'est peut-être pas voulu, que ce n'est qu'un effet secondaire. La possibilité qu'il s'agisse d'un genre de parasite naturel demeure, ou, s'il n'est pas naturel, qu'il n'ait pas été conçu spécifiquement pour rendre folles les victimes.

Murray secoua la tête, puis regarda les panneaux du mur.

— C'est une arme, professeur Montoya, et foutrement performante, qui plus est. Ne compliquez pas les choses jusqu'à perdre de vue l'évidence. Occupez-vous des réactions chimiques et assimilées et laissez-moi les analyses stratégiques.

Maintenant, j'ai besoin d'idées de votre part pour combattre ce truc. Avez-vous des suggestions ?

À vrai dire, Margaret en avait plusieurs, dont la plupart requéraient un marteau de forgeron et le cul de Murray Longworth, mais elle les garda pour elle.

— Il y a deux choses que nous devons faire, dit-elle. Premièrement, il nous faut une équipe plus nombreuse, nous avons notamment besoin de psychiatres.

— Pourquoi ?

— L'ensemble des hôtes a présenté de sévères troubles du comportement. Si nous voulons apprendre comment cette chose fonctionne, il nous faut un hôte vivant. Nous avons besoin d'un effectif plus important et il nous le faut rapidement, en particulier un neurobiologiste et un neuropharmacologue. Un psychologue pourrait nous aider à comprendre comment gérer les victimes perturbées. Enfin, à long terme, il nous faut apprendre comment combattre les effets du parasite, peut-être avec des drogues susceptibles de modifier le comportement en contrant les overdoses de neurotransmetteurs.

— Je ne pense pas qu'augmenter l'effectif soit une bonne idée, Margaret.

— Il nous faut ces gens, et il nous les faut immédiatement ! Nous risquons de perdre le contrôle de tout ça d'une seconde à l'autre. Contrôler l'information est une chose, laisser un tel fléau se répandre sous nos yeux en est une autre.

Les doigts de Murray martelaient le bureau.

— Très bien. Je vais me mettre à la recherche de ces personnes. Inutile de vous rappeler une nouvelle fois à quel point cette opération est confidentielle, c'est pourquoi je ne vous trouverai pas quelqu'un dès aujourd'hui ou demain. Qu'avez-vous que je puisse exploiter maintenant ?

— Brewbaker avait une petite excroissance sur laquelle poussaient des fibres colorées, dit Margaret. Ce symptôme correspond à ce qu'on appelle la maladie des Morgellons.

Nous pensons que ces fibres représentent un parasite mort, mais elles continuent en partie à se développer. Elles sont constituées de cellulose, un tissu commun chez les végétaux mais que les humains ne produisent en aucune façon.

—Ces fibres sont-elles avec certitude liées aux triangles ?

—Oui, répondit Amos. Les triangles sont faits du même tissu que les fibres ; de la cellulose. C'est tout sauf une coïncidence.

—Ainsi, si on est porteur des fibres, on est porteur des triangles ? demanda Murray. Et on devient dingo ?

—Non, ce n'est pas le cas, dit Margaret en se penchant en avant. Apparemment, les cibles peuvent être infectées par les fibres sans développer le parasite à part entière.

—Et nous n'avons jamais vu ces excroissances triangulaires auparavant ? pas avant ces derniers jours ? Les CDC n'ont rien là-dessus ?

—Pas à notre connaissance, ce qui ne veut pas dire qu'il n'y a pas eu de cas par le passé, ou qu'il n'y en a pas d'autres en ce moment. Il est possible qu'ils se soient produits ; nous ne les avons simplement pas trouvés.

—Ces bidules en forme de fibres sont donc dans le coin depuis plusieurs années, mais les triangles ne sont apparus que récemment, résuma Murray. Quel que soit l'auteur de cette arme, on dirait qu'il progresse.

Margaret déglutit ; si ses idées devaient l'emporter, c'était le moment ou jamais.

—Les CDC disposent peut-être d'informations sur la maladie des Morgellons, notamment l'évolution dans le temps de l'état des malades, ainsi que des cartes localisant les personnes déclarant en être atteintes. Nous devons nous entretenir avec le professeur Frank Cheng, qui mène les travaux à ce sujet.

Murray se carra dans le fauteuil du directeur et regarda le plafond.

— Nous ne pouvons pas impliquer les CDC, Margaret. C'est la raison pour laquelle je vous ai sortie de cette organisation.

— Nous devons parler à cet homme! insista Margaret. Il est possible qu'il détienne une base de données sur ce problème. Avec un peu de chance, ils pistent les symptômes, notent les dates d'infection et autres détails qui peuvent potentiellement nous conduire vers d'autres victimes du parasite.

— Je ne peux pas le permettre.

— C'est pourtant ce que vous allez faire, Murray! répliqua Margaret.

Le directeur adjoint baissa le regard jusqu'à plonger ses yeux froids dans ceux de la scientifique. Elle ne pouvait désormais plus faire machine arrière, elle devait savoir à quoi s'en tenir.

— J'ai suivi vos règles du jeu jusqu'à présent mais je parlerai à cet homme, avec ou sans votre permission.

Elle s'attendait à un affrontement tendu, un conflit de volontés, mais Murray se contenta de soupirer.

— Entendu, vous êtes autorisée à lui parler… mais il vous est interdit, et je le répète afin que ce soit parfaitement clair, il vous est interdit de lui parler des triangles. Marché conclu?

— Marché conclu.

— Découvrez ce qu'ils ont. Je vais vous donner une autorisation officielle à ce sujet. Otto, appelez le directeur des CDC. Le professeur Cheng coopérera avec le professeur Montoya et il n'a pas besoin de savoir pourquoi.

— Bien, monsieur, dit Otto, non sans adresser un sourire à Margaret.

Un léger sourire, certes, mais elle ne manqua pas de le remarquer.

— Très bien, Montoya, vous avez le feu vert pour votre petite discussion, dit Murray. Cela dit, si ça ne donne rien, il nous faut des solutions de rechange. Donnez-moi quelque chose sur quoi travailler.

— L'excès de neurotransmetteurs provoque des troubles biochimiques, expliqua Margaret. D'après ce qui a été observé sur les hôtes vivants, ces derniers souffrent de symptômes de schizophrénie à tendance paranoïaque, peut-être également de violentes hallucinations. Si l'on considère ce qui nous a été dit à propos de leur comportement, la paranoïa des hôtes est plutôt intense et accompagnée de menaces et de projets néfastes précis, toutefois je suis persuadée qu'elle n'apparaît pas du jour au lendemain. Il existe sans doute un processus de mise en place et d'amplification de la paranoïa. Ces hôtes recherchent peut-être de l'aide lors des premiers stades mais, d'après ce que nous ont appris les cinq cas connus, ils se montrent extrêmement soupçonneux et ont tendance à se tenir à l'écart des institutions comme les hôpitaux et des médecins. Nous devons nous rendre accessibles pour ces appels à l'aide.

— Et comment? demanda Murray.

— Nous pourrions faire paraître des annonces dans les journaux, assez peu précises, de façon à faire réagir la nature paranoïaque des hôtes mais sans attirer les personnes saines. Peut-être des affaires contenant le mot « Triangle » ou quelque chose dans le genre, que les hôtes remarqueraient et associeraient instantanément avec leurs excroissances. Les paranoïaques s'imaginent quantité de choses très précises au sujet du monde qui les entoure. Si nous jouons la carte de l'imaginaire, nous avons une chance de les attirer.

Murray acquiesça.

— L'idée des annonces dans les journaux est bonne. Ça nous prendra un peu de temps pour monter une affaire bidon et il nous faudra éviter quoi que ce soit d'inhabituel pour ne pas alerter la presse, mais ça va aller. Qu'avez-vous d'autre comme idées?

Otto s'éclaircit la voix.

— Pardonnez-moi de vous interrompre, monsieur ; la plupart des gens ne s'informent plus par les journaux, mais par Internet. Il vous est possible de créer un site web et de le répertorier afin que les principaux moteurs de recherche le trouvent. Le Net étant anonyme, un hôte aura tendance à surfer dessus en quête d'informations sur les excroissances. Ils seront alors en mesure de vous contacter par le site même.

Le hochement de tête de Murray s'accentua.

— Oui, oui, je vois où vous voulez en venir. Je vais mettre du monde dessus dès maintenant. Nous allons mettre au point plusieurs façons d'attirer les hôtes. Quoi d'autre, professeur ?

— C'est à peu près tout, répondit Margaret. Les triangles se décomposent à une telle vitesse que nous ne sommes pas parvenus à en examiner un correctement et dans de bonnes conditions. Il nous faut soit un hôte vivant, soit une victime décédée depuis une heure au maximum ; et j'insiste, Murray, le besoin d'observer un hôte vivant passe avant tout le reste. C'est uniquement ainsi que nous en saurons plus.

31.
Lave-toi les cheveux et vire ce truc

Perry sortit de la douche dans la salle de bains remplie de vapeur d'eau, tout en s'essuyant légèrement, empli d'un étrange sentiment de paix, maintenant que tous ses sens, ainsi que sa mémoire capricieuse, étaient revenus à la vie. Il venait probablement de prendre la douche la plus longue de son existence et il en avait savouré chaque seconde. Son mal de tête était devenu un simple écho des puissants hurlements précédents. Il avait faim. Très faim.

Le nettoyage de la salle de bains attendrait qu'il soit passé par le réfrigérateur. Quelques Pop-Tarts seraient parfaites, pour commencer.

Étonnamment, il ne ressentait plus aucune démangeaison. En réalité, maintenant qu'il y réfléchissait, il ne s'était pas gratté une seule fois depuis son réveil sur le sol, à l'exception de sa barbe rousse et rêche, qui avait bien poussé.

Il essaya tant bien que mal d'éviter de poser ses pieds propres dans le magma infâme étalé par terre, puis il s'approcha du miroir recouvert de buée, qu'il frotta d'une main pour l'éclaircir. Le reflet constellé de gouttelettes d'eau lui dévoila une barbe d'au moins deux jours.

Bon sang… combien de temps était-il resté inconscient ?

Il s'enveloppa la taille d'une serviette et se rendit dans le salon, où il alluma la télévision sur la chaîne 23, qui annonçait les programmes et affichait toujours l'heure et la date dans le coin inférieur gauche de l'écran.

Il était 12 h 40. La date n'était pas le mercredi 13 décembre, mais le 14 décembre.

Vendredi.

Il était resté inconscient depuis son retour du travail mercredi. Quelque chose comme quarante-huit heures. Presque deux jours complets…

Ce n'était plus un évanouissement, mais un putain de coma. Deux jours ? Il était resté allongé dans une mare de son propre vomi pendant deux jours ? Pas étonnant qu'il ait si faim.

Perry attrapa son téléphone portable. Seize messages l'attendaient, dont la plupart venaient probablement de Sandy, qui se demandait s'il avait prévu de revenir travailler un jour.

Le travail. En comptant à partir du moment où il avait été renvoyé chez lui, il avait manqué deux jours complets de travail. Il était certainement déjà renvoyé à cette heure. Il lui était impossible de faire son apparition un vendredi à une heure de l'après-midi. Quelle histoire formidable ce serait : *désolé, patronne, mais j'ai trébuché dans ma salle de bains, je me suis cogné la tête contre la cuvette des toilettes et je suis tombé dans le coma dans une flaque de mon propre vomi.*

Perry s'assit sur le canapé et écouta ses messages. Bien entendu, deux émanaient de Sandy, sept de Bill, et le reste consistait en raccrochages sans un mot de la part de télévendeurs. Quatre des messages en provenance du bureau dataient de jeudi. Bill avait l'air inquiet. Sur le dernier de ceux reçus le jour même, Bill prévenait qu'il passerait voir si Perry allait bien.

Celui-ci effaça les messages et débrancha la sonnerie ; parler à quelqu'un était bien la dernière chose dont il avait envie, même s'il s'agissait de Bill. Il se dirigea vers la porte d'entrée. Évidemment, un mot était punaisé à l'extérieur.

CHER JAUNE_BLEU_SANGLANT,

FRAPPÉ, SONNÉ,
PISSÉ SUR TA PORTE,
TOUJOURS PAS DE RÉPONSE.
J'ESPÈRE QUE TOUT BAIGNE.
APPELLE-MOI QUAND TU RENTRES.
SANDY NE T'EN VEUT PAS VRAIMENT.
TU N'AS PAS À L'APPELER MAIS
ELLE AIMERAIT SAVOIR
SI TU VAS BIEN. MOI AUSSI,
MON POTE. J'AI VU TA VIEILLE
BAGNOLE SUR LE PARKING,
SOIS TU TE CACHES
SOIT TU ES PARTI AVEC
QUELQU'UN. APPELLE-MOI

— BLANCHETTEDOIGTSDEFÉE —

Deux jours. Il avait manqué deux jours de travail! Qu'aurait dit ce cher vieux p'pa de ça? Rien de bon, Perry en était certain. Il se rattraperait auprès de Sandy. S'il devait pour cela travailler deux fois plus et les week-ends durant les trois prochains mois, il le ferait. Commotion ou pas, il n'y avait aucune excuse pour rester absent si longtemps. Il ne pouvait pas simplement l'appeler. Ce serait lâche. Il allait immédiatement prendre sa voiture et faire passer la pilule face à face. Après, bien entendu, avoir traîné ses fesses à l'hôpital.

Son estomac émit un grognement. Il devait d'abord avaler quelque chose.

Quelques minutes plus tard, ses deux derniers œufs cuisaient dans une poêle enduite de beurre. L'odeur provoqua quelques gargouillis dans son ventre et le fit saliver. Il lâcha deux tranches de pain dans le grille-pain puis en enfourna une troisième dans sa bouche avec voracité.

Avant que les œufs soient cuits, il ouvrit le placard et en sortit les dernières Pop-Tarts, qu'il engloutit aussitôt. Les toasts sautèrent au moment où il faisait glisser les œufs dans une assiette. Il plongea alors une des tranches de pain dans un des jaunes d'œuf et mordit dedans à pleines dents avec satisfaction. Son estomac se manifesta encore – de contentement, cette fois – quand Perry termina le premier œuf et leva son pain avant de le tremper dans le second jaune.

C'est alors qu'il se figea, de la nourriture à moitié mâchée en suspens dans la bouche.

Ce jaune d'œuf, rond et orangé, qui brillait avait autrefois été un poulet en devenir en train de croître dans une coquille.

Croître. Croître. Croître.

Excroissance.

Le toast tomba par terre, le beurre contre le sol.

173

Mais enfin, où avait-il la tête pour dévorer des œufs et se soucier de son boulot alors que ces saloperies étaient toujours en lui ? Il souleva le bord de la serviette afin d'observer sa cuisse et dévoila la blessure qui l'avait conduit à rester assommé deux jours d'affilée. La douche avait nettoyé le sang séché et il ne subsistait qu'un tissu cicatriciel rose nouvellement formé avec, en son centre, une petite croûte rouge foncé. La blessure semblait saine. Normale. L'excroissance blanchâtre à l'origine de ses démangeaisons avait été ôtée depuis longtemps.

Elle n'était plus en lui… contrairement aux autres.

Il s'assit à la table de la cuisine et replia la jambe droite, le genou contre la poitrine, afin de regarder de près son tibia.

La peau orange durcie avait disparu, mais ce qui l'avait remplacée ne le rassura guère.

À l'endroit où était apparu un cercle de peau orange épaisse et rugueuse se trouvait désormais un étrange triangle. Un triangle qui se trouvait sous la peau et dont les côtés mesuraient environ deux ou trois centimètres.

La peau qui le recouvrait était teintée de bleu pâle, de cette même nuance que les veines localisées du côté intérieur des poignets. Toutefois, il ne s'agissait pas véritablement de sa peau. Il n'y avait aucune rupture entre cette peau et celle qui enveloppait le reste de sa jambe et de son corps mais, malgré cela, ce qui recouvrait ce triangle bleu ne semblait pas faire partie de lui. Cette peau avait l'air plus dure que la sienne.

De chaque coin du triangle partait une incision de moins d'un centimètre et pointée vers le centre. Cela rappela à Perry les fentes pratiquées dans une tarte aux pommes faite maison – en admettant, bien entendu, que les tartes aux pommes soient triangulaires, faites de peau humaine et teintées de bleu.

Qu'est-ce que c'est, putain ?

Le souffle de Perry n'était plus qu'un halètement, court et rapide. Il devait filer à l'hôpital.

Son père s'était rendu à l'hôpital. Son père n'en était jamais sorti. Les médecins n'avaient pas été foutus de faire quoi que ce soit pour son père. Jacob Dawsey avait passé les deux derniers mois de sa vie à flétrir lentement dans un lit d'hôpital, tandis que ces bons à rien de toubibs le harcelaient avec des seringues, des auscultations, des sondes et des tests. Au cours de ce traitement, son père, autrefois doté d'un torse de taureau et affichant ses cent trente kilos, s'était ratatiné en une momie vivante d'un mètre quatre-vingt-treize pour moins de soixante-dix kilos, un personnage tout droit sorti d'un cauchemar d'enfance.

Perry s'était lui-même rendu une fois à l'hôpital, juste après cette blessure au genou survenue au Rose Bowl. Ces foutus médecins étaient censés savoir réparer n'importe quoi. Apparemment, ils en furent incapables. Des mois plus tard, une autre équipe de spécialistes – il y a toujours un grand nombre de spécialistes disponibles pour les linebackers du All-Big Ten, merci beaucoup – déclara que les premiers intervenants avaient tout bousillé, que Perry aurait pu poursuivre sa carrière s'ils avaient convenablement travaillé.

Mais il ne s'agissait plus d'un genou explosé. Ce n'était même pas un cancer. Le cancer était une masse de chair à moitié vivante. La chose qu'il avait extraite de sa jambe était en *vie*, elle s'était déplacée de sa propre volonté !

Et il en restait six autres. Six autres qui s'étaient développées sans rencontrer d'obstacles au cours des deux derniers jours, tandis qu'il était inconscient. Il ne leur avait fallu que trois jours pour passer de l'état de petites éruptions à celui d'horreurs capables de se tortiller, puis quarante-huit heures supplémentaires pour se transformer en ces étranges excroissances triangulaires. Comment allaient-elles évoluer au cours des prochaines vingt-quatre heures, bon Dieu ? et des prochaines quarante-huit ?

Perry se précipita, enfila les premiers vêtements sur lesquels il mit la main et attrapa ses clés et son manteau avant de foncer vers sa voiture.

Il était temps de filer à l'hôpital.

Plus que temps de filer à l'hôpital.

32.
Appeler le Pr Cheng, appeler le Pr Cheng

Margaret attendait que le Pr Cheng vienne répondre au téléphone. Elle n'aimait pas patienter, mais il lui était difficile d'être contrariée alors que les mains puissantes de l'agent Clarence Otto massaient les muscles de ses épaules contractées. Elle se trouvait toujours dans le bureau du directeur, mais c'était désormais elle qui occupait le fauteuil de patronne. Murray était reparti pour Washington, et Amos profitait de ce temps mort pour prendre un peu de repos dans l'une des chambres vides de l'hôpital.

Cheng était un genre de grosse légume au quartier général des CDC, à Atlanta. Elle ne connaissait cet homme ni d'Ève ni d'Adam, mais elle devait reconnaître que cela avait été plutôt amusant d'entendre le personnel du centre principal des CDC bondir à la réception de son appel. Un coup de fil de Murray ouvrait bien des portes.

— Ici le professeur Cheng.

Margaret secoua légèrement la tête. Elle s'était attendue à un accent asiatique. Or, ce type parlait comme s'il était né à Bakersfield[1].

— Professeur Cheng, Margaret Montoya.

_____

1. Ville de Californie (*NdT*).

— Que puis-je faire pour vous aider aujourd'hui, Margaret ? Apparemment, vous souhaitez me demander quelque chose d'important, suffisamment en tout cas pour que le directeur m'appelle et me dise de m'assurer que vous obteniez ce que vous désiriez.

Il semblait agacé, comme si cet appel l'avait dérangé au cours d'un travail que lui jugeait très important.

— En effet, professeur Cheng. En fait, je fais moi-même partie des CDC.

— Vraiment ? Je me demande pourquoi je n'ai jamais entendu parler de vous. Travaillez-vous à Atlanta ?

Cette question fit grimacer Margaret.

— Non. Au CCID de Cincinnati, à vrai dire.

— Ah…, lâcha Cheng.

Cette simple syllabe était chargée de mépris et de dérision.

— Professeur Cheng, j'ai besoin de certaines informations concernant votre équipe chargée de la maladie des Morgellons.

— Vous m'avez dérangé pour ça ?

— Je le crains. Nous travaillons sur une maladie qui y est liée.

— Le lien ne doit pas être bien réel. Il n'y a pas de maladie. Simplement un tas de cinglés convaincus de la présence d'insectes fourmillant sous leur peau.

Il avait l'air aussi compatissant qu'un gars chargé d'ouvrir une vanne de gaz dans un camp de la mort nazi.

— Ce sont surtout les fibres qui m'intéressent.

Une pause.

— Oui… c'est vrai qu'il y a là quelque chose d'étrange, mais qui est loin de mériter une attention prononcée. Je vais vous dire, je n'ai pas été ravi d'être chargé de cette hallucination collective. Les fibres dans la peau ne rendent pas fous, même si je dois reconnaître que la souffrance endurée par certaines victimes semble très réelle. Quelques-unes d'entre elles sont porteuses de fibres authentiques, apparemment générées par leur propre corps, mais, pour la plupart, ces « fibres » se sont révélées des poils de moquette, des morceaux de textile, des choses dans le genre. Ils se persuadent qu'ils sont infectés, ils se grattent jusqu'au sang et ces petites fibres se retrouvent coincées dans les écorchures. Difficile de parler d'épidémie.

— Pourtant, vous avez observé que certaines de ces fibres étaient composées de cellulose « authentique » et avaient poussé sur la peau, c'est bien cela ?

— Nous en avons trouvé quelques-unes, en effet.

— J'espère que vous avez établi une base de données regroupant les personnes prétendument infectées, en particulier celles qui sont véritablement porteuses des fibres ?

Cette question parut énerver Cheng.

— Évidemment que nous avons une base de données, professeur Montoya. Nous avons envoyé des bulletins à tous les professionnels médicaux et nous leur avons demandé de nous signaler quoi que ce soit qui corresponde à la myriade de symptômes de ces victimes des Morgellons. Dites-moi ce sur quoi vous travaillez. Si c'est un cas de Morgellons, il entre dans le domaine de l'équipe qui en a la charge. Vous devez alors m'en rendre compte.

Margaret se laissa aller dans le fauteuil et se frotta les yeux. Cette conversation ne prenait pas la tournure qu'elle avait imaginée.

— Margaret, murmura Otto.

Elle ouvrit les yeux. L'agent se trouvait maintenant de l'autre côté du bureau. Il la désigna du doigt, puis il plaça sa main gauche devant lui, à hauteur de la taille, et mima de l'autre main le geste d'une fessée donnée à une personne penchée devant lui. Il désigna ensuite le téléphone.

— Allez-y, miss, bottez-lui les fesses !

Margaret hocha la tête. *C'est vrai. C'est moi qui suis responsable, à présent. Je ne suis pas la pute de ce type. Ce serait plutôt lui la mienne.*

— Je n'ai pas toute la journée, Montoya, s'impatienta Cheng. Sur quoi travaillez-vous ?

— Désolé, je ne peux pas vous le dire, Cheng, répondit Margaret. Vous n'êtes pas habilité à prendre connaissance de cette information. Sur ce cas précis, c'est vous qui devez me rendre compte. Vous avez été mis au courant de mon autorisation officielle, n'est-ce pas ? (Une pause.) N'est-ce pas ?

— Bien sûr.

— Bien. Je n'ai pas de temps à perdre avec ça. Alors cessez de vous comporter comme un con imbuvable, ou j'appelle le directeur des CDC pour lui apprendre que je ne parviens pas à vous faire coopérer.

Une pause, encore plus longue. Otto ne donnait plus des fessées à un arrière-train imaginaire ; il était désormais en plein rodéo. Il était ridicule ; un adulte de bonne taille, agent de la CIA, dans son costume noir et avec sa cravate rouge, décrivant des cercles avec une expression exagérée d'extase sur le visage. Margaret ne put réprimer un sourire.

— D'accord, dit enfin Cheng. De quoi avez-vous besoin ?

— Je veux que dès maintenant vous rassembliez vos rapports les plus récents. Je suis à la recherche de dates des premiers symptômes, d'après les patients. Je ne suis pas intéressée par ceux qui ont dit souffrir depuis dix ans quand ils se sont présentés.

— Je comprends ce que veut dire « dates des premiers symptômes », rétorqua Cheng.

Elle entendit le bruit des touches d'un clavier.

— Nous avons noté un cas à Detroit il y a deux semaines, dit-il. Un certain Gary Leeland. Rencontré son aide principal, qui a évoqué les fibres qui poussaient sur son bras

droit. Des plaies multiples à force de se gratter. Ensuite…
deux cas à Ann Arbor, Michigan. De moins d'une semaine.
Kiet Nguyen, étudiant en art à l'université du Michigan. Et
Samantha Hester, qui a d'ailleurs présenté sa fille, Missy, au
même médecin.

Margaret griffonnait des notes à toute allure, même si elle
supposait que Cheng lui enverrait les dossiers par e-mail.

— Quand ? quand ont-ils appelé ?

— Nguyen, il y a sept jours. Six jours pour Hester.

— Les avez-vous rencontrés ?

— Eh bien, oui, j'ai personnellement examiné Missy.
La fillette avait une petite fibre qui sortait de son poignet
droit. Je l'ai extraite, puis j'ai soumis l'enfant à un examen
complet. Elle n'avait pas d'autres éruptions, fibres ou marques
d'aucune sorte.

— Quand était-ce ?

— Il y a quatre jours. Une charmante petite fille. Pour tout
vous dire, je prends l'avion dans la journée pour l'examiner
de nouveau.

— Inutile, professeur Cheng. Je serai à Ann Arbor et je
m'en occuperai.

— Vraiment ? Et savez-vous ce que vous cherchez ?

— Oui, professeur. Je sais précisément ce que je recherche.
Et concernant M. Nguyen ?

— Une autre histoire. Assez impoli.

— Qu'a-t-il dit ?

— Eh bien, je l'ai appelé pour suivre son cas. Dès que je
lui ai dit que je faisais partie des CDC, il m'a demandé…
Attendez, laissez-moi retrouver mes notes… Oui, voilà. Il a
dit : « Si vous amenez votre putain de tronche ici, espèce de sale
espion de merde, je coupe vos putains de couilles et je vous les
fous dans la bouche. Je tuerai tous ceux que vous enverrez.
Allez vous faire mettre. » Puis il a raccroché. Inutile de dire
qu'il est assez mal placé sur la liste des personnes à interroger.

— Pas d'autres cas ?

— Pas au cours des six derniers mois.

— Envoyez-moi les dossiers correspondants dès maintenant. Avez-vous les adresses de Nguyen et Hester ?

— Je vous l'ai dit, nous avons une base de données, professeur Montoya.

— Merci, professeur Cheng, votre aide m'a été très précieuse.

Elle raccrocha et composa aussitôt le numéro de téléphone de Murray.

33.
Conduire et boire

Son destin tourbillonnait devant ses yeux comme les délicats flocons de neige qui s'écrasaient avec grâce sur son pare-brise. Il roulait en ville, sur Washtenaw Avenue, en direction de l'hôpital.

Le centre médical de l'université du Michigan était censé figurer parmi les meilleurs hôpitaux du monde. De nombreuses recherches innovantes, de nouvelles techniques, la crème des médecins... S'il y avait quelque chose à faire, c'était le bon endroit. Mais c'était un énorme « si ».

C'était vraiment trop tard. Qu'allaient lui dire les médecins, de toute façon ? Peut-être pourraient-ils lui dire quelque chose. Mieux valait s'en aller en connaissant son assassin plutôt que de rester assis dans son appartement et dépérir jusqu'au néant. Selon toute vraisemblance, il le savait, les médecins l'examineraient, l'ausculteraient, le sonderaient, puis lui annonceraient que le mal dont il était atteint était un « nouveau développement ». Quoi qu'il en soit, même s'ils en savaient autant sur cette maladie que le pape à propos de la réalisation de films pornos *hardcore*, les médecins essaieraient tout de même de paraître sensés.

Ils étaient ainsi ; toujours en train d'essayer de se faire passer pour des savants, jamais pris en défaut sur leurs compétences.

Il ralentit pour tourner à droite dans la rue de l'Observatoire, mais il dut patienter le temps que des piétons traversent la chaussée couverte de neige fondue. Il se trouvait désormais sur le campus de l'université du Michigan, dont les étudiants étaient renommés pour leur attitude indolente à l'égard des voitures. Ils se traînaient paresseusement sur les passages piétons ; immortels dans leur jeunesse et certains que les voitures ralentiraient pour les laisser passer. Ils n'étaient que des étudiants en université et, pour la plupart, l'idée qu'ils devraient peut-être un jour affronter une mort soudaine et injuste leur échappait encore totalement.

— Ça viendra, lâcha calmement Perry aux jeunes massés et affublés de sacs à dos qui défilaient devant sa voiture. Moi, mon heure a sonné, c'est sûr.

Il s'engagea enfin dans la rue de l'Observatoire. Il n'était maintenant qu'à quelques pâtés de maisons du centre médical.

Perry se rendit compte qu'il devait encore prévenir le bureau. Quelle différence cela ferait-il s'il passait un coup de fil ? Trois ans de dévouement lui servaient-ils à quelque chose en cet instant ? Pas une seule fois en retard, mais cela l'aiderait-il à survivre ?

— Qu'ils aillent tous se faire foutre, dit-il d'une voix posée.

Ses collègues auraient bien assez tôt de ses nouvelles par les informations. Il imaginait déjà les titres : *Dans le Michigan, un homme est mort d'une nouvelle maladie, à qui on a donné le nom du médecin, lequel est en parfaite santé et se fait une fortune en donnant des conférences. Développement complet à 23 heures.*

Il s'arrêta au feu rouge de Geddes Street. Le centre médical était juste sur la droite. Des flocons cotonneux nageaient dans le vent changeant, parfois suspendus et tournoyants en l'air l'espace de une seconde avant de plonger violemment la suivante, comme sur des montagnes russes invisibles. Le désespoir emplissait le crâne de Perry, plus encore que son propre cerveau. Il était entouré de voitures remplies de gens normaux. Complètement inconscients du mal qui métamorphosait son corps. Des putains de gens normaux…

À moins que… Étaient-ils réellement normaux ? Comment pouvait-il être certain qu'ils ne souffraient pas du même fléau ? Peut-être, alors qu'ils étaient assis dans leur voiture, luttaient-ils contre les démangeaisons, contre l'envie de se gratter jusqu'à ce que leurs ongles soient couverts de sang ? Comment pouvait-il deviner si ceux qui l'entouraient étaient normaux ou infectés ?

Il fut soudain frappé par l'idée évidente qu'il était hautement improbable qu'il soit la première personne atteinte par cette maladie. S'il n'était pas le premier, une question angoissante lui vint à l'esprit : pourquoi n'avait-il jamais entendu parler de ce phénomène auparavant ?

Un klaxon retentit derrière lui et le fit revenir à la réalité. Le feu était vert. Le cœur battant et l'esprit noyé dans un océan d'étranges interrogations, Perry s'engagea dans l'intersection avant de se ranger sur le côté de la chaussée. À sa droite, il vit un cimetière recouvert de neige. Nom de Dieu, c'était parfait. Le trafic se poursuivait derrière lui, les gens normaux ou pas vaquant à leurs affaires. Il agrippa le volant pour empêcher ses mains de trembler.

Pourquoi n'avait-il jamais entendu parler de ça ?

Il avait des putains de triangles bleus sous la peau, au nom du ciel ! Cette maladie semblait si inhabituelle… Les médias auraient déjà évoqué un tel truc depuis longtemps, non ? Bien sûr qu'ils l'auraient fait. Sauf si… sauf si les gens atteints par ce mal entraient à l'hôpital, mais n'en sortaient jamais.

Perry ne bougeait plus, le regard rivé sur le pare-brise, tandis que l'air froid s'insinuait dans la voiture et en chassait la chaleur artificielle. Et si l'hôpital attendait justement des gens comme lui ? Peut-être n'essaierait-on même pas de l'aider ? peut-être se contenterait-on d'étudier le triangle, de l'attacher comme un prisonnier afin de pouvoir l'observer mourir ? peut-être le tuerait-on tout simplement avant de le disséquer comme un animal de labo ?

C'était la seule hypothèse qui se tenait : il en aurait entendu parler quelque part, dans le cas contraire. Il ne s'agissait pas d'une simple maladie, après tout, c'était bien plus grave : il était marqué par la mort, aussi sûrement que s'il s'était trouvé dans un camp de concentration nazi, avec les triangles en guise d'étoiles de David cousues sur ses vêtements.

S'il ne pouvait pas se rendre à l'hôpital, qu'allait-il faire ? que pouvait-il faire, bon sang ?

La peur plantait doucement ses griffes dans sa conscience, lui coupait le souffle et se joignait au froid mordant pour le faire trembler de tous ses membres.

— J'ai besoin de boire quelque chose, murmura-t-il. Et d'un peu de temps pour comprendre tout ça.

Il fit demi-tour et roula jusqu'à la boutique de Washtenaw. Pour une fois, personne ne hurlait dans le téléphone public ; il ne s'adressa à personne, il ne regarda personne, il acheta ce qu'il cherchait et repartit.

34.
Un combat inégal

Perry entra d'un pas lourd dans son appartement en portant deux bouteilles de Wild Turkey ; l'une pleine, l'autre déjà à moitié vidée. La promesse de la violence se profilait, comme un crochet salvateur quinze étages au-dessus d'une rue bondée.

Vendredi soir, l'heure de faire la fête.

Il posa doucement les bouteilles sur la table de la cuisine, puis se dirigea vers la salle de bains, dont le sol était non seulement recouvert de vomi séché, mais également de sang séché. Il remarqua qu'il restait pas loin de dix centimètres d'eau dans le bac de la douche ; aussi immobile et morte que l'eau stagnante d'un étang, uniquement perturbée par le «plic» d'occasionnelles gouttes lâchées par le pommeau de douche. Des morceaux de l'épaisse peau orange obstruaient la bonde d'évacuation, tandis que de plus petits bouts flottaient à la surface dégoûtante et encore parsemée de mousse de savon. Il entendit tout de même un léger bruit de succion : l'eau s'écoulait entre les morceaux de peau écœurants.

Il n'y avait pas songé quand il s'était douché. La peau orange s'était apparemment détachée toute seule. Il effleura sa clavicule et traça des doigts le contour, légèrement trop ferme, d'un triangle. Il semblait mieux défini, les bords étaient plus reconnaissables au toucher. La nuance bleue avait l'air un peu plus prononcée. Elle était toujours pâle mais désormais visible et rappelait un tatouage passé.

Il revint dans la cuisine, où il s'empara d'une fourchette et d'un couteau. Ses yeux s'attardèrent de nouveau sur les ciseaux à volaille, aux poignées épaisses, aux lames épaisses, rangés dans le bloc de boucher. Il était en train de mourir. Tant de choses encore à faire, à expérimenter. Il n'irait jamais en Allemagne, il ne ferait jamais de pêche sous-marine, il ne visiterait jamais Fort Alamo et tous les sites historiques de l'Amérique coloniale. Il ne se marierait jamais. Il n'aurait jamais d'enfants.

Tout n'était pas si noir. Il avait vécu une vie intense. Il était le premier de sa famille à être entré à l'université. Il avait joué au football américain en première division, été diffusé par ESPN, réalisé son rêve de gosse : être un Wolverine et jouer devant cent douze mille fans en délire à la « Big House »[1]. Mais par-dessus tout, il avait échappé à la vie de violence de son père. Il avait passé outre son conditionnement, transcendé son héritage, il avait lutté et s'était frayé un chemin vers la respectabilité.

Mais pour quoi ? Pour rien, voilà pour quoi.

Il s'assit à la table de la cuisine et posa le couteau avant d'avaler une longue gorgée de sa bouteille à moitié vide. Le goût était affreux et le whisky lui brûlait la gorge, mais ces sensations furent à peine remarquées par son cerveau. Il porta de nouveau la bouteille à la bouche comme si elle contenait de l'eau. Le Wild Turkey[2] glougloutait déjà dans son esprit. D'ici qu'il finisse la bouteille, il savait qu'il serait complètement ivre. Déchiré. Bourré comme un coing.

Il ne ressentirait plus de douleur.

Il sentit poindre des larmes de désespoir. Ce n'était pas juste. Il refusait de pleurer. Son père n'avait pas pleuré une seule fois durant la totalité du calvaire qu'avait été son cancer. Et si p'pa n'avait pas pleuré, Perry ne pleurerait pas non plus.

Ce bon vieux « sale oiseau »[3] tapait aussi fort qu'il avait mauvais goût. Perry se sentait pris de vertiges et ses orteils étaient agités de fourmillements. Ses pensées lui semblaient lourdes et engluées. Il resta assis encore quelques minutes, refoulant ses larmes tandis que le Wild Turkey se faufilait dans son cerveau.

Il s'empara du couteau.

La lame mesurait près de vingt-cinq centimètres. L'éclat des tubes a neon du plafond de la cuisine faisait miroiter chacune des minuscules dents. Quand il préparait du poulet

---

1. Surnom du stade des Wolverines du Michigan (*NdT*).
2. Wild Turkey : « dinde sauvage », d'où le jeu de mots avec le fait de glouglouter (*NdT*).
3. Idem (*NdT*).

ou du bœuf, il se servait du couteau de boucher aiguisé pour
couper la

non   non non

viande plus facilement. Perry était certain que cette
lame serait tout aussi efficace sur de la chair humaine, en
particulier sur la peau fine qui recouvrait son tibia.

Ses yeux s'embuèrent quelque peu et il secoua la tête. Il
se rendit compte qu'il était sur le point de s'ouvrir avec un
couteau de boucher. Un peu de Wild Turkey pouvait vous
faire faire bien des choses. Oui, il allait s'inciser, mais il y
avait dans son corps quelque chose qui ne faisait pas

non   non non

partie de lui.

Il allait mourir, c'était une évidence, mais il emporterait
ces saloperies de triangles avec lui. Il était temps pour la
Bande des Six de perdre un de ses membres. Perry éclata de
rire : quand on virait des joueurs de l'équipe, on procédait
à une « coupe ».

Il régla son compte à la bouteille, le liquide lui brûlant la
gorge au passage, avant de la repousser sur le côté. Il se servit
ensuite du couteau pour pratiquer une ouverture dans son
jean. Le denim n'offrit que peu de résistance. En quelques
secondes, sa jambe de pantalon fut réduite en deux longues
bandes de tissu déchiré, exposant le tronc d'arbre qui lui
servait de jambe.

Perry la souleva et la posa sur la table, comme un rôti
servi au cours d'un dîner de famille. Le bois était frais contre
son mollet. Le vrombissement du Wild Turkey résonnait
dans son esprit à la manière d'un essaim de bourdons
paresseux. Il savait que, s'il n'agissait pas rapidement, il ne
serait plus capable de faire quoi que ce soit en dehors de
jacasser en bavant avant de perdre connaissance.

Il était temps de passer aux

non non non tue pas

choses sérieuses.

Perry s'arma de courage en prenant plusieurs profondes inspirations. Il se comportait de façon insensée, il le savait, mais quelle différence pour un mort en sursis ? Il tapota le triangle avec la fourchette. Rien n'avait évolué depuis son dernier examen.

—Tu vas me tuer ? dit-il. Non-non-non, mon ami, c'est moi qui vais te tuer.

Il appuya la fourchette dans la chair, juste suffisamment pour maintenir le triangle en place. Les trois petites dents de métal dessinèrent des marques profondes dans la peau bleuâtre.

La lame du couteau était constellée de minuscules taches de rouille que Perry n'avait jamais remarquées mais qu'il discernait désormais parfaitement. Il prit soudain conscience de nombreux détails à propos de ce couteau, comme les encoches dans la poignée en bois, comme les deux joints argentés qui liaient la confortable poignée à la lame, comme le grain du bois, constitué de centaines de petits alevins piégés en pleine nage dans un courant brun, doux et chaud.

Il effectua la première incision avant de véritablement se rendre compte de ce qu'il faisait, puis il se retrouva à contempler avec un regard d'ivrogne une entaille de cinq centimètres. Du sang chaud le chatouilla, coula sur le côté de son mollet, se répandit sur la table et se déversa sur le sol, dont il aspergea le linoléum blanc d'épaisses éclaboussures rouges. Perry entendit la chute des gouttes avant même d'éprouver la douleur, aiguë mais lointaine… séparée, comme si Perry en avait été témoin sur son écran de télévision, pelotonné sur son canapé et sous une couverture, avec un Coca glacé dans une main et la télécommande dans l'autre.

non tue pas s'il te plaît
tue pas

Il avait la sensation d'être sur pilote automatique et de se laisser glisser dans cette étrange scène comme un spectateur. Qui aurait cru que tant de sang coulerait ? Sa jambe en était recouverte, sa peau pâle noyée au point qu'il était difficile de repérer les côtés du triangle. Il appuya néanmoins avec force sur la fourchette, plaça la lame du couteau de façon perpendiculaire par rapport à sa peau et pratiqua vivement une nouvelle incision. Encore plus de sang gicla sur la table et sur le sol. La douleur n'était plus lointaine, désormais, plus du tout. Perry serra les dents dans un effort pour se contrôler, pour finir le boulot.

Le sang s'était débrouillé pour remonter le long de la lame et sur ses mains, tandis qu'il entendait le goutte-à-goutte régulier qui martelait le sol un peu plus bas.

— Quel-effet-ça-te-fait-petit-enfoiré ? lâcha Perry, en articulant lentement sans pour autant détacher les mots. Comment tu te sens ? T'aimes ça ? me tuer ? Non-non-non, c'est moi qui vais te tuer. Tu dois être puni.

Perry se reprit et força sa vision à s'éclaircir une fois de plus et son esprit à se concentrer sur la tâche suivante. Malgré son état d'ébriété, ses gestes restaient étonnamment précis : il avait vraiment raté sa vocation.

tue pas s'il te plaît
tue pas non

Des rides de perplexité apparurent sur son visage. Quelque chose le taquinait dans un coin de son esprit, comme un rêve qui se glissait en essayant de raviver des secrets nocturnes. Il secoua violemment la tête, puis regarda plus attentivement le couteau et la fourchette. Malgré la deuxième incision, un côté du triangle restait en place, comme le gond d'une porte.

Il glissa la lame sous cette trappe anguleuse et la retourna comme une tranche de bacon ensanglantée.

froid tue pas froid froid

Ce qu'il vit l'arrêta aussitôt. Un léger sifflement s'échappa de sa bouche, comme de l'air d'un pneu crevé.

—Voyons ce qu'il y a dans cette pochette-surprise…

Il regarda la chose qui l'avait démangé, qui l'avait conduit à s'écorcher comme un animal pris au piège… et qui le tuait, sans le moindre doute : un morceau triangulaire bleu foncé inondé de sang, qui jaillissait toujours et que Perry essuya. Il observa de plus près le corps étranger.

Celui-ci était d'un bleu profond, brillant, mais cela tenait peut-être davantage à l'humidité qu'à sa couleur réelle. La surface du triangle n'était pas lisse mais noueuse et difforme… maligne, ressemblant à des racines regroupées et exposées à la surface, ou encore ayant la texture d'un câble d'acier sans ses filins ordonnés.

La sobriété frappa soudain Perry, réveillée par une réaction d'horreur, hésitant entre la lutte et la fuite. C'était un nouveau match que proposaient les éruptions, et dans une division autrement plus ardue que celle des épaisses cloques orange. Son corps n'avait pas produit cette chose, c'était impossible… D'où était-ce venu, bon sang ?

Perry poussa un grognement ; le son menaçant d'un animal enragé s'échappa de sa gorge. Il glissa pas-si-doucement-que-ça la fourchette sous le triangle bleu ensanglanté. Les dents métalliques raclèrent sa propre chair à vif. Il n'avait jamais ressenti une douleur si

ne sens rien tue pas tue pas

pure, si intense, si totale, mais il l'ignora complètement et se concentra sur l'abomination nichée dans sa jambe.

Jouer dans la douleur.

Il sentit que les dents de la fourchette rencontraient la légère résistance opposée par la tige du triangle. En douceur, il tâtonna jusqu'à faire progresser la fourchette jusqu'au bout, quand les pointes rouges de l'ustensile ressortirent de l'autre côté du triangle.

La table recouverte de sang était froide et poisseuse sous son mollet. Perry souleva la fourchette. Il eut l'impression d'extraire facilement le triangle. Quant à la tige proprement dite, c'était une autre histoire ; elle était bien plus solide et ferme que la fois précédente. Perry devrait faire appel à toute sa force pour déloger celle-ci.

Le visage ruisselant de sueur et la jambe déchirée par la douleur, Perry souffrait comme un damné, mais il se maîtrisa en songeant à la promesse qu'il s'était faite d'extraire cette abomination de son corps. Il tira d'un coup sec et violent sur la

tue pas tue pas

fourchette, mais la tige résista. Du sang jaillit de nouveau de la jambe et s'écoula dans la mare rouge vif sur le linoléum blanc.

Il inclina la tête sur la droite et des points brillants apparurent devant ses yeux. Il les ferma violemment et secoua la tête avant de ciller plusieurs fois, le temps de recouvrer son équilibre et de s'éclaircir la vue. Il s'était presque évanoui. Avait-il perdu tant de sang ? Il fut pris d'un vertige… Il était incapable de dire si celui-ci était dû au Wild Turkey ou à la perte de sang. Il sentit qu'il perdait le contrôle de lui-même.

s'il te plaît non non non non non non non

Il enfonça encore plus profondément la fourchette, jusqu'à ce que les pointes ressortent plus nettement de l'autre côté, suffisamment pour qu'il parvienne à s'en saisir correctement de sa main libre. Il serra la fourchette comme une barre de musculation et imagina qu'il était sur le point d'effectuer quelques exercices. Ses épais biceps se contractèrent d'avance. Il inspira profondément et

NON NON NON NON NON
NON NON NON

tira.

Il entendit un bruit de déchirure et sentit une explosion de feu nucléaire dans sa jambe. Quelque chose claqua dans la tige. La pression qu'il avait exercée fut relâchée et il tomba de sa chaise.

Si le sang avait jusque-là coulé… il giclait désormais, cette fois de l'arrière de la jambe. Une vague de gris déferla devant les yeux de Perry.

Faut arrêter cette hémorragie. Je ne vais pas mourir sur le sol de ma cuisine…

Il retira son tee-shirt et se pencha en avant, répandant du sang partout. Il entoura son tee-shirt autour du mollet qui saignait abondamment et le fixa en pratiquant un nœud de vache, qu'il serra de toutes ses forces. Le bref cri qu'il poussa alors remplit le petit appartement.

Il se roula sur le dos, le corps tendu de douleur, de nouveau submergé par la vague grise. Il se sentit faible.

Sa poitrine se soulevait à intervalles réguliers tandis qu'il restait prostré dans une mare de sang.

35.
Faille dans les communications

Les cinq organismes restants organisèrent une espèce de «vote». Suivant à la lettre les instructions enracinées, ils mesurèrent les densités de thyroxine et de triiodothyronine, des hormones qui stimulent le métabolisme basal. Elles sont toutes deux produites par la glande thyroïde, située dans la région du cou chez tous les vertébrés. En mesurant la densité de ces substances dans le flux sanguin, les cinq organismes déterminèrent lequel d'entre eux était le plus proche du cou.

Ou, plus précisément, lequel était le plus proche du cerveau.

Le triangle localisé dans le dos de l'hôte, à hauteur de la colonne vertébrale, juste en dessous des omoplates, décrocha le gros lot. Des cellules spécialisées supplémentaires se développèrent sur ce triangle : comme un serpent furtif s'approchant d'une victime n'ayant rien remarqué, un nouveau filament se forma lentement le long de la colonne vertébrale en direction du cerveau.

Une fois là-haut, il se divisa en centaines de longs brins, chacun d'une finesse microscopique, qui se mirent en quête des zones de convergence du cerveau. Celles-ci jouent le rôle d'aiguillages mentaux et fournissent l'accès à l'information, qu'elles relient à d'autres données pertinentes. Les filaments visèrent des endroits bien précis : le thalamus, l'amygdale, le noyau caudé, l'hypothalamus, l'hippocampe, le septum, ainsi que certaines zones particulières du cortex cérébral. La croissance des brins était très spécifique, très orientée.

Ces derniers éprouvaient des sensations très limitées, mais ils progressaient : ils commençaient à peine à penser, à prendre conscience d'eux-mêmes. Ils n'avaient récupéré que quelques mots parmi ceux qui avaient dérivé dans leur environnement mais, grâce à leur expansion dans le cerveau, ils en apprendraient beaucoup d'autres, et rapidement.

Ils avaient essayé d'arrêter l'hôte, mais leurs messages étaient faibles. Ils ne disposaient tout simplement pas des informations suffisantes pour communiquer convenablement. Mais c'était en train de changer : ils seraient bientôt assez forts pour que leur hôte soit obligé de les écouter.

36.
Réveille-toi nous faim

réveille-toi nous faim

Reprendre conscience sur un sol en linoléum devenait une pénible habitude. Sa tête le faisait de nouveau souffrir. Cela dit, cette fois, il identifia sur-le-champ cette douleur comme une gueule de bois.

Les lumières de la cuisine l'éblouissaient. Il distingua des mouches derrière le plastique clair qui recouvrait les tubes à néon. Les insectes s'y étaient insérés pour y faire ce que les insectes peuvent bien faire avec les lumières avant d'être rôtis, de brûler et de finir en quelque chose de croustillant.

Il avait mal à la jambe. Son estomac grondait. Fort. La première chose qui lui vint à l'esprit – après les mouches – fut le fait qu'il n'avait pas vraiment mangé au cours des trois derniers jours. Enfin, cela dépendait du temps qu'il était resté hors service, cette fois. Comme il ne voyait aucun rayon de soleil dans le salon, il en déduisit que la journée devait être bien avancée.

Perry baissa les yeux sur sa jambe. L'hémorragie avait cessé. Le tee-shirt, autrefois d'un gris uniforme, arborait une couleur d'un brun séché écœurant – une teinte qui aurait convenu à Marilyn Manson.

Des traînées de sang séché parsemaient le sol, du brun tirant sur le noir contre le blanc éclatant du linoléum. On aurait dit qu'un enfant de trois ans recouvert de boue était entré dans la cuisine après avoir joué dehors sous la pluie, puis qu'il s'était roulé par terre.

La jambe de Perry l'élançait avec cette pulsation sourde typique d'une blessure récente luttant pour guérir. Aucun signe de vie de la Bande des Six ; il ne ressentait ni démangeaison ni douleur dans les zones concernées. Perry n'en fut pas rassuré pour autant ; il lui était impossible de deviner ce que projetaient ces petits salauds.

— La Bande des Six ? dit-il, tandis qu'un sourire plutôt malsain étirait ses commissures. Pas exactement. J'en ai eu un autre. Vous n'êtes plus la Bande des Six… mais le Top Cinq.

Il chercha la fourchette, celle dont il s'était servi pour ôter la créature de son corps. Il voulait voir à quoi ce truc bleu ressemblait quand il n'était pas accroché à sa jambe comme un jeune kangourou blotti dans la poche ventrale de sa mère.

Sa jambe ne le faisait pas seulement souffrir atrocement. Il éprouvait une sensation étrange qu'il ne parvenait pas à identifier. Qu'avait fait le Triangle avant qu'il l'arrache ?

Perry roula sur le ventre et s'escrima pour se redresser sans peser sur son membre affaibli. Il se leva sur sa jambe valide et s'appuya sur le plan de travail, puis il scruta le sol, à la recherche de la fourchette. Elle avait glissé contre le réfrigérateur.

Perry sautilla avec prudence et se stabilisa contre l'autre plan de travail, puis il se pencha pour s'emparer de la fourchette.

— J'espère que tu souffres, saloperie, dit-il tranquillement en examinant son sinistre trophée.

Le Triangle ressemblait à une algue séchée, noire et floconneuse, recroquevillée autour de la fourchette dans une ultime étreinte. Perry reconnut à peine la forme qui avait été triangulaire, désormais réduite à un tas de merde informe sans vie ni fonction.

Pourtant, ce ne fut pas le corps étranger en lui-même qui attira son attention et qui lui fit éprouver une telle stupeur et une telle terreur qu'il se retrouva bouche bée. Non, pas du tout.

La tige de la créature était aussi sèche, légère et ferme que le reste du corps, mais son extrémité se révélait totalement inattendue.

Des saillies osseuses en forme de crochets sortaient de la tige, véritables petites griffes ou dents. Avec prudence, Perry en effleura une… aussi coupante qu'une lame. Aussi aiguisée que le couteau de boucher dont il s'était servi pour ouvrir sa propre jambe comme un cannibale narcissique. Certaines de ces griffes étaient orientées vers l'intérieur et visiblement abîmées ou sectionnées par endroits. Elles avaient dû servir à maintenir la tige sur le tibia. D'un autre côté, cinq de ces dents pointaient vers l'extérieur, voire même vicieusement vers le haut, en direction de la tête désormais desséchée de l'organisme.

— Comment ces trucs peuvent-ils s'accrocher à quoi que ce soit ? murmura Perry. C'est quoi ce bidule, bon sang ?

Il pinça les lèvres de dégoût quand il comprit soudain le rôle des griffes tournées vers l'extérieur. Celles-ci ne servaient pas à maintenir la tige en place… elles n'étaient présentes que pour couper et déchirer si la créature était extraite de son terrier humain.

Voilà pourquoi sa jambe avait tant saigné ; il avait tiré sur cinq de ces lames de rasoir de près d'un centimètre à travers la chair de son mollet et autour de son tibia.

Elles constituaient un mécanisme de défense. Il était prévu qu'elles blessent Perry s'il essayait de retirer le Triangle. Maintenant qu'il savait ce que recelait son corps, ces griffes représentaient un

un avertissement

avertissement quant à ce qu'il se produirait s'il essayait de renouveler l'opération. Il avait eu de la chance avec sa jambe ; si l'une de ces dents pernicieuses avait tranché une artère, elle l'aurait tué…

n'essaie pas ça encore

Perry se demanda s'il devait procéder à un nouvel essai, tenter d'extraire les autres organismes. La force brute n'était hélas de toute évidence pas la solution pour… pour…

Perry cligna plusieurs fois des yeux. Son esprit tourna dans le vide et resta muet tandis qu'il essayait de comprendre ce qui venait de se produire.

Il avait clairement entendu une voix. Perdait-il les pédales ? Il songea alors à son autochirurgie et se rappela avoir perçu cette même voix résonner dans son cerveau embrumé par l'alcool. Super. En plus de mourir, voilà qu'il développait une double personnalité. Il devenait cinglé. Complètement siphonné. Déjanté du ciboulot.

— Je suis fou. C'est ça. Je suis un putain de taré. C'est la seule explication.

t o i   p a s   f o u   n o u s   p e n s o n s   pas

Cette fois, Perry se figea. Il parvint à déglutir malgré sa bouche sèche, et il ne tint pas compte d'un grognement malvenu de son estomac délaissé.

La voix avait dit : « nous pensons pas ».

« Nous ».

Comme « pas qu'un seul ».

Comme…

Comme… le Top Cinq !

Pire encore que de rester sans voix, Perry se retrouva incapable de penser.

— Que je sois damné…, murmura-t-il.

d a m n é

répéta la voix, une voix qu'il entendait aussi nettement que possible, même si ses oreilles ne percevaient aucun son. Il l'entendait dans sa tête : aucun timbre, aucune tonalité, simplement des mots.

damné nourris-nous

C'était eux. Le Top Cinq. Ils lui parlaient dans sa tête. Perry s'appuya lourdement sur le plan de travail, sur le point de s'effondrer, comme s'il avait reçu un coup. Ses éruptions s'étaient transformées en triangles, et voilà qu'elles s'adressaient à lui. Devait-il leur répondre?

Salut, pensa-t-il... Pas de réponse. Il essaya de se concentrer. *SALUT*, pensa-t-il, aussi intensément qu'il le put. Toujours pas de réponse.

nourris-nous faim

— Vous nourrir?

Une réponse explosa dans le crâne de Perry, semblable aux cris de la foule du Rose Bowl le jour de l'An.

oui oui oui nourris-nous nous faim

Ils lui avaient répondu. Perry se mit à loucher et à « penser » aussi fort que possible. *Pourquoi vous m'avez répondu, cette fois?* Il attendit mais, une fois encore, il ne perçut pas de réponse. *Répondez-moi!*

Son estomac gargouillait bruyamment, produisant ce que se rapprochait de plus en plus d'un rugissement interne. Malgré le choc d'avoir entendu des voix dans sa tête, il ne put ignorer ses tripes qui le tenaillaient.

— J'ai sacrément faim, moi aussi, murmura-t-il.

nous aussi nourris-nous nous faim

Perry redressa la tête et comprit enfin.
— Vous m'entendez?

oui nous t'entendons

— Vous pouvez parler dans ma tête mais vous n'entendez pas mes pensées ?

nous envoyons mots
dans tes nerfs tes nerfs
renvoient pas de mots
as-tu faim maintenant

Ce qui s'échappa alors de la bouche de Perry tenait à la fois du rire, du cri et du bégaiement. Une sorte d'aboiement désespéré, un rire qui avait peut-être déjà résonné à Andersonville [1], à Buchenwald [2] et dans bien d'autres lieux noirs de l'Histoire, où des êtres humains avaient abandonné tout espoir.

Perry refoula ses larmes, des larmes qui jaillissaient en réponse à une émotion qu'il était incapable de définir. Il se sentait compressé à hauteur de la poitrine et sa jambe valide lui semblait faible. Il s'affala lourdement sur le plan de travail de la cuisine, la tête basse et les yeux rivés sur le sol sans rien voir.

nourris-nous nous faim

La voix dans sa tête s'intensifia, tout comme les grondements de son estomac. De brutales pointes douloureuses dans le ventre le sortirent soudain de sa rêverie macabre. Il n'avait pas mangé convenablement depuis des jours. Une faim tenaillante s'ajoutait à un léger écho d'une nausée d'un rose écœurant.

damné nourris-nous
nous faim

---

1. Ville de Géorgie, aux États-Unis, où fut bâti un célèbre camp de prisonniers lors de la guerre de Sécession (*NdT*).
2. Camp de concentration nazi (*NdT*).

La voix dans sa tête – c'était drôle d'utiliser ce terme avec sérieux, étant donné qu'on le rencontrait plutôt au cinéma ou dans les mauvais romans d'horreur, mais il décrivait exactement le phénomène – abandonna ses tentatives de former des phrases et enchaîna avec une psalmodie régulière.

nourris-nous nourris-nous
nourrisnousnourrisnourrisnous

Perry boitilla jusqu'au réfrigérateur, qu'il ouvrit pour en examiner le contenu : un reste de thon, un pot presque vide de margarine Country Crock, une bouteille de sirop chocolaté Hershey's, un vieux pot de confiture de fraise Smucker's légèrement moisi et enfin – attention, avis à la population ! – une boîte pas encore ouverte de sauce spaghetti Ragu.

Perry sortit la boîte du réfrigérateur et fouilla dans le placard, à la recherche de pâtes. En accord avec sa veine du moment, il n'en avait pas. Il ne trouva que du riz Rice-A-Roni et un sachet à moitié vide de riz blanc Cost Cutter. Il dénicha également une boîte de porc aux haricots Campbell's, la moitié d'une miche de pain et une boîte d'un kilo trois cent cinquante de matière grasse Cisco au goût de beurre. C'était bien le moment de se rendre compte qu'il avait négligé ses courses.

Néanmoins, cela suffisait, pour commencer. De toute façon, il avait si faim qu'il aurait descendu des cafards nappés de chocolat. Il enfourna deux tranches de la miche dans le grille-pain et une autre dans sa bouche, qui salivait à n'en plus finir. Il ouvrit ensuite la boîte de porc aux haricots et en renifla largement l'odeur,

ouiouiouiouiouiouioui

puis il en versa le contenu dans un bol, qu'il plaça dans le four micro-ondes. Une fois son morceau de pain avalé, il en attrapa un autre avant même qu'il soit grillé et glissa deux autres tranches dans le grille-pain.

Quand la minuterie du four sonna soudain avec insistance, Perry retira le bol ébouillanté, se saisit de son toast et boitilla jusqu'à la table… couverte de sang. De son sang. Il décida de dîner debout, contre le plan de travail. Il se pencha vers le tiroir où était rangée l'argenterie et en sortit une fourchette qu'il plongea dans les haricots, pourtant encore suffisamment brûlants pour lui brûler la langue.

À l'exception d'une tranche de pain et d'un peu de jaune d'œuf, il n'avait rien avalé depuis des jours. Son corps se réjouit de ce repas. Le porc et les haricots avaient meilleur goût que tout ce qu'il avait connu jusqu'à présent; meilleurs que des crevettes, qu'un steak ou qu'une truite de lac fraîche.

Quand il eut expédié les haricots et la totalité du pain, il se sentit revivre. Sa faim calmée pour le moment, ses pensées se recentrèrent sur le problème principal qu'il avait à résoudre. Il se rendit compte que le Top Cinq n'avait pas dit un mot depuis qu'il avait commencé à se nourrir.

—Hé! dit-il, tout en songeant qu'il n'existait sans doute rien de plus surréaliste que parler à des Triangles incrustés dans son corps et qui, apparemment, lui répondaient via son propre système nerveux. Hé! vous êtes là?

oui nous là

Ils semblaient plus calmes, bien plus détendus que lorsqu'ils s'étaient plaints de leur faim.

—Pourquoi vous ne parlez plus?

Il voulait les entendre, non seulement parce qu'il voulait en apprendre davantage à propos de ces horreurs bizarres, mais également parce qu'ils s'étaient tenus calmes durant des jours… et quand ils n'avaient rien dit, ils avaient grandi.

on attend de manger

Cette phrase déclencha un frisson dans la poitrine de Perry. Il comprit immédiatement la situation. Les Triangles se comportaient comme le ver solitaire, ou quelque chose dans le genre, et absorbaient la nourriture qu'il assimilait. Bien que lui-même infesté par d'énormes organismes triangulaires, cette forme de vampirisme interne lui parut encore plus terrifiante.

Ces bestioles étaient agrippées à ses muscles, ses tendons et son squelette, et se servaient dans son flux sanguin comme un veau en train de téter sa mère. Perry sentit la colère monter en lui, bouillonnante, frénétique et rouge sang. Cependant, tandis que cette fureur couvait, il prit conscience d'un détail.

Ils ne pouvaient se nourrir que si lui faisait de même, ce qui signifiait qu'ils ne se nourrissaient pas *de* lui. La bonne nouvelle ? *Ils ne te bouffent pas de l'intérieur.* La mauvaise ? *Ils se développent en toi encore plus vite grâce au buffet de porc aux haricots hautement nutritif.* Il se sentit bafoué, comme victime de quelque affreux viol biologique.

Il sentait la douleur monter en lui. Sa tête le lançait, sa jambe le faisait souffrir, son estomac était secoué de vagues de nausée et il avait du mal à garder les yeux ouverts. Il voulait ramper jusqu'à son lit et abandonner, oublier toute cette histoire et laisser le destin suivre son cours sadique.

Il parvint difficilement jusqu'au canapé, en prenant garde de ne s'appuyer que sur sa jambe valide, puis il se laissa aller sur les coussins bienvenus qui n'attendaient que lui. Le canapé semblait caresser son corps, le vider de son stress, qui glissait peut-être sous les coussins, parmi la saleté et quelques pièces de monnaie. Peut-être mourrait-il dans son sommeil, mais il fut incapable d'y résister.

37.
Il va falloir passer un sacré coup d'aspirateur

Dew la sentit instantanément.

Sans erreur possible. Inoubliable.

L'odeur de la mort.

Légère, juste un effluve dans le vent. Il était encore tôt mais il devinait, grâce à son expérience chèrement acquise, que d'ici quelques heures cette senteur se développerait jusqu'à ce que les voisins en perçoivent une ou deux bouffées.

—Contrôle, ici Phillips. Odeur très nette d'un corps humain en décomposition en provenance du domicile Nguyen. Je dois entrer immédiatement.

—Compris, Phillips. Allez-y. Les équipes de renfort sont en position.

Dew remonta le trottoir non déblayé. Ses pas crissaient sur la neige et les cristaux de sel. Ann Arbor, Michigan. Quarante mille étudiants, dont beaucoup entassés dans de vieilles baraques délabrées comme celle-ci. Habitée par une famille unique en 1950, elle aurait été un indice de réussite pour la classe moyenne, avec m'man, p'pa et une ribambelle de mômes. Ce genre de demeure abritait désormais une demi-douzaine d'étudiants, souvent plus, massés par deux dans des pièces crasseuses et tachées de bière.

Aucun bruit n'émanait de la maison. Les vacances débutaient à peine, le premier semestre ne s'étant achevé que deux jours plus tôt. Dew entendait tout de même les échos d'un match de basket, qui s'échappaient des maisons situées de chaque côté. La télé à fond, des gosses ivres hurlant des hymnes sportifs et criant sur le poste. Mais dans celle du milieu ? Rien.

Il actionna la poignée de la porte. Verrouillée. Il jeta un coup d'œil par une fenêtre, mais elle était condamnée de l'intérieur par du contreplaqué. Une rapide vérification lui apprit que toutes les fenêtres étaient ainsi bloquées.

Dew en avait assez de traîner autour. Il en avait vraiment marre. Il se tint devant la porte d'entrée, dégaina son 45, prit de l'élan et donna un violent coup de pied. Il lui en fallut deux autres pour enfin ouvrir la porte.

Et l'odeur se répandit, comme le souffle de Satan.

Dew déglutit, puis entra dans la maison.

—Mon Dieu…, dit-il.

Il n'était pas du tout porté sur la religion, mais rien d'autre ne lui vint à l'esprit.

—Phillips, ici Contrôle. Tout va bien?

—Loin de là, putain…, répondit posément Dew, son microphone captant chaque son. Envoyez les trois équipes, tout de suite. Venez en silence et sans traîner. Trois civils tués par arme de poing, l'auteur sans doute encore à l'intérieur. Prévenez les corbillards, on a une grosse prise, là.

Seul dans le salon, Dew dénombrait trois cadavres gonflés. Malgré leur peau verdâtre, leurs estomacs enflés et les mouches qui tourbillonnaient autour d'eux, il vit que chaque victime présentait une blessure d'arme à feu à la tête. Ils avaient tous les mains et les pieds liés. Ils avaient été exécutés. Probablement trois ou quatre jours plus tôt, peut-être la veille ou l'avant-veille de la fin du semestre. Avec la fin des cours, et plus de la moitié des étudiants sur le point de rentrer chez eux, on n'avait pas dû s'inquiéter au sujet de ceux qui occupaient cette maison.

—Où es-tu, sale petit Jaune? dit Dew.

Il était conscient qu'il était mal de penser et de s'exprimer ainsi mais le gosse qui avait commis ce carnage était vietnamien, de l'âge de ceux que Dew avait eu l'habitude de tuer dans la jungle. Eh bien, il allait lui faire la peau, à celui-ci, et tout de suite, putain!

Quatre hommes vêtus de combinaisons étanches et armés de pistolets mitrailleurs P90 entrèrent derrière lui dans la maison, parfaitement silencieux malgré leur encombrant attirail. Dew fit des signes pour leur ordonner de se déployer au rez-de-chaussée. Il envoya ensuite une deuxième équipe de quatre au sous-sol, puis il s'engagea dans l'escalier avec la dernière. Un silence de mort régnait toujours dans la demeure, uniquement troublé par la rumeur du match de basket en provenance des maisons voisines. Un hurlement lui révéla que les Wolverines [1] avaient rentré un dunk [2] impressionnant.

Dew posa en premier le pied sur les marches craquantes. Là-haut, quelque part, il y avait un cinglé infecté. Comme Brewbaker… mais celui-ci était armé d'un pistolet.

— Ici Cooper, dit une voix dans l'oreillette de Dew. En bas, un autre cadavre.

Ouais, faire la peau à ce type.

Dew atteignit le haut de l'escalier. Il vérifia chaque pièce, prêt à faire feu instantanément à la vue d'une arme. Chaque chambre était en désordre, le décor ordinaire d'une vie d'étudiant. Cette maison n'était pas une de celles réservées aux enfants aisés. Elle était remplie – non, elle avait été remplie – de gosses qui avaient dû travailler dur afin de poursuivre leurs études. Malgré cela, chaque pièce renfermait un ordinateur. Chaque ordinateur avait reçu une balle dans l'écran.

La dernière chambre, bien entendu, recelait les réponses. Et les réponses baignaient dans une merde que Dew ne voulait pas voir.

Un corps gonflé attaché à une chaise. Un corps auquel il manquait les deux pieds. Les deux mains. La moitié de la tête

---

1. Les Wolverines du Michigan représentent le club omnisports de l'université du Michigan ; on les retrouve donc notamment en basket-ball, en plus du football américain (*NdT*).
2. Action de jeu au basket-ball qui consiste à marquer en s'accrochant à l'arceau (*NdT*).

avait été broyée par un putain de marteau encore planté dans le crâne comme une poignée. Des mouches grouillaient, affichant une nette préférence pour la cervelle.

Et sur le sol, un squelette noir grêlé gisait dans une immense tache sombre sur la moquette verte.

Il va falloir passer un sacré coup d'aspirateur, pensa Dew, avant de se demander dans la foulée s'il ne devenait pas juste un peu timbré.

Étendu sur un fusil de calibre 22, le squelette avait un petit trou net à l'arrière du crâne. Ce foutu Jaune s'était tiré dans l'œil.

Dew jeta un rapide coup d'œil au reste de la pièce. Il secoua la tête en voyant le mur du fond. Ces victimes infectées, si l'on pouvait ainsi nommer ces enfoirés d'assassins, étaient sérieusement cinglées.

— Ici Phillips. Objectif principal trouvé, décédé. Verrouillons les lieux et, dès que c'est fait, faites venir le professeur Montoya. Équipe n° 1, laissez tomber vos combinaisons et prenez position aux entrées, deux devant, deux derrière. Personne n'entre sans mon autorisation. Équipe n° 2, commencez à inventorier la scène du crime. Prenez une chiée de photos et faites venir quelqu'un pour les développer. Montoya ne restera que le temps de visualiser les lieux, je veux qu'elle reparte ensuite et je veux que les photos soient prêtes pour qu'elle puisse les emporter. Fouillez la base de données de l'université et trouvez-moi les photos de ces gosses quand ils étaient encore en vie, elle en aura besoin pour faire des comparaisons. Allez, on se bouge, les gars. Le voisinage ne va pas bondir de joie quand ils apprendront le nombre de victimes.

Encore un coup manqué. Il se demanda si Otto et Margaret s'en sortiraient mieux avec l'autre piste issue des dossiers de Cheng. Ça ne pouvait pas être pire que ce à quoi il avait affaire : une fillette de sept ans porteuse d'un seul de ces étranges trucs en forme de fibre qui lui avait été retiré six jours plus tôt, comparé à un étudiant en art plusieurs fois meurtrier.

Avec un peu de chance, ils découvriraient quelque chose d'important.

Au moins, ils n'auraient pas à affronter un tel spectacle.

Le mensonge au sujet du Sras ne suffirait pas pour ces six corps. Les gens étaient peut-être touchés quand ils apprenaient qu'une femme de soixante-dix ans tuait son fils ou qu'un type quelconque devenait barjo et flanquait une raclée à sa famille, mais six étudiants retrouvés morts… c'était une autre histoire. Un tel meurtre collectif serait commenté sur toutes les chaînes du pays si Dew ne cadenassait pas cette merde à fond, et tout de suite.

Heureusement, à ce jeu sans pitié, Dew bénéficiait de l'appui du président des États-Unis d'Amérique. Et le président était un sacré bon joueur.

Dew sut précisément ce dont il avait besoin avant même de sortir son portable et de composer le numéro de Murray Longworth.

38.
Purée de bestioles sur canapé

L'élancement de sa jambe, une double pulsation décalée d'un cheveu par rapport à son rythme cardiaque, le sortit de son sommeil de plomb.

Perry n'était pas suffisamment savant en matière médicale pour deviner ce qui s'était produit, pour être conscient du désastre tapi dans sa jambe droite, juste sous la surface de la peau. Il ne pouvait absolument pas savoir que son tendon d'Achille ne tenait plus qu'en deux morceaux inutiles, déchiré en lambeaux par les crochets acérés de la tige du Triangle.

En revanche, il savait qu'il souffrait. Un mal de chien. Une douleur lancinante, palpitante. Il devait prendre quelque chose pour la faire passer. Il poussa un grognement quand il se redressa sur le canapé, tout en faisant glisser ses jambes avec précaution jusqu'à poser les pieds par terre. Des élancements douloureux parcouraient toujours son corps, mais il avait moins mal à la tête. Cela dit, comment pouvait-il se sentir mieux, sachant ce qui se tortillait, se faufilait et s'épanouissait en lui ? Ils étaient en train de le tuer, cela ne faisait aucun doute… mais pourquoi ? Que voulaient-ils ?

D'où ces choses venaient-elles ? Perry n'avait jamais entendu parler de tels parasites, capables de «parler dans l'esprit» et doués de… *d'intelligence*. Non, c'était assurément quelque chose de nouveau. Peut-être s'agissait-il d'une expérience du gouvernement. Peut-être jouait-il un rôle de cobaye dans le cadre d'un complot sinistre. Les hypothèses se mirent à affluer. Il voulait des réponses.

—Hé, siffla-t-il. Hé, les petits salopards !

ou¡ nous sommes là

—Que voulez-vous de moi ?

Une pause, puis un… bruit de grattement résonna dans sa tête. Comme des parasites sur les ondes. Il se concentra sur cette sensation : il eut l'impression de tourner à toute vitesse le bouton de la radio ; les parasites, la musique et les voix semblaient mêlés en une masse incohérente de bruits.

Un bruit grumeleux.

Perry attendait une réponse, se demandant ce qu'ils manigançaient.

que veux-tu dire

La voix était monocorde, faible et précise. Pas d'inflexion, une suite de syllabes qui crépitaient presque trop rapidement pour être comprises. C'en était presque comique, à l'image d'une voix d'extraterrestre dans un film de science-fiction à petit budget – du genre qui débitait des répliques banales et

208

vues cent fois telles que « toute résistance est inutile », « vous autres les humains êtes inférieurs » et autres stupidités.

— Vous savez très bien ce que je veux dire, répondit Perry, plus que légèrement frustré.

Non seulement ces choses étaient ancrées dans son corps mais, en plus, elles jouaient aux imbéciles. Une autre pause, un autre grattement, puis encore ce bruit grumeleux.

que veux-tu dire

Peut-être s'était-il montré trop généreux en les qualifiant d'« intelligents » ? Peut-être ne jouaient-ils pas aux idiots. Peut-être étaient-ils juste complètement stupides.

— Je veux dire ; que faites-vous dans mon corps ?

Il commença à se lever, en s'aidant de l'accoudoir du canapé pour soulever son poids. Une nouvelle pause, puis le bruit grumeleux.

nous savons pas

Perry se laissa lourdement retomber sur les coussins, la tête baissée au point que ses cheveux blonds se balançaient devant ses yeux. Sa jambe le tiraillа soudain et la douleur jaillit de l'intérieur de son crâne avant de se précipiter une nouvelle fois vers le bas.

— Comment ça, vous ne savez pas, putain ?

Une pause.

Bruit grumeleux.

Quels merdeux ! C'était la seule explication. Ils s'étaient déployés en lui – ou alors ils avaient fait pousser une sorte de champignon maléfique ou quelque chose d'approchant – et ils devaient bien être là pour une bonne *raison*, non ?

Tandis qu'il attendait leur réponse, il essaya d'écouter plus attentivement le bruit grumeleux. Il se concentra et perçut des mots de temps à autre, hélas ils survenaient si vite qu'il ne parvenait pas à les reconnaître. Autant essayer de discerner les cailloux un à un sur un talus d'autoroute, lancé à cent kilomètres à l'heure ; on pouvait les deviner une fraction de seconde et savoir qu'ils étaient présents même s'il était impossible de les visualiser. C'était comme s'ils cherchaient des mots, comme s'ils fouillaient dans leur vocabulaire limité, peut-être… Comme s'ils fouillaient…

nous savons pas

… dans…

nous savons pas pourquoi
nous sommes ici

… son cerveau.

Ils ne se trouvaient pas simplement dans son corps, ils envahissaient aussi son putain de cerveau, dont ils se servaient comme d'un ordinateur pour récupérer des données.

—C'est ça que je suis pour vous ? hurla Perry. Un genre de bibliothèque ?

Des postillons furent éjectés de sa bouche, tandis que son corps tremblait de rage.

Une pause.

Bruit grumeleux.

Frustré à l'extrême, Perry s'assit, incapable de faire quoi que ce soit ou de s'aider d'une façon ou d'une autre tandis que les Triangles cherchaient une réponse.

Il cria si fort que ses cordes vocales s'enrayèrent, comme déchirées.

—Que faites-vous *dans ma tête* ?

nous essayons de trouver
des mots et des choses pour
parler avec toi

Une pointe de douleur se fit soudain sentir à hauteur de sa cheville, ce qui recentra ses pensées sur cette étrange blessure à la jambe. Il avait besoin d'encore un peu de Tylenol. Il inspira profondément, se calma et tenta de sautiller vers la cuisine.

Le pied indemne prit fermement appui sur le sol mais le mouvement enflamma la jambe touchée. Une nouvelle salve de douleur éclata, vive et aiguë, apparemment suffisamment généreuse pour faire profiter de ce choc chaque autre partie du corps.

Jouer dans la douleur. Elle était intense mais, sachant désormais à quoi s'attendre, il parvint à la maîtriser. À la bloquer. Il effectua les huit petits bonds qui le séparaient du plan de travail de la cuisine, les dents si serrées qu'il éprouva une brûlure à hauteur des muscles de la mâchoire.

Il se concentra, inspira encore à fond, puis posa les yeux sur sa jambe massive ; le jean pendouillait en deux longs morceaux de tissu, tandis que du sang séché s'effritait sur sa peau, de petites miettes emprisonnées dans ses poils blonds, telles des pellicules rouges. Il avait joliment massacré le travail, mais quelle importance ? Il serait de toute façon bientôt mort.

Il attrapa le flacon de Tylenol sur le four micro-ondes et en sortit six comprimés, qu'il avala avec une gorgée d'eau du robinet. Il regagna le canapé en boitillant et s'assit en douceur, grimaçant sous l'effet de la douleur.

Il songea soudain qu'il n'avait toujours pas prévenu le bureau. Quel jour était-on, samedi ? Il avait perdu le fil. Il n'avait pas la moindre idée du temps qu'il avait dormi.

Une pensée le frappa : où avait-il bien pu contracter ce mal des Triangles ? Il lui semblait possible qu'il l'ait attrapé au travail. De toute évidence, les Triangles démarraient tous petits. Peut-être étaient-ils disséminés par le vent, ou peut-être apportés par une piqûre d'insecte, comme la malaria.

Ou peut-être avait-il vu juste à propos du fait d'être un cobaye. Ses collègues se trouvaient peut-être dans la même situation. Peut-être même l'immeuble. Ça semblait logique. La totalité des occupants du bâtiment étaient peut-être retranchés chez eux en train de contempler les nouveaux intrus qui se développaient dans leurs corps.

Ces choses provenaient forcément de quelque part. Elles avaient atterri sur lui, ou alors un insecte – ou peut-être quelque chose d'artificiel – les avait déposées.

Cela voulait-il dire que ces trucs étaient formatés par rapport aux gens ? Ils se portaient un peu trop bien dans son corps pour que ce soit un coup de chance de la nature. Son corps ne les avait pas rejetés, c'était foutrement certain. Non, il doutait que cette affaire soit le fruit du hasard. Soit d'autres personnes en ville ou dans l'immeuble étaient atteintes du même mal, soit quelqu'un l'avait choisi comme hôte expérimental.

L'esprit de Perry était assailli par un geyser de possibilités. Il tenta de chasser ces pensées car il ne voulait tout simplement plus y songer, il ne voulait plus se rabâcher qu'il était mal barré.

La douleur dans sa jambe s'atténua quelque peu à mesure que le Tylenol fit effet. Il avait froid. Il boitilla jusqu'à sa chambre et se couvrit d'un sweat-shirt blanc de l'université du Michigan, puis revint clopin-clopant dans le salon, où il s'assit sur le canapé. Il n'avait ni sommeil ni faim – il avait besoin d'une diversion pour s'empêcher de penser aux Triangles. Il s'empara de la télécommande et alluma son écran plat. La chaîne des programmes annonçait 11 h 23 du matin.

Il zappa de chaîne en chaîne sans rien trouver d'intéressant. Publireportages, *Scoubidou*, basket ; les Wolverines chez le Penn State [1] – si cela avait été du football, pourquoi pas, mais il était incapable d'accrocher à du basket pour le moment.

---

1. Équipe de l'université de Pennsylvanie (*NdT*).

Des rediffusions de *Seinfeld*. L'avant-match de la soirée NFL du samedi débuterait bientôt, il serait alors rivé au poste de télévision. Ça l'aiderait à oublier. Et après l'avant-match, le match proprement dit. Mais pour le moment, le désert télévisuel. Il était sur le point d'abandonner quand il décrocha le gros lot : un épisode de *Columbo*.

Il l'avait déjà vu, mais ça n'avait aucune importance. Columbo – son vieux basset dans les parages – s'extirpait d'un hôtel particulier, vêtu de son manteau beige froissé au point qu'on l'aurait dit tout juste débarqué d'un train de marchandises rempli de clochards. Il essayait de descendre d'un balcon et restait coincé dans un arbre voisin (dont le tueur s'était sans doute servi pour entrer ou sortir de la chambre). Le basset patientait avec sérénité au pied de l'arbre quand Columbo chuta maladroitement à terre. Alors qu'il s'activait pour se relever, le Personnage Richissime Réglementaire survint et l'accosta avec l'éternel : « Avez-vous perdu la raison, monsieur Columbo ? »

qui est là

Perry bondit littéralement de son siège quand les Triangles s'exprimèrent.

— Quoi ? lâcha-t-il en faisant le tour de la pièce du regard, les yeux fouillant chaque recoin.

qui est là

Perry fut envahi par la terreur. Quelqu'un allait-il venir achever l'expérience, peut-être le tuer et le disséquer ? ou peut-être le conduire quelque part ? Les Triangles étaient-ils au courant de quelque chose qu'il ignorait ?

— De quoi parlez-vous ? dit-il. Je ne vois personne, l'appartement est vide.

nouvelle Voix nouvellllllle voix

Le grognement nasal de Columbo s'éleva encore de la télévision :

— Navré de vous déranger de nouveau, m'dame, s'excusa Peter Falk en s'adressant au Personnage Richissime Réglementaire. Je me demandais s'il était possible de vous poser quelques questions supplémentaires.

Columbo. Ils avaient entendu la télé. Un rire s'échappa des lèvres de Perry, qui en fut surpris. Les Triangles ne connaissaient pas la télévision.

Ou peut-être… peut-être ignoraient-ils ce qu'était la *réalité*. Plus exactement, ils ne faisaient pas de différence entre la fiction et la réalité. Ils ne voyaient pas mais ils entendaient. Ils ne différenciaient pas une personne réelle d'un bruit issu de l'écran.

— C'est Columbo, expliqua calmement Perry, tout en essayant de trouver comment aborder ce nouveau problème.

Il ne savait pas quel effet cette information aurait sur lui. Il ne s'agissait pas de sauver ses fesses, déjà condamnées, mais quelque chose au fond de son crâne lui intimait de ne rien révéler au sujet de la télévision. Perry décida de faire confiance à son instinct et éteignit le poste.

qui est columbo qui

— C'est un flic. Un officier de police.

Perry perçut la pause, désormais familière, puis le bruit grumeleux éclata, si fort qu'il en tressaillit presque. Les Triangles fouillaient dans son cerveau comme dans un immense dictionnaire, à la recherche d'explications.

En un sens, la recherche était pire que la douleur, pire que de voir ces choses sous sa peau, pire encore que les crochets enroulés autour de ses os ou ces créatures aspirant des nutriments de son sang. Ils lisaient dans son cerveau et se servaient de lui comme d'un logiciel humain ou d'un ordinateur personnel.

Ce concept le frappa de plein fouet. S'ils étaient en mesure de lire dans son cerveau, à travers le processus chimique qui verrouillait la mémoire, alors il était empêtré dans un sacré merdier. Peut-être ne savaient-ils pas ce qu'était la télévision, mais il se passait quelque chose qui allait bien au-delà des limites de la science et...

pas de flic pas de flic pas de flic non non ne dis pas lui nous ici non non non non non

Les mots en rafale des Triangles interrompirent les pensées de Perry et inondèrent son âme d'une vague de terreur qui le déchira aussi sûrement qu'une bourrasque de vent d'automne. Son taux d'adrénaline monta de nouveau en flèche, en réaction à une menace perçue, au moment où il se rendit compte qu'il ne s'agissait pas de *sa* peur mais de la leur, de la peur des Triangles. Quelque chose dans le désordonné Columbo leur avait flanqué une foutue trouille.

non non non non non il vient nous chercher

Leur peur était corrosive, presque tangible, un serpent noir se tortillant et se débattant dans les serres d'un rapace sans cœur.

—Du calme! grimaça Perry à l'adresse de cette étrange sensation d'émotions étrangères qui se déversaient dans son esprit et son corps. C'est bon, il est parti. Je m'en suis débarrassé.

Il songea qu'il serait facile de faire disparaître leur effroi en leur parlant de la télévision et en leur révélant qu'aucun officier de police ne s'était présenté

il vient nous chercher

dans son appartement, cependant son instinct lui suggéra de garder cet atout pour lui. Il pouvait en avoir besoin par la suite.

flic parti flic parti
non non non

—Il est parti! Maintenant vous vous calmez et vous la fermez!

Perry porta involontairement les mains à la tête, comme pour soutenir son cerveau face au vacarme incessant de cris et d'angoisse qui déchirait son crâne. Une peur contagieuse. Il sentit les doigts glacés de la panique lui envelopper la poitrine.

—Il est parti, putain! Calmez-vous et *arrêtez de hurler dans ma tête*!

il vient NOUS chercher

Ils sonnaient différemment, et pas simplement en raison de la peur. Ils paraient désormais leurs mots d'intonations, comme une voix assez profonde, une certaine lenteur qu'il jugea vaguement familière.

il vient NOUS chercher

Il ressentit leur terreur. Ces mots n'avaient plus rien à voir avec la voix monocorde qu'il avait entendue dans un premier temps; ils avaient augmenté en intensité, ou peut-être avaient-ils perdu toute mesure.

ne DIS pas lui nous ici

—Je ne dirai rien, d'accord? dit Perry sur un ton plus posé, essayant de se détendre en espérant que cela les apaiserait. Tout va bien, il est parti, calmez-vous.

La peur claustrophobique s'évanouit instantanément, aussi brutalement que s'il s'était trouvé dans une chambre sombre et que quelqu'un avait allumé la lumière.

merci   merci   merci

—Pourquoi la police vous effraie tant, enfin ?

il vient nous CHERCHER

Pourquoi redoutaient-ils à ce point la police ? Cela n'avait aucun sens. L'idée que cela pouvait signifier qu'il n'était pas le seul, que quelqu'un connaissait les Triangles et voulait les détruire, vint à Perry. Mais alors pourquoi n'en avait-il pas entendu parler ? La police n'était certainement pas en mesure de cacher un tel secret à la presse. Et tout d'abord, comment les Triangles pouvaient-ils être conscients d'une police hostile ? Ils s'étaient développés à partir de rien, sans quitter son appartement ; ils n'avaient pas eu de contact avec le monde extérieur. Disposaient-ils d'une sorte de mémoire préprogrammée concernant les menaces potentielles ?

Ils n'avaient pas reconnu les mots *flic* ou *police* du premier coup ; ils avaient dû fouiller, et fouiller profondément, pour découvrir la signification qui les effrayait tant. Ils avaient fini par trouver quelque chose qu'ils connaissaient dans le Dictionnaire Intégral du Cerveau de Perry. Du moins, qu'ils *pensaient* connaître.

—Que voulez-vous dire par : « il vient vous chercher » ? Quelqu'un sait que vous êtes ici ?

Perry sentit les Triangles chercher les mots qui convenaient dans son esprit et dans sa mémoire. Plus ils fouillaient, plus lui s'habituait à cette sensation, comme un œil s'ajustant peu à peu à la lumière tamisée d'une pièce plongée dans la pénombre.

des hommes nous recherchent

MINCE

Mince? Le mot frappa Perry. Mince. Ils avaient utilisé le mot *mince*. Ils l'avaient crié dans la même phrase que *tuer*. Pourquoi versaient-ils soudain dans l'ironie? Le ton monocorde disparu, les mots étaient accompagnés d'une réelle accentuation. Le phrasé s'était ralenti, comme cotonneux, au point que le Top Cinq s'exprimait maintenant avec une voix presque traînante.

Cependant, le détail important ne résidait pas dans cette nouvelle façon de parler, mais bien dans leur peur paranoïaque des flics. S'agissait-il d'un genre de mémoire instinctive? Comment était-il possible qu'ils ne connaissent pas les raisons de leur présence dans son corps mais qu'ils en sachent suffisamment pour craindre la police? Lui mentaient-ils délibérément? Qu'avaient-ils à gagner en se montrant honnêtes sur quoi que ce soit? Perry *sentait* leur peur de la police. Ou peut-être… peut-être la police n'avait-elle rien à voir. Peut-être était-il question des hommes en uniforme.

Perry se rendit compte que, quand il pensait aux flics ou à la police, il visualisait mentalement un policier antiémeute de l'état du Michigan. Ces gars étaient systématiquement imposants, avec leurs uniformes immaculés, leur politesse de robot et une arme peu discrète.

Telle était l'image que percevaient sans doute les Triangles, car c'était la première chose à laquelle il pensait quand il entendait le mot *flic*. Or, son image mentale des policiers d'intervention – avec uniformes parfaits, leurs attitudes et leurs armes – ne correspondait pas tant à celle d'un flic qu'à celle d'un…

D'un…

D'un soldat.

Les Triangles craignaient-ils les soldats ? Deux possibilités surgirent dans l'esprit de Perry. Soit les Triangles savaient ce qu'étaient des soldats, par expérience ou par instinct, soit leur connaissance du monde qui les entourait était plus étendue que ce qu'ils laissaient croire. D'une façon ou d'une autre, ils savaient quelque chose que Perry ignorait.

Une fugitive étincelle d'espoir naquit dans sa poitrine. Les Triangles craignaient les soldats. Existait-il une unité chargée des Triangles ? Dans ce cas, cela signifiait-il que Perry n'était pas le seul à endurer ce calvaire ?

— Pourquoi pensez-vous qu'ils vous cherchent ?

Une pause.

Bruit grumeleux.

ils veulent nous tuer
tuer tuer TUER

— Comment le savez-vous ? Comment pouvez-vous le savoir alors que vous ne savez même pas d'où vous venez ?

Une pause, plus longue.

parlé à des amis

Des amis. Y avait-il d'autres Triangles ? D'autres personnes étaient-elles infectées par ces choses ? Peut-être n'était-il *pas* le seul – peut-être cette affaire ne se limitait-elle pas à lui.

— Que disent ces amis ?

Une pause, courte cette fois.

faim nourris-nous

— Vos amis ont aussi faim ?

faim nourris-nous nourris
nourris NOURRIS

— Oh ! *Vous* avez faim ?

nourris Nourris NOURRIS
nourris nourris

—Oubliez la nourriture, dit Perry sur un ton ferme.
Parlez-moi de vos amis. Où sont-ils ?

NOURRIS MAINTENANT

L'ordre résonna comme l'explosion d'un canon dans la
tête de Perry. Ses yeux se fermèrent avec violence tandis que
ses dents se serraient en réaction à la douleur.

NOURRIS MAINTENANT

Perry lâcha un timide grognement étouffé, incapable de
penser de façon cohérente, de déterminer ce qu'il devait faire.

NOURRIS MAINTENANT
MAINTENANT MAINTENANT
MAINTENANT MAINTENANT
MAINTENANT MAINTENANT
MAINTENANT

—Fermez-la, bordel ! hurla Perry aussi fort qu'il le put,
la voix réduite à un éclat profond et guttural de douleur et
de colère. On va manger, *on va manger* ! Mais arrêtez de
crier dans la tête !

d'accord nourris-nous
maintenant d'accord
nourris-nous maintenant
maintenant maintenant

À l'image d'une corde d'arc relâchée après avoir décoché
une flèche, l'esprit de Perry retrouva son état normal. Une
larme unique coulait sur sa joue. Leurs cris avaient été si
intenses qu'il en était resté paralysé, presque incapable de
parler.

maintenant Maintenant Maintenant

Perry se leva d'un coup quand il entendit les cris s'accroître encore davantage. Il effectua les huit petits bonds jusqu'à la cuisine sans y réfléchir à deux fois, son corps agissant par crainte de cette douleur.

Il obéissait au doigt et à l'œil, comme un soldat aux ordres, sans penser à rien, se contentant de faire ce qu'on lui demandait, comme un bon petit nazi exécutant un plan d'envergure. *Jawohl, Herr Kommandant. Je tuerai les Juifs, les Tziganes et les Tchèques parce que je n'ai pas de cerveau et parce que tout va bien puisque quelqu'un m'a dit de le faire.* Il était un robot, un serviteur télécommandé. Il en ressentait de l'humiliation, sa fierté d'homme était blessée. Après tout, un homme était responsable de son destin, et non pas le jouet de quelque esclavagiste ou contrôleur.

Il tenta de consoler son orgueil atteint en se disant qu'il avait très faim et qu'il aurait de toute façon avalé quelque chose – ce n'était pas parce que les Triangles le lui avaient ordonné. C'était des conneries. En cet instant, il se sentait comme une marionnette au bout d'une ficelle, exécutant un super petit numéro chaque fois que le Top Cinq tirait sur l'un de ses nerfs. Pis qu'une marionnette, il avait la sensation d'avoir de nouveau dix ans, époque à laquelle il sursautait de peur chaque fois que son père ouvrait la bouche.

Il restait la boîte de sauce spaghetti Ragu. Il la sortit du réfrigérateur, avant d'attraper une boîte de riz Rice-A-Roni dans le placard. Il ne lui restait presque plus de nourriture ; il lui faudrait se réapprovisionner très prochainement. Ne serait-ce pas tordant ? Le condamné, mourant d'un parasite bizarre, en train de pousser un chariot dans un Kroger's et choisissant le dernier repas qu'il se préparerait. Quelle fin de vie de rêve !

Une inspiration culinaire soudaine le fit ranger le Rice-A-Roni et le remplacer par le riz Cost Cutter. Il n'avait pas de pâtes, mais la sauce Ragu était trop appétissante pour être délaissée. Il remplit la quantité d'eau voulue dans un verre mesureur, puis la mit à bouillir dans une casserole.

maintenant Maintenant
maintenant

Les mots planaient de façon menaçante dans son crâne.

— Retenez-vous. Le dîner sera prêt dans environ trente minutes.

maintenant maintenant
maintenant

— Ce n'est pas encore prêt, insista Perry d'une voix suppliante, tout en versant la sauce Ragu dans une casserole non assortie à la précédente, qu'il fit chauffer à feu doux. Comme je l'ai dit, vous devrez simplement attendre quelques minutes.

Le bruit grumeleux reprit dans sa tête.

qu'est-ce que minute
salopard

— Une minute ? Vous savez, soixante secondes. (Cela lui semblait si évident que c'en était difficile à expliquer ; que les Triangles ne connaissent pas le concept du temps était étonnant.) Savez-vous ce qu'est une seconde ? ce qu'est le temps ?

seconde non temps oui

Cette réponse fut rapidement émise, précédée par un simple bruit grumeleux très léger. Ils savaient ce qu'était le temps. Il lui fallait donner un exemple d'une « seconde ». Il posa les yeux sur l'horloge de la cuisinière – s'ils étaient capables de la voir, ce serait facile à expliquer.

— Vous ne pouvez pas…

Il fut parcouru d'un frisson, qui coupa net sa question. Subitement, il n'était plus certain de souhaiter en connaître la réponse.

— Vous ne pouvez pas… voir… n'est-ce pas ? voir par mes yeux ?

Il ne s'était pas véritablement interrogé sur ce dont étaient capables ces enfoirés. Vu qu'ils « lisaient » dans son esprit, dans le sens littéral du terme, étaient-ils à même de capter et lire les impulsions optiques de son cerveau ? se les approprier au cours de leur trajet ?

non nous ne pouvons pas voir

Cette phrase fut un soulagement, mais un soulagement de courte durée, très vite brisé par le reste de la réponse :

pas encore

Pas encore.

Ils se développaient toujours. Peut-être allaient-ils simplement prendre le contrôle de son esprit et écarter la propre conscience de Perry de la route, pas à pas. Peut-être étouffaient-ils peu à peu son cerveau, de la même façon que les mauvaises herbes fibreuses dérobent méthodiquement les nutriments d'une rose. La rose est peut-être magnifique, étincelante et douce… mais la mauvaise herbe est une survivante, qui pousse dans de la terre dure et rocailleuse, sous un mauvais climat et une faible luminosité ; celle qui affronte des conditions impossibles et qui non seulement survit mais s'épanouit.

Perry eut soudain la quasi-certitude de comprendre ce qu'il se passait : les Triangles poussaient *en lui*, prenaient le contrôle de son corps et de son esprit, restaient abrités dans leur coquille et se cachaient avec sagesse du monde extérieur. *L'Invasion des profanateurs de sépultures.* Le scénario hollywoodien typique. Et pourquoi pas ? Ce raisonnement tenait debout. Pourquoi envoyer des armées et conquérir la Terre quand vous pouviez petit à petit remplacer la race humaine ? Plus efficace, plus économique. Plus propre. Plus soigné. Pas de cadavres éparpillés à nettoyer. Encore mieux que la tristement célèbre bombe à neutrons qui tuait la population et ne laissait que les bâtiments debout.

Ils ne tarderaient plus à se brancher sur ses yeux. Et ensuite ? son nez ? Bon sang, peut-être sentaient-ils déjà le riz en train de frémir sur la plaque. Ou peut-être sa bouche – ils pourraient alors lui parler en se servant de sa propre voix. Ensuite ? ses muscles ? ses mouvements ? À quel point ces petits salauds étaient-ils efficaces ?

Et pour combien de temps encore resteraient-ils *petits* ? Peut-être n'étaient-ils pas du tout distincts. Peut-être n'étaient-ils que différents morceaux chargés de différentes missions. Des pièces d'un puzzle vivant toutes décidées à se retrouver au coin à la mode chez les Triangles, connu sous le nom de *Chez Perry*.

Un éclair tiède de bruit confus interrompit ses pensées sinistres.

```
combien de temps dure une
seconde
combien de temps dure une
minute
combien de temps
```

Perry voulait à tout prix éviter ces cris mentaux, cette tronçonneuse insistante de demandes des Triangles crissant dans son esprit.

— D'accord, expliquons ça, se hâta-t-il de répondre, espérant empêcher toute agitation. Vous voyez, une minute, c'est soixante secondes et une seconde, c'est une période de temps très courte. (Le bruit confus semblait bloqué en

224

un bourdonnement haut perché – tandis qu'il parlait, ils fouillaient la base de données afin de suivre la signification de ses mots.) Une seconde, par exemple, c'est long comme ça… Tenez, je vais compter cinq secondes. Faites attention à la durée de chaque espace, ça correspond à une seconde. Un… deux… trois… quatre… cinq.

Un souvenir d'enfance émergea soudain : l'énumération enjouée de l'émission *The Electric Company* – un-deux-trois quatre, cinq, six-sept-huit-neuf-dix, onze dou-ou-ou-ze.

— C'était cinq secondes, pigé ?

Le bruit aigu de recherche s'intensifia, simplement suivi par un très bref bourdonnement, émis sur une tonalité plus basse.

seconde est court
minute est soixante secondes
heure est soixante minutes
exact

La voix du Top Cinq était désormais dépourvue de toute inflexion. Perry ne pouvait que supposer que le mot *exact* représentait une question et non pas une affirmation, les mots qui résonnaient dans sa tête n'étant pas du tout rythmés. Quelle que soit la raison de leur court égarement, ils avaient repris leur ton dénué d'émotion.

— Exact.

Perry n'avait jamais évoqué le concept d'« heure ». Ils l'avaient extirpé de son cerveau, sans doute grâce à son association avec la minute et la seconde. Leur faculté à lire en lui se perfectionnait de plus en plus vite.

Il songea alors – plutôt brutalement, avec la force vibrante d'une révélation – que les gens n'étaient que des machines compliquées. Ils ne différaient pas des ordinateurs. Le cerveau n'était qu'un centre de contrôle et un outil de stockage ; quand on avait besoin de se souvenir de quelque chose, il envoyait un genre de signal destiné à rappeler les données classées, exactement comme lorsque l'on demandait à un programme d'ouvrir un dossier. L'ordre était envoyé et une autre partie de l'ordinateur

vingt-quatre heures dans un jour

recherchait les données avec un code qui correspondait à l'ordre, les retrouvait et envoyait l'information au processeur, où elle était lue et déployée sur l'écran. Le cerveau était *exactement* la même chose. Les souvenirs étaient classés quelque part là-dedans, maintenus par un processus chimique dans le cerveau, le cervelet, ou autre. Avec la technologie adéquate, on pouvait lire ces données rangées aussi facilement que celles stockées dans un disque dur ou sur la page d'un livre. Il ne s'agissait là que de moyens de garder une trace de simples bits d'information qui

sept jours dans une semaine

formaient quelque chose de plus complexe. Toutefois, à l'instar de la matière – composés, puis éléments, puis atomes, puis protons et électrons –, tout pouvait être fractionné en parties de plus en plus petites.

Il était de plus en plus évident que les Triangles étaient conçus pour lire ces petites parties… pour être capable de retrouver les souvenirs dans le disque dur qu'il portait déjà avant sa naissance : son cerveau. La simple

quatre semaines dans un mois

complexité des capacités des Triangles était intimidante. Sans compter qu'ils apprenaient très vite ; leur temps de recherches semblait progressivement diminuer. Ils apprenaient également à ne pas uniquement piocher un seul souvenir ou un mot que Perry avait prononcé, ils associaient aussi les mots et les souvenirs. Jusqu'à présent, il semblait qu'ils n'étaient capables de se servir que dans sa mémoire à long terme : le concept de temps, du vocabulaire, des mots avec des images attachées afin de définir des significations.

Ces créatures

douze mois dans une année

avaient la capacité de lire son cerveau comme un disque dur, mais elles n'étaient pas pourvues de concepts de base ou de choses simples telles que

dix années dans une décennie

le temps, la technologie télévisuelle ou le fait que des voix pouvaient être projetées sans être réelles.

Quelque chose clochait dans ce mystère. Ou peut-être quelque chose était-il légèrement déplacé. Perry ne savait toujours pas ce qu'étaient ces Triangles, d'où ils provenaient ni combien de temps il lui restait avant qu'ils prennent le contrôle de son corps.

Mais peut-être pouvait-il les arrêter ? Peut-être… si on l'aidait.

Les fameux Soldats se trouvaient quelque part et ils *savaient*. Ils en savaient long au sujet des Triangles. Ils voulaient tuer les Triangles. Entuber le Top Cinq et le virer. La grande question, mon vieux Perry, la question à vingt mille dollars : *qui sont ces « soldats »* ?

On n'était pas à Hollywood. Il n'existait pas de Men in Black pour sauver le monde avec un sourire éclatant et un commentaire spirituel. Aucun agent des *X-Files* n'allait faire sauter sa porte et le considérer avec un air apitoyé. Aucun super-héros ne surgirait d'une autre planète avec un pistolet spécial conçu pour sortir ces merdes de son corps. Il ne savait pas à qui s'adresser, où aller, mais il devait y avoir quelqu'un quelque part.

Une pensée soudaine le figea. S'ils étaient capables de lire dans son cerveau, combien de temps avant qu'ils lisent ses pensées de façon instantanée ? Et quand cela se produirait, comment réagiraient-ils s'ils apprenaient qu'il voulait contacter les Soldats ? Ils hurleraient si fort que son cerveau serait réduit en purée, dégoulinerait par ses oreilles et coulerait de son nez comme de la morve.

Peut-être l'écoutaient-ils en ce moment.

Il devait cesser d'y penser. Mais s'il n'y pensait plus, comment allait-il contacter qui que ce soit ? Il ne pouvait même pas songer à tuer les Triangles – ils l'auraient aussitôt fait frire de l'intérieur. Son cerveau aurait cuit comme une pomme de terre au four micro-ondes. Mais il ne pouvait pas arrêter de *penser*, si ? Et s'il s'arrêtait, s'il s'ôtait de l'esprit toute idée de survie, alors il était perdu.

Le stress s'accrut de façon régulière en Perry, montant en pression comme un mur de briques s'écrasant après l'explosion d'un bâtiment.

La sonnerie de la cuisinière annonça bruyamment que le riz était prêt. De toutes ses forces, l'esprit de Perry s'accrocha à cette nouvelle occupation, comme un homme sur le point de se noyer à un sauveteur en mer, ses pensées totalement concentrées sur le passionnant sujet qu'était le dîner.

Perry ne se rendait pas compte que cette échappatoire n'était que temporaire. Il ne se rendait pas compte que son esprit commençait déjà à craquer et à se fissurer sous l'effet de la tension et de la situation invraisemblable qui se déployait autour de lui et en lui. La crue progressait lentement, inévitable, inarrêtable, irrésistible – les hauts fonds ne resteraient au-dessus de la surface que peu de temps encore.

39.
La petite fille à sa maman

Clarence Otto arrêta la voiture. Son téléphone portable vissé à l'oreille, Margaret observait par la fenêtre un bâtiment en brique de deux étages, à l'aspect impeccable, sur Miller Avenue. Volets et moulures blancs. Du lierre marron sur l'un des côtés de la maison – en été, ce serait un mur vert luxuriant, la quintessence du logement de famille traditionnel.

Amos était assis à l'arrière, clairement ennuyé par tout ce déploiement. Alors qu'il était inlassable dans l'enceinte d'un hôpital, le fait de se trouver en extérieur dans le froid faisait ressortir son côté revêche.

— Nous arrivons à l'instant devant la maison de la fillette, dit Margaret dans son portable.

— Dites à Otto de se tenir aux aguets, dit Dew. J'ai six cadavres ici, ça part en vrille. Votre équipe de renfort est sur place ?

Margaret se retourna sur son siège et jeta un regard en arrière, même si elle savait ce qu'elle verrait ; un fourgon gris banalisé, garé juste derrière eux.

— Elle est ici. Nous laisserons Otto ouvrir la marche, bien entendu, mais je pense que ça ira – la petite fille n'a que des fibres de Morgellons, pas de triangles.

— Très bien, mais restez prêts à tout. Ces gars sont des malades mentaux. Et dès que vous en avez terminé, rejoignez-moi ici.

— Qu'avez-vous trouvé ?

Dew marqua une pause avant de répondre.

— Apparemment, notre étudiant était un artiste. Je pense que vous serez intéressée par ça.

— Entendu, Dew. Nous y serons dès que possible.

Dew raccrocha sans un mot de plus.

— Qu'a-t-il dit ? demanda Amos.

— Six cadavres supplémentaires, répondit Margaret d'une voix absente. De l'autre côté de la ville. Nous nous y rendons dès que nous en avons terminé ici.

Sur la banquette arrière, Amos secoua la tête. Margaret était consciente qu'il en avait assez. Derrière ses lunettes de soleil, l'agent Otto ne montrait aucun signe d'émotion, mais les muscles de ses mâchoires étaient légèrement crispés.

— Prêts ? demanda ce dernier.

Margaret hocha la tête.

Ils s'approchèrent de la maison, Margaret et Amos se maintenant deux pas derrière Otto. Celui-ci frappa de la main gauche sur la porte, la main droite cachée dans sa veste et posée sur la crosse de son arme.

Il y avait peu de chances de trouver du danger ici. Le rapport de Cheng montrait qu'il avait soigneusement examiné la fillette ; il aurait à coup sûr repéré quoi que ce soit ressemblant à un triangle ou à une ébauche de triangle. Ils devaient encore faire preuve d'autant de discrétion que possible ; s'ils défonçaient la porte à coups de pied pour tomber sur une famille parfaitement normale, le secret serait encore un peu plus éventé et les Américains seraient encore plus près de découvrir le cauchemar qui bourgeonnait parmi eux.

La neige recouvrait le sol et les arbres dépourvus de feuilles. La plupart des pelouses des maisons de cette rue étaient recouvertes d'une épaisse couche blanche de neige immaculée. Certaines, dont celle-ci, étaient parsemées de petites empreintes de pas, la beauté de la neige écrasée par l'énergie infatigable des enfants en train de jouer.

La porte s'ouvrit. Sur le seuil se tenait un petit ange ; des couettes blondes, une robe bleue, un mignon petit visage. Bon sang, elle portait même une poupée…

— Bonjour, ma petite, dit Otto.

— Bonjour, monsieur, répondit l'enfant, qui ne semblait pas du tout effrayée, pas davantage que joyeuse ou excitée, d'ailleurs.

— Es-tu Missy Hester?

Elle acquiesça, ce qui fit tressauter ses couettes bouclées.

La main droite d'Otto, vide, sortit de sa veste et se laissa lentement pendre sur le côté.

Margaret s'avança à la droite de l'agent afin que la fillette puisse l'apercevoir nettement.

— Missy, nous sommes venus rendre visite à ta maman. Est-elle à la maison?

— Elle dort. Voulez-vous entrer et vous asseoir dans le salon?

Elle s'écarta et les invita d'un geste de la main. Une véritable petite hôtesse d'accueil.

— Merci, dit Otto.

Il pénétra à l'intérieur, tournant vivement la tête tandis qu'il semblait inspecter chaque centimètre de la maison du regard. Margaret et Amos lui emboîtèrent le pas. C'était un endroit petit et simple. Mis à part la couche de jouets de couleurs vives éparpillés par terre, tout était impeccable.

Missy les conduisit vers le salon, où Margaret et Amos s'assirent sur un canapé. Otto préféra rester debout. De cette pièce, on apercevait l'escalier, la porte d'entrée, ainsi qu'une autre porte, qui menait à la partie de la cuisine réservée aux repas.

— Et ton papa? s'enquit Margaret. Est-il à la maison?

Missy secoua la tête.

— Il ne vit plus avec nous. Il habite à Grand Rapids.

— Eh bien, ma chérie, peux-tu aller réveiller ta maman? Nous devons vous parler, à toutes les deux.

La fillette hocha la tête, ses couettes encore secouées, puis elle se retourna et s'engagea en courant dans l'escalier.

—Elle paraît en excellente santé, dit Amos. Nous allons convenablement l'examiner, mais elle ne semble afficher aucun signe d'infection.

—Le fait de couper les filaments est peut-être désormais efficace, hasarda Margaret. Les cas de Morgellons se déclarent depuis des années sans apparition d'excroissances triangulaires. Quelque chose a certainement changé.

—Ils sont simplement mieux fabriqués, dit Otto. Sans vouloir vous manquer de respect à tous les deux, vous pensez trop. Murray l'a parfaitement compris ; parfois, la solution la plus évidente est vraiment la bonne.

—Le rasoir d'Occam nous le confirme, dit Amos.

—Qu'est-ce que c'est que ça ? demanda Otto.

—Peu importe, répondit Amos en souriant. Cela veut simplement dire que vous avez sans doute raison.

Ils tournèrent tous les trois la tête quand un petit garçon fit son apparition sur le seuil de la cuisine. Il était âgé de sept ans, huit au plus, et il portait un chapeau de cow-boy, des revolvers dans leurs étuis sur les hanches, des jambières parées de franges et un masque noir légèrement tordu – le costume complet du Lone Ranger [1]. Otto se raidit à la vue des six-coups dans les mains de l'enfant, mais les deux canons étaient obstrués par du plastique orange vif. Des revolvers à amorces. Des jouets.

—On ne bouge plus, les gars ! s'exclama le garçon.

Il essayait de rendre sa petite voix le plus grave possible, désireux de paraître dur, mais il était simplement mignon.

Otto éclata de rire.

—Oh ! On ne bouge pas, Lone Ranger. Y a-t-il un problème ?

—Non, si v'gardez vos mains bien en vue, m'sieur.

L'agent leva les mains à hauteur des épaules, paumes ouvertes.

---

1. Personnage de fiction américain typé western (*NdT*).

— Je ne vous causerai aucun problème, Ranger. Pas l'moindre.

L'enfant hocha la tête, l'image même du sérieux.

— Eh bien, continuez comme ça et nous serons *trèèès* bons amis.

Missy dévala l'escalier en faisant beaucoup plus de bruit qu'on ne l'aurait cru possible de la part d'un petit corps âgé de six ans.

— Ma sœur va très bien s'occuper d'vous, déclara le garçon. J'ai du travail qui m'attend.

— Soyez prudent, Ranger, dit Otto.

— Mignon, le môme, dit Amos quand l'enfant retourna dans la cuisine en fermant la porte derrière lui.

Ils l'entendirent tirer en criant sur des voleurs imaginaires.

Toutefois, quelque chose dans ce garçon avait déclenché un mauvais pressentiment chez Margaret. Ils s'étaient précipités et avaient agi de façon négligente ; ils n'avaient même pas vérifié de combien de personnes était composée cette famille. Le père était parti. Un frère. Y en avait-il un autre ? d'autres sœurs ?

— Maman ne se réveillera pas, annonça Missy. J'essaie depuis deux jours, mais elle ne se réveille pas. Et elle sent tout drôle.

Margaret sentit une vague glacée inonder son estomac.

La fillette avança d'un pas.

— Êtes-vous du gou-ver-nement ?

Amos se leva lentement.

Otto se plaça en douceur entre la petite fille et Margaret.

— Oui, ma chérie, nous sommes du gouvernement. Comme le sais-tu ?

— Parce que mon frère a dit que vous viendriez.

Margaret voulait sortir d'ici. Tout de suite. Ils étaient venus pour la fille, mais il n'avait jamais songé que quelqu'un d'autre dans la maison pouvait être infecté.

— Oh non…, lâcha Amos. Sentez-vous l'odeur de gaz ?

Margaret la sentait, soudaine et violente, en provenance de la cuisine.

— Sortez la fille d'ici, dit Otto d'une voix posée mais sur un ton péremptoire de commandement. Maintenant.

Margaret se leva et grimpa les trois marches qui la séparaient de Missy, puis elle hésita. Elle ne voulait pas toucher la fillette – et si elle portait ces trucs ? et s'ils s'étaient trompés et qu'elle était contagieuse ?

— Margaret, siffla Otto. Sortez-la d'ici.

Elle ignora son instinct et, la peau soudain hérissée d'une chair de poule, attrapa la petite fille. Elle fit un pas en direction de la porte mais, avant qu'elle en effectue un autre, la porte de la cuisine s'ouvrit.

Le garçonnet en sortit, un revolver à amorces dans chaque main, tandis que l'odeur de gaz s'échappait de la cuisine.

Il portait toujours le chapeau de cow-boy, mais plus son masque. Il ne lui restait qu'un seul œil. L'autre orbite ne renfermait qu'un morceau bleu difforme, sous la peau, qui donnait à ses cils et sourcils des proportions hideuses. Le morceau tendit les cils et les écarta, dévoilant ainsi une peau noueuse et noirâtre en dessous. Quoi que ce soit, cela avait poussé entre l'œil et les paupières du garçon – son œil était enfoui quelque part, derrière ce… cette *chose*.

— Vous avez été méchants, dit l'enfant. Je vais devoir… vous… *descendre*.

Il leva ses revolvers.

Amos passa en courant devant Margaret et se précipita vers la porte d'entrée. Elle se tourna et se pressa derrière lui, sans lâcher la fillette. De lourds bruits de pas lui révélèrent que l'agent Otto était sur ses talons.

Au moment où elle franchit la porte, elle entendit les amorces se déclencher, tandis que le garçon pressait la détente sans discontinuer. Elle était parvenue au porche et en avait descendu les marches quand le gaz explosa.

Ce ne fut pas une explosion considérable, plutôt un souffle assez puissant. Les fenêtres ne volèrent même pas en éclats, comme à la télévision, mais furent simplement bien secouées. Alors qu'elle sentait la chaleur dans son dos, Margaret ne s'arrêta pas de courir, pour au moins quelques bonnes raisons ; que l'explosion ne se soit pas vraiment produite ne signifiait pas que la chaleur n'était pas intense, que la maison ne brûlait pas et que le petit garçon n'était pas déjà avalé par les flammes.

40.
Le dîner est servi

Perry remplit son assiette et parvint à sautiller jusqu'au canapé sans rien renverser du mélange riz-sauce. Il s'effondra sur les coussins qui l'attendaient, grimaça sous l'effet des vagues de douleur qui parcouraient sa jambe, puis il attrapa sa fourchette et la planta dans le plat, sans savoir s'il s'agissait de son dernier repas…

La sauce Ragu n'étant pas assez épaisse pour agglomérer le riz, Perry se trouva davantage devant une soupe grumeleuse que du véritable riz à l'espagnole. C'était tout de même savoureux et cela réduisit au silence les gargouillis de son estomac. Il l'enfourna comme si jamais de sa vie il n'avait encore vu de nourriture. Bon sang, un Royal Cheese et une maxi-frite seraient les bienvenus en cet instant précis ! ou des pâtisseries au chocolat. Ou une barre chocolatée Baby Ruth. Ou bien un énorme bon vieux steak, accompagné de brocolis et d'une appétissante sauce au fromage blanc. Non, effacez tout ce qui précède, un million de milliards de tacos de Taco Hell[1] contenteraient Perry mieux que n'importe quoi d'autre au monde, ajoutés à une sauce piquante et un

---

1. Surnom donné à la chaîne Taco Bell, avec le jeu de mots *hell* / «enfer» (*NdT*).

verre sans fond de Mountain Dew[1]. Ce riz n'était pas si mauvais, mais sa texture ne tenait pas véritablement d'une nourriture *consistante*. Or, son estomac désirait être rempli comme un ballon d'eau par une journée d'été caniculaire.

L'été. Quelle belle saison cela aurait été pour mourir. Sa gestion du temps, comme d'habitude, était catastrophique. Il aurait aussi bien pu contracter cette « maladie » au printemps, en été, ou au pire à l'automne. Ces trois saisons étaient incroyablement somptueuses dans la Michigan. Des arbres de tous les côtés, soit parés de verdure nouvellement éclose, soit éclatants des couleurs spectaculaires aux reflets de joyaux qui annonçaient l'arrivée de l'hiver. Mourir en été aurait été agréable – le Michigan est si verdoyant une fois que l'on quitte les villes et que l'on se lance sur les innombrables routes de campagne. Les autoroutes qui conduisent vers le nord de l'État et la péninsule supérieure constituent autant de rubans noirs d'asphalte coupant à travers un océan sans fin de forêts et de terres cultivées qui s'étendent de chaque côté.

Champs, bois, marais, eau… le trajet de trois heures depuis Mount Pleasant jusqu'à Cheboygan était interrompu par des villes à peine plus développées que des patelins escales fantômes. Gaylord, par exemple, se résumait à une tache de bâtiments et de voitures lorsqu'on la traversait, avant de s'évanouir dans le rétroviseur, tels les vestiges d'un rêve fade qui se dissipe dans un délicieux sommeil ouaté.

L'été était doux, en tout cas le début de l'été. Plus tard dans la saison, la véritable nature des marécages du Michigan se révélait par une humidité étouffante, une sueur moite et des essaims de moustiques et de mouches noires. Cependant, ces caractéristiques ne posaient pas de réel problème, si l'on considérait qu'on ne se trouvait

---

1. Soda caféiné parfumé aux agrumes (*NdT*).

jamais à plus de cinq ou dix minutes d'un lac en voiture. De retour à la maison, on se plongeait dans le lac Mullet et l'eau fraîche repoussait la chaleur oppressante. Le soleil écrasant faisait rougir les peaux blanches et se réverbérait sur la surface comme un million de minuscules supernovae infiniment brillantes.

Aussi parfait que soit l'été, l'hiver était tout aussi intensément rude. Bien entendu, il était splendide à sa façon ; des arbres couverts de neige, des champs à perte de vue transformés en étendues de néant blanc, bordés par des bois et parsemés de fermes douillettement nichées dans le paysage. Toutefois, la beauté ne valait pas grand-chose quand vous vous geliez les fesses. Les vents étaient spectaculaires dans le nord, tandis que dans le sud de l'État, où la croissance démographique ne s'était jamais ralentie, les forêts et les champs étaient réduits à des choses que Perry apercevait sur le chemin du travail. Ici, l'hiver rendait la vie misérable. Froide. Gelée. Mouillée. Glacée. La neige elle-même semblait sale, entassée sur les côtés de la route en immondes amas boueux et constellés de graviers. Les arbres étaient parfois décorés de quelques centimètres de neige à hauteur des branches fines et des brindilles, mais la plupart du temps ils restaient nus, d'un marron sans vie. C'est pourquoi Perry avait toujours voulu s'assurer d'être incinéré à sa mort – il ne s'imaginait pas passer l'éternité dans le sol gelé d'un hiver du Michigan.

Pourtant, ses derniers jours se déroulaient au cours de ce même hiver du Michigan. Même si les Soldats le trouvaient, que pourraient-ils faire pour lui ? Où en était ce cancer, qui hurlait dans sa tête comme un Sam Kinison[1] sous un mauvais trip d'acide ?

Perry enfourna les derniers grains de riz dans sa bouche.

---

1. Humoriste américain (*NdT*).

— Plutôt bon, non ?

Il jeta sans aucune précaution l'assiette sur la table basse. Hé ! Il était en train de mourir, aucun intérêt à nettoyer ce désordre, si ? Un bruit confus et haut perché se mit à grésiller.

nous ne goûtons pas
juste ~~absorbons~~

Ne… pas. Une négation complète. Voyez-vous ça ! Le vocabulaire du Top Cinq s'améliorait.

Perry s'allongea sur les coussins familiers du canapé. Les gargouillis de son estomac s'atténuèrent progressivement, puis cessèrent. Les yeux rivés sur l'écran noir de la télévision, il fut soudain frappé par une question : que faire ?

Au cours de la totalité de ce scénario étrange, il n'avait jamais véritablement eu à se soucier de ses divertissements. Il avait dormi, il s'était charcuté comme un cinglé tout droit sorti d'un film de Clive Barker ou il avait parlé au Top Cinq. La seule fois où il avait essayé de regarder un peu la télévision, ce bon vieux Columbo l'avait fourré dans les ennuis plus qu'il ne souhaitait s'en souvenir.

La télévision étant hors de question, qu'allait-il faire ?

Il avait, c'est vrai, apporté des manuels d'informatique de son travail en vue de les étudier chez lui, mais il n'allait certainement pas se prendre la tête à passer les heures qu'il lui restait à lire des notices concernant la gestion des réseaux Unix ou l'intégration d'un code source ouvert. Pourtant, l'idée de lire quelque chose lui plaisait, n'importe quoi susceptible de lui offrir quelques instants de répit dans cette situation affreuse.

Il en était environ au tiers de *Shining*, de Stephen King, mais il n'en avait pas lu une seule page depuis des semaines. Eh bien, c'était le moment ou jamais. Il ne comptait se rendre nulle part, et le fait de se plonger dans le livre soulagerait peut-être son esprit du combat de Ne Pas Penser aux Soldats

– et de ne pas se demander à quel point les hurlements seraient violents s'il y pensait – qu'il livrait en toile de fond.

Il lui fallait dans un premier temps nettoyer son visage et ses mains, recouverts de sauce spaghetti. Le dîner avait été quelque peu salissant. Il se fichait éperdument des taches sur son sweat-shirt, c'était une évidence, mais cette sensation collante et poisseuse sur le visage le gênait. Il se leva lentement du canapé et sautilla jusqu'à la salle de bains, où il envisagea une autre virée dans la rue du Tylenol, tant qu'il y était. La douleur dans sa jambe s'était de nouveau mise à empirer.

Il laissa couler le robinet jusqu'à ce que l'eau soit presque brûlante, puis il se lava le visage et les mains. Quand il se regarda dans le miroir, il ne put s'empêcher de penser une nouvelle fois au grand classique de George Romero, *La Nuit des morts-vivants*. Il aurait pu être l'un des défunts revenus à la vie : la peau d'une pâleur grisâtre maladive, de vastes cernes sous ses yeux injectés de sang et les cheveux ébouriffés.

Tout bien considéré, il n'avait pas si mauvaise allure. Sa panse avait disparu. Ses muscles semblaient bien dessinés pour la première fois depuis des années. Il pouvait même deviner une ébauche de tablette de chocolat. Il avait perdu au moins cinq kilos – que du gras – au cours des derniers jours. Il bougea le bras et observa son deltoïde jouer, les fibres musculaires apparentes et ondulantes.

Putain de régime. J'aimerais bien voir Richard Simmons [1] *rivaliser avec ça.*

Il y avait autre chose que sa musculature à regarder. Il n'avait pas jeté un coup d'œil sur le moindre Triangle depuis un bon moment, mais il n'était pas certain de vouloir savoir à quoi ils ressemblaient maintenant. Peut-être étaient-ils

---

1. Personnalité américaine, notamment célèbre pour ses vidéos d'aérobic et destinées à faire perdre du poids (*NdT*).

plus gros, augmentant de volume tandis qu'ils escaladaient le mont Perry...

Il fallait qu'il regarde.

Celui situé près de son cou était le plus facile d'accès. Perry tira sur le col de son sweat-shirt et découvrit le Triangle placé dessous, juste au-dessus de la clavicule, près du trapèze.

C'était le premier nom de muscle qu'il avait appris. Quand il était enfant, son père l'attrapait par le trapèze d'une poigne paralysante qui, en comparaison, ridiculisait la petite prise vulcaine de M. Spock. Oh, bon Dieu... comme il en avait souffert ! P'pa avait l'habitude d'accompagner son pincement par une phrase du genre : « *c'est ma maison et tu dois suivre mes règles* » ou l'éternelle « *tu dois apprendre la discipline* ».

Perry chassa ces pensées de son père et se concentra sur le Triangle. Il avait encore bleui et ressemblait désormais à un tatouage récent plutôt qu'à un ancien. Il semblait aussi plus ferme, les côtés nettement définis. De la même façon que ses muscles saillants s'affinaient d'heure en heure, apparemment, la texture rugueuse du Triangle commençait à se voir à travers la peau, qu'il tapota de sa main libre. Assurément plus ferme. Il se pencha au-dessus du lavabo jusqu'à ce que son visage ne se trouve qu'à quinze centimètres du miroir, ce qui lui offrit la meilleure vue jusqu'à présent sur ces petits envahisseurs.

Il observa les côtés. Les fentes. La teinte bleutée. Les pores de sa peau, qui semblaient parfaitement normaux, en dehors de cette chose enfouie. Il remarqua nombre de lignes bleues qui partaient du Triangle. Du sang utilisé. Désoxygéné. De la même forme que les petites veines sur ses poignets. C'était pour cela que les Triangles étaient bleus ; ils aspiraient de l'oxygène dans son sang par leurs tiges ou ailleurs, le sang montait jusqu'au petit corps et le sang désoxygéné se dissipait au-dessus, juste sous la peau. Tout se tenait parfaitement.

Les fentes paraissaient bien plus développées que la dernière fois qu'il les avait observées. Elles étaient entourées de plis, qui ressemblaient presque à des lèvres ou peut-être davantage à des… à des…

Quelques bribes de leur voix lui revinrent à l'esprit en un flash – *non nous ne pouvons pas voir… pas encore.*

Pas encore.

— Oh, mon Dieu, faites que ce ne soit pas ce à quoi je pense.

Une fois de plus, Dieu n'écoutait pas…

Les trois fentes étaient ouvertes et découvraient des zones profondes, noires et brillantes. Si la question de leur nature se posait encore, elle disparut quand les trois paires de paupières clignèrent à l'unisson.

Il regardait sa clavicule et sa clavicule le regardait…

— Enculé ! lâcha Perry, la voix une nouvelle fois envahie par la panique. Quand ces choses allaient-elles arrêter de grandir ? Que se passerait-il ensuite ? allaient-ils pousser à l'extérieur de son corps et développer de petites mains et de petits pieds, des griffes ou des queues ?

Son souffle s'était réduit à de brefs halètements. Ses yeux voyaient trouble et son esprit se laissait aller, désireux de fuir quelque part, le temps d'une courte pause. Se déplacer en sautillant était devenu si habituel pour Perry qu'il parvint à regagner le canapé et à s'y poser bruyamment sans sortir de sa rêverie.

Son cerveau était branché sur le pilotage automatique, comme un film qui se jouait et se rejouait sans fin, tandis que Perry restait assis et regardait, incapable de changer de chaîne, incapable de détourner le regard de ces images aveuglantes.

Il se rappela une émission qu'il avait vue sur la Chaîne du Savoir. Il y était question d'une guêpe, une belle saloperie, qui attaquait un type de chenille bien précis. Elle ne la tuait pas mais se contentait de la paralyser pour un moment, au cours duquel elle pondait ses œufs dans sa victime. *À l'intérieur*, merci beaucoup, putain. Sa mission accomplie, la guêpe s'envolait. À son réveil, la chenille reprenait sa vie de croqueuse de feuille, apparemment inconsciente de la maladie sournoise qui couvait dans ses tripes.

Perry n'avait jamais vu de chose plus affreuse. Les œufs de guêpe ne s'en tenaient pas à éclore et à déchirer les chairs de la chenille pour en sortir…

Ils la *dévoraient*.

Quand les œufs parvenaient à éclosion, les nouvelles larves de guêpe se nourrissaient des entrailles de la chenille. Et elles grandissaient. La chenille luttait pour survivre mais ne pouvait rien faire contre les larves qui la mangeaient de l'intérieur. Sa peau se gonflait, se ridait et bougeait à mesure que les larves continuaient à se nourrir en elle, mâchant méthodiquement ses organes avec la même précision, lente et robotique, que la chenille affichait quand elle disposait d'une feuille. C'était effroyable. C'était un cancer vivant. Et pour ne rien arranger, grâce à quelque ignoble instinct, les larves savaient quoi manger ; elles consommaient le gras et les organes internes sans toucher au cœur et au cerveau, préservant ainsi le buffet rampant le plus longtemps possible.

L'évolution des larves était si parfaite que celles-ci n'avaient pas besoin de tuer la chenille avant d'avoir achevé leur cycle de croissance ; alors qu'elles se frayaient un chemin pour sortir de la chenille, luisantes de chair mâchée, leur victime se tortillait encore avec le peu d'énergie qui lui restait, de façon surprenante toujours vivante malgré ses entrailles croquées comme le petit déjeuner du dimanche dans un Big Boy[1].

---

1. Chaîne de restaurants américaine (*NdT*).

Était-ce cela que Perry devait affronter ? Le dévoraient-ils de l'intérieur ? Mais si tel était le cas, pourquoi lui hurlaient-ils toujours dessus pour qu'il se nourrisse ? Ils n'allaient pas prendre le contrôle de son esprit. Cela au moins était évident ; s'ils en étaient capables, ils n'auraient pas besoin d'yeux, non ? Peut-être s'agissait-il simplement du premier stade… S'ils savaient faire pousser des yeux, pourquoi pas une bouche ? pourquoi pas des *dents* ?

Perry se calma et se contraignit à se concentrer, à penser avec logique. Après tout, il était quelqu'un d'éduqué. Un *universitaire*, comme l'aurait dit papa. Il lui suffisait de réfléchir, et peut-être découvrirait-il par lui-même des réponses.

Malheureusement, il ne disposait pas de suffisamment d'informations pour formuler des hypothèses, il n'avait rien pour avancer. Aucun indice. Columbo lui-même aurait calé là-dessus. Bien sûr, Columbo aurait joué les pitres finis face aux attitudes mielleuses et étudiées de ses cibles meurtrières. Il aurait affiché sa stupidité et sa faiblesse, augmentant encore et encore ainsi la confiance de ses ennemis jusqu'à ce que ceux-ci laissent échapper quelque chose, un détail infime que personne ne remarquerait en temps normal, en tout cas pas des yeux ordinaires, contrairement au regard bigleux de Peter Falk. Voilà ce que Perry devait faire : jouer les idiots et les faire parler.

— Hé ! les petits enfoirés !

hé salut

— Qu'est-ce que vous voulez de moi, les p'tits gars ?

que veux-tu dire voulez

— Pourquoi êtes-vous dans mon corps ?

nous ne savons pas

Joli boulot de détective. Il n'y avait vraiment rien d'autre à faire. Simplement rester assis. Et attendre. Perry n'était rien d'autre qu'un buffet doué de locomotion et de parole. Rester assis et attendre. Rester assis et écouter.

« *Tu vas les laisser t'bousculer comme ça, mon garçon ?* »

Une autre voix… celle de son père. Elle n'était pas réelle, elle ne résonnait pas dans sa tête comme celle des Triangles, c'était un souvenir. Non, pas un souvenir, un spectre. La voix de son père, comme si son père s'était trouvé avec lui dans son esprit.

—Non, papa, dit Perry, la gorge nouée. Je ne vais pas les laisser me bousculer.

D'un doigt replié, il tira violemment sur le col de son sweat-shirt, qu'il déchira légèrement au passage, et découvrit le Triangle situé sur sa clavicule. Il ne le voyait pas mais il savait que les yeux noir glacé clignaient et profitaient de la vue sur le salon et toutes les babioles que Perry avaient accumulées depuis le lycée.

La fourchette était toujours posée sur l'assiette, quelques filets de sauce spaghetti toujours collés sur les dents. Perry l'attrapa avec la fougue d'un homme des cavernes et l'empoigna comme une dague meurtrière. Il gloussa brièvement en se remémorant la chute d'une blague datant de la fin du collège.

—Va te faire enfourcher, mon pote !

Avec toutes les forces qu'il parvint à rassembler, il plongea la fourchette dans son trapèze. La dent centrale s'enfonça dans l'un des yeux noirs avec un petit bruit craquant et humide.

Les dents frôlèrent son omoplate et l'arrière de son trapèze, accompagnées par une double giclée rouge et pourpre qui se déversa sur le tissu usé du canapé.

Il ne fut même pas certain d'avoir ressenti quoi que ce soit. Il n'avait pas à hurler de douleur – les Triangles s'en chargeaient.

Ce ne fut pas vraiment un cri, plutôt un bruit. Un bruit puissant. Un putain de bruit de souffrance sorti des flammes de l'enfer, qui retentissait comme un klaxon bloqué dans son conduit auditif et s'écrasait joyeusement contre son tympan. Perry s'effondra sur le canapé, sur lequel il donna des coups de tête, en proie à une douleur totale.

Il se roula sur le dos, se redressa et agrippa la fourchette, qu'il inclina vers le haut avant de l'enfoncer plus profondément dans son épaule.

Perry n'avait aucun moyen de savoir que lors de ce second coup, les dents de la fourchette avaient percé un trou parfait dans la colonne nerveuse principale du Triangle, juste en dessous de sa tête plate, le tuant instantanément. S'il l'avait su, il ne s'en serait probablement pas soucié, la seule chose importante étant qu'il n'était pas un pigeon, il n'était pas un gars facile à avoir, il était Perry Dawsey l'Effrayant et, une fois de plus, il bottait le cul de son adversaire.

—Alors salopards! hurla-t-il, plus fort que jamais auparavant, peut-être par volonté de s'entendre par-dessus l'affreux cri d'agonie qui se déchaînait dans sa tête. Vous avez aimé ça? Qu'est-ce que ça fait?

arrête arrête arrête arrête
arrête arrête arrête arrête

—Allez vous faire *foutre*! Qu'est-ce que ça fait? Qu'est-ce que vous *ressentez*?

Des larmes parvinrent à s'extraire des yeux de Perry, qu'il maintenait pourtant fermés de toutes ses forces. Son corps était parcouru par une douleur que sa conscience ne ressentait pas.

connard tu vas payer
arrête Arrête ARRÊTE

—Prends ça, mon pote!

Perry se nourrissait de la douleur comme un alcoolique se plongeait dans son premier verre après une longue abstinence. *Je me fais celui-là et ensuite j'appelle les Soldats pour qu'ils viennent s'occuper du reste !*

Il inclina encore la fourchette et commença à dire autre chose, mais ses mots s'évanouirent quand l'ustensile se planta profondément dans un tendon. Il commit l'erreur fatale de céder face à la douleur et se roula en se plaignant inutilement ; son épaule et l'extrémité de la fourchette heurtèrent l'avant du canapé, ce qui enfonça les pointes encore plus loin.

ARRÊTE ARRÊTE
ARRÊTE ARRÊTE

Perry tenta d'ouvrir les yeux, mais il ne vit que des éclats lumineux stroboscopiques. Le klaxon qui lui martelait le crâne était trop insupportable. Il avait une nouvelle fois perdu, il le savait, mais il ne pouvait même plus articuler un seul mot. Impossible de

ARRÊTE ARRÊTE

leur dire qu'il était désolé

ARRÊTE ARRÊTE

impossible de dire à papa qu'il se comporterait mieux

ARRÊTE ARRÊTE

impossible de supplier papa de *Mon Dieu, je t'en prie* ARRÊTE de déchirer mon cerveau !

ARRÊTE ARRÊTE
ARRÊTE ARRÊTE
ARRÊTE

Il s'écroula sur le sol, immobile, sans entendre les coups furieux et agacés en provenance de l'étage supérieur.

41.
Salut, voisin

Al Turner donna un coup de talon sur le plancher. Il en avait marre de ce bordel. Il frappa de nouveau et les cris cessèrent.

Il gratta sans y penser son ample bedaine, puis il glissa la main dans son caleçon boxer afin de frotter ses fesses en sueur. Ces foutues hémorroïdes le tuaient. Ils étaient capables d'envoyer un homme sur la Lune mais ne pouvaient rien faire pour empêcher votre trou du cul de brûler. Enfin, apparemment.

Bon sang, qu'est-ce qui lui avait pris, à ce gosse ? Hurler comme un malade comme ça ? Ce type avait toujours été si calme, d'ailleurs Al ne s'attardait jamais à penser à lui. Enfin, pas depuis que le gamin avait emménagé, et qu'Al avait découvert que Perry Dawsey «l'Effrayant» habitait juste en dessous de chez lui. Al s'était présenté et lui avait fait dédicacer un ballon de football pour son neveu et deux sweat-shirts de l'université du Michigan pour lui-même. Dawsey avait alors souri, comme surpris que quelqu'un lui demande un autographe. Son sourire s'était évanoui quand Al lui avait demandé de signer le sweat-shirt du Rose Bowl. Cela avait probablement été un peu osé mais, encore une fois, Al ne correspondait pas vraiment à l'école de pensée de madame Bonnes-manières, si ?

Il n'avait jamais imaginé auparavant que Perry Dawsey était si massif. Évidemment, les joueurs de football paraissaient tous immenses à la télévision, mais se tenir juste à côté d'eux était une tout autre histoire. Ce gosse était un putain de monstre. Al avait brièvement imaginé que lui et Perry se rendraient au bar chaque samedi lors de la saison de football et iraient peut-être voir des matches ensemble le dimanche. Comme Jerry, au boulot, aurait été jaloux de *ça* : Al Turner traînant aussi simplement que ça avec l'un des plus grands – si ce n'est pas le plus grand – linebackers à avoir jamais porté le maillot jaune et bleu ! Cependant, cela avait changé quand il l'avait rencontré. Le fait de se tenir près de Dawsey lui avait donné la sensation d'avoir sept ans. Il ne voulait pas boire des bières avec cette erreur de la nature. C'était comparable à ces émissions scientifiques sur les grands fauves ; agréables à regarder à la télévision, tant que l'on ne devait pas en rencontrer un en tête-à-tête dans la putain de jungle.

Al fut saisi d'un mouvement convulsif quand son trou du cul fut la cible d'une nouvelle brûlure. On aurait dit qu'un foutu tisonnier incandescent s'y enfonçait. Il grimaça et se gratta. Cette merde aurait fait chier le pape en personne, et les crises de hurlements de Dawsey n'arrangeaient pas son humeur.

42.
Les péquenauds du coin

D'après l'expérience de Dew, les flics locaux ressemblaient rarement à de joyeux campeurs. Ces flics locaux, en particulier ? Eh bien, ils faisaient carrément la gueule. Trois voitures de la police d'Ann Arbor étaient garées devant la maison de Nguyen. Elles s'étaient directement avancées sur la pelouse et le trottoir, doublant au passage les trois fourgons gris rangés au bord de la chaussée. Les anciens occupants de ces véhicules se tenaient sur le trottoir et dans le jardin recouvert de neige, les yeux rivés sur deux hommes revêtus de tenues de camouflage urbain et armés de P90. Dew avait demandé aux quatre hommes de l'équipe n° 1 d'ôter leurs combinaisons étanches et de se placer aux issues ; deux devant la porte d'entrée et deux du côté de la porte du fond. Les flics-locaux-qui-faisaient-la-tronche avaient toujours un air de salopards finis, mais les gars de Dew semblaient capables de tuer un homme aussi facilement que de lâcher un pet.

Les six locaux d'Ann Arbor enrageaient car il leur était interdit d'entrer dans la maison. On leur avait dit que dalle. Tout ce qu'ils savaient, c'était qu'il y avait avec certitude des morts sur leur territoire et qu'un gars du gouvernement ne les laissait pas faire leur job. Cinq voitures avaient déjà réagi ; les trois garées devant, ainsi que deux autres, chacune à une extrémité de Cherry Street, qui déviaient la circulation.

Une Ford bleue se glissa lentement à travers le barrage est et s'immobilisa près de la maison. Vêtu d'une veste de sport brune en polyester, un homme au torse imposant en sortit et se dirigea d'un pas lourd vers Dew. Cinquante, peut-être cinquante-cinq ans. Ce type n'avait lui non plus rien d'un joyeux campeur. Il arborait une mâchoire si proéminente et arrondie qu'il aurait pu passer pour un personnage de dessin animé.

— Vous êtes l'agent Phillips ? (Dew acquiesça.) Je suis l'inspecteur Bob Zimmer, de la police d'Ann Arbor.

Les deux hommes échangèrent une poignée de main.

— Où est le patron, Bob ?

— Il n'est pas en ville. Il assiste à une conférence de formation antiterroriste, répondit Zimmer. C'est moi qui m'occupe de l'affaire.

— Une conférence de formation antiterroriste ? La vache, vous avez le sens de l'ironie, chez vous.

— Écoutez, Phillips, je ne sais pas quel bordel se passe ici et j'ai eu une journée de merde. Je viens juste d'être appelé à une maison où s'est déclenchée une explosion au gaz – la mère et le fils sont morts. Sur la route pour y aller, je reçois des appels du patron et du maire qui me disent que les fédéraux gèrent le truc et qu'un trou du cul du gouvernement nommé Dew Phillips en est le responsable.

—Le maire m'a traité de trou du cul ? dit Dew. Le gouverneur, je comprendrais, mais le maire ? Je suis vexé.

Zimmer cligna des yeux à plusieurs reprises.

—C'est une blague ?

—Juste une petite.

—Ce n'est *pas* le moment, monsieur, dit Zimmer. Alors je me rends au domicile de cette dame, il y a là quatre de ces feds en combinaisons chimiques, qui me disent qu'ils doivent attendre que le feu se calme avant de pouvoir entrer. Puis je reçois un appel du putain de ministre de la Justice des putains d'États-Unis d'Amérique, et ensuite j'apprends que vous avez verrouillé une autre maison et que vous refusez d'y laisser entrer mes hommes.

—Ça fait beaucoup de temps passé au téléphone, fit remarquer Dew. J'espère que vous n'avez pas explosé votre forfait.

—Vous auriez intérêt à cesser de plaisanter, Phillips, dit Zimmer, les yeux plissés.

—Humour noir, pardonnez-moi, répondit Dew en souriant. Si je ne ris pas, je pleure, ou quelque chose dans le genre. Donc, vous avez reçu des appels, vous avez parlé à des gens et vous comprenez que c'est moi qui commande ici, c'est bien ça ?

Zimmer hocha la tête.

—Ouais, mais dites-moi ce qu'il se passe dans cette baraque. On a entendu parler de plusieurs morts. Des étudiants. Qu'est-ce qui s'est passé, putain ?

—Vous n'avez pas à le savoir.

L'inspecteur avança d'un pas et se retrouva presque nez à nez avec Dew, qui fut surpris par ce mouvement soudain mais ne bougea pas.

—Allez vous faire *foutre*, Phillips, murmura Zimmer, suffisamment bas pour ne pas être entendu par les flics du coin, qui se tenaient seulement cinq mètres plus loin. Je me fous de qui m'a appelé. Le patron, c'est un brave type prêt à coopérer, à faire ce que vous lui direz, mais moi ? Je suis stupide et j'aime choisir de me battre quand je ne peux pas gagner.

—Joli proverbe. Il doit avoir de l'allure sur vos cartes de Noël, dit Dew. Que pensez-vous de celui-ci : je m'appelle Bob Zimmer et je rêve de me faire virer ?

Zimmer ne réagit que par un sourire.

—Je suis vieux, dit-il ensuite. Je suis propriétaire de ma maison et j'ai investi avec sagesse. Virez-moi et j'irai à la pêche chaque foutu jour. Ça va peut-être vous choquer, considérant mon évidente nature cosmopolite, mais je ne reçois pas vraiment chaque jour un coup de fil du ministre de la Justice pour me dire bonjour. Je veux connaître le niveau de danger pour mes gars, et pour cette ville, et je veux le connaître *maintenant*.

Si quelque chose d'autre devait mal tourner, c'était pour tout de suite. Un homme que Dew ne pouvait pas intimider. Ce type voulait en premier lieu protéger ses hommes et ne se souciait de sa carrière que dans un deuxième temps. Dew savait qu'il n'était pas obligé de dire quoi que soit à Zimmer, qu'il ne *devait pas* dire quoi que ce soit à Zimmer, mais ils avaient déjà deux cas à Ann Arbor ; si c'était ici que ce merdier allait exploser, Dew voulait des alliés qui connaissent le terrain.

Dew fit un demi-pas en arrière afin de mettre fin à ce face-à-face qui ne menait à rien.

—C'est pas bon, Bob. Pas bon du tout. Vous avez six gosses tués dans cette maison.

Zimmer retroussa les lèvres, comme pour gronder. Il continua également à s'exprimer à voix basse, détail qui révéla instantanément qu'en contrepartie il conserverait la plupart des informations pour lui.

—Six ? Si c'est une autre petite blague, c'est le moment de dire *stop*.

Dew secoua la tête.

—Six. Quatre par arme à feu, peut-être torturés dans un premier temps. Un autre torturé, c'est certain, et sans doute tué d'un coup de marteau à la tête.

—Nom de Dieu… Ça fait cinq. Et le sixième ?

—Le tueur, il s'est suicidé, révéla Dew avant de profiter d'une inspiration soudaine. Mais nous ne savons pas s'il a agi seul.

—Vous êtes en train de me dire qu'il y a quelqu'un d'autre quelque part ? C'est pourquoi vos hommes se sont rendus à l'autre maison ?

—Nous n'en sommes pas sûrs. Dès que nous obtiendrons plus d'informations là-dessus, nous vous en ferons part.

—Et pourquoi ? s'étonna Zimmer. Pourquoi les feds sont-ils impliqués ?

—Le tueur mort à l'intérieur est peut-être lié à une cellule terroriste. Nous pensons qu'il était en train de fabriquer une bombe. Il est possible que les autres gosses de la maison l'aient découvert, ou peut-être étaient-ils complices.

—Et que voulait cette cellule terroriste à une mère au foyer et son fils ?

—Nous n'en savons rien, dit Dew.

—Vous allez m'en dire plus que ça.

—Non, Bob. Hors de question, putain. Je me suis déjà mouillé en vous en racontant autant. Alors n'insistez pas.

Zimmer détourna le regard puis opina du chef.

—Très bien. Alors, de quoi avez-vous besoin ?

—D'une heure supplémentaire. Et on vous laisse la place. Une autre voiture va arriver sous peu, un agent et deux scientifiques s'assureront que cette maison ne renferme aucun biocontaminant.

— Biocontaminant ? comme l'anthrax et ce genre de merde ?

Dew secoua la tête.

— On n'en sait rien. On est en train de dresser un labo temporaire de danger biologique à l'hôpital de l'université. On y emporte au moins un des corps. Quand les intellos auront passé leur coup de balai, vous pourrez les identifier et prévenir leurs parents.

Les muscles de la puissante mâchoire de Zimmer se contractèrent.

— Nous vous fournirons autant de renfort que vous en aurez besoin. Et si vous trouvez l'enculé qui est à l'origine de tout ça… eh bien, nous serions tout à fait ravis de nous en occuper.

43.
La pilule de poison (deuxième partie)

Le Triangle sur la clavicule ne fonctionnait plus. La fourchette avait provoqué trop de dégâts et la pousse s'éteignit, tout simplement. Quand elle mourut, elle cessa de produire le composé chimique qui maintenait la croûte sur les boules lectrices. Le catalyseur mortel renfermé dans chacune d'entre elles ne cessa pas de ronger la croûte… mais il n'y avait plus rien pour remplacer la matière qui se dissolvait.

Une par une, les boules lectrices éclatèrent et déversèrent leur contenu dans le corps du Triangle.

Deux réactions s'ensuivirent : la cellulose fut dissoute, puis une apoptose se déclencha.

L'apoptose est le processus par lequel les cellules du corps s'autodétruisent. En temps normal, c'est une bonne chose. Des milliards de cellules « choisissent » de mourir chaque jour parce qu'elles sont endommagées, infectées ou parce que leur utilité touche à sa fin. Ce processus peut également être déclenché par des forces extérieures à la cellule, comme le système immunitaire. Chaque cellule du corps porte en elle ce code d'autodestruction.

Le catalyseur actionna ce code sur chaque cellule qu'il toucha.

Quand ces cellules furent anéanties et relâchèrent leur cytoplasme dans leur environnement, elles transmirent ce signal d'autodestruction.

Résultat? une liquéfaction. Cela commençait lentement, quelques cellules ici ou là, mais chaque cellule morte condamnant ses voisines, le phénomène allait connaître un développement exponentiel qui, en quarante-huit heures, dissoudrait un corps humain complet.

Heureusement pour l'hôte, les Triangles restants continuaient à produire le composé chimique qui non seulement alimentait leurs propres croûtes de boules lectrices, mais qui neutralisait également la majeure partie de la réaction en chaîne d'apoptose dans son corps. D'un autre côté, et malheureusement pour l'hôte, la concentration du catalyseur dans la clavicule était bien trop importante pour qu'il soit arrêté.

La cellulose s'y dissolvait lentement, les cellules se détruisaient lentement. La liquéfaction était en marche.

Tout comme le pourrissement.

44.
Impressionnisme

—Allez, professeur! encouragea Clarence Otto, sa voix métallique dans les écouteurs de la combinaison de Margaret. Secouez-vous. Ce n'est pas le moment de vous évanouir sur moi.

Margaret sortit du salon, mais uniquement grâce au soutien du bras puissant de l'agent Clarence Otto. Il portait également une combinaison étanche et leurs enveloppes de plastique se frottaient bruyamment tandis qu'il l'aidait à marcher. Elle avait vu quantité de cadavres, mais ces trois gosses gonflés dans le salon, attachés à ces chaises, les visages bouffis, la peau bleu-vert… tout cela était trop. Qui plus est, juste après ce petit garçon – ce petit garçon infecté, fou et triste – qui s'était fait brûler vivant. La seule «bonne nouvelle» était que les hommes de Dew étaient parvenus à étouffer cette affaire. Juste une fuite de gaz, rien à voir ici à l'exception de deux corps, circulez, s'il vous plaît.

Amos avait conduit la petite fille au labo temporaire de danger biologique dressé à l'hôpital de l'université. Margaret ne pouvait qu'imaginer la terreur de l'enfant – ils essayaient de joindre le père, sans succès jusqu'à présent. Amos l'interrogerait et en tirerait les informations possibles mais, en fin de compte, elle n'était qu'une petite fille qui ne comprenait même pas que sa mère était morte depuis deux jours.

Margaret parcourut avec fébrilité six photos, des portraits extraits des fichiers de l'université. Six visages souriants, qui ne souriraient plus jamais. Elle s'arrêta sur l'un des clichés. Alors que les autres affichaient un sourire posé, celui-ci montrait un rire authentique. C'était une rareté, une excellente photographie d'identité ayant capturé la véritable personnalité du sujet. Le nom était inscrit en dessous : «Kiet Nguyen».

Le tueur.

Une tape sur l'épaule. Elle se retourna et vit Dew Phillips. Une fois de plus, il ne portait pas de combinaison ; la seule personne non protégée dans une maison remplie de soldats et d'agents revêtus de leurs habits étanches.

— J'ai déjà pris ces photos de ce merdier, dit-il. Venez à l'étage. Je pense que ça vous intéressera.

Otto et Margaret s'engagèrent dans l'escalier qui grinçait puis suivirent Dew jusqu'à une chambre, à l'intérieur de laquelle un photographe, vêtu d'une combinaison, ne cessait de prendre des photos d'un corps attaché sur une chaise. Celui-ci n'était pas gonflé comme les autres, sa mort était clairement plus récente. Mais les mains manquantes, les pieds manquants, le marteau planté dans le crâne, le squelette grêlé sur le sol…

Quand cela prendrait-il fin ? si ça devait un jour se terminer…

— Je ne parle pas de ça, dit Dew en désignant le squelette. Je parle de ces *trucs*.

Il tourna le pouce vers l'autre côté de la pièce, vers le mur.

Des croquis et des peintures le recouvraient. Margaret se retourna vivement et vit cet endroit sous un jour nouveau ; des peintures, des dessins, partout. C'était la chambre d'un artiste. Elle avisa de nouveau le mur du fond, sur lequel les peintures sur toile étaient majoritaires, mesurant toutes soixante centimètres sur quatre-vingt-dix.

La première d'entre elles représentait un gros plan de cette chose en forme de pyramide que l'on trouvait au dos des billets de un dollar. Ce tableau très détaillé montrait le cercle, tout en nuances de vert, tandis qu'un billet de un dollar avait été punaisé au mur, côté verso, de toute évidence pour donner lieu à une comparaison. Deux choses ressortaient au premier regard, la première étant l'œil brillant placé au sommet de la pyramide. Ce n'était en réalité pas un œil triangulaire, mais trois yeux reliés par leurs coins et formant ainsi un triangle plus grand, tandis que leurs bases en dessinaient un autre à l'intérieur. L'autre modification concernait la locution latine écrite sur la bannière en dessous de la pyramide. Ce qui aurait dû être *Novus ordo seclorum*, soit «le nouvel ordre pour les siècles», avait été remplacé par *E unum pluribus,* La devise classique des Pères fondateurs : «un à partir de plusieurs».

Le deuxième tableau, moins détaillé, semblait avoir été effectué plus rapidement. De la peinture noire sur une toile blanche. Deux arbres stylisés, peut-être des chênes ou des érables, qui tendaient leurs branches l'un vers l'autre. Entre eux, à terre, un unique triangle bleu.

Margaret fut stupéfaite par le troisième tableau, placé au centre du mur.

Des corps entremêlés. Enfin, non, pas des corps complets, des *morceaux* de corps. Ici, une main sectionnée à hauteur du coude, là une cuisse déchirée à la hanche et au genou, des lambeaux de chair déchiquetée desquels coulaient des filets de sang à demi coagulés vers le sol. Des corps entrelacés, affreux, liés ensemble par du fil de fer barbelé qui causait des entailles sanglantes dans une peau mate. Des triangles paraient tous les corps, tous les morceaux de corps, entre le bleu et le noir, évoquant davantage des tatouages grossiers que des choses faisant partie de la peau ou glissées sous la peau. Quelques visages étaient tournés vers le spectateur – certains morts, d'autres en vie et hurlant. Un morceau de fil de fer barbelé était serré sur la bouche grande ouverte d'un homme dont les yeux fermés avec violence criaient la souffrance.

Les corps jouaient un rôle de matériel de construction et créaient une voûte faite d'agonie, de peur et de mort. L'arche s'élevait et s'inclinait légèrement vers la droite, à l'extérieur de la toile. Margaret se surprit à regarder au-delà du tableau, son esprit essayant inconsciemment de compléter le cours de cette voussure. À l'arrière-plan de cette scène, elle discerna le pilier descendant d'une autre voûte – plusieurs arches, au moins deux, mais peut-être beaucoup plus en dehors du cadre.

Elle se rendit soudain compte que deux des visages – et, à en juger par la couleur de la peau, également de nombreux morceaux de corps – appartenaient à Kiet Nguyen en personne.

— C'est ton autoportrait, dit-elle. C'est ainsi que tu as passé ton temps avant de tuer les autres gosses.

— C'est Nguyen? demanda Otto. Vous en êtes sûre?

Margaret lui tendit la photo.

— Le salaud…, lâcha l'agent en comparant à plusieurs reprises le cliché et le tableau. Bon sang, professeur, vous avez le regard affûté. Bon, si c'est Nguyen, qui sont les autres?

Margaret hocha la tête dans sa combinaison. Elle s'habituait peu à peu à la capacité qu'avait Otto de poser les questions évidentes, d'effectuer le lien simplissime qu'elle et Amos ne remarquaient pas toujours.

— Oh! Mon Dieu…, s'exclama-t-elle, un doigt pointé sur l'un des visages, vers le haut de l'arche.

Celui-ci était disposé à l'envers, attaché au corps d'un homme blanc dont la tête et l'épaule figuraient sur la toile mais dont les pieds s'étiraient au-delà du cadre.

— Est-ce Martin Brewbaker?

En entendant ce nom, Dew se précipita et se pencha vers le tableau.

— Nom de Dieu! s'écria-t-il. C'est bien ce taré. Putain, mais comment Nguyen connaissait ce type?

Margaret secoua la tête.

— Je ne pense pas que c'était le cas, Dew.

— Bien sûr que si! cracha Dew. Je suis en train de regarder la figure de Brewbaker, là! Le môme l'a peinte, c'est tout.

— Est-ce Gary Leeland? demanda Otto, désignant une nouvelle fois un point de la toile.

Margaret et Dew se penchèrent tous les deux.

— Putain de merde…, lâchèrent-ils en stéréo.

Margaret fit signe au photographe d'approcher.

— J'ai besoin de clichés de ça, de tout et en détail. Prenez une autre mémoire, j'emporte celle-ci.

Elle se retourna afin de quitter les lieux, puis s'arrêta. Quelque chose la tracassait dans cette pyramide du dollar.

Elle revint vers la toile, jusqu'à ne plus se trouver qu'à trente centimètres du tableau. Quelque chose à propos de la locution latine. Nguyen avait écrit *E unum pluribus*, mais ce n'était pas correct. En latin, «un à partir de plusieurs» se disait *E pluribus unum*.

Inversez cette phrase pour en faire *E unum pluribus* et qu'obtenez-vous?

Plusieurs à partir d'un seul.

45.
Le sol du salon

Il ne savait pas qui chantait cette chanson mais il en connaissait les paroles.

« Quelqu'un frappe à la po-orte, quelqu'un fait sonner la cloche. Quelqu'un frappe à la po-orte, quelqu'un fait sonner la cloche. »

Perry se trouvait dans un couloir sombre, la mélodie cadencée emplissait l'air non seulement de sons mais aussi d'un avertissement. Cet endroit semblait vivant, palpitant et vibrait d'une chaleur ombragée; ça ressemblait davantage à une gorge qu'à un couloir. À son extrémité se dressait une issue unique, faite de bois vert pourri et spongieux, recouverte d'une immonde substance gluante. Cette porte pulsait au rythme de ses propres battements de cœur. C'était quelque chose de vivant. Ou peut-être qui l'avait autrefois été.

Ou peut-être… peut-être cela attendait-il sa chance de venir à la vie.

Il savait qu'il rêvait mais il n'en éprouvait pas moins une frousse d'enfer. Dans une vie où les heures d'éveil sont drapées du costume d'un abominable cauchemar, où la réalité est soudain devenue incertaine, il est facile d'être effrayé par des rêves.

Perry marcha vers la porte. Quelque chose d'indicible était étendu juste derrière, quelque chose de mouillé, quelque chose

de chaud, quelque chose qui attendait une occasion pour laisser
éclater sa fureur, pour tuer, pour dominer. Il tendit la main
vers la poignée et la poignée s'avança vers lui ; c'était un long et
épais tentacule noir, qui s'enroula autour de son bras et le tira
vers le bois vert et spongieux. Perry se débattit mais, malgré
toute sa puissance, il fut tiré en avant comme un enfant par un
père en colère.

La porte ne s'ouvrit pas – elle l'aspira, ravie de ce repas soudain,
de chair et d'esprit. Le bois vert l'engloutit et la pourriture humide
le caressa. Perry essaya de crier mais le tentacule suintant se faufila
de force dans sa bouche et réprima le moindre bruit, tout en le
privant d'air. La porte l'enveloppa et le maintint immobile. Une
terreur gratuite l'attira et noya sa raison…

Quand il s'éveilla, la fourchette était toujours plantée
dans son épaule. Le sweat-shirt avait tenté de retrouver sa
position naturelle et s'appuyait sur l'ustensile, poussé au
point de reposer sur la joue de Perry. La blessure ne le faisait
pas souffrir car il était complètement engourdi. Il ne savait
pas combien de temps il était resté inconscient.

Il grimaça quand il attrapa la fourchette de sa main
droite et qu'il l'ôta avec précaution de son trapèze – un
bruit de succion humide se produisit alors. D'épais filets
de sang coulaient le long de sa clavicule et s'engouffraient
sous son aisselle. L'avant de son sweat-shirt était passé de
blanc à rouge vif, avec de fines lignes de violet foncé. Le
coup en lui-même n'aurait pas provoqué tant de dégâts,
cependant le fait de tordre la fourchette avait largement
ouvert la chair. Il tapota doucement la blessure et tenta
d'évaluer les dommages sans déclencher la douleur. Ses
doigts effleurèrent également le corps du Triangle, qui
n'était plus ferme mais mou et malléable.

Les crochets de celui-ci étaient sans le moindre doute
encore plantés dans son corps, peut-être enroulés autour

de la clavicule, peut-être autour d'une côte ou même de son sternum. Si tel était le cas, tout arracher pouvait conduire un crochet à perforer un poumon ou même le cœur. Ce n'était pas une option. Néanmoins ce truc était *mort*, ce qui procurait à Perry une satisfaction malsaine à un point indescriptible. D'un autre côté, le fait de devoir porter un cadavre incrusté dans son épaule le titillait au fond de son esprit et s'en prenait aux derniers vestiges de normalité qui s'accrochaient à son âme torturée.

Il se leva avec prudence et sautilla jusqu'à la salle de bains. Sa jambe ravagée ne le faisait plus autant souffrir, mais elle palpitait toujours. Il lui était hélas impossible de rester sur le banc pour ce match et laisser un remplaçant prendre sa place.

Jouer dans la douleur.

Frotter un peu de terre là-dessus et y retourner.

Sacrifier son corps.

Des lignes de sang brun séché décoraient le sol en linoléum. Des morceaux de peau orangée flottaient toujours dans la douche, même si le niveau de l'eau avait baissé. Il voyait jusqu'où l'eau était montée grâce à l'anneau de minuscules croûtes qui restait collé sur le bac.

Du sang coulait de son épaule. Il attrapa la bouteille de peroxyde d'hydrogène dans le placard situé derrière le miroir de la salle de bains. Le flacon était presque vide et contenait tout juste de quoi nettoyer la blessure. Après l'avoir posé sur le lavabo, il essaya d'ôter son sweat-shirt mais une douleur fulgurante à hauteur de son épaule gauche l'arrêta net. Il leva lentement le bras – le membre était irrité et douloureux mais il fonctionnait toujours, Dieu merci !

Il se débarrassa avec maladresse de son sweat-shirt trempé de sang en ne se servant que de son bras droit, puis il le laissa tomber à terre et, d'un coup de pied, l'envoya dans le coin, où il n'aurait plus à le voir.

Perry voulait se doucher mais il ne voulait pas nettoyer le bac. Il était également trop écœuré par les croûtes flottantes pour y patauger jusqu'aux chevilles. Il lui fallait faire avec.

Il se saisit d'un gant de toilette propre en dessous du lavabo – il refusait d'utiliser quoi que ce soit ayant touché les croûtes ou le Top Cinq. Sauf qu'il ne s'agissait plus du Top Cinq, non ? Perry sourit de cette petite victoire. Ils étaient maintenant quatre. Les Quatre Cavaliers.

Les Quatre Cavaliers de l'Apocalypse.

Son sourire s'évanouit. Cette nouvelle appellation ne le faisait pas exactement se sentir mieux.

Sa tête pulsait comme une étoile en fin de vie. Il humidifia le gant blanc et essaya de nettoyer le sang qui tachait son torse, ses côtes, son épaule et son aisselle. Quand il tamponna la blessure proprement dite, le gant prit rapidement une sale teinte rosée.

La blessure n'était pas si repoussante. Le Triangle, lui, était affreux. Son «visage» était ouvert au niveau de la peau qui le recouvrait. Au premier coup d'œil, il était difficile de différencier sa chair de celle du Triangle mort mais, en y regardant plus attentivement, Perry remarqua que les tissus de la chose, d'un rose-gris tirant sur le blanc, étaient plus clairs que les siens. Ça n'avait vraiment pas bonne mine. Perry songea une nouvelle fois qu'il n'aurait pas meilleure allure s'il avait lui-même été poignardé à mort avec une fourchette.

Il versa du peroxyde sur la blessure. La majeure partie du liquide dégoulina rapidement sur son torse et mouilla son pantalon et son caleçon. C'était froid. Il s'en fichait. Il tamponna avec le gant la blessure couverte de mousse.

Il ne disposait plus que de trois pansements, ce qui suffirait tout juste à couvrir la plaie. Il replaça les lambeaux de peau ouverte par-dessus la tête du Triangle mort, puis il se servit des pansements pour attacher le tout. Les tampons blancs absorbants situés sous les adhésifs bruns tournèrent instantanément au rose. Ce n'était toutefois plus que du sang superficiel, qui coagulerait d'ici une ou deux minutes.

L'odeur des pansements le transporta brièvement dans le passé. Cette senteur était associée à l'enfance et à ce qu'on ressent quand on s'est blessé. Quand il était petit garçon, il se coupait ou s'écorchait, il saignait et sa mère lui posait un pansement. Quel que soit le type de bandage, la douleur était grandement réduite et il retournait jouer en un rien de temps – à moins, bien sûr, que son père veuille lui donner une leçon à propos du fait de pleurer.

Les signes de faiblesse n'étaient pas admis chez les Dawsey. Perry avait fini par ne plus compter le nombre de corrections précédées par la furieuse apostrophe de son père : « *Je vais te donner une raison de pleurer !* »

Malgré la douleur, les pansements offrirent à Perry un peu d'énergie positive. La senteur de plastique lui remplissait les narines et il ne put s'empêcher de se détendre légèrement.

Alors qu'il retrouvait son calme, il prit conscience du silence. Pas seulement dans l'appartement vide, mais dans sa tête. Pas de bruit confus, pas de son grumeleux, pas même un léger bruit de parasites radio. Rien. Il ne prit pas la peine de se leurrer en espérant qu'ils soient tous morts – il les *sentait* toujours. Il percevait un léger bourdonnement à l'arrière du crâne. Ils n'étaient pas morts, mais la sensation avait changé. Peut-être… qu'ils dormaient.

S'ils dormaient, pouvait-il prévenir quelqu'un ? Les flics ? ou le FBI ? Ces petits salauds avaient une peur bleue des gars en uniforme – quel genre d'uniforme, Perry n'en savait rien. Si les Triangles étaient hors service, il pouvait essayer *quelque chose.*

Il devait essayer.

— Ohé…, murmura-t-il pour prendre la température. Les potes ? vous êtes là ?

Rien.

Son esprit s'emballa comme une balle en caoutchouc rebondissant de mur en mur à toute allure sans nulle part où aller. Il lui fallait réfléchir. Son téléphone portable paraissait un choix évident; il ne se trouvait pas en mesure de sauter dans sa voiture et de fuir le danger.

Mais qui appeler? Combien de personnes étaient-elles au courant de l'existence de ces Triangles?

Appeler... qui? Le FBI? la CIA? Cette situation avait certainement été tenue secrète et protégée des fuites des médias, il en aurait entendu parler depuis longtemps dans le cas contraire. Il sautilla en silence jusqu'à la table de la cuisine et attrapa son portable. Toujours sur un pied, il revint au canapé et sortit l'annuaire, rangé sous la commode. Il commençait à feuilleter les pages réservées aux agences gouvernementales dans les Pages Jaunes lorsqu'une inspiration lui vint d'un coup.

Il passa rapidement aux pages « rouges », la liste alphabétique de tous les professionnels de la région. Il ouvrit la page des T. Ils y étaient. Il y avait deux sociétés.

Les Barrières Triangle et Cie, à Ypsilanti, ainsi que Mobile Homes Triangle, à Ann Arbor. Putain, mais qui pouvait bien appeler son affaire « Triangle »? Ça n'avait aucun sens! Il devait forcément y avoir un lien. L'un de ces deux commerces – peut-être les deux – était obligatoirement une façade gouvernementale. Voilà qui avait un sens – ça correspondait *parfaitement*! Les gens embourbés dans la même situation fâcheuse que Perry se saisiraient tôt ou tard du téléphone pour appeler à l'aide. Et ne seraient-ils pas tous tentés, sous l'effet d'un pressentiment, de vérifier si quelque chose était nommé d'après les Triangles dans l'annuaire? En outre, le gouvernement se tenait certainement prêt à bondir sur chaque cas et avait probablement installé un bureau dans toutes les villes d'une taille décente du pays – ou au moins dans la région de l'invasion. Ainsi, les gens appelleraient et les gars des Barrières Triangle surgiraient, dans leurs chemises à l'effigie des Barrières Triangle, « Bob » et « Lou » inscrits sur l'écusson des Barrières Triangle et Cie cousu en haut à gauche de leur poitrine ; en effet, le voisinage ne les remarquerait même pas, tous les employés de réparation ou d'installation de matériel ayant leur prénom affiché sur leur chemise. Ils entreraient dans l'immeuble et feraient sortir Perry en silence jusqu'à un fourgon, qui le conduirait en un endroit où des Hommes en Blouse Banche de Labo lui ôteraient rapidement et sans douleur les Triangles du corps. Bien entendu, il serait tenu au secret, et ainsi de suite, mais c'était un prix modique à payer. C'était une chance. C'était l'*espoir*. En tout cas, c'était au moins l'occasion de s'assurer que ces petits salopards aient le sort qu'ils méritaient.

Il ouvrit son portable et composa le numéro.

— Barrières Triangle et compagnie, répondit une voix féminine avenante.

Les mots de Perry tinrent d'un murmure, et pourtant chaque syllabe fit l'effet d'une cacophonie dans l'appartement silencieux.

— Euh… oui. J'ai besoin d'aide pour… pour…

Il cherchait ses mots… Devait-il tout révéler ? Que devait-il dire ? La secrétaire était-elle au courant ? Son téléphone était-il sur écoute ?

— De l'aide pour quoi, monsieur ?

Perry replia aussitôt et sans un bruit le téléphone, raccrochant du même coup sans le moindre claquement. Qu'était-il supposé demander ? Existait-il un mot de passe ? Son téléphone pouvait être espionné. S'il demandait de l'aide, les Triangles le sauraient-ils, d'une façon ou d'une autre ? Le puniraient-ils ?

Assez ! Comment pourraient-ils avoir piégé mon portable ? Ils n'ont même pas de bras. *Et ils ne me testent pas, c'est impossible ; ils vont me tuer quoi qu'il arrive. Ils ne testeraient pas ma loyauté ou un truc dans le genre alors que j'ai déjà tué trois des leurs. Ce n'est pas logique. Réfléchis, mec, ne pense plus à eux… Réfléchis !*

Perry prit quelques lentes inspirations, tout en contrôle. Une sensation étouffante d'anxiété rôdait autour de sa conscience – il ne lui restait peut-être que peu de temps. Et si le téléphone était sur écoute, cela voulait dire que quelqu'un était au fait de son état et ne faisait rien pour lui, ce qui impliquait que n'importe quel appel reviendrait à une perte de temps. Il devait se calmer et agir immédiatement s'il avait la moindre chance de survie. Le temps pressait.

Il ouvrit de nouveau son portable et composa cette fois le numéro des Mobile Homes Triangle. C'était logique ; bien sûr que ce serait l'entreprise de mobile homes. Ils pouvaient intervenir avec leur véhicule, dans lequel vous grimpiez pour un essai de conduite, et c'était parti. Aucun de vos voisins, fût-il le plus intelligent, ne suspecterait quoi que ce soit. Tout prenait son sens à présent.

— Mobile Homes Triangle, répondit une voix masculine bourrue – ça correspondait mieux.

— Oui, dit à voix basse Perry en approchant, de sa main libre, le téléphone du menton. Je me demandais si vous pouviez m'aider.

— Eh bien, ça dépend de ce dont vous avez besoin comme aide, répondit la voix râpeuse, une nuance d'humour enjoué dans ses mots. Qu'est-ce qu'on peut faire pour vous ?

Ça dépend de ce dont vous avez besoin comme aide, avait dit cet homme. Pourquoi aurait-il dit cela ? C'était forcément le bon endroit. Obligé.

— J'en avais sept au début mais j'en ai eu trois, lâcha Perry d'une traite. Je crois que les autres grandissent encore. Je ne sais pas pour combien de temps j'en ai.

— Pardon ? Sept quoi ?

— Sept Triangles, avoua Perry, sans pouvoir réprimer un sourire.

— Triangles ?

— Oui ! c'est ça ! (Perry gigotait dans son canapé, comme si son corps ne parvenait pas à contenir l'énergie renouvelée qui affluait dans ses veines.) Vous devez m'aider ! Dites-moi que ce n'est pas trop tard pour moi !

— Monsieur, j'ai peur de ne pas piger de quoi vous parlez. Vous aider à quoi ?

— Les Triangles, mec ! cria Perry sans s'en rendre compte. Arrêtez de jouer au plus fin ! Je ne connais pas votre putain de code, mot de passe ou autre, je ne suis pas James Bond, OK ? Tout ce que je sais, c'est que ces trucs grandissent en moi et que je ne peux pas les arrêter. J'emmerde votre mot de passe, mettez juste du monde dans un de ces mobile homes et dites-leur de venir ici !

Le sang de Perry se glaça quand il entendit un faible bourdonnement dans son cerveau. Plus léger que jamais, mais bien présent.

Les Triangles se réveillaient.

— Monsieur, je n'ai pas le temps de jouer. Je n'apprécie pas…

— Je ne déconne pas, merde ! hurla Perry, la voix épaisse de frustration désespérée. Nom de Dieu ! Je n'ai plus le temps ! Je n'ai plus le temps ! Vous devez…

à qui parles-tu

Le cœur de Perry fit un bond dans sa poitrine. L'adrénaline déferla dans son corps. Par réflexe, il jeta le portable à l'autre bout de la pièce, où il atterrit en douceur sur la moquette.

La panique l'étreignait, comme s'il était un lapin figé dans les phares d'un semi-remorque lancé à vive allure.

à qui parles-tu

—À personne! Je… me parlais à moi, c'est tout.

pourquoi tu te parles

—Pour rien, d'accord? Lâchez-moi avec ça.

Perry se releva d'un bond et se dirigea vers la salle de bains, soudain saisi d'une énorme envie de pisser. Il entendait le bourdonnement haut perché dans sa tête, fort et intense.

Ils cherchaient… et le bruit était plus puissant qu'auparavant.

Il s'arrêta devant la porte de la salle de bains, cherchant mentalement une façon d'éviter ce qu'il savait devoir survenir : le cri mental. Il *devait* se sortir ça de la tête. Une chanson. Penser à une chanson. Quelque chose d'intense… quelque chose de Rage Against the Machine. *Bombtrack*.

Les sourcils de Perry se froncèrent tandis qu'il se concentrait sur la chanson. *Brûle, brûle, ouais tu vas brûler* étaient les seules paroles dont il se souvenait. Il y pensa aussi « fort » qu'il le put, sans permettre à quoi que ce soit d'autre de pénétrer dans son crâne. *Brûle, brûle, ouais tu vas brûler!* Il laissa les mots du chanteur de Rage, Zack de la Rocha, éclater dans son esprit comme s'il assistait à un concert, saoulé par sa bouteille et grouillant parmi des milliers d'autres personnes dans un violent mosh pit[1].

pourquoi as-tu tué

Perry était si concentré qu'il ne remarqua presque pas la question.

pourquoi pourquoi pourquoi pourquoi

Il n'arrivait pas à le croire. Ils voulaient savoir *pourquoi* il avait tué trois Triangles. La fureur monta en lui et brisa sa

---

1. Danse brutale typée punk (*NdT*).

concentration, noyant du même coup sa peur et écrasant sa panique. Ils avaient l'audace de demander *pourquoi*?

pourquoi pourquoi pourquoi
pourquoipourquoipourquoi

—Parce qu'il était en moi! De quelle autre putain de raison j'avais besoin? Il était dans mon corps et je voulais le faire sortir. Je veux que vous sortiez tous!

il ne te faisait pas de mal
nous non plus

—Vous ne me faites pas mal? Je peux à peine marcher, mon épaule est explosée et mon appartement est couvert de sang! de mon sang!

aussi de notre sang tu te l'es
fait à toi-même

—Allez vous faire foutre, enculés! Je ne me suis rien fait! Je dois vous sortir de mon corps avant que vous me dévoriez de l'intérieur! J'ai peut-être tout du parfait incubateur mobile pour vous, mais ça ne se passera pas comme ça!

calme-toi relax calme-toi relax

—Relax? Bien sûr, je vais me détendre; quand vous serez tous morts, petites merdes!

Quelque part dans son esprit épuisé, Perry se rendit compte que sa fureur avait débordé et échappé à son contrôle. Il voulait frapper quelque chose, n'importe quoi, frapper quelque chose et le casser en un million de morceaux.

—Si je dois me découper en tranches pour vous avoir jusqu'au dernier, je le ferai et je me marrerai, vous m'entendez? Je n'arrêterai pas de me marrer à m'en taper le cul par terre!

calme-toi quelqu'un

arrive calme-toi

—Personne n'arrive, bande d'enfoirés !

Perry tremblait, en proie à une furie primitive et débridée, et sautillait pour conserver son équilibre.

quelqu'un est là
calme-toi calme-toi

Trois coups frappés à la porte mirent un terme au débat.

46.
Salut, voisin (deuxième partie)

Perry regarda la porte, pas vraiment certain de les avoir entendus, espérant que ce n'était pas le cas.

Trois autres coups retentirent.

columbo Columbo
columbo columbo

—La ferme ! siffla Perry entre ses dents serrées, les mâchoires crispées par la tension.

—Hé, là-dedans ! appela une voix masculine, dont il reconnut le timbre caractéristique ; le baryton profond d'Al Turner, qui occupait l'appartement situé directement au-dessus du sien. Allez-vous arrêter de hurler ? Vous me rendez dingue !

Al Turner était le prototype de l'ouvrier sans finesse. Un de ces types qui, bien qu'ayant dépassé la trentaine, mesurait encore sa virilité à la quantité d'alcool qu'il était capable d'avaler en une nuit avec ses potes. Une mécanique de voiture, ou quelque chose d'approchant.

—Ne vous donnez pas la peine de m'ignorer, je sais que vous êtes là ! (Trois autres coups. Il était furieux. Perry entendait la colère dans sa voix.) Tout va bien ? Qu'est-ce qui se passe là-dedans ?

— Rien, répondit Perry à travers la porte fermée, verrouillée et pourvue de sa chaîne. Je suis désolé, je me disputais au téléphone.

Il éprouva un certain soulagement avec ce mensonge haut de gamme. Ça marcherait. C'était crédible. C'était logique.

— Ah ouais ? cria Al depuis l'autre côté. Je n'entends que des cris qui sortent d'ici et ça commence à me taper sur les nerfs, vous savez !

Perry avait hurlé comme un dément pour une raison ou une autre au cours de ses combats contre les Triangles et

tue-le

il n'avait jamais songé au bruit qu'il faisait.

Al ne savait

tue-le

probablement plus quoi faire face à ce vacarme.

— Désolé, Al. Je me calme, promis. Des histoires de femme, vous comprenez ?

— Vous pouvez ouvrir la porte, mon vieux. Je n'ai pas de flingue ou autre.

La voix du voisin semblait plus posée.

— J'ai les fesses à l'air, Al, je sors de la douche. Merci d'être descendu, je vais

tue-le

rester calme.

Perry entendit des bruits de pas s'éloigner dans le couloir. Il était conscient de s'être montré extrêmement impoli, mais il n'allait pas ouvrir la porte et laisser Al voir le « sang et lumières » qui décorait son appartement.

tue-le

Ils répétèrent «tue-le», encore et encore. Perry ne les avait pas entendus les quelques premières fois… ou peut-être n'avait-il pas *voulu* les entendre.

—Pourquoi je devrais le tuer, enfin? murmura-t-il.

il sait,
il est une menace,
tue-le tue-le

—Il n'est pas une menace! (Perry entendit sa voix une nouvelle fois augmenter de volume avant de se reprendre au milieu de sa phrase, le mot *menace* étant prononcé plusieurs décibels plus bas que les précédents.) C'est mon voisin, il habite à l'étage du dessus.

Haut perché.

Bruit confus.

Perry supposa qu'ils recherchaient le terme *étage*, ou peut-être le plan de l'immeuble. Il devenait un expert quant à savoir ce qu'ils cherchaient; apparemment, leur processus d'extraction déclenchait également des flashs d'images dans son esprit, des morceaux de ce qu'ils voulaient.

il habite juste au-dessus
de chez nous salopard
il sait tue-le il sait tue-le

—La ferme, dit Perry calmement, sans hausser le ton mais avec autant d'autorité qu'il parvint à rassembler. (Il était peut-être déjà condamné, mais il n'allait pas entraîner Al avec lui.) Contentez-vous d'aller vous faire foutre, qu'est-ce que vous en dites? Je ne vais pas le tuer. Oubliez ça et arrêter de me le demander. Je ne le ferai pas. La seule personne que j'imagine tuer, c'est moi. Et vous autres avec moi. Alors fermez-la.

Le son grumeleux apparut de nouveau, bas et long. Perry rit intérieurement en songeant qu'ils formaient comme un couple ; les Triangles cherchaient les mots justes pour éviter une dispute.

```
ne nous tue pas
ou tue-toi salopard
ne fais pas ça
nous essayons d'arrêter
Columbo
```

Essayer d'arrêter Columbo.

Essayer d'arrêter les Soldats.

Les bonnes personnes des Mobile Homes Triangle avaient-elles reçu le message ? Peut-être aurait-il dû appeler les urgences depuis longtemps – peut-être auraient-ils pu lui ôter ces trucs à temps, alors qu'il était maintenant trop tard ?

Perry se sentait épuisé et lessivé. C'était véritablement comparable à une dispute avec une femme. Quand un orage dévastateur et interminable se produisait avec une petite amie, la colère et d'autres émotions virevoltaient dans sa tête comme des feuilles mortes dans une tempête d'octobre. De telles disputes l'éreintaient. Il ne ressentait pas le besoin de dormir après l'amour, mais après une engueulade, si. Il se sentait exactement dans cet état en cet instant. Bien qu'il ne soit qu'environ 18 h 30, il était temps d'aller se coucher.

Il ne voulait pas dormir dans sa chambre, où les draps étaient encore tachés de sang. Il y entra juste le temps d'attraper un tee-shirt gris à manches longues propre des Lions de Detroit, puis il sautilla jusqu'à la salle de bains, s'envoya quatre Tylenol et regagna le canapé, où il se laissa tomber sur les coussins accueillants.

Il s'endormit en quelques secondes.

47.
Margaret s'installe

Margaret donna des ordres. Ils réquisitionnèrent un étage de med/chir du centre médical de l'université du Michigan. En argot d'hôpital, *med/chir* était l'abréviation de *médical/chirurgical*. Sans l'autorisation de Murray, elle avait commandé non pas un, mais deux labos démontables RBNS-4, installés dans cette aile. L'administration de l'hôpital s'était dressée pour exiger de connaître les risques, le statut sanitaire du personnel et un tas d'autres merdes sympathiques dont Margaret n'avait tout simplement pas le temps de s'occuper.

Elle était couverte par une autorisation officielle et avait l'aval du directeur adjoint de la CIA. Ces gens allaient lui donner ce qu'elle voulait, point à la ligne.

Ils devaient se tenir prêts. Deux cas à Ann Arbor, dont un qu'ils avaient été si près d'attraper vivant, bon sang! Si une autre chance leur était offerte, elle aurait peut-être la possibilité de découvrir ce qu'étaient ces foutus triangles.

L'agent Otto franchit la porte, un tube en carton d'un mètre cinquante dans les bras.

Les battements de cœur de Margaret s'accélérèrent d'un cran – elle n'aurait su dire si c'était le fait de voir Otto, l'arrivée des images ou les deux à la fois.

—Avez-vous obtenu les impressions, Clarence?

—Sans problème, prof, répondit l'agent avec son large sourire détendu. Je crois que j'ai fait le bonheur de certains employés de Kinko. J'imagine qu'ils ne doivent pas recevoir très souvent, encore moins à minuit, l'ordre de ne pas révéler un secret et de mettre en route leur immense imprimante couleurs au nom de la sécurité nationale.

Elle l'aida à sortir les impressions roulées du tube et ils se mirent à afficher la dernière œuvre d'art de Kiet Nguyen sur le mur.

48.
Programmation

Perry ne saurait jamais à quel point il était passé près de recevoir une véritable aide. Le NarusInsight STA 7800, la machine chargée de surveiller les appels téléphoniques, nota le mot *triangle* lors de son appel aux Mobile Homes Triangle mais ne repéra aucun des autres mots spéciaux qui auraient alerté le surveillant de la CIA. Si Perry avaient choisi d'autres mots, peut-être même un seul mot… s'il avait dit «J'en avais sept au début mais j'en ai *tué* trois» au lieu de «J'en avais sept au début mais j'en ai *eu* trois», les secours seraient déjà en route.

Hélas, il n'avait pas prononcé les bons mots. Le système ne transmit pas l'appel à la personne concernée. Toujours seul dans son combat pour la survie, Perry dormait.

Il dormait comme un mort.

Contrairement aux Triangles.

Le subconscient est un puissant outil. Le fait de se répéter inlassablement quelque chose, de visualiser un succès, encore et encore, programme virtuellement votre cerveau à faire de ces images une réalité. L'inverse est également valable ; si vous êtes convaincu d'être un raté, que vous êtes en permanence sur le point de vous faire virer, que vous êtes incapable d'économiser de l'argent ou de perdre du poids, vous vous le répétez sans cesse, et devinez quoi ? Tout cela aussi devient réalité. Le subconscient s'empare des choses qu'il entend à longueur de temps et les transforme en réalité. Le subconscient ne connaît pas la différence entre le succès et l'échec. Le subconscient ne connaît pas la différence entre ce qui vous aide et ce qui vous blesse.

Le subconscient ne connaît pas la différence entre le bien et le mal.

Toute la nuit durant, les Triangles répétèrent la phrase dans l'esprit de Perry. Plus d'une centaine de fois. Des milliers de fois, c'était certain, peut-être des dizaines de milliers ou même une centaine de milliers de fois. Encore et encore.

tue-le
tue-le
tue-le

C'était une courte phrase et ils n'avaient pas vraiment à la « dire » ; il leur suffisait de l'envoyer dans son nerf auditif, en un véritable largage de données lâchées à toute allure dans le subconscient programmable de Perry.

Il y en avait d'autres non loin de là, d'autres de leur espèce. Ils entendaient parfois des voix, comme les leurs, mais qui ne provenaient pas de l'intérieur du corps de l'hôte. Certains hôtes se trouvaient loin d'ici. L'un d'entre eux était près, très près d'ici.

Ils ne savaient rien concernant leur origine ou leur nature, mais plus ils gagnaient en puissance, plus ils savaient *pourquoi* ils étaient présents.

Ils étaient ici pour *construire*.

Bientôt, les Triangles se joindraient à ceux de l'hôte tout proche, ils formeraient un groupe, une tribu, puis se déplaceraient afin de rejoindre encore d'autres spécimens de leur espèce. La glorieuse construction débuterait alors. Avant cela, il leur fallait maintenir leur hôte en vie, le garder loin du danger, loin des Soldats.

tue-le
tue-le
tue-le

L'épuisement mental et physique maintint Perry dans un profond, très profond sommeil. Il était froid comme une pierre depuis un peu moins de quatorze heures. Les Triangles répétèrent sans cesse la phrase jusqu'à se faire éjecter par le

Tylenol. Ils furent alors gagnés par un net étourdissement, puis ils s'endormirent avec des visions de la glorieuse construction qui deviendrait sous peu une réalité.

49.
Tout faire pour joindre quelqu'un

Bill Miller regardait la télévision. *Columbo* était au programme de la *Série mystère du dimanche matin*, mais il n'y prêtait pas vraiment attention. Ses doigts tambourinaient sur la télécommande.

Qu'est-ce que foutait Perry? Il ne répondait pas au téléphone. Il ne répondait pas sur sa messagerie instantanée. Il ne répondait pas à sa porte. Bill n'avait pas passé autant de temps sans parler à son ami depuis qu'ils avaient entamé leur colocation à l'université. Quelque chose allait mal. Vraiment mal, du genre «Oh merde, mon parachute ne s'ouvre pas».

Bill avait appelé une dizaine de fois jusqu'à présent. Il avait chaque fois laissé un message sans jamais recevoir de réponse. Il s'était branché sur la messagerie instantanée pour voir si Perry était en ligne : rien. Il avait même laissé un foutu message papier, comme une nana cinglée.

De toute évidence, Perry était chez lui et voulait qu'on l'y laisse tranquille. Mais enfin, on était dimanche! Ce putain de *dimanche, jour de football*! Cette tradition remontait à près de dix ans, avec des amis qui s'ajoutaient de temps à autre pour former un trio, ainsi que sept copines (cinq pour Bill, deux pour Perry – le seul match que Bill avait une chance de remporter face à ce super athlète).

Bon, merde avec ça. Perry n'allait pas se planquer dans ce petit appartement, pas quand on était dimanche, jour de football. Bill avait besoin de le voir, il avait besoin de savoir que tout allait bien. Perry était capable de tels accès de violence – un incident pouvait tout à fait le conduire en prison. Bill devait le joindre, au moins pour s'assurer que son pote n'était pas sur le point de foutre sa vie en l'air une fois de plus.

Il s'empara du téléphone et composa une nouvelle fois le numéro de son meilleur ami.

50.
Faire cuire la douleur

« *Quelqu'un frappe à la po-orte, quelqu'un fait sonner la cloche.* »

Il reconnaissait la voix. Paul McCartney. Sans doute un air des Beatles, de l'époque où ils étaient tous branchés drogues et où ils débitaient ces conneries de peace and love.

C'était encore cette putain de porte. Toujours pourrissante, spongieuse et douce. Cette fois, Perry ne marchait pas dans un couloir sombre. Il ne bougeait, pas et pourtant la porte ne cessait de se rapprocher.

La porte venait vers lui.

Une centaine de minuscules tentacules passaient par en dessous, tels les bras d'une anémone noire, se tortillant et tirant toujours vers l'avant. Elle s'approchait de lui, lentement mais régulièrement, le bois vert et spongieux en quête d'un repas.

Perry fit demi-tour et se mit à courir, mais de l'autre côté du couloir se dressait une autre porte verte qui se rapprochait également, tout aussi affamée.

Nulle part où aller. Une porte ou l'autre… ou les deux. Quoi qu'il fasse, ce qui attendait derrière ces portes l'attraperait. Dans son rêve, Perry se mit à hurler…

Perry se réveilla et cligna des paupières sous l'effet de la lumière matinale qui traversait avec violence la fenêtre. Il s'était endormi assis, la tête posée sur le haut du canapé, et cette position lui rendait le cou tendu et noué. Il se le massa de son bras valide et tenta de s'assouplir les muscles, puis il se frotta le palais de la langue par réflexe afin de se débarrasser de cette sensation pâteuse qui suit un mauvais sommeil. Celle-ci ne partirait pas avant qu'il avale un peu d'eau.

Son téléphone portable sonna soudain bruyamment. À peine éveillé, il répondit avant de songer aux conséquences.

—Allô?

allô allô salopard

—Perry! Tu es chez toi! Bon sang, t'étais où, mec?

—J'étais ici… dans mon appartement.

Perry cligna des yeux dans la clarté crue du soleil, avant de lentement redresser son corps léthargique. Sa voix était toujours chancelante, comme d'ordinaire au réveil, le son des mots lui parvenait de façon automatique, sans le guidage d'un cerveau attentif.

nous le savons nous étions ici aussi

—Tu as disparu pendant des jours! s'exclama la voix au bout du fil, à la fois inquiète et surexcitée. On pensait que tu avais quitté la ville ou quelque chose comme ça. Tu es resté chez toi tout ce temps?

C'était presque un dédoublement de personnalité, une course entre l'intelligence et la stupidité. La moitié de son esprit était gagnée par la panique – *la douleur approche!* – et se précipitait pour prendre le contrôle de l'autre moitié, le côté je-viens-de-me-réveiller-et-je-suis-complètement-idiot qui était en train de parler au téléphone, inconscient de la situation catastrophique qui menaçait de déborder d'un instant à l'autre.

—Perry, tu es là?

Perry secoua légèrement la tête, toujours afin de se remettre les idées en place.

—Qui est à l'appareil?

qui est qui,
de quoi parles-tu

—C'est Bill, andouille! Tu sais, Bill? ton meilleur ami? Tu as peut-être entendu parler de moi?

La partie intelligente, paniquée, de l'esprit de Perry reprit le contrôle des opérations avec la force d'un missile percutant un avion de ligne. Il lâcha le téléphone comme si c'était une tarentule. Le portable atterrit sur le sol, quelques dizaines de centimètres plus loin.

—Allô?

Ce mot avait été émis du récepteur, faible et métallique.

qui est là,
à qui parles-tu,
qui est là

La voix de Bill semblait incroyablement lointaine et ténue. Comme un chien maltraité se recroquevillant au son de la voix furieuse de son maître, Perry était agité de soubresauts à chaque mot qui sortait du portable.

—Allô? Perry?

Il se pencha et coupa la communication.

qui est là, qui est
là, qui qui qui est-ce
columbo

La respiration de Perry était toujours réduite à de brefs à-coups silencieux. À l'image d'un enfant surpris en train de commettre une très grave bêtise, son esprit fonctionnait à toute vitesse à la recherche d'une excuse, d'un mensonge, de n'importe quoi susceptible de lui éviter des ennuis.

qui est là, qui est
là, qui est là

—Personne, répondit calmement Perry.

columbo est là
n'est-ce pas

—Non ! s'écria Perry, pris de panique, tout en essayant
de ne pas élever la voix afin d'éviter une autre visite du
gros Al. Personne n'est ici. C'était seulement le téléphone.
Aucune raison de s'inquiéter.

Le bruit haut perché s'insinua dans ses pensées tandis
que les Triangles fouillaient dans son cerveau. Assis et aussi
immobile qu'une pierre, Perry se demanda si une explosion
de cris de colère allait lui marteler l'intérieur du crâne.

Le son plus grave succéda au précédent quand les Quatre
Cavaliers ajoutèrent de nouveaux mots et expressions à leur
vocabulaire grandissant.

téléphone donc tu peux
parler à des gens qui ne sont
pas là exact

Perry réfléchit à la phrase des Triangles, qu'ils avaient
terminée par *exact*. Ils posaient une question.

—Oui, c'est exact. On peut parler à des personnes qui
ne sont pas ici.

Il ne bougeait pas, figé sur le canapé comme un lapin
chassé, à attendre que la douleur explose dans sa tête, telle
une tronçonneuse débroussaillant son cerveau.

nous faisons ça sans
téléphone parler à des
Triangles

—Vous parlez à d'autres Triangles en ce moment ?

Perry tentait prudemment de faire dévier la conversation le plus loin possible de l'appel téléphonique, toujours méfiant concernant les cris mentaux, même s'il ne ressentait aucune espace d'anxiété provenant des Triangles. Il semblait qu'ils comprenaient le concept du téléphone et avaient pris conscience de la présence d'un tel appareil dans la pièce. Un bref bruit haut perché et confus précéda la réponse des Cavaliers.

nous en appelons un
maintenant,
nous leur parlons

—Ils sont près d'ici ?
Un son aigu retentit dans sa tête.

où est près d'ici

—Vous maîtrisez le concept de distance ?
Perry les sentit rechercher le mot *distance*. D'elles-mêmes, des images surgirent dans son esprit ; des cartes, une course de cent mètres, des problèmes d'étages de l'école primaire.

oui. où est près d'ici.
montre-nous

Il lui fallait commencer par les millimètres et les centimètres. « Près d'ici » était un concept relatif et il n'était pas certain de la façon de l'expliquer. Il sautilla jusqu'au tiroir fourre-tout pour y attraper une règle. Alors qu'il se déplaçait, de légers relents d'une odeur nauséabonde lui parvinrent au nez, avant de disparaître. Il renifla de nouveau mais ne repéra aucune autre trace de cette senteur. Après avoir écarté un rouleau de ruban adhésif, il sortit la règle du tiroir.

Il se figea soudain. Ce qu'il était sur le point de faire – les éduquer – rendait sa situation encore plus concrète, encore plus désespérée. C'était comme admettre qu'ils étaient aussi normaux que les Lions de Detroit, le jour de Thanksgiving ou les dessins animés du dimanche matin.

Il releva sa manche gauche.

Le Triangle était là, d'un bleu brillant sous la peau, mais les yeux étaient toujours fermés.

montre-nous

—Je ne peux pas. Ses... ses yeux ne sont pas encore ouverts.

certains peuvent voir
pas tous. pas encore

—Alors, lequel d'entre vous voit? Celui du dos? celui des... des couilles?

non, ton cul, montre-nous

—Non.

montre-nous

—Hors de question, putain!

MONTRE-NOUS

Le cri mental, de faible intensité, le frappa et le surprit davantage qu'il le fit souffrir. Ce qu'il devait faire le rendait malade, mais il n'avait pas le choix.

Il baissa son pantalon et se pencha, se tenant au bord du plan de travail. Il tendit la main derrière lui, de façon à placer la règle à hauteur de son cul, parallèle à la raie des fesses et directement devant le Triangle enfoui dans son postérieur.

—Vous voyez ça?

Perry était gêné, comme un adolescent déshabillé devant des filles ou quelqu'un surpris en train de se masturber. Il sentit son visage rougir. Il se tenait là, dans sa cuisine, le pantalon sur les genoux, penché en avant comme un mignon en attente de se faire défoncer par un taureau homo. Cela dit, il aurait mille fois préféré se faire prendre par un détenu de cent trente kilos que d'affronter sa situation actuelle. Même le sida aurait mieux valu que partir comme ça.

oui qu'est-ce que c'est

Il sentit un fort bruit haut perché. Ses pensées furent submergées d'enthousiasme, une émotion débordante en provenance des Triangles. Il les avait tous recouverts dès qu'ils avaient été en mesure de voir. Celui qu'il portait à l'épaule n'avait profité que des quelques instants avant que Perry le massacre. Mis à part un gros plan de fourchette, ce que voyait l'œil des fesses était véritablement la première chose que les Triangles voyaient.

—Ça s'appelle une règle. Ça mesure les distances. (Perry ferma les yeux et appuya la tête contre le plan de travail, ce qui lui procura une sensation de fraîcheur sur son visage échauffé.) Vous voyez les traits et les chiffres ?

Il les sentit accéder à ces nouveaux mots.

oui traits et chiffres oui

Leur excitation monta en flèche et se déversa dans son propre esprit. Perry la réprima. La colère rôdait dans ses pensées ; il n'allait pas se laisser gagner par leurs émotions.

—Très bien. Les grands traits représentent les centimètres. C'est une unité de mesure. Les chiffres représentent le nombre de centimètres, il y en a trente sur cette règle. Il existe aussi le millimètre, qui correspond à un dixième de centimètre, c'est donc une plus petite unité de mesure. Compris ?

Le bruit confus dans sa tête évoqua un flou accéléré, puis il disparut.

oui.

dix millimètres dans un centimètre

—Bon. Il y a donc dix millimètres dans un centimètre. Si vous prenez cent centimètres…

cent centimètres font un mètre

Ils y étaient encore… en train de fouiller son cerveau, la «bibliothèque municipale Perry». Cela donnait un nouveau sens à l'expression «se servir de quelqu'un», et

cent mètres sur un terrain de football

Perry ne pouvait rien y faire. Rien. Sa colère s'amplifiait tandis que sa mauvaise humeur s'accroissait, telle une pile nucléaire approchant sa masse critique. Il ferma les yeux de toutes ses forces et essaya de

mille mètres dans un kilomètre

contrôler ses émotions, hélas elles étaient trop nombreuses : de l'excitation, de la frustration, l'humiliation de s'être penché contre le plan de travail, le cul à l'air comme une tapette de prison sur le point de se faire mettre, ainsi que la fureur de voir son cerveau et ses souvenirs feuilletés comme l'*Encyclopédie Compton.*

La voix de son père survint soudain, comme de sa propre volonté. Elle paraissait cette fois réelle et vibrante, non pas un souvenir mais quelque chose de furieux et nouveau.

«*Regarde-toi, mon fils. Penché comme une tafiole, quelle putain de honte! J'aurais dû t'apprendre la virilité, mon gars. Tu vas te laisser faire comme ça? Tu vas les laisser faire? Eh! mon garçon! Tu vas les laisser te BOUSCULER COMME ÇA?*»

Une grimace de haine se dessina sur le visage de Perry, qui plissait les yeux. Il tendit la main gauche vers la cuisinière et positionna le bouton de la plaque avant-droite à son maximum.

Il se leva et remonta son pantalon. Leur déception se propagea en lui, aussi pure et puissante que l'avait été leur enthousiasme.

laisse-nous voir. laisse-nous voir

—Vous voulez voir quelque chose? Eh bien regardez les putains de traces de merde dans mon caleçon.

laisse-nous voir laisse-nous voir la règle

—Fermez-la, putain! Vous en avez vu assez.

Un côté de Perry espérait qu'ils insisteraient. Il voulait les faire souffrir, leur donner une leçon. D'autre part – il s'agissait là du côté dont il avait été fait à part entière jusqu'à une semaine auparavant et qui s'évanouissait à grande vitesse – il luttait pour conserver le contrôle de son tempérament. Il se trouvait partagé entre ces deux personnalités et se foutait de savoir laquelle émergerait.

laisse-nous voir voir Voir VOIR

Perry tressaillit quand le volume sonore des Triangles se mit à augmenter. Un cri mental se préparait. Le côté de Perry qui espérait une résolution pacifique se réduisit à néant.

En cet instant, il était de nouveau la voix de son père.

—Vous voulez voir?

La douleur approchait, Perry le savait. Une cargaison entière. Grands soldes sur la souffrance!

—Il faut que vous appreniez à ne plus me parler de cette façon. J'vais vous dire, je vais vous montrer comment je cuisine votre dîner.

Perry se hissa sur le plan de travail, les jambes se balançant, la fesse droite presque en contact avec le bord de la cuisinière électrique et le dos appuyé contre les placards qui renfermaient ses plats dépareillés. Il regarda la plaque passer lentement du noir à un orange doux et brillant, sur laquelle restait un

laisse-nous voir

grain de riz, orphelin et séché. Perry l'observa attentivement. Blanc dans un premier temps, il vira peu à peu au noir.

Il se mit à brûler et fit apparaître un léger

laisse-nous voir maintenant

filet de fumée en direction du plafond. Ces minuscules volutes s'épaissirent à mesure que le métal continuait à chauffer et que la fine colonne s'élevait avant de se dissiper

laisse-nous voir.
laisse-nous voir
nous t'avertissons

totalement. Le grain était si noir sur le métal brûlant. Après l'infime éclat d'une flamme orangée, il n'y eut plus rien, la fumée s'épuisa rapidement et ne laissa qu'une petite enveloppe noircie sur la plaque incandescente.

t'avertissons
t'avertissons
voir Voir VOIR

—Vous voulez voir ?

Perry s'appuya sur la fesse gauche et passa le pouce dans sa ceinture. Ils l'avaient « averti ». Personne n'« avertissait » un Dawsey de quoi que ce soit. C'était l'appartement de Perry, après tout, et n'importe quoi sous son toit allait foutrement se plier à ses règles de vie.

oui nous voulons voir
maintenant Maintenant
MAINTENANT, et nous
n'allons pas te le répéter

Perry se déplaça de façon que sa fesse droite surplombe directement la plaque. Il sentit aussitôt la chaleur, de plus en plus brûlante. Il baissa son pantalon, exposant ainsi sa chair à la plaque, distante de seulement quelques centimètres. Une chaleur d'enfer se répandit sur sa peau nue.

— Vous voyez, maintenant, enfoirés ?

Il sentit de nouveau l'excitation le submerger, déferler dans son corps, plus intense et puissante que jamais.

qu'est-ce que c'est?
le dîner?
allons-nous manger?
qu'est-ce que c'est?

— Vous ne savez pas ce que c'est ?

Perry perçut la malveillance dans sa propre voix, la haine et la colère qui avaient une nouvelle fois pris le contrôle de son corps et jeté la raison et le bon sens par quelque fenêtre mentale située au vingtième étage, afin qu'elles s'écrasent en contrebas sur le trottoir en béton. Il entendit la voix de son père mêlée à la sienne.

— Eh bien, si vous ne savez pas ce que c'est, vous devriez peut-être y jeter un coup d'œil de plus près !

Perry abattit violemment sa fesse droite sur la plaque et entendit aussitôt le grésillement qui s'ensuivit. La douleur brûlante le poignarda, mais c'était *sa* douleur, qu'il accueillit avec un grand sourire et des yeux écarquillés dignes d'un fou. Son système nerveux se protégea de la chaleur, tandis que sa chair se couvrait de cloques et noircissait.

NON NON NON NON NON
NON NON NON

La puanteur de ses tissus en train de brûler emplit la pièce, pendant que cette insupportable souffrance déchirait chaque fibre de son corps. Plus tard, il se féliciterait de l'incroyable puissance de sa volonté – il parvint à conserver son cul fermement pressé contre la plaque durant presque quatre secondes, luttant contre l'ordre impératif de son corps de *s'éloigner* de la douleur…

NON NON NON NON NON
NON NON

Le cri mental qui lui martelait la tête vint à bout de la concentration surhumaine de Perry. Celui-ci bondit de la cuisinière et atterrit sur sa mauvaise jambe, qui céda aussitôt. Il s'effondra comme une masse sur le linoléum taché de sang.

NON NON NON NON NON
NON NON NON

Il n'eut pas le temps de regretter ses actes ; il n'eut même pas le temps de se dire à quel point il s'était montré stupide. Il sentait la douleur brûlante sur sa fesse et la forte odeur de chair humaine carbonisée – n'y avait-il pas une autre odeur ? – ainsi que le hurlement de marteau-piqueur qui lui déchirait l'esprit et agitait son cerveau comme un fouet.

NON NON NON NON NON
NON NON NON

Malgré la douleur qui le faisait gémir comme une petite fille, malgré les larmes qui ruisselaient sur son visage avant de se mêler au sang séché sur le sol, malgré la sensation de ses blessures qui le lançaient douloureusement en revenant à la vie, il savait qu'il en avait tué un autre. Il s'accrochait de toute son âme à cette satisfaction quand il perdit connaissance.

51.
Les arches

Margaret, Amos et Clarence Otto regardaient la photo géante. Clarence avait fait agrandir le tableau, dont la copie était trois fois plus grande que l'original, si bien que la vision de cauchemar de Nguyen couvrait un mur entier.

Ils avaient tous dormi quelques heures entre 2 heures et 5 heures du matin puis ils s'étaient remis au travail. Après deux heures passées à observer la reproduction, à l'observer mais aussi à *réfléchir*, Margaret se sentait toujours sonnée, en dépit de cinq tasses de l'immonde café de l'hôpital. Amos, comme d'habitude, ne semblait pas le moins du monde fatigué. Pas davantage qu'Otto. Margaret les détestait tous les deux.

Amos se tenait juste devant la photo géante, le nez à quelques centimètres du mur.

— Comment Nguyen connaissait-il ces gens ? demanda-t-il.

Margaret posa le regard sur les personnes concernées et réfléchit intensément à la question.

— Je pense qu'il ne les connaissait pas du tout, dit-elle enfin.

Amos se tourna vers elle et croisa les bras.

— Quoi ? Tu penses que ce gosse était médium ou quelque chose comme ça ?

— Non, je ne crois pas, répondit Margaret en secouant lentement la tête, les yeux toujours rivés sur la photo du tableau. Pas un médium, mais quelque chose qui y ressemble. Quelque chose qui dépasse la science que nous connaissons.

Elle avait scotché des images grandeur nature des visages des victimes de l'infection à côté des endroits qu'elle était parvenue à leur faire correspondre sur le tableau.

Blaine Tanarive.

Charlotte Wilson.

Gary Leeland.

Judy Washington.

Martin Brewbaker.

Kiet Nguyen.

Il y avait une indéfinissable horreur à regarder les visages authentiques placés à côté des épouvantables interprétations en peinture de Kiet Nguyen. Une horreur, certes, mais bien pâle en comparaison de la réalité mathématique.

Elle connaissait ces six visages.

Onze autres lui restaient encore inconnus.

Il y en avait donc d'autres. Au moins onze autres. Et qui savait combien de plus ? La chose faite à partir de ces corps semblait s'étendre loin au-delà du cadre. Combien d'autres visages pouvait-il se trouver sur le reste de… de… qu'était-ce donc ? une arche ? Non, il y en avait plusieurs.

La *construction*.

Pourquoi pensait-elle à cela ? Pourquoi éprouvait-elle le besoin de la nommer ? Était-ce significatif ?

Elle recula doucement et embrassa du regard le tableau dans son ensemble. Ses yeux suivirent les arches et elle essaya d'imaginer où les autres extrémités aboutiraient selon toute logique.

La construction serait gigantesque. Les deux seules arches s'élèveraient à au moins sept mètres.

Des arches. En morceaux de corps humains.

—Clarence, dit Margaret d'une voix calme. Appelez-moi Dew au téléphone. *Tout de suite.*

52.
Internet

Perry se réveilla d'un coup et se redressa aussitôt, assis et les yeux grands ouverts. Son esprit endormi avait fouillé dans ses pensées, non sans rappeler la façon dont les Triangles épluchaient sa base de données de matière grise, à la recherche d'une solution pour le problème qui le préoccupait. Tandis qu'il dormait, son cerveau avait trouvé un mot-clé auquel s'accrocher, un phare lointain, véritable espoir une cette sombre vallée sans issue.

Ce mot était *Internet*.

Comme il s'était comporté de façon stupide en se servant de son téléphone, en fouillant dans les Pages Jaunes à la recherche de Triangle ceci ou Triangle cela. Comment les Soldats pouvaient-ils se faire connaître dans l'annuaire d'Ann Arbor ? L'Amérique était un putain d'immense endroit. Et qui avait dit que cette épidémie infectieuse de Triangles se limitait aux États-Unis ? Elle était probablement plus étendue. Et si l'on désirait communiquer avec ses semblables à travers le monde, il fallait un moyen d'expression universel. Pas la télévision, ni la radio, ni les téléphones, ni les journaux ; si l'on voulait rester discret au sujet de quelque chose, tout en laissant la possibilité à chacun de connaître sa présence, il n'y avait qu'un seul moyen, le seul véritable média planétaire : Internet.

Il bougea légèrement afin de se frotter les yeux pour s'éveiller tout à fait, mais dut réprimer un cri quand il s'appuya sur sa fesse brûlée. Il ne voyait pas la fenêtre du salon, mais la clarté de l'appartement lui révélait qu'il n'était pas resté longtemps endormi. S'il sortait un jour vivant de cette histoire, il s'achèterait un lit neuf. Quelque chose qu'il ne pouvait pas se permettre. Quelque chose de si confortable qu'il ne voudrait plus jamais en sortir. Quelque chose sur lequel il ferait meilleur dormir que sur du linoléum.

Les Quatre Cavaliers étaient toujours ailleurs ; il les sentait dormir. Sauf que… sauf qu'ils n'étaient plus les Quatre Cavaliers, pas vrai ? Perry parvint à esquisser un sourire mauvais, malgré la douleur hurlée par chaque centimètre carré de son corps. Ils n'étaient plus quatre, il en était certain. Ils étaient trois. Comment allait-il les appeler ? Comme si le doute avait eu sa place…

Il ne restait que les Trois Mousquetaires. Le score était donc le suivant : Perry Dawsey, 4 ; les putains de Triangles, 3. Perry n'abandonnerait pas avant d'avoir remporté la victoire.

Il se remit gauchement sur ses pieds – rectification, sur *son* pied – et sautilla jusqu'à son Macintosh. Moins de soixante secondes après avoir été allumé, le Mac fit résonner sa sonnerie de bienvenue et entama le processus de mise en marche. Les programmes s'éveillèrent à la vie, y compris sa boîte de réception de mails et sa messagerie instantanée.

Pourquoi n'y avait-il pas pensé plus tôt ? Il était branché sur Internet chaque jour, bon sang ! C'était là que se trouvait la réponse, c'était la seule chose qui comptait. Il démarra Firefox et ouvrit directement une fenêtre Google. Il ne pensait pas devoir réfléchir au moteur de recherche à employer ; le gouvernement s'était certainement assuré que le site des Triangles soit facilement accessible par ceux qui savaient quoi chercher.

Son logiciel d'e-mails acheva de charger la réception de son courrier électronique et le prévint aussitôt grâce à une alerte sonore. Soixante-quatre e-mails. Il jeta un rapide coup d'œil dans la boîte de réception.

De :	Sujet :
Bill Miller	T'es où, nom de Dieu ?
Bill Miller	Mec, réponds-moi ! C'est pas pour te montrer des images de cul.
Branston Gumong	Hé mec, D marques de luxe pas cher

Peter Hurt	Tous les top médicaments au top prix
Galeries de minous	Chattes ado chaudes et humides, juste pour toi !
Bill Miller	Si j'étais ce môme, je me nourrirais au sein jusqu'à 17 ou 18 ans
Mister T. Minga	Ta bite est assez grosse pour ta femme ?
Ithaca Tang Shen	Directeur du département des décisions et examens de contrats
Un ami	La fortune attend d'être saisie au Nigeria
Bill Miller	Essaie au moins une fois un *stand American pink taco* !
Bill Miller	C'est un étang qu'il te faudrait (c'est des sacrées répliques, merde ! Arrête de m'ignorer)

— Mon dieu, Billy, trouve-toi une vie.

Ça n'en finissait pas. Un rapide compte lui apprit que Bill lui avait envoyé seize messages. Bien sûr, Perry ne s'était pas rendu au travail, cependant n'était-ce pas un peu… du harcèlement ? Pourquoi Bill insistait-il à ce point ?

Il essaie de te contacter parce qu'il est ton ami, abruti. Et s'il y avait autre chose derrière ça ? Et si Bill était… était *chargé* de l'espionner ?

Tu deviens complètement parano, mon vieux Perry, ne pense pas à cette merde et réfléchis.

Il devait se concentrer sur sa recherche sur le Web. Là se trouvait la réponse – *il le fallait.*

Il tapa le mot « Triangles ».

Il n'aurait jamais pensé trouver autant de choses. Les réponses étaient nombreuses : des tonnes de trucs de Wikipedia, des foutues maths, des sites consacrés à la zone appelée « le Triangle », en Caroline du Nord, et bien sûr beaucoup traitant du triangle des Bermudes. Perry les inspecta rapidement, ne s'y attardant que le temps d'un bref coup d'œil en diagonale.

Il tapa ensuite « triangles » et « infecté ».

Il le trouva enfin. Après quinze pages de recherche. Pour une personne normale, ce site ne serait en rien sorti de l'ordinaire. Mais pour Perry, les lettres sur l'écran brillaient d'espoir.

Triangles – Vous n'êtes pas seul
Nous sommes ici pour vous aider. Cette page contient toutes les informations sur la façon de gérer votre état et vous permettre de vous sentir mieux.
www.tomorrowresearch.com – 5k – En cache – Pages similaires

Pas seul.
Pas seul!
Ses mains en tremblaient d'excitation ; il savait enfin – il le savait *vraiment* – que quelqu'un pouvait l'aider. Des gens connaissaient les parasites qui glissaient leur tige dans son corps.

Il cliqua sur le lien, les yeux écarquillés, les palpitations de son cœur résonnant jusque dans sa tête et son épaule blessée, et la respiration serrée dans sa poitrine.

Des lettres immenses étaient écrites en haut de la page : « Vous n'êtes pas seul ». La mise en page était austère et simple, dépourvue de graphismes susceptibles d'attirer les surfeurs ordinaires. Aux yeux de Perry, cette page relevait plutôt de la bénédiction. Juste en dessous des mots « Vous n'êtes pas seul » était affiché un Triangle ; l'image noyée dans sa propre peau, une interprétation stylisée de l'horreur qui envoyait des filaments dans sa chair, qu'il connaissait depuis toujours. Il s'agissait de la pyramide du verso d'un billet de un dollar, surmontée par son œil vert éclatant et se distinguant par les trois yeux étincelants en son sommet, au lieu d'un seul.

Perry réprima des larmes ; seule une personne ayant vu les créatures bleues sous sa peau comprendrait – serait capable de comprendre – la signification de cette pyramide à trois yeux.

Sous le Triangle était placé un court texte, dont les mots touchèrent l'âme désespérée de Perry comme s'ils avaient été écrits par Dieu lui-même.

VOUS N'ÊTES PAS SEUL

Si vous avez trouvé cette page, alors vous savez de quoi nous parlons. Nous sommes ici pour vous aider. Nous savons ce qui vous arrive et nous pouvons vous sauver, mais vous devez agir rapidement. Votre état empire à chaque seconde. Cliquez **ici** afin de remplir le formulaire avec votre adresse, et nous vous enverrons immédiatement des médecins. Soyez patient, gardez votre calme, nous sommes ici pour vous aider. Ne paniquez pas, cela ne rendrait les choses que pires encore. Ne parlez de votre état à personne, pas même à vos médecins : des gens vous veulent du mal. Restez où vous êtes, remplissez le formulaire et attendez. Tout se passera bien. Ne parlez à personne des Triangles. Si vous ne pensez pas être capable d'attendre, composez le 206-222-2898.

Perry voulait presque se lever et danser dans la pièce. Il avait trouvé comment s'en sortir. Il avait déclenché le siège éjectable avant que l'avion de chasse s'écrase sur la montagne. Il avait reçu le coup de téléphone du gouverneur avant que les types branchent le courant. Il s'était précipité hors du bâtiment en flammes – une splendide jeune fille dans les bras – juste avant que les canalisations de gaz explosent et que le générique défile sur fond de nuage de feu et de mort en forme de champignon. Tout ce qu'il avait à faire était attendre. Il inscrivit le numéro ; il appellerait dès qu'il en aurait terminé avec l'ordinateur.

Le formulaire lui demandait son nom et son adresse. Il s'exécuta, ne revenant en arrière que pour corriger quelques erreurs, tandis que ses doigts pressés dansaient sur le clavier.

On lui demandait son numéro de téléphone ; il le donna.

Il s'interrompit une brève seconde en lisant la question suivante. Bien que pressé d'en finir et d'appuyer sur la touche « Envoi », l'étrangeté de cette demande lui fit marquer un temps d'arrêt.

À qui avez-vous parlé de votre état ? Donnez leurs noms et adresses complètes, SVP.

Pourquoi voulaient-ils savoir ça, bon sang ? Quelle importance ? Ce n'était pas grave, il n'en avait parlé à personne. Il inscrivit : « personne ».

Décrivez votre état actuel. Détaillez autant que possible ce à quoi ILS ressemblent.

Il n'avait pas de temps à perdre avec ces conneries. Il avait besoin d'aide immédiatement. Son formulaire rempli, il cliqua sur « Envoi ». Cela n'avait pas d'importance ; ils disposaient de suffisamment d'informations et il ne pouvait plus attendre. Ils seraient bientôt là. Il n'avait qu'à attendre. Attendre l'arrivée de la cavalerie.

Son ordinateur émit une alerte sonore. Une fenêtre de messagerie instantanée s'ouvrit.

De BlanchetteDoigtsDeFée.

Le pseudo de Bill.

BlanchetteDoigtsDeFée : Bon Dieu, mec ! T'es enfin connecté !!!!! T OK ?

Perry regarda l'écran, soudain pétrifié, incapable de bouger. D'abord les e-mails, puis l'appel téléphonique et maintenant ça.

> **BlanchetteDoigtsDeFée** : Je sais que t'es là, mon gros. Parle à ton poto.

Bill était l'un d'eux. L'un d'*eux*. Il avait envoyé un message instantané juste après l'envoi du formulaire de Perry. Ce n'était pas une coïncidence.

Bien sûr que si. Tu ne t'es pas connecté depuis des jours. Il t'a envoyé un message dès qu'il t'a vu de retour en ligne, c'est tout.

Ce ne pouvait pas être Bill ; il connaissait Bill depuis des années. Néanmoins, si quelqu'un voulait faire une expérience sur Perry, *surveiller* Perry, qui de mieux placé que son meilleur ami pour mener cette tâche à bien ? Il leur suffisait de « retourner » Bill. C'était le terme, *retourner*, pour faire des agents doubles.

> **BlanchetteDoigtsDeFée** : Arrête de jouer au con et réponds-moi. Sérieux. Tu commences à me gonfler. Ne m'oblige pas à te botter les fesses, enfoiré.

Les messages instantanés ne lui suffisaient pas ? L'alerte sonore de la connexion VOIP[1] sonna ; Bill tentait de lancer un appel téléphonique Internet via l'ordinateur. La sonnerie numérique était bien trop forte dans le silence dans l'appartement.

qu'est-ce que c'est que ce bruit quoi

---

1. *Voice Over IP* : technique qui permet de communiquer par la voix par Internet (*NdT*).

Perry en sursauta de surprise. Les Triangles s'étaient tenus si parfaitement calmes qu'il les avait oubliés. Il prit trois courtes inspirations, puis serra et desserra les poings. Savaient-ils qu'il venait de contacter les Soldats ? Si tel était le cas… ils lanceraient un cri mental d'une seconde à l'autre. Étaient-ils en train de fouiller dans son cerveau ?

nouveaux bruits.
que sont les nouveaux bruits
que nous entendons

Perry attrapa le Mac à deux mains et le projeta contre le mur aussi fort qu'il le put. Plastique et verre volèrent dans un flash d'électricité. Les morceaux tombèrent sur le sol après avoir laissé une trace de brûlé sur le mur, vague serpent noir marquant la mort soudaine de l'ordinateur.

que se passe-t-IL
dis-NOUS

— Rien ! il ne se passe rien ! Je n'entends rien !

Il devait la jouer cool, détendu, relax. Il ne pouvait pas avouer que les heures des Triangles étaient comptées. Il lui fallait les garder dans le noir. Ce n'était plus qu'une question de temps avant que ce match se termine et, si Perry voulait gagner, il devait la jouer cool. Comme Fonzie, mon lapin… joue-la cool.

nouveaux bruits,
que sont les nouveaux bruits
que nous entendons

— Des bruits ? Je n'ai rien entendu. Je suis certain qu'il n'y a pas de quoi s'inquiéter.

personne n'est ici
pas de columbo personne

— Non, cool, les gars, relax.

Perry sentait les émotions étrangement sombres des Triangles déferler en lui. Il essaya de déterminer cette vibration : de l'anxiété, peut-être. Ses propres émotions – excitation, espoir, peur, colère – s'emballaient comme une bande de gamins hyperactifs lâchés au beau milieu d'une usine de chocolat Hershey's.

est-ce que quelque chose
ne va pas
qui est là qui

Perry inspira très profondément avant d'expirer lentement, tout en se répétant sans cesse de se détendre. Il réitéra cette action dix fois et sentit le calme se répandre dans son corps.

« *Discipline*, comme l'aurait dit ce Bon Vieux Papa. *Sans discipline, on ne vaut pas mieux qu'une pétasse de pacotille qui pleurniche pour un oui ou pour un non.* »

Perry savait qu'il devait se calmer afin de détendre les Trois Mousquetaires.

— Ça va, les potes, dit-il, la voix tout en contrôle. Il n'y a personne ici. Relax. Nous allons tous dormir, maintenant, restez zen.

Perry ferma les yeux. La relaxation le balaya comme un vent tiède. Ce n'était pas le moment de flancher – s'il devait se contrôler une fois dans sa vie, c'était maintenant.

« *Tu dois observer une certaine discipline, mon garçon. Sans discipline, les gens te marcheront dessus ; et personne, mais vraiment personne, ne marche sur un Dawsey.* »

Il reposa la tête contre le dossier du canapé. C'était un match, rien de plus, comme au football, même si les enjeux étaient un peu plus importants qu'un titre du Big Ten. C'était un match, et il menait. Un sourire se dessina sur son visage, l'espace d'une seconde, avant que le sommeil survienne et le fasse dériver plus loin.

53.
Margaret parle à Dew

L'agent Otto tendit son portable à Margaret, qui fut surprise par le poids de l'appareil ; elle n'avait pas vu de téléphone aussi volumineux depuis des années.

— Bonjour, Dew, dit-elle.

— Je suppose que vous appelez parce que vous avez des infos, prof, dit-il. J'essaie de diriger une opération ici.

Margaret perçut son agacement à travers le portable, mais elle n'avait pas de temps à perdre avec ce genre d'attitude.

— Nous avons besoin d'une surveillance satellite, dit-elle. Pouvez-vous obtenir ça ?

— Pourquoi en avons-nous besoin ?

— Vous savez quoi, Phillips ? Répondez à cette putain de question, d'accord ? Pouvez-vous ou ne pouvez-vous pas obtenir une surveillance satellite ?

Une pause.

— Vous devriez peut-être me parler avec un peu plus de respect, prof.

— J'emmerde votre respect ! Répondez à cette foutue question ou je raccroche et j'appelle directement Murray ! Pouvez-vous, oui ou non, obtenir une surveillance satellite centrée sur la région d'Ann Arbor ?

— On n'est pas dans un film, prof, dit Dew. On ne rentre pas une adresse comme ça pour qu'apparaisse aussitôt une image en couleurs de M. et Mme Jones en train de baiser en levrette. Ça prendra du temps, mais je peux obtenir cette surveillance. Maintenant, si vous avez fini de jurer comme un charretier, vous allez peut-être me dire pourquoi ?

Margaret tenait le téléphone de la main droite. De la gauche, elle se frotta la tête, si fort que les articulations de ses doigts en souffrirent. Rien de tout cela n'avait de sens, rien de tout cela ne touchait à la *science*, mais elle savait ce qui devait être fait – elle était incapable d'expliquer pourquoi, et pourtant ce devait être fait à tout prix.

— Les tableaux de Nguyen, dit-elle. Ils contenaient toutes les victimes connues, ainsi que onze autres personnes.

— Et alors ?

— Et alors, ce sont des victimes que nous n'avons pas encore repérées.

— Vous savez que nous travaillons là-dessus. Nous avons scanné les visages de façon très précise. Des copies ont été envoyées dans tout l'État, dans l'Ohio et dans l'Indiana. On essaie de les localiser. En quoi un satellite va nous y aider ?

Margaret grimaça sous l'effet de ses jointures trop enfoncées dans ses cheveux. Elle se contraignit à retirer sa main.

— Ils construisent quelque chose, dit-elle. Je pense que les victimes sont censées construire quelque chose… quelque chose d'énorme.

— Quoi ? que sont-ils supposés construire ?

— Quelque chose dans les bois, peut-être. Je pense qu'il est question d'arbres. D'une épaisse forêt, même.

— Qu'est-ce que je dois demander au satellite de chercher, alors ?

— Je n'en sais rien, soupira Margaret. Quelque chose avec des arches, peut-être hautes de sept ou huit mètres.

— Et quelle est la longueur de ce truc ?

— Dew, je n'en sais rien du tout…

— Margaret, dit-il, avant de s'exprimer lentement, comme s'il expliquait quelque chose à un enfant. Modifier la trajectoire d'un satellite n'est pas une mince affaire. Il nous faudrait laisser tomber des surveillances planifiées sur une autre zone pour le rediriger. Sans compter que nous devrions trouver du monde pour étudier les images et essayer de trouver ce que vous cherchez ; et comme vous ne savez pas vraiment ce que vous cherchez et que nous couvrons une région immense, c'est une mission quasiment impossible. Maintenant, avec tout ça en tête, est-ce là une de vos intuitions ou bien avez-vous quelque chose de *réel* pour moi ?

Margaret y réfléchit. Elle n'avait rien de concret, rien pour poursuivre, en dehors du tableau d'un artiste fou et meurtrier.

— C'est une intuition, reconnut-elle. Mais je le *sens*, Dew.

Malgré la connexion approximative, elle entendit le lourd soupir de Dew.

— Oh ! et puis merde, qu'est-ce qu'on a à perdre ? Bon, ça prendra quatre ou cinq heures. Je leur dis de chercher quelque chose d'inhabituel, avec des arches, sept ou huit mètres de haut, longueur inconnue, c'est bien ça, ouais ?

— Ouais, confirma Margaret. Ouais, c'est ça.

— Ce sera fait. Et si vous changez d'avis et que vous voulez que le satellite cherche des licornes ou le traîneau du Père Noël, n'hésitez pas à me le demander.

Sur ces mots, Dew raccrocha.

54.
SPAM ?

La sonnerie feutrée de l'intercom du bureau de Murray Longworth bourdonna. Il appuya sur le bouton « parler ».

— Qu'y a-t-il, Victor ?

— Monsieur, je pense que vous seriez intéressé par quelque chose qui vient de paraître sur le Web.

Murray sentit son pouls accélérer.

— Quand ?

— Il y a moins de une heure, monsieur.

— Apportez-moi l'info immédiatement.

Victor pénétra dans le bureau avec une chemise scellée à la main. Les gars affectés aux ordinateurs avaient reçu l'ordre strict d'imprimer toute information qui survenait sur le Web, puis d'effacer la totalité des traces du système. Murray n'aimait pas se servir d'Internet, mais il était convenu avec Montoya que c'était le seul moyen de peut-être joindre des victimes sans attirer l'attention de la presse. Apparemment, cette intuition s'était révélée payante.

Victor quitta la pièce et Murray brisa le sceau.

Ann Arbor, Michigan. Perry Dawsey. Dew se trouvait déjà là-bas et avait déjà approché l'un de ces cinglés infectés, tout comme Otto et Margaret. C'était un coup de maître. Le boulot de Margaret avait rapproché Dew. Dawsey n'indiquait aucun contact – bien. Cela rendrait les choses plus faciles. Une résidence – pas bien. Pas de description de l'état de Dawsey.

Dew était *déjà là-bas*. Ainsi que Margaret, qui tenait prêts les équipements d'analyse. C'était enfin la chance dont Murray avait besoin.

55.
La vérité

La voix lui chatouilla les pensées, taquina son esprit confus.

Où sont-ils?

C'était la voix des Triangles : mécanique, et pourtant toujours en vie.

Vous êtes là?
Il en manque un autre.

La voix des Triangles, mais différente. D'une certaine façon, presque… féminine. Pas une voix de femme, plutôt une inquiétude de femme, un sentiment profond de femme.

Pourquoi ne répondent-ils pas? Où sont-ils?

Ses yeux papillonnèrent, encore endormis. La voix était quelque chose d'important, quelque chose sur quoi il savait devoir réfléchir. La douleur lui pesait sur le corps comme une combinaison plombée. Chaque centimètre carré semblait pulser et palpiter en une symphonie de plaintes muettes.

Ils n'y arriveront pas. Ils n'y arriveront pas. Il est trop fort.

Perry cligna de nouveau des yeux, se frayant un chemin vers la conscience. Des Triangles, mais pas les siens. Étaient-ils ceux que ses propres parasites avaient évoqués quand ils avaient énoncé cette étrange phrase : « *nous faisons ça sans téléphone parler à des Triangles.* »

Il sentit les Trois Mousquetaires s'agiter. La voix féminine s'estompa.

Perry n'était pas prêt à se lever. Étendu sur le canapé, tout son poids sur son côté gauche, il se demandait s'il ne pouvait pas passer le reste de sa vie ainsi, sur son bon côté, sans se soucier de se lever et de souffrir encore ou s'interroger sur quel secret fabuleux les Mousquetaires réfléchissaient pour la suite.

Sa fesse le brûlait toujours ; il avait la sensation d'être encore assis sur la cuisinière. Une odeur vraiment nauséabonde planait dans l'air. C'est donc à ça que ressemble la puanteur de la chair humaine brûlée ? Merveilleux. Il y avait aussi une autre odeur, quelque chose de plus âcre, de plus… *mortel*, qui allait et venait et ne pouvait lutter face à la senteur omniprésente du Rôti de Perry Fait Maison.

Pourquoi te bats-tu
contre nous?

Et voilà qu'ils revenaient. Pas d'erreur sur cette voix. Mâle, arrogante, autoritaire. Ses propres Triangles adorés.

—Qui était l'autre voix? demanda Perry, ignorant leur question. Quelqu'un d'autre est infecté, n'est-ce pas? Qui est-ce? Il habite dans l'immeuble?

Nous ne te dirons pas.
Pourquoi n'arrêtes-tu pas
de nous tuer?
Nous seuls pouvons te sauver
maintenant.

—De quoi parlez-vous, putain? Me sauver? Je sais que je suis déjà mort!

Non,
c'est les autres qui veulent
te tuer, pas nous. Pas nous,
Perry. Nous ne te ferions
jamais le moindre mal.

Les Triangles n'essayaient pas de le tuer? Conneries. Ils allaient creuser dans ses entrailles et le porter comme un manteau, ou prendre le contrôle de son esprit et le faire danser dans la rue comme une putain de marionnette humaine.

Quelqu'un vient.
Est-ce Columbo?

Perry n'entendait rien. Leur ouïe était-elle meilleure que la sienne? Quelle était leur puissance, à ce jour?

—Vous entendez quelqu'un dans les couloirs? C'est le voisin qui est déjà venu?

Non. Des pas plus
légers, c'est Columbo
tue Columbo

—Ce n'est pas Columbo!

Péniblement, Perry se leva du canapé en s'aidant de
la table. Chaque geste déclenchait de nouvelles vagues
de douleur.

—Mais enfin, pourquoi la police vous effraie-t-elle tant?

Parce qu'elle va venir
nous chercher. Des hommes
nous recherchent,
pour nous tuer. Pourquoi ne
comprends-tu pas?

—Du calme. Ne vous excitez pas et ne vous remettez
pas à crier dans ma tête, OK?

Perry commença à respirer lentement. Il essayait de faire
irradier son calme, espérant que, si les Triangles étaient
capables de déverser des émotions en lui, il pouvait faire de
même en sens inverse.

—Pourquoi pensez-vous qu'ils vont venir vous chercher
maintenant?

Tu n'as pas compris?
S'ils te tuent,
ils nous tuent.

Il fut frappé comme par une balle entre les deux yeux.

Le processus d'analyse de Perry s'interrompit net à
l'instant où la vérité l'atteignit. La vérité présente depuis le
début, et tout ce qu'il avait eu à faire était de demander.

Les Soldats ne venaient pas pour le sauver.

Ils venaient pour le tuer.

Pour empêcher les larves des Triangles d'éclore. C'était parfaitement logique, même si une partie de son esprit luttait encore contre cette idée. Si les Soldats voulaient le tuer, alors il n'y avait vraiment aucune solution, aucune échappatoire, aucune chance de s'en sortir.

— Vous voulez dire… vous voulez dire que les Soldats vont venir pour me tuer ? dit-il, d'une voix qui était à peine un murmure.

Oui oui idiot!
Oui viennent te TUER!

Il était foutu. Il était complètement et totalement foutu. Les Triangles le tuaient de l'intérieur. Les Soldats voulaient l'abattre et empêcher les Triangles de devenir ce en quoi ils devaient se transformer. Il ne savait pas qui étaient les Soldats, où ils se trouvaient ni à quoi ils ressemblaient. Ils pouvaient être n'importe qui. N'importe qui. Et il avait envoyé une invitation sur Internet, peint une putain de cible sur son propre front.

La voix de son père se faufila dans sa tête, un souvenir, autrefois ténu mais désormais fort et essentiel.

— *C'est toi contre le reste du monde, mon garçon, n'oublie pas ça. Le monde est un endroit dur, où seuls les forts survivent. Si tu n'es pas fort, les gens se serviront de toi et te jetteront. Tu dois montrer au monde qui est le patron, mon gars, montre-leur avec force. C'est pourquoi je suis si dur avec toi – pour ça et parce que tu n'es qu'une enfoirée de tapette et que tu me fais chier dès que tu peux. Un jour, mon garçon, tu me remercieras. Un jour, tu comprendras.*

Pour la première fois de sa vie, Perry *comprenait*. Il avait passé une décennie à essayer d'échapper à l'héritage de violence et de colère de son père, mais il savait maintenant que c'était une erreur.

—Tu avais raison, papa, murmura-t-il. Tu as toujours eu raison.

Qu'ils aillent tous se faire foutre. Il était un Dawsey, bon dieu, et il allait se comporter comme tel !

Columbo est là.

Alors que ce qu'il restait de son bon sens s'envolait, Perry entendit quelqu'un frapper à sa porte.

Ses yeux se réduisirent à deux fentes de prédateur.

La voix de son père : « *Tu vas les laisser te bousculer comme ça, mon garçon ?* »

—Négatif, papa, chuchota Perry. Certainement pas, nom de Dieu.

56.
De la compagnie

Bill Miller frappa une nouvelle fois sur la porte de Perry.

C'en était assez. Perry était chez lui, point. Il s'était connecté sur sa messagerie instantanée moins de trente minutes plus tôt et s'était débranché dès que Bill lui avait envoyé un message. Ce dernier avait aussitôt bondi dans sa voiture et il était là, devant la porte de Perry.

Évidemment, Perry aurait pu se connecter depuis n'importe où dans le monde, cependant sa Ford était toujours sous son abri, derrière trente centimètres de neige propre ; il n'était pas sorti depuis au moins deux jours.

Bill frappa encore. Rien.

Perry était-il malade ? Avait-il perdu la tête et commis quelque chose de vraiment mal, quelque chose qu'il ne parvenait pas à assumer ? Ce type était si sensible à propos de sa tendance à la violence que même une forte dispute pouvait l'inonder d'une culpabilité insurmontable. Malade, coupable ou n'importe quoi d'autre, Bill devait tirer cela au clair ; son ami avait besoin d'aide, c'était tout ce qui comptait.

Il frappa trois nouveaux coups.

— Perry, mon pote, c'est Bill.

Pas de réponse.

— Perry, tout le monde est très inquiet. Tu n'es pas obligé de répondre mais, si tu es là, dis-moi que tu vas bien.

Pas de réponse. Il fouilla dans la poche de sa veste en cuir, à la recherche d'un morceau de papier pour y écrire un message. Les poils de sa nuque se dressèrent soudain, alertés par l'étrange et puissante sensation d'être observé. Il leva la tête vers le judas, la main figée dans sa poche.

Il entendit la chaîne de la porte être lentement ôtée dans un grincement, suivie par le déclic d'un verrou qui se glissait dans son emplacement.

La porte s'ouvrit lentement. La silhouette massive de Perry apparut. Bill s'entendit inspirer brusquement, laissant au passage échapper un petit bruit cocasse de surprise. Perry ressemblait à un mannequin grandeur nature à l'effigie de Bruce Willis dans l'un des films de la série *Die Hard*. Son tee-shirt blanc à manches longues était taché de sang, du sang qui avait noirci aux endroits où il avait séché en coulant de son épaule droite. Il se tenait sur une jambe et s'appuyait contre la porte pour conserver son équilibre ; l'autre jambe pendait mollement derrière lui sans toucher le sol, comme celle d'un chien de chasse à l'arrêt, et était affublée d'un autre tee-shirt, entouré autour du mollet. Bill n'avait aucune idée de la couleur d'origine de celui-là – il était maintenant d'un bordeaux profond et sale, comme des vêtements trempés dans de la boue, retirés sur la terrasse et laissés à sécher au soleil. Perry arborait aussi sur la tête une bosse de la taille d'une balle de golf et accompagnée d'un hématome. Enfin, une barbe d'un roux vif brillait d'une façon électrique sur sa peau blanc pâle.

Non, pas comme Bruce Willis… plutôt comme Arnold Schwarzenegger. Les muscles de Perry jouaient à chacun de ses mouvements, en particulier ceux du cou, qui ressemblaient à des câbles d'acier solidement entourés de veines sous la peau. Perry n'avait pas eu une allure si bien dessinée, si massive – si *menaçante* – depuis des années, pas depuis leur deuxième année à l'université. Il se rendit soudain compte qu'à force de traîner tous les jours avec lui il avait perdu de vue le fait que Perry Dawsey était un véritable géant.

Malgré cette apparence hagarde, les yeux de Perry étaient ce qui attirait le plus le regard. Non pas en raison de la peau bleuie qui les entourait ou du fait d'un coup reçu au visage ou du manque de sommeil, mais bien du regard que *contenaient* ses yeux. Un regard halluciné de psychopathe, comme celui de Jack Nicholson au moment où il détruit la porte avec une hache dans *Shining*.

Bill avait toujours été du genre à se fier à son instinct. En cet instant, son instinct lui criait de partir, de foutre le camp *tout de suite*, le choix entre lutter et prendre la fuite penchant à cent pour cent du côté de la fuite. Mais Perry avait des ennuis, c'était évident – quelque chose allait très, très mal.

Péter les plombs fut l'expression qui surgit dans le cerveau de Bill. *Perry a pété les plombs.*

Ils restèrent tous les deux à se regarder quelques secondes sans parler.

Bill mit fin à ce silence.

—Perry, ça va ?

Il n'y avait pas de place pour un putain de doute. Dès que Perry avait ouvert la porte et vu Bill, dans sa veste en cuir noire, avec ses cheveux bien coiffés et son allure impeccable, il avait eu la certitude qu'il faisait partie des Soldats. Bill l'avait surveillé durant tout ce temps. Peut-être avait-il même été l'un de ceux qui avaient dispersé les graines de Triangles sur lui – comment le savoir avec les conneries de ce foutu gouvernement ? Quand avaient-ils recruté Bill ? après l'université ? pendant l'université ? À quand remontait ce complot ? Peut-être était-ce pour cette raison que Bill s'était porté volontaire pour partager sa chambre, si longtemps auparavant. Tout s'expliquait. C'était logique.

Bill était venu pour jeter un œil sur son expérience. Il avait probablement paniqué quand Perry avait cessé de se rendre au bureau. Quand Perry avait rempli le formulaire en ligne, ils avaient envoyé Bill pour le surveiller. Sinon, pourquoi serait-il ici juste maintenant ? Bill était un putain d'agent qui attendait de le vendre aux Soldats. Eh bien, ce mouchard, traître avec ses coups par-derrière, n'allait rien dire à ses potes, à ces pédés du gouvernement.

Pas maintenant.
Ni plus tard.
Jamais.

—**Ça va, dit** Perry. Entre.

Il exécuta un petit saut en arrière dans l'appartement et laissa à Bill la place de passer. D'étranges odeurs sortaient par la porte ouverte. L'instinct de Bill hurla de plus belle, plus fort et plus intense, le suppliant de faire demi-tour et de courir, mon vieux, de courir !

—En bien… euh… je dois retourner bosser, pas d'doute, dit-il. Je suis juste venu voir si tu allais bien, mon pote. Tu n'as pas l'air si en forme que ça – tu es sûr que tu te sens bien ?

Perry avait-il la moindre idée de sa mine affreuse ? Était-il sous l'influence de drogues, peut-être défoncé à l'héroïne ou autre ? Bill était incapable de détourner le regard de ses yeux, brûlants d'intensité et d'émotions bouillonnantes. Il avait aperçu cet air à de nombreuses reprises ces dix dernières années – c'était celui qui s'affichait sur le visage de Perry juste avant qu'il frappe quelqu'un, l'air qu'il prenait avant le coup d'envoi. Ce regard était celui d'un prédateur et il trahissait des ennuis sérieux.

Au cours de ces dix dernières années, ce regard n'avait jamais été rivé sur Bill… jusqu'à maintenant.

C'était le moment de filer.

Bill avait l'air effrayé. De toute évidence, il ne s'était pas attendu que Perry déjoue le *Plan*. Personne ne pensait le Bon Vieux Perry suffisamment futé pour deviner le *Plan*. Ils l'avaient sous-estimé. Bill l'avait sous-estimé. Et maintenant, ce Bill se rendait compte de l'immensité de son erreur-bientôt-fatale, il n'y avait rien qu'il puisse faire. Rien à part courir.

Mais Perry Dawsey l'Effrayant menait de loin dans ce match.

Bill s'efforçait de parler d'une voix calme et neutre.

— Perry, tu me fous la trouille et on dirait que tu vas cogner, dit-il en s'écartant lentement de la porte. Je m'en vais, maintenant. Tu vas retourner dans ton appartement et te calmer. Détends-toi et je reviendrai sous peu.

— Attends ! implora Perry en un véritable appel à l'aide, même s'il s'était exprimé aussi bas et calmement que le ton apaisant de Bill. Il faut que tu m'aides… Je… (Perry chancela légèrement et sa bonne jambe s'affaissa sous lui.) Je… je ne peux pas…

Perry s'écroula dans le couloir comme un sac de viande et d'os pourris.

Bill se pencha instinctivement pour aider son ami. Perry savait qu'il agirait ainsi. On ne pouvait pas s'empêcher de faire de telles choses. En particulier les Gens du Gouvernement, car le gouvernement est là pour vous aider, non ? Mais pour Bill, il était trop tard. Trop tard pour réagir, trop…

… tard quand Bill se rendit compte de la ruse. Il tenta de sauter en arrière, même avant de voir le couteau, mais il s'était trop approché. Il essaya de s'écarter, de…

… fuir, mais Perry n'allait pas le laisser faire. À la seconde où il heurta le sol, le flux d'adrénaline bloqua toute sensation de douleur dans son corps ravagé. Il se roula sur l'épaule gauche et donna un large coup, du couteau de steak de quinze centimètres de long qu'il tenait impitoyablement dans sa main droite. La lame se planta dans la cuisse de Bill, déchirant au passage et sans un bruit le jean, la peau et le quadriceps. Elle fut enfin arrêtée par le fémur, dans lequel son extrémité se coinça avant de se libérer. Perry regarda les yeux de Bill…

… s'écarquiller sous le choc, la peur et la douleur. Bill baissa les yeux sur le couteau, ainsi que sur la lame profondément enfoncée dans sa cuisse. Le sang ne gicla que quand Perry ôta l'arme blanche en vue d'un second coup, puis il jaillit en un jet d'un rouge profond qui éclaboussa les murs blanc sale du couloir avant d'inonder la moquette orange passé, déjà immonde quand elle était neuve.

Perry se roula et se rétablit sur les genoux, la tête penchée en avant, des éclairs dans les yeux, les lèvres tordues dans un sourire démoniaque de colère et d'envie de tuer. Il donna un coup de couteau vers le haut avec la puissance d'un uppercut destiné à assommer.

Bill tenta de se dégager de la trajectoire d'un saut, mais sa jambe blessée ne supporta pas son poids. Il tomba faiblement en arrière tandis que la lame fendait l'air en décrivant un arc vers le haut, son bout acéré n'évitant que de justesse son visage. Il atterrit sur le dos, la jambe perdant toujours du sang.

Perry se projeta en avant en grondant, de la salive au bord de lèvres qui ricanaient. C'était un monstre, une vision de cauchemar d'un mètre quatre-vingt-treize qui grognait. Il abattit la lame par le haut. Par réflexe, Bill leva les mains, paumes ouvertes, afin de se protéger de la lame tranchante. La force de Perry planta le couteau, aux dents irrégulières, dans la paume droite retournée de Bill. Le métal déchira le cartilage, les tendons et érafla les métacarpes jusqu'à ce que la poignée en bois soit arrêtée net par la peau ; plus de dix centimètres de lame ensanglantée ressortaient alors par le dos de la main de Bill.

Les yeux de celui-ci se fermèrent automatiquement quand le sang gicla sur son visage. Il n'eut pas l'occasion de voir le poing gauche de Perry se serrer et le reçut sur le nez dans un craquement étouffé. Un deuxième coup fit également mouche et aspergea son visage et ses cheveux de fines gouttelettes de sang.

Le corps de ce traître de Bill s'effondra, inerte.

Toujours à cloche-pied, Perry se dégagea et le traîna par le poignet dans l'appartement. Bill pesait sans doute moins de soixante-dix kilos ; le tirer ne demandait aucun effort, même avec une jambe hors service. Puis il ferma et verrouilla la porte.

Il n'est pas mort tue-le
tueletuele

—On ne va pas le tuer avant que j'aie quelques réponses, dit Perry, le souffle court suite à l'excitation et l'effort physique.

Un filet de sang, rouge et régulier, coulait de la blessure à la cuisse de Bill, ce qui forma bientôt sur son jean une tache grandissante de pourpre foncé.

— La ferme! Je ne vais pas le tuer. C'est moi qui commande!

Bill devait détenir certaines réponses et Perry comptait bien les entendre jusqu'à la dernière.

L'intense effet anesthésiant de la haine pure le surprit. Bill était l'ennemi. Perry voulait tuer l'ennemi. Bill était l'un des Soldats, envoyé pour expérimenter, puis observer et enfin exterminer. *Mais bien sûr, c'est ça, exterminer… mais ça ne va pas se passer comme ça, mon petit Billy.*

Bill lâcha un gémissement et remua légèrement sur le sol, puis il toussa avant de cracher un énorme caillot de sang. Tout en ricanant, Perry le mit sur pieds et le poussa en arrière à travers le salon. Bill s'effondra lourdement sur le canapé.

La voix de Perry n'était plus qu'un borborygme, un grondement menaçant qui ne s'était pas échappé de ses lèvres depuis des années.

— Tu veux te relever quand je te frappe, mon pote? Tu vas apprendre à rester allongé, à moins que t'aies envie d'une autre leçon.

Il attrapa la main blessée de Bill, qui saignait de tous côtés à cause du couteau, toujours enfoncé dans la paume. Perry agrippa la poignée de l'arme et la planta dans le mur, juste au-dessus du canapé. L'extrémité se ficha dans le plâtre et cloua du même coup la main de Bill.

— T'aimes ça, mouchard? T'aimes ça, espion? On va t'en redonner, alors.

Perry sautilla jusqu'à la cuisine et s'empara d'un autre couteau sur le bloc de boucher. Il ne jeta même pas un regard aux ciseaux à volaille. Se déplaçant presque aussi vite que sur deux jambes, il se rendit ensuite dans la chambre, où il ramassa par terre une chaussette sale et froissée. Bill, qui luttait pour reprendre conscience, avait la tête qui dodelinait d'un côté à l'autre tandis que sa jambe, sa main et son nez se vidaient de leur sang.

—S'il te plaît, dit-il, la voix à peine plus audible qu'un murmure de douleur. S'il te plaît, arrête…

Perry attrapa la main intacte de Bill.

—C'est à moi que tu parles, mon gars? Tu parleras quand on te posera des questions. Tu dois faire plus attention que ça!

Il fourra la chaussette dans la bouche de Bill et enfonça si profondément le tissu sale que Bill en eut un haut-le-cœur.

Avec un grognement bestial et agressif, il plaqua ensuite la main encore indemne de Bill contre le mur, paume ouverte. Il recula légèrement, le nouveau couteau en main, puis il planta la lame dans la paume offerte de Bill.

Bill rugit de douleur, son esprit ayant hélas retrouvé sa lucidité à ce moment plutôt malheureux. La chaussette sale étouffa ses hurlements.

Il tenta de se libérer, ce qui ne fit que lacérer davantage ses mains déchiquetées. Son corps n'avait tout simplement la force nécessaire. Il s'effondra sur le canapé, l'image même de la défaite, ses mains ensanglantées tendues de chaque côté de sa tête qui pendait mollement.

—Les voisins…, siffla Perry en tournant les yeux vers la fenêtre, puis vers la porte. Ces putains de voisins fouineurs sont peut-être dans le coup.

Il sautilla jusqu'à la porte et regarda par le judas. Malgré la vue déformée, il distingua du sang sur les murs et la moquette du couloir. Quelqu'un le remarquerait – il n'avait pas beaucoup de temps. Suffisamment, toutefois, pour obtenir certaines réponses de l'indic cloué au mur.

Tue-le tue-le.
Tue-le!

Perry regarda soudain Bill. Son ami, Bill Miller. Son…
ami.

—Mon dieu, qu'est-ce que j'ai fait ?

C'est Columbo.
Il est les Soldats.

—C'est impossible !

Il est ici, non ?
Pourquoi serait-il ici
maintenant s'il n'était pas
Columbo ? Tuuuuuuuue-leeeee

Ils avaient raison. Les e-mails, les appels téléphoniques, ce message instantané au bon moment, le fait de s'être présenté à sa porte… Bill savait ce qu'il se passait. Il savait *tout*. À quel point ce salaud était-il dur, sans cœur ? Il avait simulé l'amitié tout en observant les Triangles grandir, couver, grossir et mâcher Perry de l'intérieur comme s'il était une putain de chenille. Bill l'avait espionné depuis le début.

Mais il ne pouvait le garder à l'œil qu'au bureau.

Qu'en était-il le reste du temps ? qu'en était-il concernant le temps que Perry passait chez lui, dans l'appartement, en particulier au cours de ces derniers jours ? Comment le surveillaient-ils ? des caméras cachées ? en interceptant ses messages instantanés et ses e-mails ? Peut-être derrière une ampoule, peut-être dans la télévision. *Peut-être dans cette foutue télé !*

Et s'ils l'avaient espionné durant tout ce temps, alors ils l'espionnaient en ce moment.

Ils le regardaient taillader Billy le Traître.

Ils ne le laisseraient pas faire. Ils allaient venir sauver Billy. Perry prit la tête de Bill dans les mains et regarda ses yeux vitreux.

—Ils arriveront trop tard, mon petit Billy! dit-il calmement. Tu m'entends? Ils arriveront trop tard pour te sauver les fesses, cette fois.

Bill hurla, mais la chaussette étouffa son cri.

—Tu ferais mieux de fermer ta gueule, mon gars, poursuivit Perry, sans quitter du regard les yeux terrifiés de Bill, des yeux qui révélaient une douleur atroce et une terreur pure et infinie. Arrête de chialer, mon pote, ou je te donne une bonne raison de pleurer.

Bill hurla de plus belle et tenta de s'écarter de l'horreur au coup de taureau qui se tenait devant lui.

Sans cesser de ricaner, Perry attrapa le nez cassé de Bill et le secoua brutalement d'un côté à l'autre. Le corps du malheureux fut secoué d'une nouvelle vague de douleur. Il s'agitait comme un condamné sur la chaise électrique, ses muscles se contorsionnaient si violemment que l'une des mains percées par un couteau se libéra du plâtre.

La lame ressortait toujours par le dos de sa main. Perry attrapa à la fois le poignet baigné de sang de Bill et la poignée du couteau, puis il planta de nouveau la lame dans le mur. Il sentit cette fois une résistance plus nette et soudaine quand elle s'enfonça dans un montant porteur du mur.

Ce Bon Vieux Billy n'allait pas dégager cette main de sitôt, ça non, mec, pas de sitôt.

Bill luttait contre la douleur, terrorisé au-delà du concevable. Il parvint tout de même à trouver en lui la force d'arrêter de hurler et de se débattre, malgré la torture apparemment sans fin que lui infligeait celui qu'il considérait encore quelques minutes plus tôt comme son ami le plus cher.

Perry se pencha, si près que Bill sentit la chaleur de son souffle. Il tenait ses doigts à un centimètre du nez de son prisonnier, le pouce et l'index prêts à s'en saisir en une fraction de seconde, prêts à infliger encore un peu de cette souffrance qui déchirait le cerveau.

— Comme je l'ai dit, mon gars, arrête de chialer ou je te tue tout de suite, putain !

Bill le regardait à travers ses larmes, qui ne voulaient pas s'en aller. Son ami-devenu-psychopathe était penché vers lui, perché sur une jambe. Son sang maculait le tee-shirt de son tortionnaire et mouillait les taches brun foncé.

La chaussette enfouie dans sa bouche l'écœurait – une sensation de coton desséché et un goût qui correspondait assez à ce que Bill imaginait d'une chaussette sale : moisi et étouffant. Du sang tiède coulait toujours de son nez, sur son visage et sur sa poitrine. Du sang de ses mains percées suivait son bras pour former dans ses aisselles des mares qui se transformaient peu à peu en taches poisseuses et chaudes.

Comment cela était-il arrivé ? Il était venu prendre des nouvelles de son meilleur ami et il se retrouvait maintenant crucifié sur le mur, à regarder un cauchemar psychotique géant et ensanglanté aux yeux sauvages qui ricanait et à qui il ne restait plus de Perry Dawsey que le nom.

— Bon, dit Perry dans un murmure. Je vais maintenant retirer la chaussette de ta bouche. Je te poserai alors quelques questions. Que tu vives ou meures dépend de toi ; à la seconde où tu cries, je sors ce couteau de ta main, je le plante dans ton œil et je mélange ton cerveau comme du beurre de cacahuètes Skippy. Ça va te faire mal. Ça va te faire très mal. J'en ai rien à foutre, mais je crois que tu le sais déjà. Tu le sais que j'en ai rien à foutre, mon petit Billy ?

Bill acquiesça. La voix de Perry s'était calmée, désormais froide et détendue, mais ses yeux n'avaient pas changé. Bill sentait une terreur sans nom dans la poitrine. La peur submergeait son esprit et ne laissait aucune place pour des idées d'évasion. Perry commandait. Bill ferait ce qu'il ordonnerait. Ce qu'il faudrait pour rester en vie.

Oh! mon Dieu, ne me laissez pas mourir ici. Je vous en prie, faites que cela ne se produise pas, mon Dieu, je vous en supplie!

—Bien, dit Perry. C'est bien, Bill. Je suis certain que tu as été bien entraîné et averti des conséquences de ta mission, je n'éprouverai donc pas le moindre remords. Si ta voix s'élève plus haut que le niveau sonore d'une conversation, tu ne vas pas t'amuser. Tu comprends ce qui se passera si ta voix s'élève plus haut que le niveau sonore d'une conversation, Bill?

Bill hocha de nouveau la tête.

Perry se laissa tomber sur le canapé, un genou sur chacune des cuisses de Bill. Ce dernier le vit légèrement grimacer, mais cette expression fugitive s'évanouit pour laisser sa place au regard psychotique. Perry regarda soudain ailleurs et ses yeux plongèrent dans le flou. Il semblait observer le mur, ou peut-être quelque chose *derrière* le mur. Sa tête se dressa, légèrement vers la droite.

Il ressemble à un chien qui vient d'entendre un de ces sifflets à ultrasons.

—Écoutez, je vous dis qu'il va parler, dit Perry. On n'a pas besoin de le tuer!

Oh! mon Dieu, mon Dieu! Il est complètement fou et je vais mourir ici, je vais mourir comme ça.

Perry s'adressait avec colère à son compagnon invisible.

—Allez vous faire foutre! C'est moi qui commande, maintenant. Vous, vous fermez votre gueule et vous me laissez réfléchir.

Bill sentit son esprit plonger en piqué, surchargé par son destin fatal. Il n'y avait plus d'espoir.

Apparemment, la voix s'était tue. Le regard de Perry était de nouveau rivé sur lui, un regard figé et perçant planté dans ses yeux, grands ouverts, blancs et humides. De plus en plus faible, il se sentit glisser peu à peu dans l'inconscience.

Cette fois, il ne lutta pas contre cela.

57.
Dew en route

L'épais et peu confortable téléphone portable coincé entre son épaule et son oreille, Dew conduisait d'une main et tapait de l'autre une adresse dans le GPS de bord de la Buick.

— Combien de temps depuis que le client a envoyé le formulaire, Murray ?

— Environ trente minutes.

— L'avons-nous déjà contacté ?

— Le numéro qu'il nous a donné ne répond pas. Nous avons renvoyé un e-mail mais, là non plus, pas de réponse.

— Envoie de ma part Margaret et ses équipes d'intervention rapide. Je dois trouver la résidence de Dawsey. Dis aux gars de s'y rendre mais de *ne pas y entrer*. Dis-leur d'attendre mon appel. Laisse mes trois équipes chez Nguyen pour s'assurer que les médias n'entrent pas avant qu'on ait terminé de nettoyer la maison de toute allusion aux triangles.

Dew coupa la communication et posa le portable. Il évita de justesse de percuter par l'arrière une Civic conduite par une vieille dame. Il s'appuya sur le klaxon afin de l'inciter à s'écarter du chemin. On était dimanche, l'université était en vacances mais il restait des étudiants pour traverser les rues, lentement et dans le calme, comme si le monde leur appartenait, comme s'ils étaient immortels. Sur le moment, Dew aurait été plus que ravi d'écraser cette immortalité sur le pare-chocs avant de la Buick.

Il déboîta sur la voie opposée et doubla la Civic. D'après le GPS, il se trouvait à quinze minutes de sa destination. En tenant compte de la circulation, cela lui prendrait sans doute un peu plus de vingt minutes pour se rendre chez Dawsey.

58.
Meilleurs amis pour la vie (MAPV)

Perry savait qu'il ne lui restait plus beaucoup de temps ; soit les Soldats étaient en route, soit Bill le Traître ne tarderait plus à mourir. La mare de sang sur le canapé s'élargissait régulièrement, comme si Bill pissait du sang. Perry savait aussi que, s'il avait bien estimé le temps, il pourrait obtenir les informations et les Soldats pourraient sauver son ami. Rectification. Son *soi-disant* ami.

Les yeux de Bill s'égarèrent de nouveau dans le vague et sa tête s'affaissa en avant.

—Oh non, pas de ça, petit mouchard, dit Perry.

Il le gifla violemment de la main gauche, si brutalement que la tempe de Bill rebondit contre le mur. La gifle avait paru rouge, chaude et satisfaisante.

Tu ne sais pas ce que c'est que de souffrir, mon petit Billy, mais je vais faire de mon mieux pour te donner un petit aperçu de ce que j'ai traversé.

Le regard de lapin apeuré de Bill reprit vie sur son visage ensanglanté. Comment les Soldats pouvaient-ils se servir d'une telle mauviette ? C'était probablement une ruse… oui, une ruse. Bill essayait de le pousser à un excès de confiance.

—Ce numéro ne va pas m'avoir, mon petit Billy, *pas d'doute*.

Il était plus malin que ces connards. Ils n'avaient pas idée de ce qu'ils avaient déclenché en emmerdant un Dawsey ; un Dawsey ne se laisse pas emmerder, non monsieur, hors de question.

Il se pencha et ôta la chaussette de la bouche de Bill. Celui-ci inspira profondément mais, en dehors de cela, il ne fit aucun bruit.

Perry se pourlécha les lèvres et reconnut le goût du sang. Il ne savait pas s'il s'agissait du sien ou de celui de Bill.

Impatient d'entendre la réponse finale, il s'approcha tout près de son prisonnier et lui posa sa question essentielle.

— Pour qui tu bosses, putain, et en quoi ces Triangles vont se transformer ?

Le visage de Perry, dont les cernes noirs donnaient l'impression qu'il n'avait pas dormi depuis des jours, n'était qu'à quelques centimètres de celui de Bill, tandis que le blanc de ses yeux était si injecté de sang qu'ils avaient pris une teinte rosée. Une barbe roux vif de plusieurs jours semblait saillir de façon agressive et ses lèvres étaient fendues, comme s'il se les était mordues peu de temps auparavant.

Mais cette question… triangle ?

— Perry, que… de quoi tu *parles* ?

Bill savait que ce n'était pas la bonne réponse à donner, mais il ne parvint pas à en imaginer une autre. Les yeux de Perry se gonflèrent de fureur, ce qui vint renforcer son expression de psychotique.

— Te fous pas de moi, Bill, dit Perry, la voix calme et parée d'une menace mortelle. Toi et tes petits trucs mentaux de Jedi, vous pouvez aller vous faire foutre. Je ne suis pas client pour tes salades, mec. Maintenant, je te le demande encore une fois, que vont devenir les Triangles ?

Le souffle de Bill se réduisit à de courts halètements irréguliers. Quelle était cette folie ? Que Perry voulait-il entendre ?

Il tenta de réprimer des larmes de frustration et de panique, tandis que la douleur lui déchirait le corps en une cacophonie incessante de nerfs à vif et de pointes métalliques tranchantes. C'était si difficile de penser !

Il luttait pour trouver ses mots, il luttait pour trouver un sens à tout cela.

— Je ne sais pas de quoi tu parles, Perry. C'est moi ! c'est Bill, au nom du ciel ! Pourquoi tu me fais ça ?

Un sourire se dessina sur le visage de Perry. Il se pencha vers l'un des couteaux qui clouaient les mains de Bill sur le mur. Le corps de celui-ci se raidit sous l'effet d'une tension chauffée à blanc.

— Un peu fort, tout ça, tu ne trouves pas, mon petit Billy ?

— Je suis désolé, se hâta de dire Bill, son murmure étouffé tout en peur et en supplique. Je suis désolé, ça ne se reproduira plus.

— T'as foutrement intérêt, mon pote Billy. Fais-le encore une seule fois et tu seras mort avant d'avoir eu le temps de t'excuser. Tu as utilisé tes jokers. C'est quitte ou double, maintenant, tu peux tout gagner, alors je te le demande une dernière fois : que deviennent les Triangles ?

L'esprit de Bill tourna à toute allure en quête d'une réponse, de n'importe quoi qui lui permettrait de rester un peu plus longtemps en vie. Il devait inventer une connerie et vite, mais c'était si difficile de réfléchir, impossible de se concentrer. Perry allait le *tuer*.

— Je… je n'en sais rien, ils ne me l'ont pas dit.

— Tu parles ! répliqua Perry sans rien perdre de son regard de prédateur. Il te reste une chance, Billy, et ensuite je te massacre.

Bill fit son possible pour imaginer une réponse, mais il fut incapable de penser à autre chose qu'à la douleur, à cette situation de dingue et à la mort qui le regardait droit dans les yeux. Comment Perry l'avait-il appelé ? le « mouchard » ? Mouchard à propos de quoi ? pour qui ? Quelles visions délirantes Perry apercevait-il à travers ces yeux injectés de sang ?

— Perry, je te le jure, ils ne m'ont rien dit ! dit-il avant de voir la fureur monter dans les yeux de son tortionnaire, puis de poursuivre, sa voix réduite à des pleurs nasillards suppliants et pitoyables. Ce n'est pas ma faute s'ils ne m'ont rien dit ! Ils m'ont juste demandé de garder un œil sur toi et de leur dire ce que tu faisais.

Cette réponse parut toucher la corde sensible. Le regard de Perry se modifia, comme si les mots de Bill éclairaient un point particulièrement important. Néanmoins, il semblait encore loin d'être apaisé.

Bill continua, se raccrochant à une infime lueur d'espoir.

— Ce n'est pas mon boulot de savoir en quoi ces foutus trucs se transforment.

Perry hocha la tête, comme s'il acceptait cette version.

— OK, peut-être que tu sais, peut-être que tu ne sais pas, dit-il. Dis-moi juste pour qui tu travailles.

— Je crois que tu le sais déjà, lâcha très vite Bill.

Il retint sa respiration, s'attendant à une réaction violente. L'odeur forte et salée du sang se mêlait dans sa bouche au goût tangible de la peur, toutefois l'étincelle d'espoir se fit plus vive quand Perry acquiesça et sourit.

Bill fut alors saisi de vertiges. La pièce lui parut tourner, si vite qu'il ne put pas suivre le rythme.

— Perry, tu as perdu la tête. Tu es parano… tu hallucines…

Un frisson lui traversa le corps. L'appartement lui paraissait soudain si froid, si glacial. De points noirs se matérialisèrent devant ses yeux, puis un autre accès de vertiges envoya la pièce valser dans une danse folle et imprévisible.

Ce connard était encore en train de s'évanouir. Perry le frappa violemment à trois reprises, trois gauches brutales, chacune plus forte que la précédente. Comme c'était bon de cogner ainsi. On ne peut pas laisser les gens perdre connaissance devant soi, pas quand on a besoin de réponses. Tout ce dont avait besoin cette tafiole de mouchard était un peu de discipline à la Dawsey. On *doit* avoir de la discipline.

Bill cligna plusieurs fois des yeux, ces derniers de nouveau clairs et lucides. Perry avait frappé si fort que sa main le lançait. Le côté droit du visage de Bill s'était presque aussitôt mis à enfler, rouge et gonflé comme une saucisse de fête foraine.

tue-le tue-le tueletuele

— Fermez-la, putain ! hurla Perry à plein poumons.

Il en avait plus qu'assez des Triangles, oh oui, les gars, plus qu'assez. Ils étaient chez lui, après tout, dans *son appartement*, et un Dawsey restait toujours le maître de son château. Il savait que s'il ne prenait pas le contrôle, s'il ne *commandait* pas, il deviendrait fou. Il ne pouvait simplement pas en supporter davantage, il n'en pouvait plus de cette voix dans sa tête chaque putain de minute de chaque putain de journée

— Fermez vos petites gueules ou je jure que dès que j'en ai fini avec le mouchard je transforme les Trois Mousquetaires en un Duo de Choc, peu importe ce que ça me fait !

Un éclat extrêmement bref de bruit haut perché se produisit quand les Triangles accédèrent aux mots *Duo de Choc*, puis plus rien.

Il sentit quelque chose changer en lui, aussi soudainement et définitivement que le courant allumé sur une chaise électrique. Le pouvoir avait changé de main ; il le savait et les Triangles le savaient. Il n'avait plus peur d'eux.

C'est chez moi, songea-t-il, un sourire confiant sur ses lèvres craquelées qui saignaient. *C'est chez moi et vous allez vivre selon mes règles.*

Les bras de Bill s'alourdissaient et s'affaiblissaient, hélas il ne pouvait pas se relâcher et les laisser tirer sur les lames plantées dans ses paumes. Ce n'était qu'en gardant ses mains très, très immobiles qu'il parvenait à maintenir la douleur juste en dessous du niveau où il était impossible de ne pas hurler. La tension d'affronter cette souffrance et la peur qu'il ressentait en anticipant le geste suivant de Perry crispait ses muscles, ce qui les fatiguait à grande vitesse.

Perry se mit à cligner rapidement des yeux. Il secoua la tête, violemment, comme un chien s'ébrouant en sortant de l'eau. Puis il regarda Bill, ses yeux injectés de sang soudain écarquillés de terreur.

—Bill, aide-moi…, dit-il.

Le ton feint avait disparu. C'était de nouveau son ami, et non plus la créature qui le torturait à mort.

—Perry…, dit Bill, luttant pour trouver ses mots et conscient de devoir agir immédiatement. Perry, il faut que tu appelles…

Il n'était pas certain du temps qu'il lui restait avant que ses forces l'abandonnent et que ses mains tombent, leur poids tirant sur les couteaux en une torture abominable. Pour quelque curieuse raison, cette idée lui paraissait pire encore que le concept d'un couteau dans l'œil – combien de temps avant que ses bras cèdent ? Il sentait déjà la brûlure, ses deltoïdes et ses biceps vibraient d'épuisement. Il ne lui restait que peu de temps, très peu de temps… difficile de croire qu'il allait mourir ainsi.

—Appelle… la police.

Ce mot donna l'impression de rebondir dans la tête de Perry. Il s'était libéré, il s'était libéré de leur emprise, l'espace de quelques secondes. Il aurait également pu les tenir à distance, il l'aurait fait, mais Bill venait de prouver qu'ils avaient raison.

Appelle la police, avait dit Bill. Cette putain de po-lice.

On te l'avait dit.

Était-il possible qu'ils paraissent suffisants ? Ils sonnaient de façon suffisante. Sans en prendre conscience, Perry laissa filer son amitié pour Bill Miller.

Assez de conneries. Il devait obtenir l'info et tout de suite.

—Quand vont-ils venir me chercher, Billy? (Bill ne répondit rien. Perry lui empoigna à pleines mains la chemise et le secoua pour insister sur ses paroles:) Quand viennent-ils me chercher?

Les yeux de Bill retrouvèrent leur clarté et leur effroi le temps d'un instant, puis se voilèrent une dernière fois. Sa tête s'affaissa, inerte. Il ne bougeait plus.

Perry le frappa jusqu'à ce que ses paumes se mettent à saigner. Cela ne fit aucune différence; Bill ne se réveillerait pas cette fois. Perry porta la main sur le cou de Bill, ne sachant pas comment vérifier le pouls. Il tâtonna sur sa propre gorge, trouva la jugulaire, qui palpitait nettement et puissamment. Il posa le doigt sur le même point sur le cou de Bill et ne ressentit rien.

Tue-le,
tu dois le tuer,
s'il te plaît fais-le maintenant.

—Votre vœu est exaucé; il est mort.

Les yeux du mouchard étaient restés ouverts, figés en un éternel regard vide, les paupières à moitié abaissées. Perry se leva sur sa bonne jambe et considéra le cadavre.

Bill était mort. Une mort de traître, bien méritée; il avait été l'un d'entre eux.

Pas d'doute.

59.
L'appel téléphonique

Al Turner était furieux. Non seulement ce gamin, cette erreur de la nature, se déchaînait encore, mais en plus ses hémorroïdes le faisaient souffrir plus que jamais. Il

avait l'impression de s'être appliqué au moins un litre de
Préparation H, mais il aurait aussi bien pu s'enduire le trou
du cul de mayonnaise, pour le bien que cela lui faisait.

—Je m'appelle Al Turner, dit-il dans le combiné. J'ai
déjà appelé une fois. Je suis dans l'appartement B-303. Il
habite juste en dessous et il hurle depuis des jours. J'en
ai marre.

—Monsieur, une voiture est en route. Souhaitez-vous
déposer une plainte officielle ?

—Absolument. Je suis descendu et je lui ai demandé
de la fermer. Je ne peux plus le supporter, il est cinglé. Je
pense quand même que vous devriez dire à vos gars de
faire attention… c'est un géant. Dans le genre lutteur
professionnel.

—Merci, monsieur. Les agents seront sur place dès que
possible. N'approchez pas de l'appartement, s'il vous plaît,
les agents vont s'en charger.

—Pas de problème. Je ne descends pas. Ce type est
complètement barge.

60.
Sortie

Nous voulons voir.

Perry se leva doucement.
—Alors, quels yeux peuvent voir, pour le moment ?

Nous pouvons tous voir.

Il n'allait certainement pas laisser ses couilles voir quoi
que ce soit. C'était trop, putain ! Il releva la manche de son
tee-shirt au-dessus du coude et permit ainsi au Triangle
situé sur son avant-bras de distinguer pleinement le corps
de Bill Miller.

Oui, il est mort,
tu as raison.

Perry rabaissa sa manche et se tourna vers son ancien ami, l'air absent. Il prit soudain conscience de la situation, qui s'installa dans son esprit avec un poids lourd et froid comme du métal. Les yeux vides de Bill fixaient le sol. Le filet de sang qui coulait de son nez s'était interrompu. Le canapé et la moquette étaient couverts de sang, comme si Bill était à l'instant sorti de la douche, entièrement habillé de ses vêtements trempés, puis s'était assis pour regarder *Les Experts*. Sauf qu'il ne s'était pas simplement assis. Perry l'avait jeté là. Les mains de Bill étaient clouées au mur par des couteaux à steak plantés dans les paumes. Du sang dégoulinait sur le papier peint, collant, poisseux et rouge.

Oh, mon Dieu… qu'est-ce qui m'arrive, bon sang ?

Il avait tué Bill. Il l'avait piégé, frappé, tiré dans l'appartement comme une mygale traînant un malheureux insecte dans sa tanière sombre où aucun espoir n'était permis. Il l'avait ensuite cloué au mur et torturé avant de le laisser se vider de son sang jusqu'à en mourir… Jusqu'à en mourir, pendant que Perry lui hurlait des questions à la figure. Quelle façon merdique de partir.

Il avait tout bonnement assassiné son meilleur ami. Il aurait dû être submergé de culpabilité, anéanti, cependant il ne ressentait, de façon surprenante, qu'une satisfaction froide… glacée. Seuls les forts survivent, ce petit mouchard ne s'était pas montré suffisamment fort pour y parvenir.

—On doit foutre le camp d'ici.

Le bruit aigu de recherche résonna dans sa tête.

Nous devons aller à Wahjamega.

C'était une suggestion étrange, mais les actes des Triangles ne semblaient plus le surprendre.

—C'est quoi, ce truc, Wahjamega? demanda Perry avec calme.

Pas un quoi, un où.
Wahjamega.
Dans un endroit appelé
Michigan.
Sais-tu où ça se trouve?

— Le Michigan? Bien sûr. Vous y êtes. Il faut que je regarde sur MapQuest où est situé Wahjamega.

Perry se tourna vers l'endroit où son Mac était installé, avant de se souvenir qu'il l'avait réduit en miettes.

—Euh… je crois que je vais me servir d'une carte ordinaire.

Nous devons aller là-bas.
Il y a des gens qui peuvent
nous aider.

Il sentit leur excitation, pure et débridée. Des images apparurent dans sa tête: une route boueuse qu'il n'avait jamais vue auparavant, des mouvements obscurs dans une forêt dense, deux chênes imposants, des branches d'arbres vibrant à l'unisson avec le sol palpitant de la forêt… et une brève vision de la porte verte de ses rêves. Une autre image: un motif, une série de lignes qui ressemblait à un caractère japonais kanji. Ce symbole ne sortait en rien de sa mémoire mais bien de *la leur*, et il était puissant.

Pouvons-nous voir?
Montre-nous.

Il sautilla jusqu'au tiroir fourre-tout, au fond duquel se trouvait une carte routière du Michigan qui avait beaucoup servi. La majeure partie de la péninsule supérieure était noyée sous une vaste tache d'encre qui évoquait vaguement un haricot rouge, sans toucher la partie sud de la carte. Il trouva Wahjamega dans le «pouce» du Michigan, qui avait une forme de main. Il plia plusieurs fois la carte de façon à laisser Wahjamega visible, puis s'empara d'un stylo – un qui ne fuyait pas – et encercla la ville. *C'est ici*, griffonna-t-il. Cette courte phrase, ainsi que la ville entourée, semblaient l'appeler, tandis qu'il se demandait pourquoi il avait écrit ces mots.

Il tourna le bras afin que le Triangle puisse voir la carte.

Il y eut une pause, puis un léger frémissement du bruit de recherche, avant qu'une émotion débordante explose dans son corps.

Oui c'est ça! C'est ça! Nous devons aller à Wahjamega!

Leur joie était rayonnante et totale, une drogue qui se répandit instantanément dans ses veines et se mit à pulser dans son cerveau. L'étrange symbole remplit de nouveau son monde.

Un motif de lignes et d'angles. L'image paraissait gonfler devant ses yeux et briller de pouvoir, comme un talisman mystique. Tout le reste s'évanouit, le monde s'assombrit pour ne laisser que le symbole flotter devant lui, puissant et incontestable. Les Triangles débordaient, il le savait, néanmoins il ne pouvait les arrêter. Il ne *voulait* pas les arrêter. Le symbole était leur but, la raison de leur existence. Ils le désiraient davantage que de la nourriture ou même leur survie.

Ils doivent le construire et je dois les aider, les aider à construire… c'est si beau…

Le souffle court, Perry secoua la tête et se sortit avec difficulté de cette transe envoûtante. La peur, une nouvelle fois, mais différente… différente car il voulait *vraiment les aider*. Ils avaient déjà envahi son esprit auparavant, mais jamais à ce point-là.

Il se rendit compte qu'il tenait un couteau dans la main gauche. La carte était posée sur le plan de travail, des gouttes de sang recouvrant les villes comme les cratères consécutifs à quelque raid de bombes nucléaires. Il vit que la pointe du couteau était ensanglantée avant de ressentir la douleur. Telle une marionnette de ventriloque, il tourna lentement la tête pour observer le dessous de son avant-bras droit.

Au cours de cette brève transe, il avait gravé le symbole sur sa peau. Long de huit centimètres, il miroitait en lignes rouges humides. Des profondes entailles suintait un peu de sang, qui s'écoulait en filets étroits de chaque côté de son épais biceps. Il n'avait rien senti. Il contempla son œuvre :

Les Triangles voulaient se rendre à Wahjamega, ils en avaient besoin, comme un drogué a besoin d'une autre dose. Ils voulaient aller à Wahjamega et construire ce que représentait ce symbole, quoi que ce soit. S'ils y tenaient tant, ce ne devait pas être bon pour lui. Hélas, il n'avait nulle part ailleurs où fuir. Les Soldats étaient en route et, au point où il en était, cette direction en valait bien une autre. L'important était de se casser en vitesse de l'appartement.

Il remisa sa fatigue sur une étagère mentale et sautilla jusqu'à la chambre, où cette étrange senteur le frappa de nouveau. Une puanteur nauséabonde, une odeur de pourriture. Cette fois, elle n'était pas portée par un invisible courant d'air mais elle persistait. Il l'ignora ; il devait se soucier de choses plus importantes.

Il sortit un sac de voyage du placard, avant de changer d'avis et de préférer son sac à dos. Rien de volumineux, juste celui fait de nylon dont il se servait pour porter ses livres au campus un million d'années plus tôt. Il songeait que progresser à cloche-pied avec un sac de voyage sur un bras se révèlerait sans doute difficile.

Quand il posa le sac à dos sur le lit, il vit qu'il brillait de taches de sang humide. Plusieurs secondes lui furent nécessaires pour prendre conscience que ces traces collantes venaient de ses mains.

Il était toujours recouvert de sang, du sien et de celui de Bill.

Le temps était déterminant, il ne le savait que trop bien ; après tout, un homme était crucifié sur le mur de son salon. Un homme mort, avec des amis et des collègues qui portaient des petits uniformes chics et qui n'aimeraient rien tant que d'envoyer plusieurs balles dans le corps malade de Perry. Seulement, il ne pouvait pas sortir couvert de sang.

Il sautilla rapidement vers la salle de bains, où il ôta ses vêtements. Ceux-ci étaient maculés de sang, à la fois humide et séché. Perry sentit une bouffée d'excitation quand les Triangles de son dos, de son bras et… et… *d'ailleurs…* regardèrent le monde ensemble pour la première fois.

Il n'avait pas le temps de prendre une véritable douche ; quelques ablutions au lavabo suffiraient. Il ne voulait d'ailleurs même pas regarder dans le bac et apercevoir les restes flottants des croûtes qui avaient annoncé le début de ce cauchemar éveillé.

Le dernier gant propre vira rapidement au rose quand il se frotta le corps. Des morceaux de sang séché tombèrent dans l'eau qui coulait. Il arrêta le robinet, laissa tomber le gant par terre, attrapa une serviette et entreprit de se sécher.

C'est à cet instant qu'il remarqua son épaule.

Ou plutôt, qu'il remarqua la moisissure.

Celle-ci se trouvait sous les pansements ; des touffes vertes d'une matière légère qui dépassait des bords en plastique. Les poils fins et minuscules ressemblaient aux ultimes cheveux poussant sur la tête d'un vieil homme avant la calvitie totale.

C'était de là que provenait l'étrange odeur : de son épaule. Cette senteur de pourriture et de renfermé emplissait la salle de bains. Les pansements demeuraient fermement collés sur sa blessure mais, sous le bandage, il vit autre chose, quelque chose de noir, humide et affreux.

Il devait ôter les pansements. Il devait voir ce qu'il y avait là. Il se servit de ses ongles pour soulever un coin de la bande adhésive de sa peau, suffisamment pour lui permettre ensuite de l'attraper fermement entre son pouce et son index avant de la retirer doucement.

Le morceau de peau se détacha ; une bande collante d'une substance noire visqueuse tomba sur sa poitrine, chaude dans un premier temps, puis aussi froide que de la glace quand elle atteignit son estomac. L'odeur, qui n'avait fait que lâcher des allusions de son intensité au cours des derniers jours, était désormais libérée, comme un génie satanique sorti d'une bouteille ; elle inondait la salle de bains comme un nuage de mort.

La puanteur mortelle retourna immédiatement l'estomac de Perry, qui vomit dans le lavabo de la bile qui se mêla en partie à l'eau du robinet avant de s'écouler par la bonde. Perry observa la blessure sans se donner la peine d'essuyer le vomi de sa bouche et de son menton.

Il y avait encore de la substance immonde tassée dans la plaie, comme de la gelée de groseilles au fond d'un pot à moitié vide. Le Triangle mort avait pourri. L'horreur coupa le souffle de Perry et fit battre son cœur trois fois plus vite de désespoir.

La consistance évoquait une citrouille pourrie, un mois après Halloween : pâteuse, humide et décomposée. Des touffes vertes de cette même matière légère moisie parsemaient la blessure comme le Triangle mort, tandis que de la pourriture noire et brillante s'accrochait aux filaments moisis.

Le plus perturbant dans l'image que renvoyait le miroir ? Perry n'était pas certain que la totalité de la pourriture provienne du corps poignardé à la fourchette du Triangle mort. Le moisi verdâtre semblait par endroits pousser à même sa peau, comme un messager rampant annonciateur de mort.

L'eau brûlante du lavabo embuait peu à peu le miroir. Hébété, Perry essuya la vapeur d'eau… et se retrouva face à son père.

Jacob Dawsey était hagard et terne. Les yeux enfoncés, il souriait de ses fines lèvres qui révélaient ses grandes dents. Il avait l'allure qui avait été la sienne quelques heures avant que le capitaine Cancer l'emporte finalement au loin.

Perry cligna des paupières et se frotta violemment les yeux mais, quand il les ouvrit, son père le regardait toujours. Quelque part dans son cerveau, il savait qu'il délirait, sans que cela rende l'expérience moins réelle pour autant.

Son père lui parla :

— *Tu as toujours été du genre à abandonner, mon garçon, dit Jacob Dawsey, de ce même grognement épais qui avait toujours précédé une correction. Tu te fais un petit bobo et tu veux laisser tomber ? Tu me donnes envie de vomir.*

Perry sentit des larmes chaudes naître dans ses yeux. Il les refoula d'un battement de paupières ; hallucination ou pas, il ne pleurerait pas devant son père.

— Va-t'en, papa. Tu es mort.

— *Mort, et pourtant plus homme que tu ne le seras jamais, mon garçon. Regarde-toi ; tu as envie d'abandonner, de les laisser gagner, de les laisser t'abattre.*

Perry sentit la colère monter en lui.

— Qu'est-ce que je suis censé faire, putain ! Ils sont *en moi*, papa ! Ils me bouffent de l'intérieur !

Jacob Dawsey sourit, son visage émacié découvrant des dents de squelette.

— *Tu vas les laisser te faire ça, mon gars ? tu vas les laisser gagner ? Arrête de te comporter comme une femmelette et réagis. (La vapeur couvrait régulièrement le miroir et effaçait peu à peu le visage de Jacob Dawsey.) Tu* m'entends, *mon garçon ? Tu m'entends ? Fais quelque chose !*

Le miroir devint totalement opaque. Perry l'essuya, mais il n'y vit plus que son propre visage. Papa avait raison. Papa avait toujours eu raison ; Perry avait été stupide d'essayer d'échapper à sa véritable nature. Dans un monde violent, seuls les forts survivent.

Perry prit une lente et profonde inspiration et se prépara mentalement à ce qu'il devait faire.

Il était temps d'afficher son visage de match.

61.
L'appel téléphonique (deuxième partie)

L'agent Ed McKinley tourna à gauche dans Washtenaw Avenue et fila vers l'est en direction d'Ypsilanti. La circulation ralentissait autour de la voiture de patrouille de la police d'Ann Arbor, juste un brin, même concernant les gens qui roulaient à la vitesse autorisée. Dans le siège passager, l'agent

Brian Vanderpine regardait par la fenêtre, considérablement plus vigilant et attentif qu'à l'accoutumée.

— Huit morts, dit-il. Ben mon vieux… ça fait beaucoup.

— C'est la dixième fois que tu dis ça, Brian, dit Ed. Et si tu laissais tomber ?

— Je n'arrive pas à comprendre. Ce genre de merde n'arrive pas à Ann Arbor.

— Eh bien, c'est le cas maintenant, répondit Ed. Je ne suis pas vraiment surpris. On a des étrangers de toute la planète qui étudient ici, et ils pensent tous sans exception que l'Amérique est maléfique.

— Ouais, on est maléfique, mais ils sont bien contents de venir ici profiter de l'éducation qu'on leur donne.

— Ouais, grogna Ed. J'imagine que les universités ne sont pas maléfiques, seulement toutes les autres choses qui ont un rapport avec notre culture. C'est drôle comme c'est simple pour eux.

— Qu'est-ce que j'aimerais trouver le salaud responsable de tout ça. Tu crois que les feds savent ce qu'ils font ?

Ed haussa les épaules.

— 'sais pas. Il se passe quelque chose de louche, c'est sûr. Ils se pointent exactement quand ce merdier se déclenche. Pas avant. On ne nous prévient pas, on a juste à compter les cadavres.

La radio se mit soudain à brailler :

— Voiture dix-sept, répondez.

Brian se saisit du combiné et appuya du pouce sur le bouton « parler ».

— Voiture dix-sept, allez-y.

— À combien de temps vous trouvez-vous de la résidence Windywood ?

— Nous roulons vers l'est sur Washtenaw, à Baldwin, répondit Brian. À peine deux minutes avant d'arriver à Windywood. Que se passe-t-il ?

—Troubles du voisinage. Une plainte déposée par Al Turner, appartement B-303. Il dit que le gars en dessous de chez lui hurle depuis des jours. C'est un dénommé Perry Dawsey, appartement B-203.

Brian se tourna vers Ed, un regard interrogateur sur le visage.

—Perry Dawsey. Pourquoi ce nom me dit quelque chose ?

—Je me demande si c'est ce même gosse qui a joué en tant que linebacker pour l'université du Michigan il y a quelques années.

Brian pressa de nouveau le bouton « parler ».

—Compris, contrôle, on va vérifier ça.

—Notez que le plaignant prétend que Dawsey est immense et potentiellement dangereux.

—Compris également. Voiture dix-sept, terminé.

Brian raccrocha le combiné.

—Immense et potentiellement dangereux ? dit Ed en fronçant les sourcils. Ça ressemble tout à fait au Perry Dawsey que j'ai vu jouer.

Brian baissa le regard face au vif soleil hivernal. Il se rappelait avoir assisté à des matchs de Perry Dawsey « l'Effrayant ». « Immense et dangereux » lui correspondait sans aucun doute. Ce n'était qu'une affaire de troubles du voisinage, mais il n'aimait pas l'allure de cet appel. Pas du tout.

62.
Jouer dans la douleur

Inspirer par le nez, expirer par la bouche. Une dernière profonde inspiration.

Se concentrer.

Jouer dans la douleur.

Perry leva la main droite et plongea nettement les doigts dans la plaie. Il ne s'embêta pas à essayer de contrôler ses cris, il se contenta de refermer les doigts et de tirer. Les ongles raclant sa chair ouverte, il ôta de son corps le Triangle spongieux et noir. La tige ne résista que peu de temps avant de céder, affaiblie par la décomposition qui avait transformé cette créature en quelque chose d'à peine plus consistant que de la pâte. Perry jeta sa prise, une pleine poignée de matière sanguinolente, dans le lavabo, où elle atterrit parmi les traces de vomi et l'eau brûlante.

Il renouvela l'opération à deux reprises, hurlant de nouveau chaque fois, et sortit tout ce qu'il put de la blessure. Du sang se mit encore à couler sur sa poitrine, avant de se faufiler sur son entrejambe, glisser sur l'intérieur de ses cuisses et former de petites mares sur le sol.

La douleur lui labourait l'esprit et du fil de fer barbelé rouillé se resserrait autour de son cerveau fragile, mais il savait qu'il devait arrêter cette hémorragie. Et l'arrêter rapidement. Il regarda la plaie : désormais de la taille d'un poing et légèrement hors de portée des capacités de simples pansements.

Il ramassa le gant ensanglanté par terre et sautilla jusqu'à la cuisine. Il pressa alors le gant sur la blessure, au point de l'enfoncer – non sans douleur – dans le trou afin d'essayer d'endiguer le flot de sang. Le ruban adhésif, argenté, large et toujours aussi collant, se trouvait dans le tiroir fourre-tout. Il dut cesser d'appuyer sur la blessure afin de pouvoir se servir de ses deux mains pour couper de larges bandes de ruban adhésif, qu'il colla sur le bord du plan de travail.

Il tassa encore profondément le gant dans la plaie béante qui saignait. Il fixa ensuite un morceau de ruban sur le gant et le colla fermement sur le torse et dans le dos. Après avoir répété cinq fois l'opération, il se retrouva avec sur la peau une étoile dont les branches partaient de la plaie et s'étalaient sur son épaule, sur le haut et le bas de sa poitrine, ainsi que sous son bras. Ce n'était pas exactement la clinique Mayo[1] mais, comme papa avait l'habitude de le dire, c'était largement suffisant pour lui.

Les amis de Bill seraient là d'une minute à l'autre.

Il était temps de partir.

Il essuya le sang de son corps à l'aide d'une poignée de serviettes en papier, tout en regagnant la chambre à cloche-pied. Il entassa ensuite des vêtements dans son sac à dos ; deux jeans, trois tee-shirts, un sweat-shirt et tous les caleçons et chaussettes propres qu'il trouva.

Une jambe quasiment invalide tandis que l'épaule droite lançait des éclairs de douleur à chaque mouvement, il retira son pantalon. Chaque seconde était une éternité d'anxiété ; il s'attendait à voir la porte sauter vers l'intérieur, enfoncée par l'un de ces lourds béliers que l'on voit dans *Cops*, quand la police débarque dans une de ces maisons délabrées. Le bélier (sur lequel un petit malin aurait écrit « toc-toc ») serait suivi par des hommes en combinaison de guerre biologique, chaque centimètre de leur corps recouvert afin de ne pas entrer en contact avec les Triangles. Ils porteraient des flingues à gros canon et leurs doigts seraient fébriles sur la détente.

Il enfila un sweat-shirt noir des Oakland Raiders et lutta avec ses chaussettes et ses chaussures de randonnée, sa jambe ravagée rendait cette simple tâche des plus difficiles.

Perry voulait une arme, n'importe quoi à empoigner, quelque chose pour lui permettre de tomber en se battant, de tomber comme un Dawsey. Dans la cuisine, il jeta la totalité du bloc de boucher, y compris les ciseaux à volaille, dans son sac à dos. Puis il attrapa ses clés et son manteau. Il

---

1. Établissement de soins américain de réputation mondiale situé à Rochester, dans le Minnesota (*NdT*).

ne s'attarda même pas à regarder Bill, qui fixait toujours la moquette d'un air absent.

De façon plutôt impolie, Bill ne prit pas la peine de lever la tête et de le voir sortir.

Perry quitta l'appartement, ses yeux parcourant le couloir à la recherche des Soldats. Il n'en vit aucun. Il se rendit alors compte qu'il avait laissé la carte à l'intérieur. Finalement, il n'en avait pas besoin ; s'il parvenait à quitter Ann Arbor vivant, il savait exactement où se rendre. Il commençait à avancer dans le couloir, toujours ensanglanté à la suite de son affrontement avec Bill, quand les Triangles s'exprimèrent de nouveau.

Et leurs mots le stupéfièrent. Ce fut la pire chose qu'il avait entendue jusqu'ici.

Une éclosion approche

63.
Salut, voisin (troisième partie)

Une éclosion approche !

La bouche de Perry s'assécha subitement, son visage fut inondé de sang chaud et il sentit son âme la plus profonde se flétrir et s'assombrir comme une fourmi brûlée par une loupe. L'éclosion. Elle approchait. Il avait vu juste, c'était comme avec la chenille et les guêpes ; il avait servi leur but, et l'heure de leur épouvantable naissance était venue.

Son corps massif se mit à trembler sans qu'il puisse le contrôler.

— Vous aller éclore ?

Pas nous,
quelqu'un d'autre est près d'ici

343

près d'ici.

Il ressentit une légère vague de soulagement, mêlée à un infime espoir – non pas l'espoir d'être sauvé, mais le sentiment de savoir qu'il y avait quelqu'un d'autre, quelqu'un fourré dans la même situation, quelqu'un *comme* lui qui pouvait *comprendre*.

Perry sautilla vers l'escalier qui conduisait à la porte extérieure. Il n'avait pas remarqué qu'il avait posé le pied sur la partie imbibée de sang de la moquette ; les bonds suivants laissèrent derrière eux une ligne de traces de pas rouge humide de la forme de la semelle de sa chaussure.

C'était bon d'être de nouveau habillé. Il s'était senti poisseux quand il avait été couvert de sang des pieds à la tête, dans des vêtements qui auraient dû être incinérés plutôt que lavés. Il était habillé et il quittait l'appartement qui l'avait retenu prisonnier des jours durant.

Son épaule le lançait lourdement à l'endroit où il avait retiré le Triangle pourrissant. Le sac à dos bringuebalant tirait sur le gant de toilette et la plaie, mais le ruban adhésif tenait bon. Il allait galérer pour ôter ce « bandage ». Peut-être serait-il mort avant cela, il n'aurait alors pas à s'en soucier.

Nous avons faim.
Nourris-nous nourris-nous.

Perry ignora leurs paroles et préféra se concentrer sur l'escalier. Il s'appuya de tout son poids sur la robuste rampe métallique et descendit avec prudence les marches une à une. C'était ahurissant comme les choses étaient plus faciles quand vous aviez deux pieds.

Nourris-nous maintenant.
Nourris-nous maintenant
une éclosion approche.

344

Une éclosion !

—Fermez-la, merde ! Je n'ai pas de nourriture.

Il parvint jusqu'au rez-de-chaussée sans incident. Après des jours passés dans l'appartement exigu, ce serait agréable de se trouver de nouveau dehors, peu importait le temps ; il pouvait y faire chaud comme au milieu des flammes de l'enfer, il sortirait en sautillant et en sifflant *Chantons sous la pluie*.

Une vague débordante de panique le frappa de plein fouet, un plaquage par-derrière qui fit grimper son taux d'adrénaline en flèche avant qu'il se rende compte que cette peur n'était pas la sienne.

—Qu'est-ce qu'il y a ? Que se passe-t-il ?

Columbo arrive !
Columbo arrive !

Les Soldats. Perry franchit la porte et s'engouffra dans le vent hivernal sous le soleil aveuglant. La température était d'environ moins quinze degrés, mais c'était une journée splendide. Parvenu à sa voiture, il insérait la clé dans la serrure quand ses yeux captèrent les contours et les couleurs d'un véhicule familier ; son esprit lui hurla un avertissement.

À près de cinquante mètres de là, une voiture de patrouille de la police d'Ann Arbor entrait dans la résidence et se dirigeait vers lui.

Il fit le tour de l'avant de sa Ford, soigneusement garée sous l'auvent métallique du parking, puis il se baissa entre le pare-chocs avant et la base du surplomb, caché de l'extérieur.

Le véhicule de patrouille ralentit et s'arrêta contre le trottoir, juste en face de la porte principale de l'immeuble de Perry, dont l'instinct se mit à crier ; l'ennemi ne se trouvait qu'à cinq mètres de lui.

Deux flics sortirent de la voiture, heureusement sans regarder dans sa direction. Ils placèrent leurs matraques dans leurs ceintures et marchèrent vers le bâtiment avec cette attitude de flic typique, détendue et pleine de confiance.

Ils pénétrèrent dans son immeuble, puis la porte métallique cabossée se referma lentement derrière eux. Ils arrivaient trop tard pour sauver leur petit mouchard. Ils trouveraient le cadavre d'ici quelques secondes et ils viendraient immédiatement chercher Perry en tirant dans tous les sens.

Brian Vanderpine fut le premier à s'engager dans l'escalier. Ses pieds martelaient les marches, qui souffraient sous le choc de ses quatre-vingt-quinze kilos. Ed McKinley le suivait sans un bruit, toujours d'un pas plus léger bien que pesant cinq kilos de plus que Brian.

Ils n'avaient rien de spécial à se dire, alors qu'ils grimpaient les marches qui conduisaient au deuxième étage. Il ne s'agissait que d'une plainte pour du bruit, rien de terrible ; cependant, étant donné les événements des derniers jours, chaque appel les rendait quelque peu tendus. Brian espérait que Dawsey vivait seul ; il n'avait vraiment pas envie de devoir régler une dispute domestique.

Ils étaient appelés dans ce vaste complexe au moins deux fois par semaine. La plupart du temps, les gens n'avaient pas conscience de la faible épaisseur des murs et du bruit qu'ils produisaient. Habituellement, l'apparition des flics en uniforme à leur porte les gênait affreusement et ils se calmaient sans faire d'histoires.

Brian et Ed franchirent les six premières marches ; ils tournaient pour s'engager sur les six suivantes quand Brian s'arrêta si brusquement qu'Ed le percuta. Brian regardait par terre. Ed suivit automatiquement son regard.

De grandes traces de pas rouges sur les marches.

Brian s'agenouilla près de l'une d'entre elles, qu'il effleura avec précaution. Quand il les retira, ses doigts étaient tamponnés de rouge. Il fit couler le liquide autour du bout de ses doigts, le temps d'une seconde, puis il se tourna vers son collègue.

— C'est du sang, dit-il.

Il l'avait su avant même de l'observer ; il en avait reconnu l'odeur.

Brian se leva. Les deux hommes dégainèrent leurs pistolets et progressèrent en silence dans l'escalier en prenant garde de ne pas marcher sur d'autres traces de pas rouges. Quand ils parvinrent au deuxième étage, ils virent le sang sur le mur et les flaques rouge vif sur la moquette. Cela faisait beaucoup de sang, probablement consécutif à une très grave blessure.

De larges traces filaient jusqu'en dessous de la porte de l'appartement B-203. Quelqu'un qui saignait méchamment s'était traîné – ou avait été traîné – dans cet appartement.

Ils prirent position de chaque côté de la porte, le cœur battant la chamade, le dos contre le mur et les armes pointées vers le sol. Brian cogitait fiévreusement. Le sang était frais et il y en avait suffisamment pour supposer que la victime saignait peut-être au point d'en mourir. Il n'avait aucun doute quant au fait que cette blessure avait été provoquée par une arme. Or, si la victime se trouvait toujours à l'intérieur, il ou elle était peut-être enfermée là-dedans avec son agresseur.

L'adrénaline afflua dans le corps de Brian. Il se baissa et frappa un grand coup de la main droite sur la porte.

— Police ! Ouvrez !

Personne ne répondit. Le couloir demeurait plongé dans un silence de mort.

Brian frappa de nouveau, plus fort.

— Police ! Ouvrez cette porte !

Toujours pas de réponse.

Il se tourna afin de faire face à la porte. Après un rapide regard à Ed, qui approuva et signifia d'un hochement de tête qu'il était prêt, Brian jeta ses quatre-vingt-quinze kilos dans un coup de pied porté juste en dessous de la poignée. Le bois craqua mais la porte tint bon. Il donna un nouveau coup de pied, plus violent. Le verrou fut arraché du mur avec des morceaux de bois et la porte s'ouvrit à la volée.

Perry se rendit soudain compte que sa voiture ne lui servirait à rien. Les flics sortiraient de son appartement au bout de quelques secondes. Ils le connaissaient ; ils rechercheraient donc sa voiture. Il ne parviendrait sans doute pas à rouler quatre-vingts kilomètres mais, d'un autre côté, il n'irait pas loin à pied.

L'éclosion approche bientôt.

L'éclosion. Un pauvre type était au bout du cycle des Triangles. À quoi devait-il ressembler ? À quel point la douleur était-elle insupportable ?

Le voyage vers Wahjamega devrait attendre. Il serait déjà chanceux s'il parvenait à s'extirper du parking, sans parler du fait d'atteindre Wahjamega. Il n'y avait qu'un seul endroit où il pouvait se rendre. Quelqu'un n'était pas loin, quelqu'un également infecté. Cette personne comprendrait l'état de Perry, elle comprendrait ce qu'il avait fait à Bill et le cacherait, le protégerait des flics qui grouilleraient de partout d'ici quelques minutes.

—On peut regarder l'éclosion ?

Oui, on devrait regarder.
Oui, regarder et
voir, voir.

—C'est où ? Dites-moi où aller, vite !

Viens par ici.

Perry se figea. L'autre voix. La voix féminine. Faible mais nette.

Fais demi-tour.

Il plaqua les mains sur les oreilles, le visage réduit à une expression enfantine de pure terreur. C'en était trop, foutrement trop, mais il ne pouvait pas céder à la panique pour le moment, pas alors que les flics allaient se précipiter hors de son appartement d'un instant à l'autre. Il se retourna et se retrouva face au bâtiment G.

Dépêche-toi dépêche-toi.
par ici
pour être en sécurité.

Il ne comprenait pas. Il ne voulait pas comprendre. Tout ce qu'il voulait, c'était fuir les flics. Il se lança en avant dans un sprint effréné sur sa jambe valide, à la limite de la perte d'équilibre. Il chuta à deux reprises, heurtant chaque fois de la tête le bitume recouvert de neige avant de se relever en un éclair, comme pris de folie.

Il lui fallut quinze secondes pour atteindre le bâtiment G.

Brian Vanderpine et Ed McKinley se rappelleraient tous les deux chaque instant avec une précision parfaite. Au cours de leurs vingt-cinq années de travail au sein de la police – quatorze pour Brian et onze pour Ed –, ils n'avaient jamais vu un merdier tel que celui qu'ils découvrirent dans l'appartement B-203.

La porte s'ouvrit à la volée. Malgré l'envie de Brian de pointer son arme dans l'appartement, il la conserva orientée vers le sol. Rien ne bougeait. Brian entra à l'intérieur. Il aperçut immédiatement le corps sur le canapé, les mains ensanglantées clouées au mur par des couteaux à steak en une affreuse parodie de la crucifixion.

Brian allait le vérifier, bien entendu, mais il savait déjà que cet homme était mort. Il détourna le regard du cadavre ; l'auteur du crime était peut-être encore dans l'appartement. Il y avait du sang *partout*.

La puanteur le frappa comme un coup de poing : une odeur de sueur, de sang, de quelque chose d'horriblement pourri et *mauvais* dans un sens qu'il ne parvint pas à définir sur le moment.

Brian pointa son pistolet dans la direction du bref couloir qui conduisait à la salle de bains et à la chambre. Il bénit soudain les dizaines d'interventions qu'il avait effectuées dans cette résidence et qui l'avaient familiarisé avec ces appartements, tous conçus selon le même plan.

Ed se tourna vers la gauche et brandit son arme vers ce qui servait de cuisine.

—Putain de merde ! Brian, regarde ça.

Brian jeta un rapide coup d'œil. Du sang séché recouvrait le sol de la cuisine, à un point tel que le linoléum affichait en grande partie une teinte morne d'un rouge brun. La table était également maculée de sang séché.

Brian avança dans le couloir, talonné par Ed. L'étroit placard était ouvert et vide, à l'exception d'un manteau long, d'une chemise hawaïenne aux couleurs éclatantes et d'une ample veste de l'université du Michigan. Il ne restait donc que la chambre et la salle de bains.

Cette odeur, cette *mauvaise* odeur, se fit encore plus forte quand ils s'approchèrent de la porte fermée de la chambre. Brian resta sur place, à moitié couvert par le coin du couloir, et intima d'un geste à Ed de vérifier la salle de bains, dont la porte était ouverte. Ed y entra et en ressortit trois secondes plus tard, secouant la tête pour signifier que la pièce était vide. Il articula les mots *encore du sang*.

Brian s'agenouilla devant la porte de la chambre tandis qu'Ed se plaçait derrière lui, debout à un pas. Ils évitaient de se tenir trop près l'un de l'autre, de sorte qu'un coup de feu ne puisse pas les toucher tous les deux. Le cœur battant à tout rompre dans la poitrine et dans la gorge, Brian tourna la poignée et poussa la porte. Rien. Ils vérifièrent rapidement le placard et regardèrent sous le lit.

— Va t'occuper du blessé, Brian, j'appelle du monde, dit Ed.

Tandis que son collègue attrapait son combiné et entrait en contact avec le contrôle, Brian se précipita vers le corps. Pas de pouls, le cadavre était encore chaud. Cet homme venait juste de mourir, sans doute au cours de la dernière heure.

La victime était assise dans le canapé, la tête affaissée, les bras tendus, chaque main clouée au mur par un couteau à steak. La zone était aspergée de sang, qui avait inondé les jambes du malheureux et laissé d'immenses taches rouges sur les coussins usés du canapé. Le nez de cet inconnu était une catastrophe ; cassé, broyé. Le visage : enflé, coupé et couvert d'hématomes. Du sang s'était déversé sur la figure de cet homme et avait trempé sa chemise.

Brian reconstitua mentalement le puzzle de cette histoire, non sans voir sa fureur grandir devant la sauvagerie de cette agression. L'auteur du crime avait attaqué sa victime dans le couloir, l'avait charcutée – soit avec un de ces couteaux, soit avec une autre arme – puis l'avait traînée dans l'appartement et clouée au mur avec les couteaux. Les coups au visage pouvaient avoir été donnés dans le couloir comme dans le salon, une fois le visiteur cloué.

Un tel merdier n'était pas supposé se produire à Ann Arbor. Putain, ce merdier n'était supposé se produire *nulle part* !

La violence survenue au cours d'une dispute domestique était presque toujours suivie de remords. Il était fréquent que l'agresseur prévienne lui-même les flics après avoir frappé l'être aimé. Ce n'était pas le cas ici. Celui ou celle qui avait perpétré cela n'avait pas éprouvé le moindre remords – les gens assaillis par des remords ne laissaient pas sur le mur des messages écrits avec le sang de la victime morte.

C'était la pire boucherie qu'avait jamais vue Brian ; elle resterait Numéro Un dans son hit-parade personnel jusqu'à la fin de sa carrière. Même s'il n'oublierait jamais un seul des horribles détails, le message sur le mur symboliserait pour toujours cette tuerie sauvage.

Les nombreuses traces de paumes et empreintes digitales ensanglantées montraient que le meurtrier s'était servi de ses mains pour rédiger ce message au-dessus de la tête pendante de la victime. Un simple mot écrit en lettres sanglantes de près de un mètre de haut qui laissaient des traînées rouges encore humides coulant le long du mur.

Discipline.

64.
Un client sérieux

Margaret ouvrit d'un coup de pied la porte battante des toilettes pour hommes, avant de se pencher et de crier :

—Amos ! On y va, mec ! On en a un autre !

Une chasse d'eau retentit. Amos jaillit d'une cabine et trébucha en remontant son pantalon. Margaret fit demi-tour et fonça dans le couloir. Amos repartit en courant pour la rattraper. Elle dérapa puis s'arrêta devant un ascenseur, dont Clarence Otto maintenait les portes ouvertes. Elle y entra avec Amos, les portes se refermèrent et Otto appuya sur le bouton correspondant au parking.

—C'est loin d'ici ? demanda Margaret.

Clarence sortit une carte, qu'il étudia brièvement.

—Environ dix minutes, plus ou moins, répondit-il.

Margaret agrippa le bras puissant de l'agent, le visage illuminé d'insistance.

— Dans quel état est la victime ? Quels sont ses symptômes ?

— Je n'en sais rien, m'dame. Dew est *en route* *, accompagné par deux équipes d'intervention rapide en combinaisons bio complètes. Je crois que c'est une résidence d'appartements.

Margaret lâcha le bras d'Otto et essaya de se calmer.

— Pensez-vous que nous attraperons celui-ci vivant ?

— Je pense bien, m'dame, répondit Clarence. Dew doit déjà y être. La victime a rempli un formulaire par Internet. Les instructions sont de ne pas bouger et d'attendre les secours. Je ne vois pas ce qui pourrait clocher à ce stade.

65.
La grande évasion

Perry ferma la porte d'entrée derrière lui et jeta un rapide coup d'œil dans le couloir vide. Il se retourna ensuite vers la fenêtre, juste à temps pour voir l'un des flics surgir en trombe du bâtiment B et sauter dans la voiture de patrouille, dont les gyrophares rouge et bleu s'allumèrent.

Un sourire sadique apparut sur le visage de Perry.

— Allez vous faire foutre, la flicaille, murmura-t-il. Vous ne m'aurez jamais vivant.

Peut-être ne savaient-ils pas à quoi s'attendre quand ils étaient arrivés. Ils pensaient sans doute que Bill l'avait déjà lié comme un rôti, prêt à être livré. Ils l'avaient sous-estimé. Cependant, il était certain qu'ils ne commettraient pas une nouvelle fois la même erreur.

Il se retourna et jeta un œil sur le couloir du bâtiment G. Il sentit quelque chose… quelque chose d'étrange, un genre

---

* En français dans le texte

353

de chaleur beurrée dans sa poitrine, comme une sensation huileuse en lui, qui ne ressemblait à rien de ce qu'il avait déjà connu auparavant. Il se rendit alors compte qu'il avait commencé à l'éprouver alors qu'il se ruait vers le bâtiment G et, une fois à l'intérieur, elle s'était renforcée.

L'éclosion approche,
l'éclosion approche.

Le radotage des Triangles lui rappela que son abri n'était que temporaire. D'autres voitures étaient certainement en route. Ce n'était qu'une question de temps avant que les flics le repèrent. Il serait abattu, bien sûr, tué alors qu'il « tenterait de s'échapper » en essayant de se bouger les fesses sur une seule jambe ou même alors qu'il serait étendu à terre sous l'œil de vingt témoins. Cela n'aurait aucune importance ; les Soldats achèteraient le silence de ces derniers ou les feraient également disparaître. Il devait entrer – il devait trouver l'autre victime des Triangles.

— Par où on va, les potes ?

Après tout, c'était eux qui lui avaient révélé la vérité au sujet des Soldats et de Billy le Mouchard. Ils l'avaient aussi prévenu de l'arrivée des hommes en uniforme et ils avaient eu raison. Ils l'avaient averti à temps pour échapper aux flics.

Va au troisième étage.

Bon sang, ils apprenaient vite. Il n'y avait désormais presque plus de délai entre l'instant où ils entendaient un nouveau concept, comme celui des directions, et leur maîtrise de la terminologie correspondante.

Il s'engagea en sautillant dans l'escalier. La sensation huileuse dans sa poitrine s'intensifiait légèrement à chaque pas, si bien qu'une fois parvenu au troisième étage il percevait cet étrange phénomène dans chaque fibre de son être.

Il avança dans le couloir jusqu'à être arrêté par les Triangles.

C'est ici.

Appartement G-304.

Sur la porte était accrochée une couronne de brindilles, peinte en douces couleurs pastel et ornée de petits canards en bois qui brandissaient un écriteau rose de *Bienvenue*. De l'art bucolique. Perry détestait l'art bucolique. Il frappa à la porte. Pas de réponse. Il frappa une nouvelle fois, plus fort et ses coups moins espacés.

Toujours pas de réponse.

Perry se pencha jusqu'à ce que sa bouche touche presque le rebord de la porte. Il s'exprima calmement mais suffisamment fort pour être entendu de l'autre côté.

— Je ne vais pas partir. Je sais ce que vous traversez. Je suis au courant à propos des Triangles.

La porte s'entrebâilla et buta contre la chaîne de sécurité. Perry entendit la version de Whitney Houston de la chanson *I'm Every Woman* sortir à faible volume d'une chaîne stéréo. Un visage joufflu regarda par l'ouverture, un visage qui aurait pu être attirant si cette femme avait un peu dormi au cours des quatre ou cinq derniers jours. Elle paraissait à la fois furieuse, soucieuse et effrayée.

Dès qu'il aperçut ce visage, Perry fut pratiquement noyé par la sensation huileuse. Il savait maintenant ce que c'était ; d'une façon ou d'une autre, il *sentait* la présence d'un autre hôte. Avant qu'elle prononce le moindre mot, Perry sut qu'elle était infectée.

— Qui êtes-vous ? demanda-t-elle.

Il ne manqua pas de remarquer l'infime espoir dans sa voix, l'espoir que cet homme était venu la sauver.

— J'habite dans cette résidence, répondit Perry d'une voix posée. Je m'appelle Perry. Laissez-moi entrer pour que nous puissions parler de ce que nous allons faire.

Par l'entrebâillement de la porte, il ne distinguait que cinq centimètres de son visage mais cela suffisait pour voir qu'elle n'était pas convaincue.

—Êtes-vous du gouvernement ? Des… *Experts* ? La peur transpirait de ses mots, tandis que Perry sentait sa patience s'amenuiser.

—Écoutez, madame, je suis dans le même putain de bateau que vous – j'ai aussi des Triangles, OK ? Vous ne le sentez pas ? Alors ouvrez la porte avant que quelqu'un nous remarque et prévienne les Soldats.

Le dernier mot fit mouche. Les yeux de la femme s'écarquillèrent et elle inspira subitement avant de retenir sa respiration. Elle cligna des yeux à deux reprises, essayant de se décider si elle devait croire cet inconnu, puis elle referma la porte. Perry entendit la chaîne de sécurité glisser et la porte s'ouvrit. Elle le considéra avec impatience et espoir.

Perry entra rapidement en sautillant, l'écarta du passage et claqua la porte avant de la verrouiller – la chaîne, le verrou et même la petite serrure de merde de la poignée, merci beaucoup. Il se retourna ensuite d'un léger bond… et se retrouva face à un énorme couteau de boucher pointé à seulement quelques centimètres de sa poitrine.

Il leva doucement les mains à hauteur d'épaule et s'écarta de la lame jusqu'à toucher la porte du dos.

Plusieurs émotions se mêlaient dans les yeux marron de cette femme, la colère et la peur dominant le reste. S'il se trompait d'un seul mot, il recevrait ce couteau dans la poitrine. C'était une femme plutôt grande, d'environ un mètre soixante-dix, mais dont la masse graisseuse lui faisait approcher les soixante-quinze kilos. Elle portait une robe d'intérieur jaune décorée de motifs à fleurs verts et bleus. Elle nageait dedans, comme s'il s'agissait d'un vêtement d'occasion trop grand de quatre tailles. Le Plan de Régime des Triangles avait fait des merveilles sur elle ; elle avait dû peser au moins cent kilos avant d'être infectée. Des chaussons gris et pelucheux à tête de lapin aux pieds, elle avait les cheveux blonds, attachés en une queue-de-cheval désordonnée qui ne semblait pas à sa place sur son visage entre deux âges, qu'irradiaient la peur et le désespoir.

Perry était beaucoup plus grand qu'elle, mais il ne comptait pas prendre de risques. Il avait appris très tôt au cours de sa vie dans les cours de récréation que les gros étaient forts. Sans en avoir l'air, cet excédent de poids formait des muscles puissants qui s'avéraient étonnamment vifs pour certaines choses telles que frapper ou attraper – ou donner un coup de couteau.

— Mon dieu, madame, baissez ce couteau.

— Qu'est-ce qui me prouve que vous n'êtes pas du gouvernement ? Montre-moi votre carte d'identité, dit-elle, la voix tremblante, tout comme la pointe de la lame.

— Allons, dit Perry, qui s'agaçait de plus en plus. Si j'étais du gouvernement, pensez-vous qu'ils m'enverraient en mission avec ma carte ? Réfléchissez ! Je vais vous dire ; laissez-moi remonter ma manche, d'accord ? Je vais vous montrer.

Il laissa lentement tomber son sac à dos par terre, espérant au passage avoir laissé la fermeture ouverte afin d'être en mesure de se saisir rapidement de son propre couteau de cuisine. Toutefois, s'il tentait cela, elle pouvait paniquer et le frapper.

Perry remonta sa manche.

La vague d'excitation débordante le frappa comme une violente montée de drogue.

C'est elle c'est elle.
Elle va bientôt éclore,
C'est elle

— Oh mon dieu…, lâcha la femme dans un murmure enroué. Oh mon dieu, vous les avez aussi.

Le couteau tomba sur la moquette.

Perry se rapprocha d'elle d'un petit saut et la gifla du dos de la main gauche sur la joue. La tête rejetée en arrière, elle se mit légèrement à pleurer tout en s'effondrant sur la moquette jaune pâle, où elle resta immobile à sangloter.

Arrête maintenant
arrête maintenant
Maintenant MAINTENANT!

Perry grimaça de douleur sous l'effet du léger cri mental. Il s'était douté que cela se produirait mais, il avait au moins donné une bonne correction. Il fallait montrer aux femmes qui commandait, après tout.

— Si tu me menaces encore avec un couteau, espèce de salope, je te découpe ton gros cul !

La femme sanglotait toujours de douleur, de terreur et de frustration.

Perry s'agenouilla près d'elle.

— Tu m'as compris ? demanda-t-il.

Elle ne dit rien, le visage caché dans les bras, sa graisse tremblant comme de la gelée de cuisine.

Il lui caressa avec douceur les cheveux, contact qui la fit reculer.

— Je ne vais te le redemander qu'une seule fois, dit-il. Si tu ne réponds pas, je te donne un coup de pied dans les côtes, grosse merde.

Elle leva soudain la tête, le visage inondé de larmes.

— Oui ! cria-t-elle. Oui, j'ai compris !

Elle hurlait. On aurait dit qu'elle voulait l'emmerder, qu'elle essayait de l'emmerder. Les femmes… Donnez-leur la main et elles vous prennent le bras. Le visage baigné de larmes de celle-ci lui rappelait un beignet glacé. Il n'y a pas de place pour les larmes dans la vie, femme, pas de place du tout.

—Autre chose, dit-il, la voix teintée d'une nuance glaciale et sans cesser de lui caresser les cheveux. Si tu élèves encore une fois la voix plus haut que le niveau normal de conversation, tu es morte. Je veux dire par là que ça ne fait pas l'ombre d'un doute. Va encore une seule fois trop loin avec moi et je t'encule avec ton couteau de boucher. Tu as compris ?

Elle le considéra avec un regard pathétique d'incrédulité et d'infini désespoir. Elle n'inspirait aucune compassion à Perry. Elle était faible, après tout, et dans un monde violent, seuls les forts survivent.

La voix de Perry se gonfla de colère quand il répéta lentement ses mots, chacun clairement espacés :

—Tu. As. Com-pris.

—Oui, murmura-t-elle. J'ai compris. Je vous en prie, ne me frappez plus.

Elle était si pitoyable – du sang coulait de sa joue, de la peur se lisait dans ses yeux et son visage était strié de larmes. Elle ressemblait à une femme battue.

Comme sa mère, après une « leçon » de son père.

Perry secoua violemment la tête. Qu'est-ce qui lui arrivait, bon sang ? Qu'était-il en train de devenir ? La réponse était simple ; il devenait ce qu'il *devait* devenir pour survivre. Il considéra la femme et lutta pour profondément refouler sa culpabilité quelque part où il n'aurait pas à s'en soucier. Le Perry qui avait contrôlé son agressivité durant des années… Il n'y avait plus de place pour cette personne.

Il essuya avec délicatesse les larmes du visage de la femme.

—Maintenant, lève ton gros cul et prépare à manger. Nourris-nous, on a faim.

Il sentit une excitation monter en lui, nouvelle et forte. Les Triangles savaient que la nourriture allait arriver et cela les rendait heureux. Très heureux. Cette émotion était puissante, si puissante que Perry ne put s'empêcher de lui-même éprouver un peu de leur joie.

66.
Prolongation

Dew regardait par la fenêtre de la Buick et observait l'agitation policière à l'extérieur, son gros téléphone portable collé à l'oreille. Apparemment, il était arrivé peut-être dix minutes trop tard. *Si près.* L'occasion manquée le faisait bouillir intérieurement.

—C'est vraiment un gros, un énorme SNBT, Murray, dit-il. Ces putains de locaux sont partout, et encore plus sont en route.

Il voyait presque le visage du directeur adjoint devenir écarlate.

—Les équipes d'intervention rapide sont-elles entrées? demanda celui-ci. Pourquoi ne gèrent-elles pas le problème?

—Elles ne sont pas entrées du tout. Elles m'ont d'abord appelé et je leur ai dit de dégager. Imagine le tableau; essayer de faire entrer huit gus armés de P90 en combinaisons bio et regarder la presse se jeter dessus.

—Oh pitié, non…, dit Murray, la voix à la fois fatiguée et furieuse. La presse est déjà là?

—Ouais. Les flics du coin sont arrivés les premiers sur les lieux. Les journalistes les ont peut-être interceptés par radio. Nous n'avions aucune chance de contrôler l'information. Les flics tiennent les médias à distance, mais il est absolument impossible d'entrer sans être vu par au moins trois équipes de chaînes d'info.

La radio et la télévision s'étaient déjà délectées des nouvelles de la tuerie de Kiet Nguyen et du suicide qui s'était ensuivi. Les détails n'iraient pas plus loin, à moins, bien sûr, que les flics lancent une chasse à l'homme sur un ancien linebacker de l'université du Michigan qui avait abandonné un corps mutilé dans son appartement. Avec ces deux histoires de meurtre en cours, la couverture de l'explosion au gaz qui avait tué une mère et son fils avait totalement disparu.

— N'oublie pas que ce gamin, Dawsey, était une célébrité majeure dans cette ville, fit Dew. Ils sont pas mal ici dans les médias à être impatients de voir un joueur de football se montrer à la hauteur de sa réputation de créature violente. On n'est pas à Washington, Murray, on est à Ann Arbor, Michigan. Une petite ville universitaire où on porte les cheveux longs en fumant de l'herbe. Un joueur de football meurtrier en fuite serait pour eux l'histoire de la décennie, sans compter que le *gouvern'ment* en train d'essayer d'étouffer l'affaire serait la cerise sur le gâteau.

— Dew, au vu de la situation, vois-tu la moindre façon de mettre la main sur Dawsey vivant ?

— C'est ta partie, ça, L. T., dit Dew. Rends-toi compte du nombre de flics qui lui courent après. Il y a un cadavre dans son appartement, ils ne vont pas arrêter de chercher simplement parce que je leur dis que nous nous occupons de l'affaire. Ils veulent Dawsey et ils le veulent à tout prix. S'il en est au moindre stade avancé de l'infection, les flics sont susceptibles de voir ses excroissances. S'ils le capturent, attends-toi à ce que quelqu'un braque une caméra sur lui et qu'une cargaison de journalistes se battent pour savoir pourquoi il a tué un homme. S'il est arrêté et que nous ne parvenons pas à l'atteindre aussitôt, les triangles pourraient faire la une des infos nationales avant la fin de la nuit. Si les journalistes aperçoivent les triangles, ces conneries de Sras n'étoufferont rien du tout. Si les flics prennent Dawsey vivant, tout ce truc éclate au grand jour.

— Que proposes-tu ?

— Je pense qu'il faudrait l'attraper le plus vite possible, répondit Dew. Et mettre les flics du coin dans le coup. Ils cherchent juste une excuse pour appuyer sur la détente. Peut-être pouvons-nous évoquer un lien entre Dawsey et Nguyen. Je leur dis que Dawsey porte sans doute une veste explosive ou un agent biologique, peu importe. Je m'assure qu'ils sont autorisés à shooter Dawsey à vue, mais avec l'ordre de rester éloignés du cadavre tant que nos équipes ne l'ont pas ramassé.

— Margaret a besoin d'une victime en vie.

— On aura la prochaine vivante. Si tu veux garder tout ça secret, je t'ai dit ce qu'il faut faire.

Dew patienta, le temps d'une longue pause. L. T. devait prendre une lourde décision.

— Non, dit finalement Murray. Elle a besoin de ce gamin vivant. C'est plus important que la confidentialité. Quel qu'en soit le prix, ramène-le vivant.

— Ça ne va pas être facile, objecta Dew. Les locaux sont vraiment sur les dents.

— Alors relions Dawsey à Nguyen. Je m'en occupe de notre côté. Nous informons les flics et tu te contentes de valider cette version.

— Quelle version ?

— Que Dawsey est porteur d'informations concernant une bombe terroriste, qu'il doit absolument être capturé vivant, à n'importe quel prix. Ramène-le vivant, Chef.

Murray raccrocha et Dew grinça des dents. Le plan de Murray fonctionnerait et Dew le savait. Les flics feraient ce qu'il faudrait pour prendre Dawsey vivant.

Dew partagea ensuite son temps entre regarder par la fenêtre l'armée de policiers et étudier les photos numériques de Dawsey que les hommes de Murray lui avaient envoyées par le gros téléphone portable. L'une était la récente photo de son permis de conduire, tandis qu'une autre était un gros plan du tableau de Nguyen représentant l'arche humaine ; alors que les autres visages étaient tordus de terreur et de douleur, celui de Perry était crispé dans une fureur bestiale. D'autres clichés provenaient de l'époque du football à l'université.

Dew se concentra sur l'un de ces derniers, un tirage publicitaire typique d'avant-saison de la deuxième année de Dawsey.

— T'es un sacré enfoiré, le môme, non ?

Le soleil de fin d'été éclairait Perry en pleine pose dans sa tenue jaune et bleu. La plupart de ce genre de photos montraient des jeunes tout sourires, mais celle-ci était différente. Dawsey souriait, bien sûr, mais il y avait quelque chose d'autre, quelque chose dans les yeux qui trahissait une intensité sauvage. C'était presque comme si l'être profond de ce type vibrait d'agressivité, comme s'il était incapable de *ne pas* frapper quelque chose, une fois les protections enfilées.

Peut-être était-ce la photo, peut-être était-ce le fait de l'avoir vu jouer à la télévision. Dawsey avait été un joueur hors normes, une véritable bête qui dominait le match chaque fois qu'il posait le pied sur un terrain. Ce gosse jouait plus violemment qu'un taureau sur le point de prendre une vache ou qu'un rat coincé dans un piège par les couilles. Quel dommage, vraiment, que cette blessure au genou ait mis un terme à la carrière de Dawsey. Dew se rappelait également l'avoir vu à la télé. Il avait vu des hommes coupés en deux par des mines terrestres, des hommes empalés par des échardes géantes d'arbres touchés par des tirs d'artillerie, des hommes décapités et agités de convulsions, pourris, gonflés… et pourtant, quelque chose dans le super-ralenti du genou de ce gamin se tordant à quatre-vingt-dix degrés dans le mauvais sens avait retourné l'estomac de Dew au point qu'il en avait presque vomi.

Il regardait intensément la photo et mémorisait chaque détail du visage de Dawsey. Un grand gars, bien sûr, grand, costaud, mauvais et dangereux, évidemment, mais c'était pour cela que l'homme avait inventé les flingues. Les ordres de Murray pouvaient aller se faire foutre, être une star de football américain ne faisait pas de vous un Superman et une balle dans la tête abattrait Perry Dawsey «l'Effrayant» aussi sûrement que n'importe qui d'autre.

Quelqu'un devait payer pour la mort de Malcolm. Dawsey était une cible aussi valable qu'une autre.

67.
Danse privée

Assis sur un canapé jaune pâle apparemment flambant neuf, Perry était caché dans les ombres bienvenues de l'appartement. Cela lui semblait toujours étrange de se trouver dans un autre appartement de la résidence Windywood. Avec une disposition des pièces identique mais des meubles et une décoration différents, c'était comme si son appartement avait été racheté et redécoré avec des aquarelles marines, des rideaux assortis, des napperons en dentelle et suffisamment de bibelots d'art bucolique pour donner des haut-le-cœur à un chameau.

Il croquait un sandwich au poulet tout en jetant des coups d'œil prudents entre les lattes des stores vénitiens. Il avait eu du bol en tombant sur l'appartement de la Grosse Patty ; de sa fenêtre, il voyait le débordement d'activités devant son immeuble. Sept voitures de flics – cinq des locaux et deux de la police de l'État – projetaient une cacophonie de lumières rouges et bleues dans la nuit d'un noir d'encre.

En observant la scène, il comprit les raisons de sa fuite in extremis. La Grosse Patty avait regardé par cette fenêtre et, depuis son perchoir du troisième étage, elle avait vu la voiture de police arriver de très loin. Ses Triangles avaient alors prévenu Perry et l'avaient mis hors de danger. C'était logique ; ils protégeaient leurs semblables. Maintenir Perry était vital ; il était un incubateur vivant, après tout, et s'il mourait, les Trois Mousquetaires mourraient probablement avec lui.

Les lumières aveuglantes des voitures de police créaient un effet disco dans la neige qui tombait. Il était largement minuit passé et il n'y avait pas une seule étoile dans le ciel. S'il devait partir, ce serait plus tard dans la nuit, quand l'obscurité profonde recouvrirait tout et que la douce neige avalerait le moindre son avec une faim insatiable.

Cependant, il ne partirait nulle part sans avoir vu la Grosse Patty éclater. Il *devait* savoir comment ça se produisait. Elle était assise dans un fauteuil jaune assorti au canapé et grignotait un autre sandwich. Elle pleurait en silence, sa graisse secouée au rythme de ses légers sanglots. Elle maintenait une serviette en papier pliée en trois contre une coupure récente sur le front. Perry lui avait dit de ne pas crier. Elle n'avait pas écouté. Il l'avait entaillée ; le bruit s'était arrêté. Comme papa le disait toujours, il faut parfois simplement montrer aux femmes qui commande.

Il avait remarqué qu'elle avait accroché une carte routière du Michigan sur l'arrière de la porte d'entrée, grâce à du ruban adhésif opaque. Elle avait gribouillé une ligne rouge sur la route US 23 qui partait vers le nord depuis Ann Arbor. La ligne tournait vers l'ouest à hauteur de la 83, avant de suivre une série de petites routes jusqu'à atteindre la ville de Wahjamega, autour de laquelle elle avait dessiné plusieurs cercles et écrit les mots « C'est ici ».

Près de Wahjamega, elle avait proprement tracé à l'aide d'une règle un symbole à l'encre rouge :

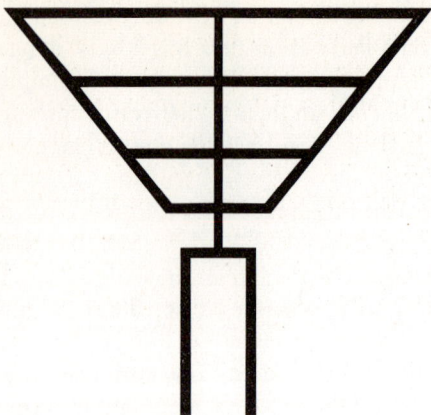

Perry baissa les yeux vers le dessin qu'il avait exécuté sur son bras. Les croûtes étaient encore fraîches. Évidemment, c'était un peu bâclé mais, il faut le reconnaître, c'est un peu plus difficile de tirer des traits droits avec un couteau de cuisine, non ? Que signifiait ce symbole pour les Triangles ? Sa signification avait-elle seulement une importance ? Non, elle n'en avait aucune – *plus rien* n'avait véritablement d'importance.

—Ils t'ont aussi dit d'aller à Wahjamega, hein ? demanda Perry. (Elle hocha la tête en silence.) Tu as une voiture ?

Elle acquiesça de nouveau, ce qui le fit sourire. Ce serait facile ; tout ce qu'il devait faire était d'attendre que les flics s'en aillent. Ils partiraient alors tous les deux pour Wahjamega. Quant à ce qui les attendait là-bas, il ne tenait absolument pas à le savoir. Pourtant, il s'y rendrait, quoi qu'il advienne.

Il en était à son deuxième sandwich au poulet – avec de la mayonnaise Miracle Whip, s'il vous plaît, et des chips Fritos comme accompagnement, ça assurait vraiment. Il avait déjà descendu un reste de lasagne, un peu de gâteau au chocolat, une boîte de chili Hormel et deux Twinkies[1]. Sa faim était depuis longtemps calmée, mais les Triangles le pressaient constamment de manger. Et donc il mangeait.

Tout en mordant dans son sandwich, il se sentait étonnamment satisfait. Il n'était pas certain que ce sentiment soit entièrement le sien et se demandait dans quelle mesure il ne s'agissait que d'un débordement des Triangles ; ces machins rayonnaient d'un plaisir presque orgasmique en recevant le flux régulier de nutriments. La ligne qui séparait ce qu'ils ressentaient de ce que lui éprouvait commençait à devenir vaguement floue, par exemple le fait qu'il voulait désormais vraiment se rendre à Wahjamega.

Faut qu'tu fasses gaffe à ça, mon vieux Perry. Tombe pas dans leur p'tit piège. Faut qu'tu gardes tes propres pensées, sinon c'est comme si t'étais mort.

Il décida de tuer un autre Triangle dès qu'il aurait fini son sandwich. Cela redéfinirait leur relation. Rien de tel qu'un peu d'automutilation en guise de démarcation pour mettre les choses au clair.

Devant son bâtiment, les Columbo couraient dans tous les sens comme de petites fourmis. Perry se délectait de ce qu'il voyait du troisième étage. Le spectacle en contrebas se déroulait comme une version muette et éloignée de *Cops*.

La police avait frappé à la porte de la Grosse Patty, qui avait exécuté une performance digne d'un Oscar. Non, elle n'avait rien entendu. Non, elle n'avait pas vu un géant rôder près de l'immeuble. Elle avait peur de Perry mais, grâce à ses Triangles, elle avait une *frousse bleue* des flics. Elle avait donc choisi le moindre de ces deux maux extrêmes.

---

1. Gâteau fourré à la crème (*NdT*).

Il regardait par la fenêtre, attentif à rester dans l'ombre, et se demandait s'ils savaient qu'il les observait. C'était idiot ; s'ils savaient où il se trouvait, ils seraient venus le chercher.

Sauf s'ils étaient déjà en train de le surveiller.

Les yeux de Perry se plissèrent. Il jeta un regard dans l'appartement. Une caméra était-elle dissimulée quelque part là-dedans ? Un micro ? Ils l'avaient espionné dans son appartement, il n'avait aucun doute à ce sujet, alors peut-être avaient-ils installé un tel système afin d'observer aussi la Grosse Patty. Si tel était le cas, sa grande évasion se réduirait à sauter pour échapper aux flammes et retomber dans la poêle à frire.

En outre, maintenant qu'il y pensait, qu'est-ce qui lui assurait qu'elle était atteinte par les Triangles ? Peut-être n'en avait-elle aucun ? Peut-être était-ce un coup monté ? Peut-être disposait-elle d'une machine qui disait à ses Triangles à lui que cet endroit était sûr ? Peut-être n'était-elle ici que pour garder un œil sur lui ? Peut-être étaient-ils en train de passer son appartement au peigne fin, « rassemblant des données », tandis qu'ils savaient foutrement parfaitement qu'il était assis là-haut avec la Grosse Patty, occupé à mâchouiller un sandwich au poulet et des chips ?

Le regard de Perry se planta sur la chaise jaune. Cette femme arborait l'expression qu'ont les gazelles après avoir été attrapées par un lion, avant la morsure à la jugulaire, avant le *coup de grâce* *. Il posa son assiette sur la table basse.

—Où sont-ils ? demanda-t-il calmement.

—Que… quoi ?

De nouvelles larmes noyèrent ses yeux et coulèrent sur ses joues. Pensait-elle encore que ce n'était qu'un jeu ? Il attrapa son couteau de boucher et tapota la paume de

---

* En français dans le texte

sa main du plat de la lame de vingt-cinq centimètres – chaque fois que celle-ci claquait avec légèreté sur la peau de Perry, la Grosse Patty sursautait, comme touchée par un faible choc électrique.

— Te fous pas de moi, murmura Perry sans cesser de sourire, non pas parce qu'il aimait cela ou parce qu'il essayait de l'effrayer, mais bien parce qu'il *contrôlait* la situation. Où sont-ils ? Montre-moi.

Le visage joufflu de Patty se métamorphosa quand les mots s'assemblèrent dans son esprit, comme le mécanisme d'une serrure.

— Vous voulez parler de mes Triangles, c'est ça ?

Elle avait débité ses paroles sur un ton incroyablement servile. Perry ressentit alors un violent accès de nostalgie – l'envie de calmer l'autre, le désir ardent d'éviter une correction ; cela lui rappelait sa mère.

Sa mère en train de parler à son père.

« — *Tu sais très bien de quoi je parle.*

— *Je ne fais pas semblant, je le jure !* »

Elle était terrifiée, il le voyait, c'était évident. Malgré sa peur tangible, elle conservait la voix basse et sous contrôle. C'était bien.

Elle se leva et ôta sa large chemise de nuit. Elle le fit rapidement et sans un bruit, mais l'expression sur son visage devenu rouge révélait une certaine humiliation. Ses seins pendaient mollement – d'énormes montagnes rondes avec des aréoles massives et des mamelons de la taille d'une pièce de dix cents. Elle était encore grosse, et pourtant sa peau distendue semblait bien trop grande pour son corps. Perry révisa son estimation précédente de cent kilos ; avant les Triangles, la Grosse Patty avait dû peser au moins cent quinze kilos.

Bon d'accord, elle avait les Triangles, trois sur l'estomac. Des larmes ruisselaient sur son visage et sautaient de son menton tremblotant pour atterrir en éclats scintillants sur ses seins. Sans qu'il le lui demande, elle se tourna sur la gauche. Il vit alors le Triangle qu'elle portait sur la hanche gauche, avec ses yeux noirs qui le regardaient froidement, cillant toutes les quelques secondes.

Il était d'une teinte d'un bleu considérablement plus profond que les siens. Quelque chose, noir et ferme comme une corde, s'étendait sous chacun des côtés du Triangle et se faufilait dans sa chair, l'un de ces filaments plongé plus profondément autour de sa hanche.

Sa peau ne paraissait pas du tout en bonne santé. Des cloques suintant du pus délimitaient les bords des Triangles. Au-dessus des corps eux-mêmes, la peau montrait des signes de tension, comme si la créature s'était trop développée pour que les tissus malléables puissent l'englober. Quand il considéra ses propres Triangles, Perry remarqua que leur regard était encore vitreux et flou. Celui qu'elle portait sur la hanche était différent. Il le considérait avec malveillance, ses trois yeux clignants transmettant cette émotion universelle de haine aussi clairement que le rayon d'un projecteur surpuissant perçait une nuit enneigée d'hiver.

— Va te faire enfourcher, mon pote, dit tranquillement Perry.

Quand il lèverait la main sur la Grosse Patty, il tuerait celui-là d'abord.

— Baisse ton pantalon et tourne-toi, poursuivit-il.

Elle n'hésita pas ; elle fit tomber son bas de pyjama et fit un pas pour s'en écarter. Elle ne portait pas de culotte. Elle se tourna lentement, dévoilant ainsi un Triangle sur chaque fesse et un autre sur l'arrière de sa cuisse droite. Ils le regardèrent tous avec une haine évidente. Il se demanda ce qu'ils disaient de lui, quels messages ils envoyaient dans la tête de cette femme.

Il fut frappé de constater comme ces Triangles semblaient en forme. Les écoulements de pus étaient du fait de la Grosse Patty, bien entendu. Il ne lui était jamais venu à l'esprit que l'on pouvait ne pas se battre, que l'on pouvait simplement laisser les choses se produire. L'idée était pathétique, mais elle l'avait suivie.

Papa avait raison. Il semblait que tout ce qu'avait toujours dit papa était exact. Perry se demanda, stupéfait, comment il avait pu être d'un autre avis.

— Espèce de faible salope, lâcha-t-il. Tu n'as même pas essayé, n'est-ce pas ? Tu les as laissé pousser ?

Elle restait debout devant lui, nue, frissonnant de peur et d'humiliation, les mains inconsciemment placées devant la région pubienne.

— Qu'est-ce que j'étais censée faire ? les arracher ?

Perry ne répondit pas. Il posa le couteau sur la table basse, le regard en guise d'avertissement contre tout mouvement brusque. Il retira son tee-shirt. L'adhésif avait noirci sur les bords, tandis qu'une petite ligne de colle entourait joliment les bandes argentées qui maintenaient en place le gant de toilette imbibé de sang. Il ramassa le couteau et en glissa la lame sous le ruban, qui céda avec un simple petit bruit de déchirure. Le couteau poursuivit son ballet et répéta le processus afin de couper chaque bande. Le gant, épais de sang coagulé et de substance visqueuse et gluante, tomba par terre.

L'odeur les frappa immédiatement tous les deux ; un démon invisible s'infiltrant dans leurs narines et dans leurs gorges, avant de tirailler le contenu de leurs intestins. Elle porta les mains à la bouche et Perry se mit à rire. Il inspira profondément la senteur de mort, infecte et pourrie.

— J'adore l'odeur du napalm au petit matin, dit Perry. Elle sent la *victoire* !

De fins jets de vomi jaillirent entre les doigts de la Grosse Patty et se répandirent dans la pièce, sur le canapé comme sur la commode et la moquette. La puanteur semblait être soufflée de l'épaule de Perry comme du gaz moutarde.

Celui-ci espérait qu'il ne s'agissait que des restes de la tige de Triangle qui, en se décomposant en une matière noire gluante et dégoûtante, produisait cette odeur, et non pas des parties de son corps. Hélas, au fond de son cœur, il savait que c'était une illusion. Celui situé sur sa fesse était-il également en train de pourrir? Le nœud coulant, usé, fibreux et incassable, se serrait de plus en plus autour de son cou; il ne pouvait pas les laisser, mais il ne pouvait pas les extraire.

Étendue par terre, la Grosse Patty, saisie de convulsions et de haut-le-cœur, puait assez de son côté. Il l'ignora et regarda par la fenêtre. Troisième étage. Ce n'était pas comme un vingtième étage ou quoi que ce soit de fatal, néanmoins ce n'était pas à dédaigner. En particulier si vous vous réceptionniez sur la tête. Il essaya de se rappeler où se trouvaient les buissons en contrebas. Il avait entendu des histoires à propos de personnes ayant survécu à des chutes de dix étages car ayant atterri dans des massifs d'arbustes. Il espérait qu'il n'y ait pas de buissons…

Il s'approcha de la fenêtre. Il faisait sombre dehors; la lumière de la cuisine donnait à la vitre un léger reflet de miroir. Il se voyait entre les lattes des stores vénitiens. En prenant suffisamment d'élan, il était capable de traverser cet écran et atterrir sur le trottoir, plus bas, dans une pluie d'éclats de verre. Il tendit la main vers le cordon du store et tira dessus.

Les lattes se soulevèrent et son reflet, les yeux grands ouverts, se trouva en train de le fixer à seulement cinq centimètres de lui. L'image renvoyée par ce miroir fit marquer une pause à son cerveau : ses yeux étaient toujours bleus, mais ses pupilles n'étaient plus circulaires.

Elles étaient triangulaires.

Une infime inspiration se glissa dans ses poumons avant que sa gorge se bloque. Des yeux bleu clair triangulaires… *Putain*, mais qu'est-ce que… qu'est-ce que…?

Perry ferma violemment les yeux. Il était victime d'une hallucination, rien de plus. Après se les être vigoureusement frottés des poings, il les ouvrit et relâcha le peu d'air qu'il avait pris, lentement, avant d'inspirer plus profondément. Ses pupilles étaient de nouveau circulaires. Non, pas *encore*, elles l'avaient toujours été ; ce n'avait été qu'une autre hallucination, c'est tout. Il cligna vivement des paupières, un semblant de contrôle revenu dans sa poitrine, puis il ferma encore une fois les yeux avant de les frotter encore. Il savait ce qu'il devait faire. Il était temps de sauter, temps d'en finir avec cette merde. Il secoua la tête afin de s'éclaircir les idées puis il regarda par la fenêtre…

… et se retrouva face au reflet complet de son père. L'homme, aussi décharné qu'un squelette, le fixait de son côté, le visage hâve déchiré par une expression de colère souriante. Perry se souvenait bien de cet air ; c'était celui que papa affichait toujours avant de faire pleuvoir les coups.

— *Que fais-tu, mon garçon ?*

Perry cilla, secoua la tête, et le regarda de nouveau. Son père était toujours là.

—Papa ?

— *Je n'suis pas ton père, mon gars, et tu n'es pas mon fils. Mon fils ne songerait pas à abandonner. Tu abandonnes, petit ?*

Perry chercha une réponse mais n'en trouva aucune. Papa était mort. Ce n'était qu'un délire.

— *Ce n'est pas parce que je suis mort que ça veut dire que tu peux me faire honte, espèce de petite merde, dit le reflet. Ton père a-t-il abandonné quand le capitaine Cancer l'a appelé ?*

—Négatif, dit Perry.

La réponse enracinée à la question de son père était sortie d'un coup, automatiquement.

— *Putain non, il n'a pas abandonné. Je me suis battu contre ce salopard jusqu'à la fin. Et tu sais pourquoi, petit ?*

Perry hocha la tête. Il connaissait la réponse et il en tirait des forces.

— Parce que tu es un Dawsey, papa.

— *Parce que je suis un Dawsey. Je me suis battu jusqu'à ne plus être que le sac d'os sur pattes que tu vois. Je me suis* battu, *espèce de tapette ! J'ai été* fort *! Je t'ai appris à être fort, mon fils, je te l'ai bien appris. Qu'es-tu donc, petit ?*

Le visage de Perry se durcit. Le désespoir s'était évanoui et avait fait place à une détermination emplie de fureur. Il mourrait peut-être, mais il mourrait comme un homme.

— Je suis un Dawsey, dit Perry.

Sur la vitre, le faible reflet de Papa découvrit un sourire tout en dents.

Perry lâcha le cordon et les stores vénitiens se refermèrent dans un glissement, effaçant du même coup son reflet.

Il se retourna et baissa le regard sur la Grosse Patty, qui toussait toujours, secouée de spasmes, en roulant sa rondeur nue dans son propre vomi. Les Triangles le regardaient depuis ses fesses. Il ne ressentait aucune pitié pour elle, simplement du dégoût face à sa faiblesse. Comment pouvait-on se montrer pathétique au point de rester assis et laisser cela se produire sans même *essayer* de lutter ?

— C'est un monde violent, princesse, dit-il. Seuls les forts survivent.

Si on ne pouvait pas la forcer à se battre pour elle-même, Perry n'allait pas lever le petit doigt pour l'aider, c'était certain. D'autre part, il voulait observer l'éclosion. Il est impossible de gagner, après tout, si l'on ne connaît pas son ennemi.

Elle fut encore saisie de convulsions au cours des cinq minutes suivantes, au bout desquelles elle se retrouva sur le dos à la suite de ses contorsions. Perry se demanda ce qui clochait chez elle ; l'odeur était puissante, bien sûr, mais pas suffisamment pour plonger quelqu'un dans une telle crise d'épilepsie, pas vrai ? Quel était son problème ?

La question contenait la réponse. Les Triangles de son estomac se mirent à remuer sous sa peau flasque, comme si ses muscles étaient agités de spasmes. Perry comprit instantanément que les soubresauts ne concernaient pas les muscles.

Les Triangles se déplaçaient.

68.
L'éclosion

Perry était assis sur le canapé, hypnotisé par le supplice de la Grosse Patty.

Ils éclosent!
L'éclosion! L'éclosion!

Les Triangles bougeaient sous sa peau et gagnaient peu à peu de la vitesse, gigotant de plus en plus vite. Les convulsions cessèrent soudain ; la victime se roula sur le dos, tandis que ses doigts semblaient agripper l'air, serrés comme des griffes squelettiques. Dans un éclat de panique, son visage se plissa, les yeux écarquillés, quand elle lâcha un hurlement, à bout de souffle et la bouche grande ouverte. L'expression de cette femme révélait une souffrance si totale et si insupportable que Perry ne put réprimer un frisson.

Et il était le suivant.

Il se sentit mal, comme si une main noueuse serrait et secouait ses intestins. C'était une réaction physique que subissait son esprit, tiraillé dans deux directions opposées.

D'un côté, il ressentait du désespoir, bien au-delà de tout ce qu'il avait jamais connu avant le commencement de cette épreuve. Il regardait cette grosse femme se tordre de terreur, il regardait son visage se crisper tandis qu'elle essayait de crier sans trouver l'air nécessaire pour cela. Son corps tremblait de souffrance, ce qui faisait tressauter sa chair sans interruption.

Malgré cette vision d'horreur, qui lui promettait également une fin douloureuse, il ressentait une euphorie d'une ampleur inouïe, le sentiment que c'était le début de quelque chose de grand et merveilleux. Joie et extase déchiraient son esprit, mieux que n'importe quelle drogue et largement plus intensément que le sexe – il s'agissait clairement d'une émotion débordante, mais elle était si puissante, si claire, si pénétrante et si pure qu'il n'était plus en mesure de la séparer des siennes. En cet instant, les sensations des Triangles saturaient son être le plus profond.

Il songea à la tuer, à lui trancher la gorge avec le couteau de boucher, à mettre fin à son supplice. Seulement, il ne pouvait pas se lever pour attraper son arme ; il devait savoir ce qui allait se produire. D'autre part, elle allait de toute façon mourir… et une naissance n'était-elle pas toujours un événement heureux ?

Une nouvelle vague de douleur déferla dans le corps de la malheureuse et la fit sursauter comme une victime de la chaise électrique. Elle se roulait légèrement d'un côté à l'autre mais restait la plupart du temps sur le dos, son regard halluciné rivé sur quelque détail passionnant du plafond en stuc. Perry, surpris et écœuré, la vit alors soudain pisser sur le sol.

Les Triangles gagnaient en vitesse ; ils semblaient palpiter alors qu'ils cherchaient à se libérer. Leurs larges têtes poussaient contre la peau flexible et tendue de leur incubateur vivant, avant de se noyer de nouveau puis de procéder à une nouvelle tentative. À chaque poussée, Perry distinguait les contours des Triangles, il voyait que leurs corps avaient évolué en une forme légèrement pyramidale.

Ce détail rappela à Perry le bon vieux temps des Jiffy Pop sur la cuisinière, quand le volume croissant des pop-corn soulevait lentement la feuille de papier aluminium qui les recouvrait. Les Triangles n'allaient pas s'arrêter ; ils avaient clairement l'intention de jaillir de la peau comme un bouchon de champagne et de fêter leur nouvelle vie dans ce nouveau monde.

Les cloques éclataient les unes après les autres, ce qui recouvrait le corps de la Grosse Patty d'une couche d'un pus jaunâtre et épais. Du sang dégoulinait des bords des Triangles, propulsé par jets lors de chaque poussée vers l'extérieur.

Ils éclosent.
C'est beau? Laisse-nous voir!
Ils éclosent. L'éclosion!

Perry ignora ses propres Triangles, son attention fixée sur ceux de la Grosse Patty. Ils poussaient de plus en plus et la peau commençait à se déchirer. Ils poussaient comme des minuteurs de dinde à Thanksgiving, quand le bouton rouge sautait pour prévenir tout le monde que la bête était cuite et qu'il était temps de passer à table. Les trois Triangles situés sur l'estomac étaient les pires à regarder ; ils avaient commencé par des poussées de seulement quelques millimètres, de légères pulsations dans les tripes de l'hôte. Chacun se dressait désormais selon des rythmes différents et gagnait en intensité, ils soulevaient jusqu'à quinze centimètres par saut et tiraient sur la peau de l'estomac comme de petits pénis triangulaires, alternant érection et mollesse, puis encore érection et mollesse, tout en projetant des filets de sang de tous côtés.

Perry ne voyait pas ceux qui se trouvaient piégés sous le gros cul de Patty mais il les imaginait en train de lutter, cloués par le poids du corps de celle-ci.

Il y avait des bruits. Pas seulement les petits gémissements pathétiques qui s'échappaient de cette femme dépourvue de volonté, mais également de faibles claquements dont le volume augmentait chaque seconde et qui semblaient coïncider avec les poussées des Triangles. À chaque claquement, Perry sentait sa joie et son euphorie faire des bonds, tels des battements de cœur sur un électrocardiogramme.

Le Triangle de la hanche, celui qui l'avait toisé avec tant de malveillance et d'insolence, fut le premier à se libérer. Il s'arracha de sa victime, non pas dans un bruit de déchirure mais plutôt avec un bruit de succion, qui fut suivi par un autre, d'écrasement, quand il heurta le mur opposé de la pièce, à l'endroit précis où aurait été affichée la couverture de *Sports Illustrated* de Perry s'ils s'étaient trouvés dans son appartement. L'immonde créature resta collée, frétillante et faible, temporairement piégée dans sa propre matière gluante.

Cette chose ressemblait peu aux Triangles qui restaient coincés dans son propre corps. En dehors de la tête de Triangle caractéristique et les yeux noirs, il ne restait aucune similitude. Ça ne ressemblait pas davantage aux larves tapies sous sa propre peau qu'un papillon à une chenille.

Les filaments noirs qu'il avait vus se faufiler dans la chair de la Grosse Patty évoquaient des genres de tentacules, épais et longs de plus de trente centimètres, qui semblaient très résistants et fermes. La forme triangulaire avait évolué en une pyramide aplatie de sept ou huit centimètres de hauteur et dont chaque côté portait un œil noir. Ceux-ci n'étaient plus tournés vers le haut mais vers l'extérieur, de façon que, si cette chose parvenait à marcher sur ses tentacules, elle serait capable de regarder dans toutes les directions.

À force de se tortiller, la créature se décrocha du mur et tomba sur la moquette, où elle lutta pour se rétablir.

Les émotions de Perry oscillaient entre peur et dégoût d'une part et une allégresse et une joie indescriptibles d'autre part, comme un stroboscope sur une piste de danse laissant chaque émotion tour à tour figée dans son esprit. Cette merde pouvait rendre cinglé. Malgré l'une de ses propres émotions, surgie de quelque part, qui lui hurlait de se lever et de tuer ce truc, il resta figé sur le canapé, trop abasourdi pour bouger.

Le Triangle nouvellement éclos essayait de se lever sur ses jambes-tentacules flottantes. Cette bizarrerie avait tout d'une erreur complète, ses jambes n'étant pas rigides. Elles ne ressemblaient en rien à celles des insectes, minces et dotées de nombreuses articulations, ni aux membres musculeux des animaux, mais à quelque chose de nouveau et différent. Sans cesser de trembler, la créature se dressa sur ses tentacules ; la pointe de la pyramide s'éleva alors à trente centimètres du sol.

Ils vont grandir,
Ils vont ~~grandir~~.

La tige qui s'était ancrée dans le corps de la Grosse Patty pendait mollement depuis le centre du Triangle, comme une bite flasque qui laissait échapper du sang et une substance gluante et pâle. Elle pendait jusqu'au sol, où les quelques derniers centimètres reposaient, inertes, sur la moquette. La créature se dressait là, sur ses jambes hésitantes, ses claquements bruyants et nets.

La Grosse Patty poussa un petit cri quand les trois Triangles de son ventre se libérèrent presque simultanément. Ils bondirent comme des diables à ressort et laissèrent derrière eux des traînées de sang et de pus quand ils atterrirent en différents endroits de la pièce.

L'un d'entre eux vola dans les airs et s'écrasa sur le canapé, à la gauche de Perry, comme s'il était simplement passé pour regarder le match des Lions par un dimanche après-midi glacial d'automne. Il eut alors l'occasion d'observer celui-là de plus près. Sa peau, couverte de sang et de pus, n'était plus bleue mais d'un noir translucide et grêlé. Il voyait d'étranges organes inconnus à l'intérieur, quelque chose qui flottait, agité de soubresauts, qui devait servir de cœur, ainsi que d'autres morceaux de chair colorés dont il aurait été incapable de deviner la fonction. L'extrémité de la tige avait atterri sur sa jambe et elle remuait légèrement, laissant une trace visqueuse sur le jean de Perry. Effilochée et déchirée, elle perdait lentement du sang pourpre. C'était sans doute pour cela qu'ils avaient poussé si fort pour échapper à leur victime ; il leur fallait se séparer de la tige, dont la plus grande partie était restée dans la Grosse Patty, cordon ombilical et câble de sécurité dont ils n'avaient plus besoin maintenant qu'ils étaient libérés de leur incubateur vivant.

Le Triangle fit des efforts pour se dresser, mais un tentacule glissa entre deux coussins du canapé. Perry l'observait, toujours sous le feu des émotions strobosco-piques projetées en lui à la vitesse d'un clip vidéo de MTV. Il ressentait un désir primitif de l'écraser, tandis que, dans le même temps, il se sentait obligé de soulever avec douceur le nouveau-né du canapé, de le tenir avec adoration puis de le déposer sur le sol pour qu'il marche pour la première fois, tout en l'admirant avec le sourire fier d'un tout nouveau père.

Retourne-la,
Retourne-la.

L'ordre tira Perry de son exaspérant conflit émotionnel.
— Qu'avez-vous dit ?

Retourne-la,
Ils éclosent.

Ils voulaient qu'il retourne Patty afin que les Triangles situés sur chaque fesse puissent éclore correctement. Il avisa le corps tremblant de la malheureuse, à présent recouvert de sang, de pus, de vomi et d'une matière collante pourpre.

Elle ne bougeait plus du tout, les yeux vitreux et grands ouverts, les sourcils levés et le visage figé dans un cri de terreur. Elle semblait presque morte. Une chenille morte. Les hôtes mouraient probablement tous ; c'était bien plus logique que de laisser un ancien hôte en position de tuer de faibles êtres tout juste éclos. Qu'est-ce qui avait fini par l'avoir ? Des toxines ? une surdose de cris mentaux ?

Cette pensée cristallisa les émotions de Perry, désormais classées en deux camps. Sa haine des Triangles et l'euphorie débordante consécutive à l'éclosion furent polarisées. Il repoussa cette joie et ce bien-être ; ces émotions n'étaient pas les siennes et il ne les voulait plus dans sa tête.

Retourne-LA.
Retourne-LA
MAINTENANT.

Le cri mental reporta son attention sur la Grosse Patty, désormais morte, et soudain, il sut comment ils l'avaient tuée. Il reconnut l'expression sur son visage et les gémissements qu'elle avait poussés, il comprit pourquoi elle était restée étendue là tandis que ces choses s'arrachaient de son corps, pourquoi elle ne s'était pas battue ; un cri mental poussé à son maximum l'avait paralysée.

Ils avaient crié si fort qu'elle en était morte.

Perry se leva d'un bond du canapé et s'agenouilla près de son cadavre. Ses genoux glissèrent un peu sur la fine pellicule de vomi/sang/pus/pourpre qui maculait la moquette. Il s'activa ; il ne voulait pas d'un autre cri mental, un seul cette nuit avait suffi à faire couler son cerveau par ses oreilles comme un Milk-shake à la Matière Grise de chez McDonald's.

Retourne-la,
ils éclosent.
Ils éclosent !

Perry posa les mains sur l'épaule de Patty et poussa… pour s'apercevoir que, au lieu de rouler sur elle-même, elle glissait dans la saleté. C'était un véritable poids mort, sans mauvais jeu de mot.

Des claquements répétés emplissaient la pièce, certains suivant un rythme rapide et d'autres plus lentement, tous à des hauteurs et des volumes différents. Il *sentait* ses Triangles s'impatienter ; un nouveau cri mental approchait à grands pas, comme le claquement du fouet du maître sur le dos de l'esclave qui ne donne pas satisfaction. Le pouvoir avait une nouvelle fois changé de main.

Il plaça son mauvais genou sur l'épaule gauche du cadavre et se pencha par-dessus celui-ci. Il attrapa ensuite le haut de son bras droit, sur lequel il tira, ce qui la fit lentement tourner. Elle retomba sur l'estomac dans un bruit liquide, ses seins dépassant comme des chambres à air à moitié gonflées.

Libérés de ce poids, les Triangles de ses fesses ne perdirent pas de temps. Ils ne poussèrent qu'à quelques reprises avant de s'arracher dans une grande gerbe de sang, véritable final orgasmique à leur nécrophilie/naissance. L'un d'entre eux vola en biais et heurta la table de la cuisine avant de tomber par terre. L'autre décrivit un arc de cercle tendu vers la verticale en direction de l'abat-jour. Comme un tir de LeBron

James[1] retombant dans le panier, le Triangle se glissa dans l'ouverture du sommet de l'abat-jour. Il atterrit sur l'ampoule allumée, provoquant d'abord un grésillement soudain, puis un fort craquement quand le petit corps explosa. De la matière gluante noire éclaboussa l'intérieur de l'abat-jour, silhouette mouillée qui glissait lentement vers le sol.

Merci de m'épargner celui-là, songea Perry.

Une vague de colère et de dépression l'écrasa alors, encore des émotions débordantes qui luttaient pour de l'espace mental contre ses propres sentiments d'ignoble satisfaction devant la mort prématurée du Triangle nouveau-né.

Que s'est-il passé ?
Où est-il passé ?
Pourquoi ne répond-il plus ?

Perry se rappela que, comme il était resté habillé, ses Triangles ne pouvaient toujours rien voir. Ils *percevaient* simplement que le nouveau-né était parti. Il sentait leur colère aveugle se diffuser dans son corps ; il lui fallait choisir ses mots avec soin.

Il remonta la manche de son sweat-shirt et tendit le bras vers la lampe.

—Il a éclos directement sur une ampoule. C'est un accident. (Il reconnaissait dans sa voix ce ton servile, celui de la Grosse Patty en train d'essayer de le calmer, celui de sa mère en train d'essayer d'éviter une correction.) Il a été brûlé sur le coup.

Sa réponse parut satisfaire les Triangles, qui ne dirent rien de plus. Les claquements incessants avaient considérablement diminué. Les bébés Triangles s'accroupissaient sur leurs ten-

---

1. Joueur de basket-ball américain (*NdT*).

tacules, leurs corps pyramidaux venant peu à peu se poser sur la moquette. Leurs yeux se fermèrent, puis ils cessèrent de bouger : ils donnaient l'impression de dormir. Seul un claquement occasionnel s'échappait de leurs corps immobiles.

L'étrange arôme de chair de Triangle brûlée inondait la pièce et surpassait de peu les odeurs de l'épaule en décomposition de Perry et du vomi, ainsi que les senteurs de naissance qui flottaient dans l'air de l'appartement. Il sentit ses propres Triangles s'endormir ; leur bourdonnement mental incessant s'atténua lentement pour se réduire à presque rien, tels des parasites à peine audibles sur un autoradio.

Il était seul, à regarder la Grosse Patty, morte le visage contre le sol. Il savait ne pas disposer de beaucoup de temps. En plus des trois Triangles enfouis dans son corps, il devait maintenant gérer cinq nouveau-nés, des créatures dont il ne savait rien. Combien de temps resteraient-elles endormies ? Que feraient-elles quand elles se réveilleraient ?

Les questions qui bouillaient dans son esprit mises à part, il était certain d'une chose ; il n'allait pas finir comme la mauviette étendue sur la moquette du salon, avec des trous gros comme des poings dans la chair. S'il devait mourir, ce ne serait pas en victime, à attendre sagement que les Trois Mousquetaires s'arrachent de son corps en décomposition.

S'il devait partir, ce serait debout et en se battant à chaque pas – comme un Dawsey. Son épaule palpitait, son dos le grattait et son esprit tournait fiévreusement, à la recherche d'un moyen de les tuer tous.

69.
Flash-back

Lors du vingt-deuxième anniversaire de Dew, il s'était saoulé à mort dans un petit bar de Saigon en compagnie de ses trois meilleurs amis, tous membres de sa section. Avec ses murs blancs, les éclairages de Noël accrochés au plafond et des entraîneuses à n'en plus finir, cet endroit promettait une sacrée fiesta. Après avoir titubé jusqu'aux toilettes, Dew était en train de pisser quand il entendit une explosion sourde et violente, suivie par un cri ou deux. S'il ne fut *pas tout à fait* dégrisé par la déflagration, ce qu'il vit en sortant des toilettes effaça totalement son ivresse.

Les murs blancs étaient parsemés de morceaux d'os, de cheveux et de traînées rouge vif qui dégoulinaient lentement sur les parois comme des taches de Rorschach vivantes. Le sang et les restes humains appartenaient à ses potes et à la fillette de sept ans qui s'était suicidée après être entrée dans le bar, équipée du dernier cri en matière de sacs à dos explosifs faits maison.

Ce drame, ce souvenir haï, fut la première chose qui lui vint à l'esprit quand il entra dans l'appartement de Perry Dawsey. Tant de sang – sur les murs, par terre, sur les meubles… Le sol de la cuisine évoquait un motif rouge et brun plutôt que le blanc d'origine. Il y avait sur la table de la cuisine encore du sang, dont une partie s'était lentement déversée par-dessus le bord avant de sécher en une fine stalactite marron cassante. L'appartement grouillait de flics d'Ann Arbor, de policiers antiémeute et d'hommes du bureau du coroner[1] du comté de Washtenaw.

—C'est quelque chose, pas vrai ?

Dew se tourna vers Matt Mitchell, le coroner local qui l'avait accompagné sur la scène du crime. Mitchell affichait un sourire tordu et un œil de verre qui ne semblait jamais regarder dans la bonne direction. Le léger air narquois, presque impatient, qui se lisait sur son visage donnait le sentiment qu'il attendait de voir si ce spectacle sanguinolent ferait dégueuler Dew.

Celui-ci hocha la tête en direction du cadavre.

---

1. Fonctionnaire chargé d'enquêter sur les causes d'un décès violent (*NdT*).

— Vous savez qui est le Jésus-qui-ne-reviendra-pas, sur le canapé, là-bas?

— Jésus-qui-ne-reviendra-pas? répéta Mitchell, qui jeta un coup d'œil au corps, sourit et revint à Dew. Hé! Elle est bonne, celle-là.

— Merci, répondit Dew. J'en ai des tonnes, comme ça.

Le coroner se mit à feuilleter un petit bloc-notes.

— La victime se nomme William Miller, dit-il. Un collègue de Dawsey et apparemment un ami – ils ont été ensemble à l'université.

— Ça ne fait pas affreusement trop de sang pour une seule victime?

Mitchell jeta un nouveau regard interrogateur sur Dew, cette fois nuancé d'une teinte de respect et de surprise.

— Bien observé, agent Phillips. Peu de gens l'auraient remarqué. Vous avez déjà vu ce genre de truc?

— Oh! peut-être une ou deux fois.

— Nous sommes encore en train de marquer les endroits où du sang a été répandu. Il y en a encore plus dans la salle de bains, et même un peu dans la chambre. Je peux vous dire dès maintenant que tout ne provient pas de la victime. Vous avez vu juste.

Mitchell fit quelques pas dans la cuisine, prenant garde de ne pas déranger l'amas de preuves pour les techniciens qui rassemblaient des prélèvements du sol et de la table.

— Je pense qu'il y a une autre victime, que nous n'avons pas encore trouvée, dit-il.

— Une autre victime? Vous voulez dire que Dawsey a tué une autre personne et l'a emportée avec lui?

— Comment expliquer tout ça autrement? répondit le coroner, ponctuant ses mots d'un ample geste pour désigner l'appartement.

— Vous n'avez pas pensé que le reste du sang pouvait être celui de Dawsey lui-même?

Mitchell éclata de rire.

—Ouais, c'est ça, du sang de l'auteur du crime en personne. J'aimerais bien voir quelqu'un perdre autant de sang et continuer à se battre.

—Autre chose ?

Mitchell acquiesça et désigna le plan de travail de la cuisine. Un sac de preuves contenait une carte pliée à l'envers.

—Peut-être, peut-être pas. Cette carte se trouvait sur le plan de travail, avec des empreintes digitales poisseuses de sang, pas encore sèches. Il a consulté cette carte il y a peu. Il a encerclé Wahjamega.

—C'est une ville, ça ? dit Dew en se saisissant du sac qui renfermait la carte.

Les traces de doigts étaient encore suffisamment humides pour tacher le plastique. Les mots « C'est ici » étaient griffonnés sur la carte d'une écriture si affreuse qu'elle en était à peine lisible.

—Ouais, dit Mitchell. À environ… oh… une heure et demie d'ici.

—Vous avez prévenu la police de Wahjamega de surveiller les arrivées ?

—Ils n'en ont pas – la ville est trop petite –, mais nous avons alerté le bureau du shérif du comté de Tuscola, ouais. Putain, tous les flics de l'État sont en alerte, de toute façon.

Dew approuva en hochant la tête. Peut-être, peut-être pas, avait dit Mitchell. Dew penchait plutôt du côté du « peut-être » ; il ne fallait pas être un génie pour comprendre que Dawsey n'avait pas entouré Wahjamega sur un coup de tête. La carte n'indiquait pas beaucoup de civilisation dans ce coin. En réalité, il semblait plutôt qu'il y ait des tonnes d'arbres.

Des arbres.

Et même des forêts profondes.

Dès qu'il sortirait de l'appartement, il dirait aux gars de Murray de concentrer la couverture satellite sur Wahjamega au lieu d'Ann Arbor.

Vêtu de sa veste marron en polyester, Bob Zimmer se fraya un chemin dans l'appartement bondé, esquiva un photographe et un autre flic avant de s'arrêter devant Dew et Mitchell.

—C'est de mieux en mieux, Phillips, dit-il. Je viens de parler au gouverneur. Encore. Le FBI dit que Dawsey et le gosse vietnamien bossaient ensemble – ils ont trouvé un paquet d'e-mails. La sécurité intérieure a passé le niveau d'alerte à ce putain de rouge, à «grave». Dawsey a des infos sur une bombe.

Dew hocha la tête.

—Je vous ai dit que quelqu'un d'autre pouvait être impliqué dans ces meurtres. Nous supposons que c'était Dawsey.

—Dire qu'il y a une cellule antiterroriste parmi nous, lâcha Zimmer. Et pourquoi personne n'a pris la peine de décrocher un putain de téléphone et de nous prévenir qu'il y avait des terroristes en ville ?

Ses yeux trahissaient son doute, comme si son détecteur de conneries s'était déclenché, cependant ils indiquaient aussi qu'il jouerait le jeu. Conneries ou pas, Bob Zimmer n'allait pas prendre le moindre risque concernant la sécurité de ses hommes ou de sa ville.

—Nguyen était ce qu'on appelle un dormant, Bob, expliqua Dew. Ce n'est qu'un étudiant étranger de plus. Il reste tranquille jusqu'à ce qu'on ait besoin de lui, et alors boum. Seulement, nous ne croyons pas qu'il ait agi sur ordre, on pense qu'il a juste pété les plombs. À un moment donné, lui ou ses potes ont recruté Dawsey.

—Pourquoi un employé de bureau américain fréquenterait-il des terroristes ? s'étonna Mitchell.

— Nous n'en savons encore rien, reconnut Dew. Peut-être considérait-il avec amertume l'homme qu'il était devenu, avec un boulot de merde sur un ordinateur au lieu de se faire des millions dans la NFL. On s'en fout, de toute façon. Dawsey était peut-être au courant d'une bombe – on ne sait pas où, on ne sait pas quoi. On doit le choper, et vite.

Zimmer regarda Dew.

— Je vous le dis tout de suite, je n'aime pas ça. On a déjà neuf morts, au moins un tueur est encore en liberté et une putain de bombe est planquée quelque part. Je ne peux pas m'empêcher de penser qu'on aurait pu éviter ça si vous nous aviez prévenus que vous surveilliez ce gamin vietnamien.

— Nous devions découvrir qui le contactait, qui le fournissait, insista Dew. C'était un plan, Bob, mais ça a foiré. La seule chose qu'il faut garder en tête est que nous ne voulons pas que quiconque se fasse tuer. Si vous voulez épargner des vies, assurez-vous que vos hommes sachent exactement ce à quoi ils ont affaire. Maintenant, excusez-moi, j'ai des coups de fil à passer.

Dew sortit de l'appartement éclaboussé de sang et laissa Bob Zimmer grincer les dents de frustration.

70.
Cher vieux papa

Son épaule le lançait avec une pulsation profonde, régulière et suivant une fréquence assez basse. Son cul répondait en écho à ce battement. Ce phénomène de décomposition interne s'aggravait.

Il ne savait pas le moins du monde où se situaient ses propres Triangles par rapport à leur éclosion. Les endroits où il en avait encore – au milieu du dos juste en dessous de ses omoplates, sur son avant-bras gauche et sur son testicule gauche – avaient cessé de le démanger et de le faire souffrir. Une légère lueur d'espoir s'alluma dans sa tête ; peut-être étaient-ils morts ? Ils avaient trépassé dans leur sommeil comme un bon vieux grand-père adoré… Mais c'étaient des conneries.

Il aurait préféré retrouver les démangeaisons que ce qu'il ressentait en cet instant. Ces zones étaient engourdies. Complètement engourdies. Un flash se fit dans son esprit : « anesthésie locale ». Il se demanda s'ils provoquaient tant de dommages que la douleur l'aurait pétrifié, abattu, et que donc il leur fallait la bloquer afin qu'il puisse continuer à vivre normalement et accomplir ces tâches capitales qu'étaient *manger* et *éviter les Soldats*.

Il frissonna en se remémorant les tentacules noirs qui se faufilaient sous la peau de la Grosse Patty quelques minutes avant l'éclosion. Elle n'avait pas semblé souffrir ou ressentir un quelconque désagrément. Peut-être ressentait-elle alors le même engourdissement. Peut-être était-elle engourdie depuis des jours. Le véritable problème était qu'il n'avait aucune idée du temps que prenait leur évolution.

Quand ses Triangles assoupis s'éveilleraient, combien de temps s'écoulerait avant qu'ils se mettent à crier dans sa tête ? Combien de temps avant le chant de mort final ?

Il ne pouvait pas se permettre le luxe d'attendre. Il devait supposer que, quand ils reviendraient à eux, il aurait perdu sa dernière chance de les extraire de son corps. Par-dessus le marché, les Columbo étaient à l'extérieur ; ce n'était qu'une question de temps avant qu'ils découvrent où il se cachait. L'aube était sur le point de percer. Ils le verraient quand il s'enfuirait en courant. Ils avaient probablement placé des micros dans chaque appartement, de toute façon ; ils écoutaient, ils faisaient leur petit numéro à la Big Brother. Des satellites espions étaient peut-être en train de le chercher en ce moment, leurs rayons X scrutaient à travers les murs et le plafond, ils le traquaient.

—Je ne sais pas si tu m'entends, papa, mais je sais que tu as raison, dit-il. C'est le moment ou jamais. Le moment de leur montrer qui est le plus fort… le moment de leur montrer à tous.

71.
Une petite cuite

L'agencement de la salle de bains de Patty ressemblait à celui de celle de Perry, toutefois la ressemblance s'arrêtait là. Celle-ci était décorée de couleurs de coquillages, chaque détail parfaitement assorti, depuis les serviettes jaune pâle jusqu'au porte-savon en forme de palourde. Chaque recoin brillait.

Ce ne fut que quand Perry eut avalé six Tylenol d'un flacon, qu'il avait trouvé dans une armoire à pharmacie immaculée, qu'il comprit. Les pilules glissèrent dans sa gorge et tout se mit en place.

Les Triangles s'étaient parfois comportés de façon étrange, affichant des émotions au lieu de s'exprimer avec leur voix monocorde et robotique. Pas seulement en hurlant leurs cris mentaux avec incohérence, mais également en s'adressant à lui d'une voix chantonnante, proférant un discours aux accents mélodieux presque stupides, comparés à leur voix sérieuse habituelle.

Ils agissaient ainsi juste après ses prises de Tylenol. Et *stupide* n'était pas le mot qui convenait… le mot exact était *défoncé*. Complètement défoncés en chœur. Quelque chose dans le Tylenol les faisait encore mieux planer qu'un cerf-volant. Il avait accidentellement découvert une arme à brandir lors du combat final.

Perry sourit.

—Éclatez-vous bien, les gars, dit-il, avant d'avaler six autres Tylenol. Vous allez en avoir besoin là où vous allez.

La cuite au Tylenol était le dernier coup de pinceau qu'il manquait à son plan pour les battre tous : les Triangles, les nouveau-nés, les Columbo… tout le monde. Perry allait leur montrer qui était le patron. Pas d'doute.

Il avait un plan, les mioches, un plan futé qui dévoilerait la stupidité de ses ennemis qui complotaient.

Ça va chauffer dans cette bonne vieille ville, ce soir. Faut pas faire chier un Dawsey.

Il regagna tranquillement le salon en sautillant. Les nouveau-nés dormaient toujours, leurs claquements assoupis ponctuant le silence de l'appartement.

Perry se mit à fredonner un air dont les paroles tournaient dans sa tête.

Brûle, brûle, ouais tu vas brûler.

72.
Chef

Dew voyait flou. Il ôta ses gants de cuir et se frotta les yeux. Le froid saisit ses doigts moites. Son souffle s'élevant en volutes, il remit ses gants et concentra de nouveau son attention sur les routes couvertes de neige de la résidence.

Les flics n'avaient pas trouvé le moindre foutu truc durant la nuit – la star de football psychopathe géante courait toujours dans les parages comme une mine terrestre en attendant de percuter quelque chose et d'exploser. Pas un mot de Wahjamega, non plus, où Murray avait envoyé plusieurs agents. Des forces supplémentaires de police de l'État patrouillaient dans la zone et les flics locaux avaient été avertis du danger, tandis que des agents du service d'écoutes de la NSA épiaient pour ainsi dire chaque communication interne à la ville ou avec l'extérieur. Cela, ajouté au fait que le visage de Perry s'affichait sur chaque poste de télévision de la région des Grands Lacs, rendait peu probable l'éventualité qu'il se soit glissé jusqu'à Wahjamega sans être remarqué. La population était vigilante et sur ses gardes; dans la région, pour le moins, la chasse lancée sur Perry Dawsey avait déjà atteint les proportions mythiques de celle qu'avait connue O. J. Simpson. Un autre joueur de football américain meurtrier en cavale.

Le meurtre s'était produit environ sept heures plus tôt; si Dawsey avait fui, il pouvait déjà avoir atteint l'Indiana, Chicago, Fort Wayne ou l'autoroute de l'Ohio, qui conduisait vers la côte est. Cependant, Dew savait que Dawsey n'avait pas filé bien loin. Que la population pense ce qu'elle veut, qu'on leur donne la description de cet homme et que les gens gardent un œil ouvert. Dawsey pourrait bien tous les surprendre, on ne sait jamais, et s'il fonçait vraiment quelque part, mieux valait que M. Tout-le-monde en sache suffisamment pour l'éviter.

La Ford du fugitif était encore sagement garée sous l'auvent métallique recouvert de neige du parking. On ne recensait aucun vol de voiture à Ann Arbor depuis deux jours – ni de moto, de mobylette ou de foutu vélo, pour tout dire.

Dawsey n'était donc probablement pas parti, d'autant plus qu'apparemment quelque chose clochait avec sa jambe droite. Brian Vanderpine, le flic d'Ann Arbor qui avait découvert la scène du crime, était le premier à avoir remarqué les traces de pas sanglantes dans le couloir. Bien que l'endroit soit largement aspergé de sang, le policier n'avait relevé que des empreintes de pied gauche. N'ayant ensuite pas trouvé de marques laissées par une éventuelle béquille, Vanderpine avait hasardé l'hypothèse selon laquelle Dawsey sautait à cloche-pied.

On avait donc un homme – un géant – sans voiture ou autre moyen de locomotion, qui commettait ce que l'on pouvait supposer être un meurtre spontané, s'enfuyait en toute hâte, sans doute sans prendre le temps de planifier quoi que ce soit, pas même appeler un taxi – ils avaient vérifié ; aucun taxi n'avait été demandé dans cette zone ce jour-là –, et tout ça sur une seule jambe. C'était là le détail clé ; les gens se rappelleraient avoir vu quelqu'un sautiller. Or, personne n'avait remarqué un tel individu, malgré la couverture permanente des journalistes.

Ces éléments conduisaient Dew à une conclusion : Dawsey n'avait probablement pas quitté la résidence. Si la plupart des observateurs s'imaginaient qu'il s'était échappé depuis longtemps, leurs points de vue étaient basés sur les informations artificielles décrivant Dawsey comme lié à un réseau terroriste susceptible de l'aider à se fondre dans le paysage.

L'armée de flics avait fouillé la totalité des appartements du bâtiment B, il ne s'y trouvait pas. Jusqu'où avait-il pu fuir ? Cette résidence comprenait dix-sept immeubles, chacun abritant douze appartements, quatre sur chacun des trois étages. D'autres flics avaient frappé à la porte de chaque appartement de la résidence et avaient demandé aux habitants s'ils n'avaient rien remarqué d'étrange. Personne n'avait vu quoi que ce soit. Cela dit, les appartements n'étaient pas tous occupés. Certaines personnes étaient parties travailler, d'autres simplement absentes. Ils n'avaient pas disposé d'assez de temps pour effectuer une vérification en profondeur au sujet de chaque habitant, afin de déterminer qui était censé être chez lui ou et qui ne l'était pas. Pas de signe d'entrée par effraction ; Dawsey n'avait enfoncé aucune porte.

Cela ne signifiait pas pour autant qu'il ne se trouvait pas dans l'un de ces appartements. Peut-être avec un otage. Peut-être forçait-il quelqu'un à dire que tout allait bien.

Dew se fiait à son instinct. Si Dawsey avait du sang sur les pieds, il pouvait aussi bien en être recouvert sur le reste du corps. Les traces de pas évidentes avaient conduit jusqu'à la voiture du géant, mais chacune d'entre elle comprenait de moins en moins de sang, jusqu'à la dernière où, apparemment, il avait ôté sa chaussure. Un homme blessé, à cloche-pied, se déplaçant vite... il pouvait avoir chuté et, dans un tel cas, cet hypothétique supplément de sang pouvait avoir laissé des traces dans la neige.

Dew avait donc marché en décrivant un cercle autour du bâtiment B. Il n'avait rien trouvé, alors il avait recommencé, sans quitter le sol des yeux. Il était ensuite revenu près de la voiture de Dawsey, sur le capot de laquelle un peu de neige dégagée indiquait que quelqu'un, sans doute son propriétaire, s'était appuyé là peu de temps auparavant.

La totalité des traces de pas à l'avant la voiture avaient été laissées par un pied gauche. Il fallait observer très attentivement pour percevoir ce détail mais, une fois qu'il l'eut remarqué, Dew fut incapable de *ne plus le voir*. Dawsey, avec sa jambe touchée, s'était tenu là. Bon sang, il avait certainement vu Vanderpine entrer dans son immeuble.

Dew s'accroupit devant la voiture. Ses genoux froids le lancèrent sous l'effort.

L'agent de choc de la CIA a de l'arthrite, songea-t-il. *Voilà quelque chose qu'on ne voit pas dans les films.*

Baissé à l'avant de la vieille Ford couverte de rouille, Dew regarda la porte du bâtiment B. Un afflux inattendu d'adrénaline déferla en lui ; Dawsey avait occupé cette même position. Dawsey *avait bien vu* les deux flics pénétrer dans l'immeuble, il avait vu la porte se refermer derrière eux, puis il avait... qu'avait-il fait ?

Dew regarda autour de lui et tenta de considérer le terrain avec les yeux d'un homme infecté. Sur sa gauche se trouvait Washtenaw Avenue, la route principale par laquelle passait le trafic entre la chic Ann Arbor et Ypsilanti et ses logements bon marché. Elle était inondée en permanence par un flot de véhicules lancés à plus de cinquante kilomètres à l'heure. S'il s'était échappé par là, quelqu'un aurait forcément remarqué un homme sur une seule jambe.

Dawsey ne l'aurait pas voulu. Trop de bruit, trop de gens. Dew se tourna sur sa droite, en direction de la rue de la résidence, qui longeait d'autres appartements. Une foutue dose d'appartements. Presque pas de circulation, les rideaux et les stores tous tirés face au froid de l'hiver, personne ne regardait, personne ne déambulait. *Voilà* ce que recherchait Dawsey. Tout était calme et les cachettes semblaient innombrables – des buissons, des arbustes. L'armée de flics avait fouillé tous ces recoins sans rien trouver, pas même une trace de pas ou de la neige tombée d'une branche.

Seulement, on était en plein cœur de l'hiver ; pourquoi se planquer dans un buisson enneigé quand on pouvait se réfugier dans un sympathique appartement chauffé ? C'est ce qu'avait pensé Dawsey. Il avait simplement commis un meurtre violent, puis il avait vu deux flics entrer dans son immeuble. Dew se rappelait la paranoïa déchaînée affichée par la totalité des victimes. Dawsey avait vu arriver les flics et su qu'ils venaient pour lui, su qu'ils trouveraient le corps. Il avait alors voulu trouver un endroit pour se cacher. Et vite.

Dew se releva de son poste en grognant, ses genoux se plaignant de ce traitement désagréable, puis il se mit à marcher en direction du bâtiment G. Malgré les battements de son cœur, qui palpitait à l'allure d'un moteur à haute teneur en octane, il avançait avec une lenteur délibérée, examinant le sol avec une attention renouvelée.

73.
Brûle, brûle, ouais tu vas brûler

Celui de son dos allait être le plus dur à avoir. Perry avait fouillé les armoires de la Grosse Patty et avait trouvé un briquet, deux bouteilles de vin, trois de Bacardi 151 et une demie de Jack Daniel's. Il en avait déjà descendu une entière de vin, et une légère ivresse lui alourdissait la tête. Ce n'était pas une cuite au Wild Turkey, mais il en avait soufflé une pleine bouteille, le véritable effet était sans doute encore en préparation dans ses tripes.

Plus que trois : le dos, l'avant-bras gauche et les couilles.

Pour ce qu'il était sur le point de tenter, il voulait être complètement, mais alors vraiment complètement saoul.

Il n'existait aucun moyen intelligent de retirer les Triangles, et le risque semblait plus présent que jamais. Le Triangle situé sur son avant-bras était peut-être accroché près de l'artère. Celui qu'il portait dans le dos était placé sur la colonne vertébrale – sa tige crochue s'était peut-être plantée dans une vertèbre. Tirer dessus pouvait endommager ou même sectionner sa moelle épinière. Quant à celui situé sur ses couilles, celui auquel il était parvenu à ne pas penser depuis des jours… eh bien, il lui faudrait avant cela se saouler encore bien plus.

S'il n'était pas certain de réussir à en extraire au moins un, il pouvait les tuer là où ils se développaient. Ils pourriraient, bien sûr, mais si son plan fonctionnait, il appellerait les urgences et serait aussitôt conduit au bloc opératoire. Les médecins se débrouilleraient alors. Les Soldats voulaient lui flanquer une dérouillée et empêcher les Triangles d'éclore. Peut-être que s'il n'y avait plus de Triangles les Soldats ne le tueraient pas. Peut-être peut-être peut-être. Ou ils le tueraient, ou ils le garderaient vivant afin de l'interroger. Même s'ils le faisaient prisonnier pour sonder son esprit avec leurs machines et écrans secrets capables de lire les pensées, il serait toujours *vivant*.

Plus important encore, il aurait tué ces putains d'enculés de Triangles. Même si les Soldats le descendaient ensuite, personne n'aurait le moindre doute : il serait mort comme un Dawsey.

Il n'allait pas rester un incubateur humain. Il ne les laisserait pas gagner. Une fièvre douloureuse semblait tenailler ses muscles. Ses articulations le faisaient souffrir avec des élancements dignes d'une grosse caisse de batterie. La pourriture. La pourriture de son épaule et de son cul qui se propageait en d'autres endroits. Il parviendrait à lutter contre les Triangles, peut-être, mais que faire contre la pourriture noire et gluante qui se déversait dans son sang ?

Le numéro était terminé. C'était le moment ou jamais.

Les claquements et autres bruits d'éclatement des nouveau-nés endormis résonnaient dans l'appartement. Une chanson de Garth Brooks filtrait légèrement par le sol depuis le logement situé juste en dessous. Dans son propre esprit, le silence était parfait, pas un bruit en provenance de ses Triangles.

Perry plaça le briquet dans sa poche avant, puis attrapa les bouteilles d'alcool et le bloc de boucher, sur lequel, outre ses couteaux, se trouvaient ses ciseaux à volaille. Il sautilla maladroitement vers la salle de bains.

Brûle, brûle, ouais tu vas brûler.

74.
Le fed

Dew s'agenouilla et regarda la tache dans la neige. Il crut dans un premier temps l'avoir imaginée, création désespérée d'un esprit et de deux yeux fatigués. Quand il se pencha pour y regarder de plus près, il comprit qu'elle était bien réelle.

Une minuscule trace rose foncé sur la fine couche de neige déposée sur le trottoir. Infime, seulement longue d'environ un centimètre et large de quelques millimètres. Des flocons de neige poudreuse la recouvraient presque entièrement.

Dawsey était tombé, exactement ici. Dew se retourna vers la voiture de celui-ci ; si l'on traçait une ligne droite de la Ford rouillée à la tache de sang, ce trait pointait droit sur la porte du bâtiment G.

Dew se releva et avança vers la porte, le cœur battant et l'adrénaline à son maximum. Ses yeux ne quittaient pas le sol, à la recherche d'une autre tache, pour confirmer.

Sa fatigue s'était envolée, sans doute en raison de l'excitation de la chasse, ou plus probablement du fait d'un instinct de conservation parfaitement développé.

C'était le moment de s'amuser.

Le premier passage à l'action depuis Martin Brewbaker, le psychopathe infecté qui avait tué son équipier. Brewbaker n'était pas grand, encore moins un athlète, mais il avait confirmé une chose que Dew savait depuis ses dix-huit ans : le fait d'être un tueur n'a rien à voir avec la force, la vitesse ou l'entraînement, c'est une question d'être le premier à presser la détente, d'attaquer avant que l'autre type soit prêt, de lui sauter à la gorge sur-le-champ. Les excroissances avaient fait de Martin Brewbaker ce genre d'homme. Dawsey portait les mêmes excroissances mais c'était un géant, un athlète, violent et mauvais avant même d'avoir été infecté.

Dew fut saisi par une impression de *déjà-vu**, par la sensation d'entrer de nouveau dans la maison de Martin Brewbaker, de marcher dans le couloir juste avant que ce taré mette le feu et plante une hache dans les tripes de Malcolm. Le vieil air de Sinatra lui revint en tête.

Je t'ai… dans la peau.

---

* En français dans le texte

75.
Bacardi 151

Perry ferma la porte de la salle de bains derrière lui et déploya ses trésors sur le lavabo.

Bouteille de Jack Daniel's : OK.

Deux bouteilles de Bacardi 151 : OK.

Le bloc de boucher avec couteaux et ciseaux à volaille : OK.

Briquet : OK.

Serviettes : OK.

La fatigue s'accrochait à son corps. Il fit couler le robinet de la douche et abaissa le levier de la bonde, ce qui permit au bac de se remplir d'eau froide.

Il se déshabilla et se débarrassa de tous ses vêtements, à l'exception de ses chaussettes et de son caleçon. Il s'empara ensuite de la plus grande serviette qu'il put trouver et la tordit de façon à en faire une corde, avant de verser du Bacardi dessus. L'alcool imbiba le tissu éponge et emplit l'étroite salle de bains d'une forte odeur de rhum. Il fit passer la serviette dans son dos, qui frissonna sous l'effet de ce contact froid, mouillé et baigné de rhum, puis il positionna ce point froid précisément sur le Triangle. L'une de ses extrémités passait sur son épaule gauche et l'autre sous son bras droit. Il les noua ensemble, ce qui donna à la serviette une allure de bande de cartouches de « bandito ».

Si, señor. El Perry l'Effrayant est oun saaale type.

Il imbiba ensuite de Bacardi le bout d'une plus petite serviette, qu'il posa sur la cuvette des toilettes. Ses préparatifs achevés, il avala quatre longues gorgées d'affilée de Jack Daniel's.

Perry s'assit sur le bac, dont la porcelaine froide lui envoya d'autres vagues de frissons à travers le corps, le couteau et le briquet dans la main gauche, la serviette trempée de rhum dans la droite.

Le moment état venu.

Brûle, brûle, ouais tu vas brûler.

Perry alluma le briquet. Il regarda la petite flamme orange danser en tournant.

Ouais tu vas brûler.

76.
On se rapproche

Dew venait de franchir la porte d'entrée du bâtiment G. Il tremblait légèrement, mais le froid de l'hiver n'y était pour rien. À l'image de tous les autres immeubles de la vaste résidence, celui-ci comprenait douze appartements, quatre sur chacun des trois étages.

Perry Dawsey, le tueur unijambiste, se trouvait dans l'un d'entre eux.

Dew sortit d'une poche de sa veste son bloc-notes, qu'il feuilleta, les yeux tantôt baissés sur les pages, tantôt levés en direction du hall d'entrée. Il s'attendait à moitié à voir surgir ce géant cinglé dans l'escalier ou le hall, bondissant sur sa jambe comme un fou et prêt à exécuter une nouvelle représentation de la crucifixion à la Bill Miller.

Dew relut les notes qu'il avait collectées auprès des flics. Le bâtiment G avait été vérifié par deux policiers antiémeute, qui n'avaient reçu aucune réponse des appartements 104 et 202. Dew remisa le bloc dans la poche de son manteau avant d'effleurer de la main son 45, juste pour s'assurer de sa présence. Si son intuition était exacte, il tenait une occasion de tuer Dawsey et de le faire sans la presse et sans l'intervention des flics locaux.

Se lancer seul était dangereux, probablement stupide. Cependant, Dawsey détenait certainement un otage. Si les équipes d'intervention rapide s'approchaient trop vite et que leur cible les apercevait, celle-ci pouvait tirer cet otage dans la zone où comptaient intervenir les flics. Cela compliquerait les choses.

Dew sortit son gros portable et composa un numéro. La sonnerie ne retentit qu'une fois à l'autre bout de la ligne – ils attendaient son appel.

— Ici Otto.

— Dites aux équipes se positionner, murmura-t-il. Je suis dans le bâtiment G. N'approchez pas – je répète : *n'approchez pas* – avant que j'en donne l'ordre. Je reste en ligne. Si la communication est coupée, intervenez immédiatement, compris ?

— Affirmatif. Margaret et Amos sont avec moi. Ils sont prêts.

Dew sortit son 45, tandis que ses veines s'emplissaient d'adrénaline. Son pouls battait si vite qu'il se demanda si une crise cardiaque n'allait pas le terrasser avant que Dawsey en ait l'occasion.

77.
Conjectures

Les combinaisons étanches n'avaient pas été conçues pour être confortables. Margaret Montoya était assise à l'arrière du fourgon gris n° 2 aux côtés d'Amos et de Clarence Otto, qui portaient également des combinaisons encombrantes. Il ne leur restait plus qu'à enfiler leurs casques et à pressuriser le tout pour être prêts à se battre contre toute bactérie, tout virus ou poison aérien que Dawsey était susceptible de lancer.

Seule Margaret savait qu'il ne s'agissait ni d'une bactérie ni d'un virus. C'était quelque chose de totalement différent. Quelque chose de… *nouveau*. Elle ne parvenait toujours pas à préciser son idée et cela la rendait folle.

— Bon, ce truc ne peut pas être naturel, dit-elle. Nous l'aurions déjà vu quelque part.

Amos soupira et se frotta les yeux.

— Margaret, nous avons déjà eu cette conversation. Plusieurs fois…

Il paraissait exaspéré, elle ne pouvait pas lui en vouloir ; curiosité scientifique ou non, elle n'avait pas cessé de parler depuis des heures. La réponse se trouvait quelque part par là ; si elle ne parvenait pas à mettre la main dessus, autant en discuter.

— Nous ne savons pas s'il n'a pas déjà été aperçu, poursuivit Amos. Ce n'est pas parce que ça n'a pas été enregistré par l'histoire que ce n'est pas connu dans une autre partie du monde.

— C'est peut-être vrai si l'on considère un mal ordinaire, quelque chose qui rend les gens malades. Toutes les affections se ressemblent, mais celle-ci est différente ; des triangles se développent sous la peau des personnes atteintes – il en resterait forcément *une trace*. Un mythe, une légende, *quelque chose*.

— De toute évidence, vous ne pensez pas que ce soit naturel, dit Otto. Vous êtes donc d'accord avec Murray ? C'est une arme ?

— Je n'en sais rien, mais ce n'est pas naturel. Quelqu'un a créé cela.

— Et a exécuté un bond de plusieurs décennies en avant, comparé à l'actuel niveau biotechnologique connu, ajouta Amos avec patience. On ne parle pas de bricoler un virus, là. Il s'agit de créer une espèce totalement nouvelle, ce qui fait appel à des manipulations génétiques d'un niveau qui n'a pas encore atteint le stade de la théorie. Ces nouveaux organismes s'adaptent parfaitement et en douceur au système humain. Cela prendrait des années d'expérimentations pour en créer.

— Et si leur but n'était pas de créer ces organismes, ces nerfs et ces veines ?

— Bien sûr qu'ils sont conçus pour ça, dit Amos. Ils se développent, non ?

Margaret ressentit une pointe d'excitation, comme un vague aperçu. Elle tenait quelque chose, sans pouvoir préciser quoi.

— En effet, ça construit des nerfs et des siphons veineux, mais nous ne savons pas si ces choses ont été conçues *spécifiquement* pour ça.

— Je ne vous suis pas, dit Otto après avoir secoué la tête.

— Un plan, expliqua Margaret. Et si la graine initiale, ou spore, peu importe, était conçue pour lire un plan, comme les instructions codées dans notre ADN ?

Amos la regarda avec un mélange de deux expressions. L'une disait *Je n'avais pas pensé à ça* et l'autre disait *Tu deviens complètement cinglée, ma pauvre fille.*

— Continue, dit-il.

— Et si cette chose lisait dans l'organisme ? Si elle comprenait comment l'exploiter, comment se développer avec lui ?

— Dans ce cas, elle n'a pas besoin d'humains, fit remarquer Otto. Pourquoi ne l'aurions-nous pas remarquée chez les animaux ?

— Nous ne savons pas si les animaux ont été infectés, dit Margaret. Il y a peut-être autre chose, plus que de la biologie pure. Peut-être ont-ils besoin… d'intelligence.

Amos secoua la tête.

— De l'intelligence pour quoi faire ? Tout ça n'est que conjectures et, en dehors du fait que tu es une nana cinglée, qui fabriquerait un tel organisme ?

Les pièces commençaient à se mettre en place dans l'esprit de Margaret.

— Ce n'est *pas* un organisme, martela-t-elle. Je pense que c'est un genre de machine.

Amos ferma les yeux, secoua la tête et se frotta l'arête du nez, tout cela à la fois.

—Quand tu seras internée, Margaret, je pourrai prendre ton bureau ?

—Je suis sérieuse, Amos. Penses-y. Si tu devais franchir de grandes distances, si grandes qu'aucun organisme vivant ne survivrait au voyage ?

—Tu veux dire : encore plus longtemps qu'un voyage en avion à Hawaï avec ma belle-mère ?

—Oui, beaucoup plus longtemps.

Otto se pencha en avant.

—Êtes-vous en train de penser au voyage dans l'espace ?

Margaret haussa les épaules.

—Peut-être. On ne peut sans doute pas envoyer dans l'espace de créature vivante le temps nécessaire pour aller d'un point A à un point B, mais on peut envoyer une machine. Une machine sans vie qui ne consomme aucune ressource et dépourvue de processus biologique s'épuisant avec le temps. Une machine simplement *morte*.

—Jusqu'au jour où elle se réveille, dit Amos. Ou éclot, ou quoi que ce soit.

—L'infanterie parfaite, enchaîna Otto. Une armée qui n'a pas besoin d'être nourrie ou entraînée. Il suffit de les produire en masse, de les envoyer et, quand ils atterrissent, ils se construisent eux-mêmes et récupèrent les connaissances de l'hôte local.

Amos et Margaret regardèrent l'agent.

—OK, dit Amos. Pour faire plaisir à une scientifique cinglée et à un apprenti espion fonceur qui a regardé trop de films, admettons que l'on ait cette « arme ». Quel intérêt en tire-t-on ? On envoie ces trucs dans l'univers, qui s'arrêtent sur Vulcain le temps de prendre une ou deux bières, bien sûr. Mais pourquoi ?

—Pour deux raisons, répondit Otto. Tout d'abord, la reconnaissance. Rassembler des données sur l'environnement, la population, l'ennemi. Peut-être est-ce pour cela que les animaux ne sont pas concernés, ils…

Sa voix s'estompa. Il ne parvint pas à aller au bout de sa pensée.

— Parce que, s'ils sont capables de lire l'ADN, ils lisent peut-être aussi les souvenirs, compléta Margaret. Ils ont besoin du contexte culturel pour connaître les menaces, pour savoir ce qui est susceptible de les arrêter.

L'agent Otto lui adressa un sourire rayonnant, avant de hocher lentement la tête. À lui seul, ce sourire suffit presque à lui faire oublier cette folie, aussi se retrouva-t-elle en train de lui sourire à son tour.

— Pourquoi vous ne baisez pas un bon coup, tous les deux, histoire d'en finir ? intervint Amos. Si on peut oublier la drague un moment, je ne suis toujours pas convaincu. Vos idées ne tiennent pas debout. Dans le monde merveilleux de Margaret, ces trucs sont ici car Alf ne peut pas faire le voyage lui-même. Alors, pourquoi ces petites machines rassemblent-elles des données ?

— C'est la première raison, répondit Otto. Dans un deuxième temps, ils doivent se servir de ces données pour créer une tête de pont. Contrôler une région défendable où l'on peut recevoir des renforts en toute sécurité.

Le silence s'installa dans le fourgon l'espace de quelques instants. Un certain effroi planait dans l'air. Finalement, Amos reprit la parole, la peur clairement perceptible derrière son ton sarcastique :

— Otto, si ça ne vous dérange pas, je vous préfère quand je pense que vous êtes un de ces agents débiles de la CIA. Que diriez-vous de nous laisser parler de science et de vous servir une pleine tasse de je-ferme-ma-grande-gueule ?

Otto hocha la tête et se carra dans son siège.

Ils poursuivirent leur attente en silence.

78.
Un bon bain chaud

Perry leva la petite flamme jusqu'à la serviette imbibée de rhum, qui prit feu instantanément, s'enflammant dans un «whouf» qui lui brûla légèrement la main. Il l'abattit ensuite dans son dos, comme un cheval faisant claquer sa queue pour disperser un essaim de mouches. Les flammes claquèrent contre le point mouillé de la serviette portée en bandoulière.

Ce point s'enflamma également immédiatement et se mit à brûler la chair fine qui recouvrait le Triangle. Les flammes atteignirent aussi les cheveux de Perry, qui se désintégrèrent dans un «whoosh» qui lui brûla le crâne. L'odeur de rhum, de chair brûlée et de cheveux grillés emplissait la salle de bains.

Une violente douleur lui dévora le dos tandis que les flammes remontaient le long de la serviette. Il esquissa un geste pour se lever, son instinct lui hurlant de BOUGER, COURIR, S'ARRÊTER, SE LAISSER TOMBER et SE ROULER. Sa peau se couvrait de cloques – il laissa échapper un petit cri et se força à se rasseoir dans le bac. Il fit passer le couteau de sa main gauche à sa main droite.

Tout en libérant un rugissement qui contenait autant de douleur que de fureur et de défi, Perry planta la lame dans son avant-bras gauche, en plein dans l'un des yeux fermés du Triangle. Il sut qu'il l'avait traversé de part en part quand il sentit le bout de la lame titiller sa chair, de l'autre côté. Du sang et du liquide pourpre jaillirent dans sa main, ce qui lui fit presque perdre sa prise sur le manche. Avec un grognement bestial et un sourire mauvais de satisfaction et de folie, il frappa de nouveau avec le couteau, encore et encore, comme avec un pic pointu dans une boule de glace.

Son dos brûlait toujours.

Le visage tordu de douleur, il tomba en arrière dans le bac.

Un bref sifflement se produisit quand il entra en contact avec l'eau froide. Le feu s'éteignit, mais la sensation de brûlure persista. Une vague de joie le submergea, bien qu'il se torde encore de douleur.

— Alors, ça vous plaît ? Alors, *putain, ça vous plaît, mes chéris* ?

Son bras entaillé remplissait le bac de sang dilué, ce qui faisait ressembler l'eau à du Kool-Aid [1] à la cerise.

C'est pas terminé, les enfants, songea Perry. *Pas d'doute, il en reste un.*

De la main droite, il tira sur son bras gauche, qu'il abattit dans l'eau rouge, le visage crispé en un masque de souffrance.

79.
Appartement 104

Accroupi devant la porte de l'appartement G-104, Dew ignorait ses genoux douloureux. Ses doigts épais maniaient les outils de crochetage avec la grâce délicate d'une ballerine en train d'effectuer une pirouette sur la scène.

La serrure émit un léger cliquetis et Dew fit tourner le verrou en silence. Il se releva, dégaina son 45 et prit une profonde inspiration.

Ils vont payer, Malcolm.

Il ouvrit la porte et se glissa dans un salon vide, dépourvu de tout meuble. Après avoir procédé à une rapide vérification afin de s'assurer que toutes les pièces étaient vides – c'était le cas –, il sortit en courant de l'appartement et fonça vers le suivant.

---

1. Boisson aromatisée aux fruits (*NdT*).

80.
Les ciseaux à volaille

Perry se leva du bac en titubant, déversant au passage une bonne quantité d'eau ensanglantée sur le sol. Il se saisit d'une serviette propre et l'enroula autour de son avant-bras mutilé puis y fit un nœud. Il réprima ses cris de douleur quand il serra le tout.

La douleur était intense, mais il était capable de la supporter. Pourquoi ? Parce qu'il avait de la *discipline*, voilà pourquoi. Son bras saignait comme un cochon, pour rester fidèle à l'expression. La serviette fut rapidement imbibée de rouge vif – il ne savait pas s'il avait touché une artère et il s'en fichait parce qu'il avait planté son couteau dans les trois yeux du Triangle. Un tentacule noir, fin et visqueux, pendait par la plaie et pissait du sang sur le sol.

Ce n'était pas grave. Perry serait dans une ambulance dans moins de cinq minutes.

Il attrapa le bout de la serviette, puis inspira profondément avant de serrer encore un peu plus le nœud de la serviette. Une nouvelle vague de douleur éclata dans son bras, mais il se retint de crier.

C'est alors que les Triangles se réveillèrent.

Non, pas les Triangles, *le Triangle*.

Celui de son dos était mort, brûlé et grillé, et celui de son bras était tranché en deux. Il n'en restait qu'un.

Ce qui voulait dire qu'il ne restait qu'une seule chose à faire.

Pas d'doute.

arrète ARRÊTe ARrètE
SaloPjArd Saeloprr
une dehrueod

La voix qui sonnait dans sa tête était faible, fine, fragile. Il ne comprenait pas nombre de mots.

— Fallait pas faire chier un Dawsey, mon gros. Tu comprends ça, maintenant, non ?

Il avança lentement de quelques pas et s'appuya sur le lavabo.

enfoirii salopartt
salopartt Arrêêtt
ARRÊÊTT
au secours AU SECOURS

— Personne ne viendra à ton secours, dit Perry. Maintenant, tu sais ce que ça fait.

Le bloc de boucher était posé sur le meuble voisin. Il l'appelait.

La porte de la salle de bains se mit soudain à trembler violemment. Des tentacules se glissaient par-dessous et se tortillaient comme des serpents noirs pris de folie. Avec une incrédulité qui déchira sa vision troublée, Perry vit alors la poignée tourner.

Il se lança sur la porte au moment précis où elle commençait à s'ouvrir et la claqua de l'épaule droite. Il la verrouilla et recula d'un pas, les yeux écarquillés sous le choc tandis que des tentacules noirs et noueux continuaient à se faufiler sous la porte.

Il entendait les « clic » et les « pop » des nouveau-nés, mais ce n'était pas tout ; il percevait également leur voix féminine dans sa tête, pas aussi puissante que les plaintes embrouillées de son Triangle mais assez forte, désespérée, furieuse. Les voix étaient désormais séparées. Elles se ressemblaient mais s'étaient individualisées par rapport au groupe qu'elles formaient quand elles se trouvaient encore dans le corps de la Grosse Patty.

Tant de mots se télescopaient. C'était comme essayer de suivre des yeux un flocon de neige dans le blizzard. Il en comprenait tout de même quelques morceaux.

Arrête!

Ne fais pas ça!

Pécheur!

Tu brûleras en enfer!

Ne le tue pas ne le tue pas!

Les tentacules poussaient et tiraient sur la porte, la secouant violemment en essayant de l'ouvrir, mais ils n'étaient pas assez forts. Horrifié, Perry les regardait se glisser, tirer la porte, se rétracter – il y en avait trop pour les compter et ils remuaient trop vite.

Il retourna près du lavabo, ignorant leurs voix suppliantes. Ils ne pouvaient pas entrer et il lui restait un boulot à terminer. Il avisa le bloc de couteaux.

Ainsi que les ciseaux à volaille.

Il secoua la tête, il ne pouvait pas faire ça. Les médecins l'arracheraient, les médecins arrangeraient ça!

Le sommet du lavabo lui arrivait à la hauteur de la taille ; il plongea la main dans son caleçon mouillé pour poser le scrotum sur le rebord… Quand il l'effleura, sa main tressaillit comme s'il avait involontairement attrapé un serpent à sonnettes.

Il n'avait pas senti ce à quoi il s'attendait. Cela n'avait pas été doux et malléable mais dur, craquelant, enflé et parsemé de bosses qui ne lui appartenaient pas.

arrrrrrête Arête ARêtejj
tu ne pegt pas Faire

NON   NONG
NON   NON

La voix du Triangle flanchait sérieusement. Perry ne savait pas si c'était dû au Tylenol qui coulait en lui, au fait qu'il fût le dernier Triangle ou à un peu des deux. Cela n'avait aucune importance. Il plongea de nouveau la main dans son caleçon, cette fois prêt à affronter l'affreuse et écœurante sensation, puis il souleva son scrotum et le posa sur le bord du lavabo.

C'était la chose la plus horrible qu'il avait jamais vue.

Des larmes coulèrent instantanément sur ses joues. Non pas les larmes de douleur qu'il avait une ou deux fois laissé échapper lors de ses sessions d'automutilation, mais des larmes de frustration, les larmes d'un homme qui avait tout perdu.

Plus un seul médecin au monde ne pouvait l'aider désormais.

Il n'avait pas regardé ce Triangle depuis le jour où il avait tiré cette petite chose blanche de sa cuisse. Il n'avait pas observé ses couilles depuis lors. Pas une seule fois. S'il avait regardé, s'il avait vu, peut-être n'aurait-il pas du tout lutté.

Le Triangle était énorme, presque noir sous la peau du scrotum. Le centre de la tête en forme de pyramide pointait vers le haut, comme si ses couilles reposaient sur une tente de chair. La plupart de ses poils pubiens étaient tombés, laissant sa peau nue et sans protection. Son testicule gauche était caché, quelque part sous le Triangle, tandis que l'autre était à peine visible, son extrémité rentrée à l'intérieur du scrotum, tirant sur la peau. Sa bite pendait selon un angle curieux – le Triangle avait poussé juste en dessous de sa base. Il ne restait plus beaucoup de place pour le tissu qui reliait son pénis à son corps. Il donnait l'impression d'être sur le point de tomber, coupé par le bas par le Triangle qui grandissait encore.

Mais ce n'était pas le pire.

Les tentacules s'étaient développés sous la peau, exactement comme sur la Grosse Patty, à partir des côtés du Triangle. L'un d'entre eux était monté par-dessus le testicule droit, alors qu'un autre s'était déployé depuis le scrotum jusqu'à l'intérieur de la cuisse, une infection qui ressemblait à une corde et qui palpitait, énorme et difforme.

Le dernier tentacule ? C'était le pire des trois.

Le dernier tentacule s'était inséré sur le côté du pénis, dont il distendait la peau, épaisse veine noire enroulée sur plusieurs tours et dont l'extrémité atteignait presque le bout, comme si elle pointait le gland de Perry. Elle le pointait et elle se moquait.

Son corps dénudé se mit à trembler de terreur et d'appréhension. D'appréhension car il savait qu'il ne pourrait pas le faire, il serait incapable de se couper la bite et les couilles. Les petits salopards avaient gagné ils avaient gagné ils avaient gagné qu'ils aillent se faire foutre en enfer *allez tous vous faire foutre en enfer !* Perry se pencha en avant, son attirail toujours sur le lavabo, et sortit l'un des couteaux à steak du bloc de boucher. Il posa le bras sur le lavabo, paume vers le haut, et plaça la pointe du couteau sur son poignet, juste en dessous de la main. Il avait entendu quelque part qu'il fallait inciser dans le sens de la *longueur* du poignet, et non pas en travers, pour le faire correctement.

La voix de son père :

— *Que fais-tu, mon garçon ?*

Les larmes de Perry ruisselaient dans le lavabo, ses sanglots secouaient son corps. Il leva la tête vers le miroir et une fois de plus, il vit à la place de son reflet ravagé le visage à la peau tirée de son père squelettique. Les yeux de Jacob Dawsey brillaient d'un rouge sang, ses lèvres si tendues qu'elles ne bougeaient pas quand il parlait ; il n'était rien de plus que des os et de la peau, ses muscles depuis longtemps avalés par le capitaine Cancer.

— Je suis désolé, papa, dit Perry entre deux sanglots étouffés. Je ne peux pas faire ça. Je vais crever ici.

— *Tu peux encore gagner, mon fils. Tu peux encore tous les battre.*

— Papa, je ne peux pas. Je ne peux pas, c'est tout !

— *Tu dois le faire, mon garçon !* (La voix de papa prit un ton des plus hargneux.) *Tu es allé si loin que tu ne peux plus t'arrêter maintenant. Un homme sait ce qu'il doit faire !*

Perry baissa la tête. Il ne pouvait pas le faire, il ne pouvait plus regarder le visage de son père. Il pressa la lame sur son poignet. Une goutte de sang se forma autour de la pointe du couteau. Deux rapides entailles et ce serait terminé.

Désolé, papa, mais ça doit se terminer ici.

Il jeta un dernier coup d'œil à ses parties génitales, difformes et monstrueuses, cligna des paupières pour refouler ses larmes et rassembla ses forces pour…

Il ne fut tout d'abord pas certain de ce qu'il avait vu.

Cela se produisit une deuxième fois, il sut alors qu'il ne l'avait pas imaginé.

Ses organes génitaux *bougeaient.*

le muoment de l'éclosionddf
pour écflueore
momentyy pourt éclore

Non.

Négatif, hors de question. S'il se tuait tout de suite, le Triangle se libérerait tout de même de son corps et rejoindrait les autres, avec lesquels il ferait leurs trucs de nouveau-nés, danser autour des cadavres des stupides humains, jouer au gin-rummy, regarder le *Brady Bunch*[1] ou faire ce qu'ils faisaient d'autre et dont il n'avait simplement rien à foutre.

Perry se mit à hurler à ses parties génitales.

— Va te faire foutre ! Va te faire foutre va te faire foutre vatefairefoutre ! Ça ne va pas se passer comme ça, tu comprends ?

Le Triangle prisonnier dans son scrotum gigotait. Horrifié et plus furieux que jamais, Perry le vit commencer à donner des coups vers l'extérieur, pousser à la fois pour percer la peau et pour casser la tige, le cordon ombilical qui l'avait maintenu en vie tout ce temps.

Perry attrapa les ciseaux à volaille.

Il coupa son caleçon sur chaque hanche et le sous-vêtement tomba par terre.

Il s'écarta du lavabo, juste un peu, afin de laisser un peu d'espace entre sa taille et le rebord, suffisamment d'espace pour que les ciseaux s'y glissent, une lame, épaisse au-delà du concevable, au-dessus de son scrotum, une lame, épaisse au-delà du concevable, en dessous.

éclOSion Nous voilà VoiLÀ Nooust Voilàsfg

S'il restait encore quelques bribes de santé mentale à Perry, elles s'évanouirent, claquant comme un élastique trop tendu, dont les deux extrémités se rétractent en sifflant à toute vitesse.

— Au moins, les voix se tairont.

Le premier son fut le raclement métallique des ciseaux à volaille.

Le second son fut un hurlement.

---

1. Série télévisée américaine (*NdT*).

81.
Appartement 202

Personne n'avait répondu à l'appartement 202 et Dew était en train d'en crocheter la serrure quand il entendit un affreux hurlement. C'était un homme qui avait crié, si fort que Dew sentit une onde de peur lui faire frissonner le bas du dos. Ce cri contenait quelque chose qui dépassait la douleur ou la peur.

Dew se releva d'un bond, ce qui fit craquer ses genoux dans le silence du couloir. Il se précipita vers la cage d'escalier du fond, la plus proche, tout en sortant son portable.

— Otto, faites-les venir !

82.
Vous allez brûler

En sang, Perry sortit de la salle de bains en titubant, il toussait et pleurait, laissant partout dans son sillage de la morve, de la bave et du sang. Il était si proche de la fin qu'il ne vit pas les nouveau-nés s'éparpiller dans la pièce, sautiller pour lui céder le passage aussi vite que leurs petits corps maladroits parvenaient à les porter. Ils remplissaient sa tête de mots qui n'avaient aucun sens et de phrases abstraites.

Les bras chargés de quantité de choses, Perry lança la première bouteille contre le mur qui partait de la porte ; elle explosa et du Bacardi 151 se répandit sur le mur et le sol.

Il vit alors l'un des nouveau-nés se ruer vers lui. Il attrapa les ciseaux à volaille ensanglantés. La créature bondit sur sa jambe et plaqua ses tentacules autour de son mollet. Il sentit une douleur pénétrante mais distante, comme l'écho d'un cri poussé un kilomètre plus loin. Il se pencha et avec les ciseaux, il transperça le corps du nouveau-né.

Un cri divisé en cinq lui déchira la tête ; un hurlement féminin qui jaillissait de chacun des nouveau-nés.

— Pourquoi est-ce que je les entends encore ? marmonna Perry, la voix près de se noyer dans une hystérie totale. Je les ai tous eus… *pourquoi est-ce que je les entends encore, merde !*

Il leva les ciseaux et prit un moment pour considérer la bestiole qui se tortillait, empalée sur les lames en sang. D'un coup de poignet, il l'envoya voler à travers la pièce. Elle atterrit par terre, brisée et agitée de convulsions, et laissa une tache gluante et pourpre sur la moquette.

Perry redressa la tête et lâcha un grognement animal de défi, les nouveau-nés restants n'approchèrent pas. Il se dirigea vers la porte et enjamba le corps de la Grosse Patty. Il remarqua que le bas de ses jambes et ses mains avaient disparu, réduits à des moignons sanglants. Les nouveau-nés gesticulaient en claquant en une danse écœurante de gazouillements et de cliquetis qui lui emplissait la tête de menaces discontinues.

Tu vas payer.
Salopard.
Ton tour viendra.
Et très vite.

Perry les ignora et sautilla jusqu'à l'entrée. Sans lâcher ses trésors, il libéra les trois verrous et ouvrit la porte, puis il abattit sa dernière bouteille dans le cadre de la porte. La moquette fut rapidement imbibée de rhum.

T'es un mauvais homme.
On viendra te chercher.
On t'aura.

Il se retourna vers les nouveau-nés, qui le regardaient avec une malveillance infinie, leurs yeux noirs brillant d'une haine totale.

Perry ne dit rien, l'esprit incapable d'articuler le moindre mot. Un léger filet de bave coulait de sa lèvre et se balançait au rythme de ses mouvements désordonnés. Il lâcha les ciseaux à volaille.

Il tentait encore deux objets dans les bras. L'un d'entre eux était le briquet. Il alluma le Bic.

Perry Dawsey jeta sur la pièce un regard avec des yeux bien plus âgés que ses vingt-six ans. Il se pencha et baissa la flamme jusqu'à la faire effleurer le sol baigné de rhum.

Le feu prit instantanément, d'un bleu chaud dans un premier temps, avant de rapidement prendre une teinte jaune-orange tandis que la moquette s'embrasait. Il lâcha le briquet. Il ne lui restait plus qu'une seule chose dans les bras. Les flammes grandissaient et rampaient le long du cadre de la porte en direction du plafond.

Perry regarda une dernière fois les nouveau-nés. Ils couraient dans l'appartement, telle une version diabolique des Keystone Kops [1], rebondissaient contre les murs, les meubles et même les uns contre les autres, aveuglés de terreur. Le feu se propagea rapidement de l'entrée à l'appartement proprement dit, où il leur était impossible d'y échapper.

— Ouais, vous allez *brûler*, dit Perry, très calme.

Il faisait demi-tour pour s'en aller quand soudain son œil se posa sur la carte, dont un coin inférieur était attaqué par les flammes.

Il tendit le bras et l'arracha de la porte. Il quitta ensuite l'appartement, tourna sur sa droite et se mit à sautiller, tandis que les flammes se déployaient derrière lui dans le couloir.

---

1. Série de films muets comiques ayant pour héros des policiers incompétents (*NdT*).

83.
Appartement 304

Dew parvint en haut des marches au moment précis où les flammes attaquaient le couloir, hautes d'un mètre cinquante et prenant encore de l'ampleur. Cet endroit cramait comme un sapin de Noël desséché. Il s'arrêta, à la recherche d'une cible. De l'autre côté du feu affamé, il vit un géant entièrement nu, qui tenait quelque chose dans chaque main.

À travers la vapeur de chaleur ondulante, Dew vit cet homme progresser à cloche-pied. Son autre jambe pendait mollement, le pied quelques centimètres au-dessus du sol. L'homme tourna et s'éloigna en sautillant, sa masse déjà cachée par les flammes en furie.

Dew ouvrit le feu et vida son chargeur de sept balles en moins de trois secondes. Les projectiles meurtriers de calibre 45 disparurent dans le feu – Dew ne savait pas s'il avait touché Dawsey ou pas.

Il n'y avait qu'une seule façon de le découvrir.

Après avoir inséré un nouveau chargeur dans le Colt 45, puis hésité, à peine un instant, il se précipita vers les flammes déchaînées.

84.
Sautillons, sautillons

Avec une coordination permise par le peu de cas qu'il faisait de sa sécurité, Perry bondit sur le palier intermédiaire, avalant six marches en un seul saut. Quand il se réceptionna, du sang jaillit de son entrejambe. Son élan le propulsa contre le mur mais il ne chuta pas, il tourna et bondit par-dessus les six marches suivantes grâce à une puissante poussée. Quand il heurta le palier du deuxième étage, la serviette tomba de son bras, ce qui le laissa entièrement nu, à l'exception de ses chaussettes.

Un éventuel témoin n'aurait pas cru cela possible, persuadé que ce géant se romprait le cou, malgré tout celui-ci poursuivit sa progression à cloche-pied, sans savoir que Dew Phillips ne se trouvait que quelques pas derrière lui.

La porte extérieure s'ouvrit à la volée et vacilla violemment sur ses gonds, avant de heurter l'immeuble avec tant de force que la poignée fit éclater un morceau du mur en briques. Les yeux écarquillés et sans cesser de hurler, Perry se mit à sautiller dans la neige, tandis que le froid frappait son corps dénudé comme le poing du Bon Vieil Hiver.

Il avançait vite, toujours sur une jambe, gardant quelque part en tête le fait qu'il était censé trouver une voiture, filer à Wahjamega et achever cette aventure de fou. Il voulait également se rendre à l'hôpital car un stupide enfoiré avait tiré sur lui et l'avait atteint à l'épaule gauche. Il en avait presque perdu connaissance, mais il en avait encaissé davantage à de nombreuses reprises.

Oh ! Il avait aussi besoin d'un hôpital pour quelques autres trucs, non, eh, papounet ? Un hôpital pour recoudre un bras qui pissait le sang sur la neige tassée de la route, un hôpital pour rassembler ce qui était tranché dans son mollet afin qu'il puisse de nouveau marcher sur deux jambes un jour, un hôpital pour traiter les énormes cloques et brûlures qu'il portait dans le dos, sur la tête et au cul, un hôpital pour retirer cette balle de son épaule gauche, un hôpital pour aspirer la matière gluante noire et pourrie de son épaule et de son cul…

Et, par-dessus tout, un hôpital pour remettre sa bite en place.

85.
Un tir pour tuer

La porte d'entrée du bâtiment G ne s'était pas tout à fait refermée quand Dew Phillips l'ouvrit, toujours avec autant de violence. Il déboula en courant sur le trottoir enneigé, une traînée de fumée et de flammes derrière lui, et se roula par terre une fois, deux fois, puis une troisième fois, avant de se relever, les flammes éteintes et sa veste réduite à des lambeaux de polyester âcre.

Il s'y trouvait de nouveau, dans cet endroit meurtrier, dans ce point de son esprit où il renvoyait ses sensations, ses émotions et sa morale quand il devait tuer quelqu'un. Il n'était plus Dew Phillips ; il était Chef, la machine à tuer qui avait pris plus de vies qu'il n'était capable d'en compter.

Il s'agenouilla en position de tir et brandit le 45 avec une poigne aussi ferme que celle d'un chirurgien du cerveau. Il voyait tout ; les branches mortes recouvertes de neige des arbres hivernaux, chaque épine recouverte de givre sur les pins et les arbustes gelés, chaque voiture, chaque enjoliveur, chaque plaque d'immatriculation, chaque trace de pas dans la neige fondue. Les policiers étaient partout présents dans les parages, tels des alligators bleu foncé en plein bain de soleil sur une rive. Trois fourgons gris surgirent en trombe ; un de sa droite, un de sa gauche et le dernier de l'autre côté du cinglé à cloche-pied qui perdait son sang.

Dawsey sautillait sur le parking, un sprint pour la liberté alors qu'il n'avait nulle part vers où courir. Il parut remarquer les voitures de police, puis il ralentit. Avec l'optimisme désespéré des fous, il se dirigea alors vers Dew.

Ce dernier aperçut un visage tordu de fureur, de douleur, de confusion et de haine. Le géant fonçait en avant, immense et affreux, chaque fibre musculaire contractée et visible malgré l'éloignement. Il sautillait sur sa jambe gauche en sang et franchissait une distance ahurissante à chaque bond. Sa jambe droite inerte pendait en biais. Des brûlures au troisième degré lui recouvraient le bras droit. Il ne lui restait plus de cheveux mais seulement des cicatrices noires et sèches, ainsi que des cloques, lascivement perchées sur son crâne. Son torse était orné d'un long filet de substance gluante et noire, qui semblait suinter d'une plaie pourpre de la taille d'une balle de tennis situé à hauteur de sa clavicule droite.

Du sang coulait le long de ses deux jambes, sorti de l'endroit où aurait dû se trouver son pénis.

Le plus cauchemardesque dans ce spectacle résidait dans le visage et les yeux, des yeux qui regardaient droit devant lui avec à la fois l'air froid et intense du prédateur et celui de la proie en fuite, cédant à une panique totale et aveugle. Une bouche qui ne parvenait pas à se décider entre un ricanement et un hurlement, des lèvres retroussées qui dévoilaient des dents brillant d'un blanc Colgate dans le soleil de l'après-midi.

Dew entrevit tout cela en moins de deux secondes, un bref instant lors duquel les détails se détachèrent comme des lettres en relief sur une plaque en cuivre.

Ce regard. Cette expression. Exactement comme Brewbaker. Exactement comme l'homme qui avait tué Mal.

Une balle de 45 et la tête de Dawsey exploserait en un nuage de sang et de cervelle. Quelqu'un devait payer pour la mort de Mal et ce taré ferait parfaitement l'affaire.

Dew visa ce sourire de psychopathe.

Son doigt se crispa contre la détente.

Dawsey approchait.

Un tir, *un tir… bon Dieu, Mal, tu me manques…*

Mais Dew avait des ordres.

Il abaissa sa visée et pressa la détente.

La balle se ficha dans l'épaule droite de Dawsey et le retourna comme une poupée de chiffon. Il décrivit presque un tour complet avant de s'effondrer par terre, où son flot de sang se mêla à la neige sale de la rue. La carte voltigea avant de toucher le sol.

Dew baissa son arme et se lança en avant, puis il s'interrompit net. Incrédule, il vit Dawsey se relever tant bien que mal et se rétablir sur sa jambe valide. Son expression n'avait pas changé d'un iota, aucune surprise ou douleur visible parmi le tumulte d'émotions qui déformaient son visage. Ses énormes muscles se contractant sans cesse, un sourire de folie totale ciselé sur le visage et sautillant toujours sur une puissante jambe, Dawsey se fendit en avant vers Dew.

Celui-ci leva son 45. Il existait un endroit sur lequel il pouvait tirer pour empêcher le gamin de se relever.

— T'es un sacré salopard, dit calmement Dew, avant d'appuyer sur la détente.

La balle s'écrasa dans le genou de Perry, ce même genou qui avait mis un terme à sa carrière de footballeur. La rotule qui s'était alors brisée se désintégra en un bouquet d'éclats d'os. La balle déchira le cartilage avant de rebondir sur le fémur et de sortir par l'arrière de la jambe dans un nuage brumeux de sang.

Perry s'écroula. Il tomba la tête la première sur le trottoir enneigé et s'immobilisa seulement à quelques dizaines de centimètres de Dew. Cette fois, il ne se releva pas. Il regardait Dew, la respiration lourde et ce sourire mortel de fou plaqué sur le visage.

Il tenait toujours son pénis dans son poing serré.

Du pied, Dew éteignit en douceur les flammes qui dévoraient la carte, puis il la ramassa. Tout en gardant le canon de son arme braqué sur le visage souriant de Dawsey, il regarda la carte. Elle était en partie brûlée, mais la ligne rouge qui reliait Ann Arbor à Wahjamega était encore nettement visible. Elle comprenait également, en rouge, un étrange symbole a l'allure japonaise.

Dew baissa les yeux sur Dawsey; le même symbole, recouvert de croûtes ou sanguinolent par endroits, était gravé sur son bras.

Il orienta la carte de façon que Dawsey la voie.

— Qu'y a-t-il là-bas? demanda-t-il. Qu'est-ce que tu veux faire dans cette putain de ville pourrie? Que veut dire ce symbole?

— Quelqu'un frappe à la porte, dit Perry en chantonnant. Quelqu'un fait sonner la cloche.

86.
L'arrivée

Trois fourgons gris foncèrent sur Dew et Perry avant de s'arrêter en dérapant sur la neige pilée. Telles des fourmis sortant d'un tumulus, des soldats revêtus de combinaisons bio en jaillirent en masse. Les policiers postés dans les environs s'approchèrent des fourgons mais conservèrent leurs distances par rapport aux hommes bizarrement habillés et porteurs de courts et mortels FN P90.

Margaret et Clarence furent les premiers à rejoindre Dawsey et Dew. Clarence dégaina son pistolet Glock et tenta de viser le blessé, mais Margaret fut plus rapide et se baissa près du corps carbonisé, ses genoux plongeant dans une mare de sang qui fumait. Elle détourna le regard du pénis sectionné que cet homme tenait dans la main.

Il respirait encore, même si elle était incapable de préciser pour combien de temps encore. Elle n'avait jamais vu un être humain si atteint et pourtant toujours en vie. Elle ne voyait aucun triangle sur lui mais, avec tout le sang et les brûlures au troisième degré, il était difficile d'être catégorique. Il était tout de même en vie, et c'était au moins une chose sur laquelle elle pouvait travailler.

Elle sursauta presque quand il se mit à parler :

— Quelqu'un fait sonner la cloche, dit-il. Je dois aller à Wahjamega. Soyez sympa, ouvrez la porte et laissez-les entrer.

Margaret déglutit. Elle en croyait à peine ses yeux ; cet homme ravagé, dont le sang donnait à la neige fondue une teinte de jus de fruit Slurpee, s'exprimait avec un sourire de folie pure.

— Ouvre cette putain de porte verte, espèce de salope !

L'épaisse main de Dawsey surgit soudain et agrippa la combinaison de Margaret avant de l'attirer à lui, jusqu'à écraser ses lèvres contre la visière et maculer le plastique transparent de sang et de bave. Ses yeux immenses et fous ne se trouvaient qu'à quelques centimètres de ceux de la scientifique.

— Quelqu'un *frappe à cette putain de porte* !

Clarence abattit la crosse de son Glock sur la joue de Dawsey, lui occasionnant ainsi une nouvelle plaie. Le blessé tressaillit mais poursuivit ses ricanements, ses yeux brûlant d'une fureur de folie totale.

— Frappez-le encore ! cria Dew.

Clarence cogna sur Dawsey deux fois de plus, deux coups rapprochés. La poigne du géant se relâcha et il tomba au sol, les yeux à moitié fermés, le sourire toujours accroché au visage.

— Ça va, prof ? demanda Clarence.

Margaret dut lutter pour retrouver son calme, son souffle encore très irrégulier. L'espace de quelques secondes, elle avait été certaine que Dawsey arracherait sa combinaison et lui déchirerait la gorge. Il était si vif, si fort…

— Ça va, répondit-elle.

Elle se leva et fit un signe à deux soldats qui patientaient avec un brancard.

Elle ne pouvait qu'imaginer ce que ce pauvre type avait traversé. Quel genre de pensées pouvait conduire un être humain à s'infliger de telles blessures ? Margaret se demanda alors s'il lui fournirait un jour une réponse.

Il lui était impossible de deviner les terreurs qui surviendraient au cours des mois suivants. Pour Perry Dawsey, l'infection était terminée. Pour le reste du monde, elle ne faisait que débuter.

87.
Un saut dans le vide

Tout s'était passé si vite que de minces volutes de fumée s'échappaient encore du 45 qui venait de faire feu. Dew avait fait son boulot, et pourtant il ne se sentait pas mieux. Il n'était pas plus près de découvrir les responsables de cette horreur et de la mort de son équipier. Il ne disait rien, l'arme toujours en main, et regardait Clarence Otto diriger les équipes d'intervention rapide tandis qu'elles établissaient un périmètre de sécurité restreint autour de Dawsey.

Une fenêtre du troisième étage explosa soudain. Dew leva la tête et vit des langues de flammes se gonfler alors qu'une fumée graisseuse et noire s'élevait en bouillonnant vers le ciel. Il vit également autre chose, quelque chose qui brûlait, quelque chose qui tombait. Une brève comète qui s'agitait dans les airs, dont les extensions aux allures de corde fouettaient le vide et la faisaient ressembler à une tête de méduse enflammée.

La chose se fracassa violemment sur le trottoir recouvert de neige. Les flammes semblèrent vaciller avant de reprendre de plus belle. Dew assistait incrédule à ce spectacle, le fond de son esprit ayant déjà établi un lien encore inaccessible à sa pensée. La chose enflammée se leva, en tout cas elle essaya de se lever, tout en se consumant, ses jambes dépourvues d'os supportant un corps loin d'être épargné par les flammes bondissantes. Un petit cri strident se fit entendre, pitoyable, comme peut en émettre une faible femme en proie à une violente douleur.

Un léger filet de fluide sortait de la chose et coulait jusque sur la neige, où il laissait une traînée noire et bouillonnante. La créature frissonna une fois de plus, puis elle *éclata* et ses morceaux enflammés s'éparpillèrent sur le parking, où ils brûlèrent doucement, comme une épave d'avion de ligne après un crash.

Margaret surgit soudain à côté de lui, son casque protecteur ôté, les cheveux lâchés sur la combinaison et une expression de terreur livide sur le visage.

— Tout s'explique, à présent, dit-elle à voix basse. Oh, mon Dieu… tout *s'explique*… Dawsey, les autres ; ils ne sont que des *hôtes* pour ces *choses*.

Dew laissa son esprit effectuer cette connexion, il s'autorisa à accepter l'inimaginable. Ce n'était pas le moment de se mettre à douter de l'évidence, quand bien même cette évidence pouvait être tordue, sans compter qu'il avait encore un boulot à effectuer. Le bruit des hommes qui approchaient détourna son attention des flammes qui s'amenuisaient. Les flics rappliquaient, quelques gars du coin, des policiers antiémeute, au moins une dizaine, avec sans doute encore d'autres un peu plus loin.

Dew se tourna vers Otto et les agents en combinaison. Tous se tenaient prêts, arme en main, et observaient les alentours du parking en quête d'autres créatures de cauchemar.

Dew aboya des ordres de sa voix tonitruante de sergent.

— Embarquez Dawsey dans le fourgon! Équipe n° 3, nettoyez ces morceaux et tout de suite! Action, action, action!

Les soldats se hâtèrent d'exécuter les instructions de Dew, lequel se tourna vers les flics, qui s'approchaient de l'immeuble en feu. Tout en avançant, il réfléchit à une connerie à leur débiter, à une façon de leur expliquer la créature, mais ils se ruèrent sans prêter attention aux morceaux en flammes et franchirent la porte principale du bâtiment G.

Bob Zimmer courut vers Dew, les yeux rivés sur les flammes qui sortaient par les fenêtres brisées du troisième étage.

— Vous l'avez eu ? demanda-t-il.

— Ouais, répondit Dew. Je l'ai eu. Il est mort.

Les flics n'avaient pas vu la chute de la créature ou, si tel était le cas, ils n'y avaient pas accordé d'importance ; peut-être se trouvaient-ils trop loin. Ou peut-être, l'asticota sa conscience, étaient-ils trop inquiets au sujet des *êtres humains* encore présents dans l'immeuble pour se soucier d'un objet, étrange et de toute évidence non humain, en train de chuter par la fenêtre du troisième étage.

— Il reste du monde là-dedans ?

— Sans doute, répondit Dew. Je n'ai fait sortir personne avant la fuite de Dawsey.

Zimmer ne hocha pas la tête, il ne donna aucun signe d'approbation au commentaire de Dew. Il retourna vers l'immeuble, où il se mit à diriger les flics qui y étaient entrés et à hurler des ordres aux premiers à ressortir, accompagnant des résidents perturbés et effrayés.

Les soldats en combinaison étaient déjà en train d'éteindre les morceaux enflammés et de ramasser ce qu'ils pouvaient. Dew vit ensuite les derniers d'entre eux grimper dans les fourgons. Ils étaient maintenant tous remontés dans les véhicules, à l'exception de Clarence Otto et Margaret Montoya. Celle-ci contemplait l'immeuble, le visage dénué d'expression. Otto se tenait près d'elle et attendait l'ordre suivant de Dew.

Ce dernier pointa le doigt vers le sud, dans la direction de l'hôpital. Otto passa un bras autour des épaules de Margaret et la guida rapidement vers le fourgon où avait été transporté Dawsey. Dew ferma la porte derrière eux. Les véhicules démarrèrent en toute discrétion et évitèrent la nuée confuse de policiers avant de quitter le parking à toute allure.

Quelque part dans le lointain, Dew entendit les sirènes, encore faibles, approcher : ambulances, pompiers… Il leva une dernière fois les yeux vers le troisième étage ; la fenêtre était totalement cachée par le feu qui faisait rage et dont les flammes s'élevaient à au moins six ou sept mètres dans le ciel. Il ne resterait plus rien dans cet appartement.

Au milieu de ce chaos, Dew regagna sa Buick d'un pas tranquille. Il s'y enferma et étudia la carte roussie de Dawsey, ainsi que l'étrange symbole qui y était si proprement dessiné et qui correspondait à celui qui se trouvait gravé sur le bras du géant. Les mots *C'est ici* soigneusement écrits à l'encre bleue, d'une écriture différente de celle qui les avait également griffonnés sur la carte de Dawsey dans l'appartement. Celle-ci était propre et posée.

Une écriture de femme.

— Eh merde…, murmura Dew.

Dawsey ne s'était pas précipité au hasard n'importe où ; une autre victime infectée s'était trouvée dans cet appartement, une victime qui y était sans doute encore et qui grillait. Elle avait abrité Dawsey ; ils travaillaient ensemble.

Il était très possible qu'ils se soient connus avant l'infection. Ils habitaient dans la même résidence, après tout. Cependant, s'ils ne s'étaient *pas* connus avant d'attraper les triangles, cela signifiait que les victimes étaient capables de se reconnaître, d'une façon ou d'une autre, et de s'entraider.

Plus important ; s'ils ne se connaissaient pas, il était possible qu'ils aient indépendamment décidé que Wahjamega était l'endroit où se rendre. Si tel était le cas, la seule conclusion possible était qu'ils voulaient y aller à cause de l'infection.

Ou alors, peut-être, l'infection voulait se rendre là-bas.

Les mots de Margaret retentirent de nouveau dans sa tête : *« Ils construisent quelque chose »*, avait-elle dit.

Il songea une nouvelle fois à la créature en flammes tombée par la fenêtre du troisième étage, puis il se précipita sur son gros portable.

Murray répondit dès la première sonnerie.

—Vous l'avez eu?

—On l'a eu, dit Dew. Vivant, exactement comme tu le voulais. Mais les enjeux ont grimpé. Écoute et écoute bien, L. T. J'ai besoin d'hommes à Wahjamega, Michigan, et je les veux tout de suite. Et pas de ces ATF[1] ou de ces pseudo-commandos de la CIA. Envoie-moi des marines, des bérets verts ou des putains de SEALs[2] de la Navy, mais trouve-moi des hommes, au moins une section et ensuite une division, aussi vite qu'ils peuvent rappliquer là-bas. Équipement complet de combat. Du renfort, aussi. De l'artillerie, des tanks, la totale. Et des hélicos, plein d'hélicos!

—Dew, qu'est-ce qui se passe, bordel?

—Et ce satellite, ça y est? Il a été redirigé sur Wahjamega?

—Oui, répondit Murray. Il a déjà fait un passage. Les gars sont en train d'éplucher les images en ce moment.

—Je vais prendre un symbole en photo et je te l'envoie dès que je raccroche. Ce symbole, c'est ce que recherchent nos gars, pigé?

—Ouais, pigé.

—Je veux aussi un fourgon relié à ce satellite, et je le veux là-bas dans trente minutes. Et un hélico *a intérêt* à venir me choper dans le *quart d'heure* qui vient. Je me fous de savoir si on doit en réquisitionner un de la télé, débrouille-toi pour me transporter là-bas le plus vite possible.

---

1. *Bureau of Alcohol, Tobacco, Firearms and Explosives*: agence fédérale chargée de la mise en application de la loi sur les armes, les explosifs, le tabac et l'alcool et de la lutte contre leur trafic (*NdT*).
2. Sigle pour *SEa* (mer), *Air* (air) and *Land* (terre): unité polyvalente des forces spéciales de nageurs de combat de la marine américaine (*NdT*).

— Dew, dit calmement Murray dans le portable. Je ne peux pas t'avoir tout ça si vite et tu le sais.

— Si, tu peux ! hurla Dew dans le téléphone. Trouve tout ça tout de suite, putain ! *T'as pas idée* de la merde que je viens juste de voir.

88.
Le moment de s'éclater

C'était la troisième fois qu'il voyait ce symbole, mais là, il n'était pas griffonné sur une carte ou gravé sur une peau humaine.

Cette fois, il se trouvait sur une image satellite.

Quatre heures après avoir tiré sur Perry Dawsey, Dew Phillips se tenait près d'un Humvee[1], les pieds dans des bottes et sur une route boueuse durcie par le gel. Une carte et plusieurs photos satellite étaient déployées sur le capot du véhicule. On avait disposé des cailloux sur les images afin de les maintenir en place, malgré la brise glaciale qui perçait les bois hivernaux.

Des arbres se dressaient de chaque côté de Bruisee Road, épais de broussailles, de troncs effondrés et de ronces. Les branches nues formaient une canopée squelettique par-dessus la route, ce qui rendait l'obscurité encore plus sombre. Les rafales, occasionnellement violentes, faisaient décrocher des branches de la neige mouillée, qui tombait sur le groupe en contrebas : deux Humvees, un fourgon de communications noir banalisé, ainsi que soixante soldats armés.

Dew était entouré des chefs d'équipe et de section de la compagnie Bravo, du 1er bataillon du 187e d'infanterie. Ce bataillon, également connu sous l'appellation

---

1. *High mobility multipurpose wheeled vehicle* : véhicule tout-terrain de l'armée américaine (*NdT*).

de « Rakkasans en chef », était un détachement de la 3e brigade de la 101e division aéroportée de Fort Campbell, Kentucky. Les Rakkasans tenaient actuellement le rôle de division d'intervention d'urgence [1], un bataillon prêt à se déployer n'importe où dans le monde en moins de trente-six heures, quel que soit l'endroit concerné. Le fait d'avoir dû se rendre à mille kilomètres de Fort Campbell, et non pas sur plusieurs milliers de kilomètres au-delà des océans, leur avait permis de se trouver sur place beaucoup plus rapidement.

Deux avions C-130 Hercules, de la 118e escadre de transport aérien, avaient décollé de Nashville moins de deux heures après l'appel paniqué de Dew à Murray Longworth. Ces C-130 s'étaient posés trente minutes plus tard sur la base aérienne de Campbell. Une demi-heure plus tard, remplis du premier contingent du 1er bataillon du 187e d'infanterie, les C-130 avaient de nouveau décollé, cette fois en direction de l'aéroport municipal de Caro, un aérodrome en activité situé à peine à plus de trois kilomètres de l'endroit où se tenait Dew en cet instant.

Sur le petit aéroport, d'autres C-130 atterrissaient. Environ quinze voyages et plusieurs heures supplémentaires seraient nécessaires pour transporter la totalité de l'effectif du bataillon. Dew n'allait pas attendre que ce dernier soit complet. Avec quatre rotations effectuées, il disposait de cent vingt-huit soldats et quatre Humvees — telle était la force disponible, tels étaient les hommes qu'il prendrait avec lui.

La plupart de ceux-ci arboraient des expressions sérieuses, certaines teintées de peur. Quelques-uns pensaient encore qu'il s'agissait d'un exercice surprise. Dew savait qu'ils étaient tous des soldats extrêmement entraînés, néanmoins tout

---

1. *Division Ready Force*, ou *DRF* (*NdT*).

l'entraînement du monde ne sert à rien si on n'a jamais mis les pieds dans le merdier. Tous les chefs d'équipe, au moins, avaient connu de l'action sérieuse – il le devinait à leur calme et à leurs regards durs –, mais la majorité des hommes portaient la désagréable aura des bleus du combat.

Leur chef était le commandant du bataillon, le lieutenant-colonel Charles Ogden. En temps normal, un capitaine commandait la première compagnie mais le caractère d'urgence, l'ennemi inconnu et le fait d'opérer en territoire américain avaient demandé l'attention d'Ogden. Émacié, la quarantaine, Ogden était si maigre que son treillis semblait pendre sur lui. Il ressemblait davantage à un prisonnier de guerre qu'à un soldat, mais il se déplaçait vite, il s'exprimait avec autorité et son comportement était tout sauf faible. Son aspect frêle était également trompeur : il était capable de lutter au corps à corps avec n'importe lequel des jeunes gars de son unité, qui en étaient tous conscients. Dew, qui sentait qu'Ogden avait connu le feu de l'action, et en quantité, était reconnaissant de voir ces troupes menées par un vétéran rompu au combat.

— Alors, pourquoi on est là ? demanda Ogden. Qu'est-ce qui s'passe de spécial ici ?

— Vous me posez une colle, répondit Dew. Tout ce que nous savons, c'est que des cas ont été répertoriés à Detroit, Ann Arbor et Toledo. Wahjamega est proche de ces villes. Il y a beaucoup de champs et de forêts dans le coin, de vastes étendues où se cacher pour eux. Nous pensons qu'ils se rassemblent, soit les hôtes humains, soit peut-être les nouveau-nés, soit les deux.

Au cours du trajet en hélicoptère depuis Ann Arbor, Dew avait parlé à Murray et l'avait informé du peu qu'ils avaient appris au sujet des nouveau-nés. Le directeur adjoint avait dans un premier temps demandé à Dew de ne pas révéler ces infos aux troupes au sol, « elles n'avaient pas l'habilitation », toutefois Dew s'était battu et avait rapidement remporté cette bataille ; il n'allait pas conduire des hommes au combat sans qu'ils sachent qu'ils devraient peut-être tirer sur des citoyens américains ou des espèces de monstruosités inhumaines. Dew n'arrivait pas à se décider, quant à savoir laquelle de ces deux options était la pire.

— On a quoi comme renfort aérien, mon colonel ? s'enquit Dew.

Ogden consulta sa montre.

— Nous avons trois hélicoptères d'attaque AH-64 Apache, ETA[1] dans vingt minutes. Une compagnie du 130ᵉ de la garde nationale de Morrisville était en train d'effectuer des exercices à balles réelles à Camp Grayling, à environ deux cents kilomètres au nord-ouest d'ici.

— Armement ?

— Chaque oiseau possède huit missiles AGM-114 Hellfire à ogives HEAT[2], répondit Ogden.

Dew hocha la tête. Vingt-quatre missiles antichars provoqueraient une considérable explosion. En outre, chaque Apache était doté de mitrailleuses de calibre trente millimètres, capables de toucher un transport de troupes blindé à plus de quatre kilomètres de distance. Tout compte fait, le renfort aérien était exceptionnel pour cette mission.

Il disposait de forces terrestres. Le soutien aérien était *en route* *. La police d'État du Michigan déployait un cordon de sécurité autour de la zone, évacuait les habitants et empêchait quiconque d'y pénétrer.

Ogden s'empara d'une photo satellite qui affichait les couleurs chaudes d'un cliché infrarouge. On n'y voyait en majorité que les bleus et verts typiques d'une forêt dans la

---

1. *Estimated time of arrival* : « heure estimée d'arrivée » (*NdT*).
2. *High explosive anti-tank* : désigne une ogive à explosif à charge creuse. Donne au projectile une haute vitesse et le rend capable de percer un blindage (*NdT*).
* En français dans le texte

nuit, avec tout de même en son centre un amas vif de rouges, suivant un étrange motif que les observateurs avaient entouré de blanc.

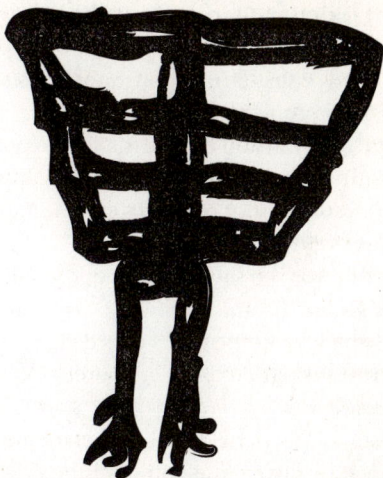

Ils avaient également inscrit les mesures dont ils avaient connaissance : *largeur env 40 mètres, longueur env 55 mètres, hauteur inconnue*. Dew médita sur ces chiffres et songea aux peintures de Nguyen ; cet amas serait-il fait de morceaux humains ? Le tableau était-il symbolique ou littéral ?

Ogden tapota la photo.

— Et c'est ça qu'on doit attraper ?

Dew acquiesça.

— Qu'est-ce que c'est ?

Dew haussa les épaules et désigna une autre photo, qui montrait l'étrange construction sous un autre angle.

— Nous n'en savons rien. Nous pensons que c'est peut-être un genre de passage. La victime délirait à propos d'une « porte » à Wahjamega, et nous avons trouvé ça.

— Vous vous foutez de moi ? lâcha Ogden sans se départir de son éternelle voix calme. Un passage ? Comme un portail ou ce genre de truc ? On parle d'une merde à la *Star Trek*, là, Dew ?

— Ne me le demandez pas, répondit Dew avec un geste d'impuissance. Tout ce que je sais, c'est que, si vous aviez vu ce que j'ai vu, vous sauriez pourquoi nous sommes ici. Ça vous pose un problème ?

— Négatif, une mission est une mission, répondit Ogden avant d'examiner l'image avec soin. Ces quatre traverses, quelles qu'elles soient, sont orientées est-ouest. Ça veut dire quelque chose ?

— Qu'est-ce que j'en sais ? Tout ce que je sais, c'est qu'on doit les faire sauter.

Ogden se pencha un peu plus près de la photographie.

— On ne nous parle pas de la hauteur. Vous avez une photo normale ?

Dew désigna un cliché détaillé de la même zone, dont la résolution était si fine que l'on distinguait les branches des arbres les plus massifs. L'étrange motif était à peine visible, ses teintes vertes et noires se mêlant aux couleurs naturelles du sol. Cette photo avait été prise moins de une heure plus tôt par un avion de reconnaissance. La construction avait été éclairée, entourée par une zone où le sol de la forêt était exposé, le tout entouré par le blanc de la forêt hivernale. Cinq cercles jaunes marquaient les véhicules déployés sur la carte ; trois voitures, un pick-up et un bus.

— Cette construction, quelle que soit sa nature, a fait fondre la neige, fit remarquer Ogden. Elle est assez chaude. Ce foutu truc se mêle si bien à la terre qu'on dirait presque du camouflage. Que sont ces véhicules encerclés ?

— Des voitures abandonnées, répondit Dew. La police locale les a trouvées vides. Nous pensons que des hôtes de triangles ont roulé jusque-là avant de laisser tomber leurs véhicules et de poursuivre à pied jusqu'à la construction.

—Et ces petits points rouges sur le cliché infrarouge ?

—Ce sont les ennemis, expliqua Dew.

Il sortit une liasse de feuilles de papier qui comportaient chacune la copie d'une vue d'artiste basée sur le peu que Dew avait aperçu de la créature en flammes tombée de la fenêtre du troisième étage. Il ne le savait pas encore, mais ce dessin constituait une représentation assez fidèle des nouveau-nés. Il transmit les feuilles aux chefs d'équipe.

—Les points rouges sont des signatures thermiques individuelles qui correspondent soit à des hôtes humains, soit à quelque chose ressemblant à cette bestiole.

En voyant le croquis, un soldat éclata de rire. Dew le foudroya d'un regard de tueur, puis s'adressa à lui sur un ton de commandement. Il avait dirigé des gars dans ce genre et en avait vu mourir par cargaisons entières.

—Tu trouves ça drôle ? dit-il. Ces trucs sont responsables de la mort d'au moins quinze personnes, et si tu chies de travers, *tu* seras probablement mort avant une heure.

Le soldat demeura silencieux. Le seul son audible était celui du vent sifflant dans les branches dénudées.

Ogden écarta les photos satellite et aplanit la carte.

—Si je peux me permettre une suggestion, monsieur, nous devrions nous scinder en une première formation de huit équipes, qui attaqueront par l'ouest, et deux groupes de blocage de deux équipes chacun, un au nord et l'autre au sud-ouest de la cible. (Ogden désigna du doigt trois points sur la carte.) Là, là et là. Les bois sont trop épais pour y introduire les véhicules, nous irons donc tous à pied. Nous avons suffisamment d'hommes en place pour les groupes de blocage 1 et 2. Le groupe de blocage n° 3 est à l'aéroport. Ils se mettent en route sous peu et seront en position d'ici quinze minutes. L'artillerie sera prête dans trente minutes.

» Les Apache seront là avant que l'infanterie ait totalement encerclé le périmètre, ils resteront donc en attente un kilomètre et demi plus loin. Une fois l'artillerie prête, on envoie une reconnaissance prendre une masse de photos, on éclaire ensuite la cible au laser pour que les Apache puissent pisser dessus. Ensuite, le groupe de blocage ouest avance et on nettoie tout.

Dew étudia la carte un moment. Ogden avait placé le groupe ouest sur une colline, ce qui leur offrait une position dominante. Si les nouveau-nés prenaient la fuite, ils choisiraient sans doute le chemin le plus aisé, une vallée étroite qui traversait la zone du nord au sud-est et qui les conduirait directement dans le champ de tir des équipes planquées.

—C'est un excellent plan. Dites à vos hommes de tuer tout ce qui bouge.

—Qu'est-ce qu'on fait des hôtes qui ont roulé jusqu'ici ? s'enquit Ogden. Ce sont des civils.

Dew lança un regard dur au militaire.

—Comme je l'ai dit : tout ce qui bouge. (Il se tourna ensuite vers les hommes.) Vous avez tous vu le dessin. Peu importe ce que vous croyez ou pas. Nous ne savons pas à quel point ces choses sont dangereuses, alors considérez qu'elles le sont infiniment.

Les expressions des soldats parlaient d'elles-mêmes. La moitié d'entre eux ne croyaient tout simplement pas qu'ils allaient se lancer à l'attaque de quelque monstre de cinéma, tandis que l'autre moitié y croyait, les yeux écarquillés de terreur.

—Restez en rangs serrés, ordonna Ogden. Ne perdez jamais de vue l'homme à votre droite et celui à votre gauche. Tirez sur tout ce que vous voyez devant vous. Aucune importance si ça ressemble à une bestiole ou à votre tante Jenny ; c'est l'ennemi, et vous le shootez comme si c'était un soldat ennemi. À présent, préparez vos équipes. On bouge immédiatement.

Le visage sévère, les hommes se dispersèrent et laissèrent Dew et Ogden seuls.

— Vous savez ce qui déconne, dans ce truc, Dew ?

— Ouais, tout. Jusqu'au moindre détail, dit Dew après avoir hoché la tête.

— En dehors de ça, bien sûr. Si c'est un genre de passage et que des troupes peuvent sortir de ce truc de dingues, peu importe ce que c'est, pourquoi l'ont-ils construit à trois kilomètres d'une piste d'atterrissage ?

Dew laissa échapper un grognement. Il avait été si enchanté de bénéficier de cet accès facile que la question ne lui avait pas traversé l'esprit.

— Ça leur passe peut-être au-dessus de la tête, dit Dew. La seule explication logique est que cela leur a échappé. Quel que soit le truc qui s'est occupé de reconnaître les lieux, soit il a raté l'aéroport, soit il n'a pas su ce que c'était.

— C'est certainement ça, convint Ogden. Plutôt bizarre, tout de même ; leur niveau technologique est de toute évidence extrêmement avancé, ils se plantent pourtant sur l'emplacement, l'emplacement, l'emplacement. Je ne sais pas ce que sont ces choses, mais on dirait qu'on leur botte les fesses, question stratégie.

Dew acquiesça. Les images satellite lui offraient une maîtrise totale de la zone, des images dont il n'aurait pas disposé sans l'intuition de Margaret Montoya. Sans son intervention, ils seraient encore en train d'orienter un satellite et n'auraient peut-être pas localisé la construction avant encore plusieurs heures. Or, Dew Phillips sentait que chaque seconde importait.

La porte du fourgon noir de communications s'ouvrit. Un homme en sortit en courant, une photo tout juste imprimée dans la main. Il glissa sur la route boueuse gelée, retrouva son équilibre et plaqua la photo sur le capot du Humvee.

— Ce truc se met à chauffer à toute vitesse ! révéla-t-il. Ceci est un cliché infrarouge récent.

L'image ressemblait aux précédentes, au détail près que l'on n'avait pas entouré le symbole. C'était inutile. Ses contours se détachaient en un mélange flou de rouges, jaunes et orange.

— Il s'est simplement allumé, commenta Dew. Faites avancer vos hommes, Ogden, tout de suite. Que les équipes de blocage 1 et 2 se positionnent comme convenu. On n'attend pas l'artillerie ni l'équipe 3. On attaque maintenant.

Perry gémit légèrement dans son sommeil. Une dizaine d'électrodes fixées sur la tête et le torse mesuraient chacun de ses mouvements. D'épaisses lanières lui clouaient les poignets au lit d'hôpital. Ses bras se fléchissaient et se contractaient chaque seconde, ce qui tirait sur les attaches. Un bip électrique résonnait au rythme de son pouls. L'odeur des équipements médicaux flottait dans la pièce.

Deux hommes en combinaison étanche se tenaient près de lui, un de chaque côté du lit, armés d'un Taser mais dépourvus d'arme à feu ou de couteau – de quoi que ce soit de pointu, à vrai dire. On n'était jamais trop prudent. Si Dawsey arrachait ses lanières, ce qui n'aurait surpris personne, considérant sa musculature impressionnante, ses gardes l'assommeraient avec les cinquante mille volts des Taser.

Ils avaient arrêté les hémorragies, mais il restait entre la vie et la mort ; les balles logées dans chaque épaule avaient été retirées, ses brûlures, notamment la quasi-totalité de sa tête, étaient recouvertes de bandages, ils avaient ôté les carcasses de Triangles de son bras et de son dos, la pourriture visible avait été grattée de sa clavicule et de sa jambe, néanmoins le mal continuait à se propager lentement – un mal que

440

les médecins ne savaient pas guérir. Son genou devait être opéré le lendemain.

Et son pénis était enveloppé dans de la glace.

Il gémit de nouveau, les yeux complètement fermés et les dents découvertes en un avertissement de prédateur carnassier. Il était plongé dans un rêve familier et pourtant pire que jamais.

Il se trouvait une nouvelle fois dans le couloir du salon. Les portes se refermaient sur lui. Elles étaient chaudes ; sa peau se craquelait et se couvrait de cloques avant de rougir puis de virer au noir carbonisé, fumant en dégageant une puanteur immonde. Pourtant, il ne criait pas de douleur. Il ne voulait pas leur offrir ce plaisir. Qu'ils aillent s'faire foutre... Qu'ils aillent tous s'faire foutre. Il partirait comme un Dawsey. Les portes cancéreuses se rapprochèrent, marchant sur leurs petits tentacules, et Perry se mit lentement à rôtir à mort.

— Tu les as battus, mon garçon.

Dans son rêve, Perry ouvrit les yeux. Papa était là. Non plus squelettique mais robuste, vigoureux et plein de vie comme il l'avait été avant que le capitaine Cancer vienne le chercher.

— Papa..., murmura faiblement Perry.

Il essaya de respirer, mais l'air brûlant lui grilla les poumons. Chaque fibre de son être le faisait souffrir. Quand la douleur cesserait-elle ?

— Tu t'es bien comporté, mon garçon, dit Jacob Dawsey. Tu t'es très bien comporté. Tu leur as montré, à tous. Tu les as battus.

Les portes approchaient, encore plus près. Perry regarda ses mains. Leur chair parut se ramollir avant de fondre en un mélange enflammé qui tomba ensuite de ses os et grésilla quand il s'écrasa par terre. Il refusa de hurler. Après s'être coupé sa propre bite et ses propres couilles, toute douleur est relative.

Les portes s'approchaient encore. Perry entendit le craquement du bois et du fer vieilli, la plainte basse des gonds, gelés par des siècles de rouille.

— *C'était dur, papa, croassa Perry.*

— *Oui, c'était dur. Mais tu as fait ce que personne d'autre n'aurait réussi à faire. Je ne te l'ai jamais dit jusqu'ici, mais… je suis fier de toi. Je suis fier de t'appeler mon fils.*

Perry ferma les yeux quand il sentit la chair de son corps se désintégrer et l'abandonner. Le tunnel baignait dans une lumière d'un vert émeraude. Il ouvrit les yeux : papa était parti et les portes s'ouvraient. Quelque chose bougeait là-dedans.

Perry regarda à l'intérieur… et se mit à hurler.

Ils étaient presque arrivés.

Dew et Charles Ogden étaient allongés sur le sol couvert de neige de la forêt. Il faisait un froid de chien. Les yeux collés à des jumelles à vision nocturne, Dew observait l'image verdâtre qui lui donnait la chair de poule sous son épais treillis d'hiver.

— Putain, je ne sais pas ce que c'est que ce truc mais c'est sûrement pas bon, dit-il. Plus envie de sortir des vannes de petit malin sur *Star Trek*, Charlie ?

— Non, c'est bon, là, répondit Ogden.

— On détecte des radiations ?

— Non, dit le lieutenant-colonel en secouant la tête. En tout cas, pas de si loin. Les compteurs Geiger n'affichent rien. Dew, c'est quoi, ce truc, bon sang ?

— J'ai mon idée, comme je vous l'ai dit, mais j'espère de tout mon cœur que je me trompe.

Dew ne parvenait pas à s'ôter de l'esprit les délires de Dawsey à propos d'une « porte ». Il regarda derrière lui ; deux soldats maniaient des caméras numériques compactes et balayaient cette scène de cauchemar de leurs objectifs. Chaque section comprenait ainsi deux cameramen.

— Vous filmez tout ça ? s'enquit Dew.

— Oui, monsieur, répondirent à l'unisson les deux hommes, leurs voix toutes deux étranglées et emplies de crainte.

Les nouveau-nés s'agitaient autour de deux chênes gigantesques qui dégoulinaient de neige fondue. Leurs branches mortes formaient un auvent squelettique sous lequel étaient regroupés pas moins de cinquante nouveau-nés de tailles diverses, certains aussi petits que celui que Dew avait vu sauter de l'appartement du troisième étage, d'autres dépassant le mètre de haut et dotés de tentacules aussi épais que des battes de base-ball.

Dieu tout puissant. Cinquante. Et dire que nous pensions les avoir tous eus. Combien d'hôtes a-t-il fallu pour faire cinquante de ces choses ? Combien d'hôtes nous ont complètement échappé jusqu'à subir ces éclosions ?

Les nouveau-nés avaient construit quelque chose d'étrange. Quelque chose d'organique, peut-être même vivant. D'épais et fibreux fils verts – certains de la taille d'une corde, d'autres de celle de poutres métalliques – partaient dans toutes les directions, depuis les troncs jusqu'au sol ou aux branches, dans les deux sens. Il y en avait des milliers, ce qui évoquait quelque monstrueuse toile d'araignée en trois dimensions ou une œuvre d'art moderne. Au centre de ces fils, entre les chênes, immenses et tentaculaires, se trouvait la construction qui avait provoqué le motif coloré sur la photo infrarouge.

Faite d'un étrange matériau fibreux, cette construction présentait l'aura primitive et inquiétante des pierres de Stonehenge ou d'un temple aztèque. Les quatre traverses, orientées est-ouest, étaient en réalité des arches élevées ; le sommet de la plus petite, près du centre de la construction, s'élevait à un peu plus de trois mètres. Quant à la plus haute, celle du bout, elle montait jusqu'à six mètres dans le ciel nocturne. Les quatre arches ressemblaient à une charpente en forme de cône à moitié enterré dans le sol gelé de la forêt.

Dew ne savait pas de quoi ce truc effrayant était fait mais, au moins, ce n'était pas de morceaux humains.

Les deux parties parallèles de la queue – faute d'un meilleur terme pour la nommer – s'étiraient sur trente mètres à partir des arches. Elles étaient chacune aussi épaisse que des rondins de bois et comportaient une ligne de fines excroissances épineuses sur leur longueur.

Les nouveau-nés rampaient sur la construction massive, à laquelle ils s'accrochaient grâce aux tentacules qui leur servaient de jambes, masse mouvante qui galopait sur ce labyrinthe de fils avec l'aisance d'araignées-loups surexcitées. Ils provoquaient également des éclaboussures sur le sol soudain boueux de la forêt – la chaleur de la construction avait fait fondre la neige qui entourait les deux chênes.

Dew et Ogden se trouvaient à environ cinquante mètres de la construction, les yeux rivés sur la caverne que formaient les arches.

—Où en sont les Apache? demanda Dew.

Ogden fit un signe à son radio, qui s'approcha en silence et tendit un combiné à son supérieur. Ce dernier murmura durant quelques secondes, puis déclara:

—ETA: deux minutes.

Les secondes s'écoulèrent. Dew entendit faiblement les rotors des Apache en approche. Les nouveau-nés s'écartèrent soudain de la construction verte squelettique, certains se réfugièrent dans les chênes, tandis que d'autres demeurèrent au sol.

—Que se passe-t-il? demanda Ogden. Ils ont entendu les hélicos?

—Peut-être bien. Dites à vos hommes qu'il est temps d'y aller. Nous devrons peut-être…

La voix de Dew s'étouffa; la construction s'était mise à rayonner.

Les arches fibreuses illuminaient les branches des chênes et le sol de la forêt d'une lumière blanche. Faible dans un premier temps, à peine perceptible, cet éclat s'intensifia rapidement, au point qu'il fut bientôt impossible à Dew de continuer à regarder dans les jumelles à vision nocturne.

— Dew, putain ! qu'est-ce qui se passe, là-bas ?

— Je n'en sais rien mais je n'aime pas ça, répondit Dew en secouant la tête. Faisons avancer deux équipes. Il faut aller voir ça de plus près.

Ogden donna des ordres à voix basse. Dew se redressa en position accroupie et se mit à progresser rapidement en avant, sans tenir compte de ses genoux qui craquaient. La neige crissait et des branches mortes se brisaient sous ses pieds. Il était douloureusement conscient de la discrétion des parachutistes en comparaison, presque silencieux malgré cette marche théoriquement bruyante. En d'autres temps, Dew se serait faufilé dans les bois sans le moindre bruit – vieillir était une sacrée vacherie.

Il s'arrêta après avoir parcouru trente mètres. La couverture de la nuit n'existait plus. La lueur de la construction éclairait les chênes comme en plein jour. De longues ombres oscillaient dans la forêt. Le sol lui-même semblait vibrer selon un rythme sinistre, battement de cœur accéléré de quelque monstre maléfique. Dew fut alors saisi d'une vive inquiétude, d'une sensation d'*erreur*, comme il n'en avait jamais connu.

Cette merde part totalement en vrille.

— Donnez-moi des jumelles ordinaires, aboya Dew.

Quelqu'un lui en tendit une paire, vert militaire, bien entendu. Il plongea le regard dans les profondeurs des arches, où la luminosité était plus forte que n'importe où ailleurs, si intense qu'il en eut mal aux yeux et fut contraint de jeter de rapides coups d'œil de côté pour apercevoir quelque chose.

— Ogden, ETA des Apache ?

— Soixante secondes.

Une décharge d'angoisse éclata en Dew. Il n'avait jamais connu une telle peur, il n'avait jamais rien ressenti de tel.

Même au cœur du combat au corps à corps qui avait décimé sa section au Vietnam, même quand il avait été touché par des tirs, il n'avait pas été terrorisé à ce point ; il était incapable de dire pourquoi.

La construction brillait de plus en plus. Un soldat lâcha soudain son fusil M4 et prit la fuite en hurlant en direction de la forêt. Plusieurs autres commencèrent à lentement reculer, la peur peinte sur leurs jeunes visages.

— Tenez vos positions ! aboya Ogden. J'abats dans le dos le prochain qui s'enfuit ! Maintenant, à plat ventre !

Les oscillations des longues ombres trahirent les mouvements des nouveau-nés, qui se précipitaient vers la section. Leurs étranges corps pyramidaux se glissaient dans les bois. Tels des insectes en essaim, ils avaient détecté une menace et se ruaient dessus afin de protéger la ruche.

— Ogden, on a de la compagnie !

— Équipes 4 et 5, tenez cette position ! hurla Ogden. Toutes les autres équipes montent en renfort ! Feu à volonté !

Les armes automatiques crépitèrent avant la fin de cette dernière phrase.

Dew ne bougea pas. L'éclat de la construction ne faiblissait pas mais il *changea*, il passa du blanc aveuglant à une lueur d'un vert émeraude profond. Dew se rendit soudain compte qu'il ne regardait pas dans l'arche mais *au-delà* ; le vert s'étendait très loin.

Stupéfait, il leva les yeux des jumelles. La construction n'avait pas bougé, pas davantage que les bois situés de l'autre côté. Il regarda de nouveau dans les oculaires : l'étendue de vert se trouvait à l'intérieur de l'arche et se prolongeait pourtant sur ce qui paraissait des kilomètres. C'était impossible, tout simplement *impossible*.

Les fusils M4 et les mitrailleuses M249 aboyaient autour de lui, mais Dew restait inébranlable. Un cri humain déchira la nuit quand l'un des nouveau-nés parvint à franchir la pluie de balles. Dew ne broncha pas, il ne le remarqua même pas, car il avait vu quelque chose sur cette étendue verte.

Il avait vu quelque chose bouger.

Non pas le mouvement d'un simple nouveau-né, mais un mouvement si massif qu'il occupait tout l'espace coloré. Il repéra quelques créatures, de façon individuelle, l'espace d'une seconde, comme s'il voyait une fourmi au milieu d'une masse grouillante déchaînée. C'était un *océan* de créatures qui se dirigeaient vers le passage, propulsées en avant à une distance impossible.

—Ils doivent être des millions, marmonna Dew, tandis que l'horreur lui glaçait la peau aussi sûrement qu'un manteau de mille-pattes.

Une arme fit feu à quelques dizaines de centimètres de son oreille, ce qui le tira de sa transe. Un nouveau-né vint rouler presque à ses pieds, où il s'affaissa, saisi de convulsions. Ogden l'avait abattu alors qu'il bondissait pour attaquer. Le bruit des mitrailleuses s'atténua mais fut remplacé par davantage de cris ; les nouveau-nés déferlaient.

—Nous sommes débordés, dit calmement Ogden, d'une voix juste suffisamment forte pour être entendue par-dessus les hurlements et les cris de guerre de ses hommes.

—Ogden, donnez l'ordre de tout larguer maintenant ! rugit Dew. Dites aux Apache de descendre tout ce qu'ils voient – *tout ce qu'ils voient* !

Ogden attrapa le combiné des mains du radio. Dew dégaina son 45. Un nouveau-né d'un mètre vingt déchirait un buisson, ses yeux noirs rivés avec fureur sur Dew et ses tentacules qui fouettaient l'air devant lui alors qu'il s'approchait pour attaquer.

Dew tira cinq fois à bout portant. Le corps pyramidal éclata comme du plastique et déversa d'énormes gouttes d'un liquide visqueux et pourpre sur le sol enneigé.

Des sons provenaient de toutes les directions : mitrailleuses, bruits de pas, branches qui craquaient, hurlements de douleur, appels à l'aide désespérés, ainsi que les affreux cliquetis des nouveau-nés. Dew se retourna et en vit un s'approcher d'un soldat à terre et en sang. Il fit feu à deux reprises et l'agresseur s'effondra. Tandis que Dew éjectait son chargeur vide et en plaçait un autre, le soldat blessé sortit son couteau et se jeta sur le nouveau-né, dans lequel il enfonça sa lame, encore et encore, jusqu'à ce que des filets pourpres se dessinent sur la neige.

Les yeux à la recherche de la cible suivante, Dew recula jusqu'à Ogden afin de tenter de le protéger suffisamment longtemps pour qu'il puisse lancer l'ordre de frappe aérienne.

—Leader Six à Pigeon Un, Leader Six à Pigeon Un, dit Ogden dans le combiné. Frappe totale, je répète, *frappe totale* sur la cible principale. Lancez tout ce que vous avez dessus.

Comme sur un signal, les mitrailleuses se turent soudain. Dew chercha un ennemi mais n'en trouva aucun. Les quelques nouveau-nés qui se tortillaient encore sur le sol virent leurs luttes rapidement abrégées par les tirs de soldats furieux. Des hommes gisaient sur le tapis de la forêt, en sang et gémissant ; l'escarmouche était terminée.

Dew leva ses jumelles au moment où il entendit le crépitement des Apache qui lançaient leurs missiles. La mer verte avait atteint le passage. Le temps d'une brève milliseconde, Dew vit quelque chose qu'il n'oublierait jamais, qu'il ne parviendrait jamais à refouler, ce jusqu'à la fin de ses jours.

Ça mesurait au moins deux mètres cinquante de haut, en forme de L, un corps rouge segmenté recouvert d'une étrange coquille verte iridescente qui tenait sans doute le rôle d'armure. Six jambes au sol, épaisses et pourvues de nombreuses articulations, et quatre bras puissants agrippant ce qui ressemblait à une arme. Ce qui était probablement la tête était recouvert d'un casque du même matériau vert iridescent, un casque dépourvu de trous pour les yeux ou la bouche.

Et il y en avait des millions derrière, qui attendaient de sortir.

Ce fut la seule chose qu'il vit. La première créature fit un pas hors de l'arche : l'impossible devint réalité quand son pied se posa sur le sol de la forêt. Comme s'il regardait un ralenti, Dew vit le pied griffu écraser une brindille.

La brindille craqua.

C'est alors que le ciel s'ouvrit.

Seize missiles firent mouche en trois secondes de temps. Le rugissement d'un dieu agonisant, une boule de feu si immense et violente qu'elle arracha de petits arbres, racines comprises. L'onde de choc atteignit Dew et le renversa comme une poupée de paille. Des soldats s'écroulèrent autour de lui. Il heurta durement le sol gelé mais ignora la douleur et se redressa sur ses genoux.

La boule de feu s'éleva dans le ciel et éclaira la forêt d'une lueur comparable à un coucher de soleil. Un morceau d'arche fut majestueusement éjecté en toupie dans les airs, l'une de ses extrémités crachant du feu et des étincelles. Deux des arches avaient complètement disparu, une restait en place et la dernière était touchée mais se dressait encore partiellement, jaillissant du sol telle une côte brisée.

Une fusillade des mitrailleuses des Apache éclata sur le site, chaque balle de trente millimètres créant un petit geyser de boue. L'arche détruite, celle qui évoquait une côte, s'effondra et se brisa en une dizaine de morceaux.

Dew scrutait désespérément dans ses jumelles. Étaient-ils partis ? Les missiles avaient-ils frappé à temps ? Tout en maudissant la fumée, il chercha des mouvements, ceux de millions de créatures se déployant parmi les arbres avant de passer à l'attaque.

Le rugissement sifflant d'un autre tir de missiles se fit entendre. Dew leva les yeux juste à temps pour voir huit traînées de fumée supplémentaires filer vers le passage, tels des serpents aériens à l'offensive. Les missiles s'écrasèrent sur leur cible et provoquèrent une nouvelle boule de feu tonitruante. Dew se jeta au sol, face contre terre, tandis que des mottes de saletés, des bâtons et peut-être même des fils verts passaient au-dessus de lui à une vitesse vertigineuse.

Et ce fut terminé.

La dernière boule de feu flottait dans le ciel comme un soleil miniature agonisant. Aussi hébété qu'un zombie, Dew se releva et avança.

La lumière verte s'était évanouie. Quelqu'un avait fermé la porte et l'avait fermée avec *autorité*. Papa était également parti, cette fois pour de bon ; sans savoir comment, il en était certain.

Les yeux de Perry s'ouvrirent après quelques battements de paupières. Pour la première fois depuis une semaine, ses pensées étaient les siennes. La douleur avait disparu, même s'il était conscient que c'était dû aux calmants. La douleur est la façon dont le corps vous prévient que quelque chose ne va pas. Il se sentait toutefois désormais davantage en accord avec son propre corps et il n'avait pas besoin de douleur pour le prévenir qu'il était dans le pétrin.

Les voix étaient parties, mais les échos de quelque cinquante cris demeuraient. La ruche de Wahjamega avait été anéantie. Il ressentait leur absence. À l'image d'une fièvre qui s'estompait enfin, leur destruction le libérait de la folie. D'une partie, en tout cas.

Il tourna faiblement la tête, suffisamment pour apercevoir les hommes en combinaisons bio de chaque côté de son lit.

Il était attaché, il ne pouvait pas bouger les bras. La chambre était toute blanche. Des fils semblaient sortir de son corps et s'étendre de tous côtés. Un hôpital. Un *hôpital*. Il l'avait fait. Il avait gagné.

Une voix se fit entendre par un haut-parleur :

— Monsieur Dawsey, vous m'entendez ? (Perry hocha la tête, lentement, comme dans un rêve.) Je m'appelle Margaret Montoya, dit la voix. Je suis chargée de votre rétablissement.

Perry sourit. Comme si on pouvait se « rétablir » de ce qu'il avait traversé.

— C'est fini, monsieur Dawsey. Vous pouvez vous reposer, maintenant, tout est terminé.

Perry lâcha un rire sonore. Les calmants n'étaient apparemment pas si efficaces que cela ; ce rire déclencha une douleur profonde dans son épaule droite.

— Terminé ? dit-il. Non. Pas terminé.

Ce n'était pas terminé, les enfants, loin de là. Le nid de Wahjamega avait disparu, mais ils n'étaient pas tous partis.

D'une certaine façon, il les sentait. Il entendait leur appel, leurs signaux de ralliement, de construction. De très loin et très faiblement, mais il les sentait toujours.

Ce n'était que le début.

Pas d'doute.

Les troncs des arbres noircis s'embrasèrent après l'onde de choc et leurs branches furent arrachées par la force du souffle. Les deux grands chênes étaient dévastés ; l'un brûlait entièrement, ses dernières branches réduites à une couronne de feu qui s'élevait dans le ciel étoilé, tandis que l'autre était fendu en deux, son bois blanc exposé au froid de l'hiver.

Des morceaux de fil vert jonchaient le sol, la plupart se consumaient rapidement dans des flammes bleues qui crachaient des étincelles. Quelques soldats apparurent, marchant lentement dans la fumée qui s'élevait, en décrivant des arcs prudents devant eux avec leurs fusils M4. Les gémissements des blessés flottaient dans l'air, mêlés aux craquements du feu.

Refoulant sa peur, Dew se dirigea vers l'endroit où s'était élevée l'arche. Il n'y avait aucun signe des créatures, aucun signe de la lueur verte qui s'était étendue vers l'infini.

Ogden s'approcha de lui à travers la fumée, aussi calme que s'il se promenait dans son jardin. Il tenait le combiné à l'oreille, tandis que le radio le suivant comme un petit chien.

— On dénombre cinquante-six nouveau-nés, dit-il. Tous morts. Certains auraient pu passer quand nous avons été débordés, mais les gardes de l'arrière n'en ont pas vu. On dirait qu'on les a tous eus.

— Cinquante-six…, marmonna Dew.

— Nous avons perdu huit hommes, poursuivit Ogden. Six au cours de l'attaque des nouveau-nés et deux par éclats consécutifs à la frappe de missiles. Douze autres sont blessés, peut-être plus.

— Cinquante-six, répéta Dew d'une voix distante et étrange.

— Je vais m'occuper des blessés. J'ordonne aux Apache de reculer d'un demi-kilomètre et j'appelle des appareils pour évacuer les blessés les plus graves.

— Bien, dit Dew. C'est bien.

Ogden s'en alla et donna des ordres de sa voix calme et autoritaire, laissant Dew seul au milieu de l'arche détruite.

Dew considéra le carnage, les flammes qui s'apaisaient, puis il secoua la tête.

S'il y en avait tant ici, combien d'autres se trouvent ailleurs ? Combien d'autres nouveau-nés en puissance, dans l'attente de construire un autre de ces passages ?

Dew ne connaissait pas la réponse. Pour la première fois, la mort de Malcolm lui parut insignifiante, une petite perte en comparaison de la menace massive qui se profilait à l'horizon. Il était épuisé. Trop d'action pour un vieux schnock.

Et il n'y aurait pas de repos, pas avant longtemps.

Pas pour lui.

Ni pour personne.

Pour tout ce que j'ai fait de bon, pour le moindre succès, je regarde en arrière et je vois clairement que mes parents m'ont enseigné le comportement ou instillé la motivation qui ont rendu cela possible. Toutes les conneries que j'ai faites, eh bien, je crois que j'ai réussi à les faire tout seul.

Mon père était mon entraîneur de football américain au lycée. Il regardait son fils de cinquante-cinq kilos se faire rentrer dedans par des gars considérablement plus grands, plus rapides et plus costauds. Dans un jeu de force et de vitesse, j'étais petit *et* lent – le physique n'était pas mon truc. Parce que j'étais son fils, il ne pouvait rien dire ni me réserver de traitement de faveur.

Il n'a jamais essayé de peindre les choses en rose. Il me disait simplement : « Travaille dur et les bonnes choses arriveront. » Je l'ai cru. J'ai appris à me relever et à en redemander, sans m'inquiéter du nombre de chocs encaissés. J'ai appris à aimer être le petit salaud têtu que personne n'arrive à plaquer.

Le résultat de l'influence de mon père est le roman que vous tenez entre les mains. Je suis parvenu à le faire publier après quinze ans d'échecs littéraires et largement plus de cent refus. Vous devez *croire* au fait de travailler dur et être un petit salaud têtu, voyez-vous, pour encore vous relever après tant de chocs. Pour cela, je dis : « Merci, coach. »

Ma mère était une enseignante qui devait s'occuper d'un petit garçon extrêmement hyperactif. Quand les médecins ont prescrit du Ritalin, elle leur a dit d'aller se faire voir – de cette jolie façon qu'ont les mères de vous dire d'aller vous faire voir en donnant le sentiment que c'est une bonne idée. Elle ne comptait pas me dompter grâce à des médicaments. Elle a toujours encouragé mon imagination, de mes histoires à mes dessins, en passant par les innombrables week-ends que j'ai passés enfermé avec mes amis, plongé dans des jeux de rôle.

Elle me conduisait à la librairie toutes les semaines et m'achetait ce que je désirais, parfois quatre ou cinq livres d'un coup. Nous nous rendions également à la bibliothèque, d'où nous ressortions les bras chargés de romans. Je dévorais les livres comme des bonbons. Pas de lectures imposées, pas de « Chéri, repose ce stupide roman de science-fiction » ; tant que j'avais le nez dans un livre, peu lui importait ce que c'était. Elle a entretenu un amour des mots et des histoires qui ne s'effacera jamais. Ma mère est le catalyseur de la créativité et de l'énergie que vous avez trouvées dans ces pages. Les enfants, dites « merci, Mme Sigler ».

Merci également à Jeremy « Xenophane » Ellis, grâce à qui les éléments scientifiques contenus dans ce roman sont accessibles, divertissants et précis.

Au major Thomas Austin, du corps des ingénieurs de l'armée des États-Unis, et au sergent Donald Woolridge, de l'armée des États-Unis, qui ont pris le temps de s'assurer que l'aspect militaire de cette histoire reflétait exactement les hommes et les femmes courageux grâce auxquels j'ai un pays à aimer plus que tout.

À Julian Pavia et tous ces gamins fous de Crown Publishing pour avoir soutenu tout cela, pour s'être défoncés et avoir cru au pouvoir des *Junkies*.

À Byrd Leavell, pour avoir fait avancer les choses à l'étape suivante.

À tous mes amis de la communauté des podcasts et des blogs. Vous êtes trop nombreux pour être cités ici et, si j'oubliais quelqu'un, les conséquences sur la Toile seraient trop catastrophiques.

Enfin, le plus important, à ma femme Jody, pour tolérer un mari extrêmement hyperactif et être la première victime à avoir subi le premier brouillon de ce roman. Tu as abandonné bien trop de choses tandis que je poursuivais cette obsession, je ne t'en remercierai jamais assez.

EN AVANT-PREMIÈRE

Découvrez le début de la suite d'*Infection*

CONTAGION

Disponible chez Milady le 2 octobre 2009

Prologue

C'était forcément une blague.

Se faire bizuter pour son premier jour de travail n'avait rien de nouveau mais, tout de même, John Gutierrez n'aurait jamais pensé que quelqu'un aurait le culot de lui faire une farce pour *ce* premier jour.

Le jour de l'investiture.

On ne bizutait pas le président des États-Unis d'Amérique, point.

— Murray, je ne trouve pas ça drôle, dit John. Le pays doit gérer de très graves problèmes, ce n'est pas de très bon goût.

Murray Longworth parut surpris.

— Une… blague ? Ce n'est pas une blague, monsieur le président.

Bien sûr que c'en était une. John Gutierrez n'était pas né de la dernière pluie.

Il embrassa du regard le bureau ovale et tenta de jauger les réactions de ses principaux conseillers. Nerveux, Tom Maskill, le secrétaire général adjoint de la Maison Blanche, essayait sans succès de paraître déconcerté, tandis que Donald Martin, le secrétaire d'État à la Défense, était installé dans un canapé antédiluvien, les jambes croisées. Donald était de la vieille école de Washington ; grand, blanc, les cheveux grisonnants, costume sur mesure… On l'aurait dit fabriqué grâce aux revenus de la plantation. Vanessa Colburn, la secrétaire générale de la Maison Blanche, était assise sur une chaise rayée. En apparence, elle représentait l'antipode de Donald ; une femme, noire et jeune. Son visage impassible et empreint de bon sens était ponctué d'un regard glacial qui pouvait vous geler sur place. En cet instant, ce regard était fixé droit sur Murray Longworth, directeur adjoint de la CIA.

Ce dernier arborait également une allure typique de la vieille école, qui tranchait toutefois avec celle de Donald. Son costume semblait également coûteux mais il était froissé et usé, à l'image de son propriétaire, qui avait dépassé l'âge de la retraite et traînait un léger embonpoint, une mine renfrognée en permanence gravée sur le visage. Cet air était une image familière parmi les dinosaures de Washington, Vanessa l'avait d'ailleurs surnommé «l'Homme blanc de la guerre froide». Il était l'un des directeurs adjoints de la CIA, mais pas *le* directeur adjoint. Murray œuvrait principalement dans l'ombre.

—J'ai beaucoup entendu parler de vous, Murray, reprit John. Je me suis entretenu avec les cinq derniers présidents avant de prendre mes fonctions. En dehors des nombreuses réjouissances dont ils m'ont fait part, il n'y a qu'une seule personne qu'ils ont chacun nommée : vous. D'après eux, vous êtes un… comment dirais-je… un type spécial qui résout les problèmes.

—En effet, monsieur le président, dit Murray.

—À présent, on dirait qu'ils vous ont tous nommé pour une bonne raison ; me piéger avec cette histoire ridicule d'excroissances triangulaires infectant les Américains et les transformant en tueurs psychopathes.

—Monsieur le président, je vous assure que ce n'est pas une blague, insista Murray.

—Alors pourquoi n'en avons-nous pas entendu parler auparavant ? s'étonna Vanessa d'une voix presque aussi inexpressive que son visage.

—Le président Hutchins tenait à garder cette affaire secrète, expliqua Murray. Or, je sais parfaitement garder secret ce qui doit l'être.

Murray avait apporté un grand écran plat pour sa présentation. Cet objet ne semblait pas à sa place dans le bureau ovale, technologie criarde au milieu d'une pièce conçue pour empester l'histoire et la tradition. John se tourna vers l'image figée sur cet écran : une vieille femme, clairement morte, dont l'épaule était parée d'une excroissance triangulaire grumeleuse et bleue. Non pas sur sa peau mais en dessous, comme si cette chose en faisait *partie*. Sous la photo, un nom : « Charlotte Wilson ».

À en croire Murray, cette excroissance avait poussé Wilson à assassiner son fils avec un couteau de boucher, puis attaquer deux agents de police avant qu'ils l'abattent en légitime défense.

Ce n'était pas seulement une blague, c'était une blague inexcusable.

Suivant les recommandations des anciens présidents, John avait gardé la présentation du projet Tangram de Murray Longworth pour la fin de la journée. C'était le dernier acte de la révélation des ahurissants secrets de l'administration précédente : deux sous-marins furtifs reposant au fond de la mer du Japon, prêts à faire pleuvoir des bombes nucléaires sur la Corée du Nord ; deux autres submersibles au large du Qatar, prêts à frapper les premiers l'Iran, en cas de chute du nouveau gouvernement et si les fondamentalistes posaient le doigt sur le bouton nucléaire ; des accords secrets avec le gouvernement chinois ; un chasseur inédit et inconnu capable de voler à Mach 10 à soixante kilomètres au-dessus de la surface de la Terre ; des accords expéditifs pour les forages en Alaska et au large de la Floride, ainsi qu'une dizaine d'autres affaires sordides qui – sous l'administration Hutchins – avaient constitué la routine.

— Si je pouvais achever ma présentation, monsieur le président, les choses deviendraient plus claires, dit Murray. (John se tourna vers Vanessa, puis vers Donald, qui haussèrent tous les deux les épaules. Le président soupira et, d'un signe de tête, il enjoignit Murray de poursuivre.) Merci. Ce mal a été découvert il y a environ quatre mois par une épidémiologiste des CDC, le professeur Margaret Montoya, et son collègue, le professeur Amos Braun, qui sont tous deux encore sur le projet. Les symptômes commencent par des démangeaisons et de petites éruptions, qui évoluent ensuite en de plus grandes marques, avant de terminer en excroissances bleues de forme triangulaire. Ce mal semble également provoquer une paranoïa extrême chez ses victimes, au point que la plupart des sujets ont de la même façon évité les hôpitaux, le personnel de soins médicaux ou les membres des forces de l'ordre. La paranoïa envers la police et les militaires est particulièrement intense. En majorité, les victimes sont mortes de causes inconnues, se sont suicidées ou ont été tuées par les policiers en conséquence de leur comportement psychotique.

— Attendez une minute, intervint Vanessa. Le parasite les a *poussées* à éviter les hôpitaux ? Un comportement agressif dû à un déséquilibre chimique quelconque est une chose, néanmoins vous pensez que nous allons croire que ces parasites ont effectivement modifié la capacité d'un hôte à prendre une décision ?

— Cela se produit régulièrement dans la nature, dit Murray.

— Mais ce sont des *êtres humains*, répliqua Vanessa.

— Le comportement n'est rien d'autre qu'une réaction chimique, madame. Faites-moi confiance, la question n'a pas lieu de se poser.

Le visage de Vanessa montrait à quel point elle estimait crédible l'opinion de Murray.

— Ce supposé parasite est-il contagieux ?

Murray secoua la tête.

— Autant que nous pouvons le dire, il ne se transmet pas d'un hôte infecté à ceux qui l'entourent. Quelque chose répand pourtant ce mal, hélas nous n'avons toujours pas déterminé ce vecteur.

— Ainsi, alors que les Américains sont susceptibles d'attraper un parasite qui les transforme en tueurs, vous autres les laissez dans l'ignorance ?

— Le président Hutchins a en effet opté pour le secret au sujet de cette information. Il craignait que de tels rapports déclenchent une panique générale et que les hôpitaux soient inondés de faux cas, ce qui aurait entravé notre capacité à dénicher de réelles victimes. Il existe également la menace de la tendance au lynchage public, qui pourrait sérieusement blesser des Américains uniquement coupables de psoriasis ou autres affections cutanées.

Vanessa s'adossa sur sa chaise et leva les mains d'un geste d'écœurement.

— Vous voyez, monsieur le président ? Voilà pourquoi les huit dernières années ont miné l'Amérique. La vieille garde n'a jamais fait confiance à la population. C'est exactement la raison pour laquelle nous sommes ici ; pour mettre un terme à la toile de mensonges du gouvernement.

— Je comprends votre hâte de mettre en place de nouvelles actions politiques, mademoiselle Colburn, dit Murray. Toutefois, si vous me permettez un petit conseil, attendez de connaître la totalité de l'histoire avant de revenir sur les décisions mûrement réfléchies d'un ancien président.

Vanessa se pencha en avant et le fixa. John ne put réprimer un sourire ; vu le ton employé dès le départ par Longworth avec la jeune femme, il se demanda combien de temps Murray durerait.

— Poursuivez, je vous en prie, répondit Colburn avec son plus beau sourire mielleux.

— Charlotte Wilson n'est que le premier cas que nous avons découvert, enchaîna Murray, avant de pointer la télécommande vers l'écran.

« Clic »

Gary Leeland : un vieil homme, bel et bien vivant et dont les yeux injectés de haine auraient entièrement attiré l'attention sans le triangle bleuâtre qui décorait son cou.

—Cet homme s'est rendu à l'hôpital et, dix heures plus tard, a mis le feu au lit de la chambre dans laquelle il avait été admis. Il a brûlé vif.

« Clic »

Martin Brewbaker : un corps sur une table de morgue, recouvert de brûlures noircies au troisième degré, les jambes coupées en dessous des genoux.

—Cet homme a tué trois personnes : sa femme, sa fille de six ans et, quand nous avons essayé de l'appréhender, Malcolm Johnson, un agent de la CIA.

« Clic »

Blaine Tanarive : un corps noirci et pourri, à peine plus qu'un squelette enveloppé de fibres vertes arachnéennes.

—Celui-ci a également tué sa famille. Nous l'avons trouvé après sa mort.

John fixait cette dernière image. Il ne souriait plus.

—Que lui est-il arrivé ? s'enquit-il.

Murray regarda la photo un moment, avant de se tourner vers le président et son équipe.

—Quand l'hôte meurt, son corps se décompose à une vitesse extrêmement rapide. Il ne reste du cadavre qu'un squelette noirci en moins de deux jours.

John avisa Donald, Vanessa et Tom. Cette capacité d'observer les gens, de les comprendre d'après les expressions de leurs visages, leurs postures, leurs gestes, cela avait toujours été son point fort.

Tom semblait sur le point de vomir, Donald croyait de toute évidence à cette histoire et Vanessa en prenait le chemin. Ce faisant, la colère de la secrétaire de la Maison Blanche grandissait. La plupart des observateurs ne l'auraient pas remarqué, mais John la connaissait mieux que parfaitement.

Un tel secret, caché au peuple américain… elle voudrait faire tomber une tête. Malheureusement pour Murray Longworth, ce serait probablement la sienne.

« Clic »

Perry Dawsey : un géant allongé sur un lit d'hôpital, les yeux fermés, torse nu, bras et jambes attachés par d'épaisses lanières en toile. Une substance noire gluante suintait de sa clavicule droite, des bandages blancs lui recouvraient l'avant-bras gauche et des tubes étaient insérés dans son nez et ses bras.

— Perry Dawsey, dit Donald. Je connais ce nom. N'est-ce pas ce joueur de football américain devenu fou qui a tué son ami ? Perry Dawsey l'Effrayant ?

Murray hocha la tête.

— Dawsey est le seul survivant connu. Il portait sept parasites qu'il a arrachés de son propre corps, le dernier il y a cinq semaines.

— Mon Dieu ! s'exclama Vanessa. Vous avez gardé cette affaire secrète malgré le nombre de victimes ? Quel genre de monstre êtes-vous ?

Ce fut au tour de Murray de sourire légèrement. John tiqua aussitôt devant cette expression ; c'était un sourire de chasseur. Murray Longworth adorait les joutes et il était habitué à l'emporter, quel qu'en soit le prix.

— C'est amusant que vous évoquiez des monstres, dit le directeur adjoint. Nous avons mis en place une équipe chargée d'enquêter sur cela et dirigée par Dew Phillips, agent de la CIA. Grâce à son travail, nous avons découvert que les parasites délaissent leurs hôtes humains et deviennent des organismes libres de leurs mouvements.

Si le bureau ovale n'avait pas disposé d'une si belle moquette, on aurait pu entendre la chute d'une aiguille.

— Murray, reprit doucement John, mesurant ses mots avec soin. Êtes-vous en train de nous dire que ces excroissances triangulaires… *éclosent* de *leurs victimes* ?

467

—C'est cela, monsieur le président. Nous avons même pris l'habitude de les appeler des nouveau-nés.

—Et ensuite? demanda Donald. Ils *marchent* tout seuls ou quoi?

—Exact, monsieur le secrétaire d'État. Non seulement ils marchent, mais ils opèrent également ensemble. Ils ont essayé de bâtir et activer une construction que nous estimons être soit un genre de passage, soit une arme. Voici quelques séquences filmées par des soldats à Wahjamega, Michigan.

Murray lança la vidéo, dont la qualité était plutôt bonne. John vit des soldats, des bois, puis quelque chose, plus profondément dans la forêt… quelque chose qui *brillait*. Cela ressemblait à un gigantesque porche, dont le sommet atteignait peut-être six mètres de haut, comme une alliance géante étincelante à demi enterrée dans le sol boueux de la forêt. Il discernait également à l'intérieur de cette arche trois autres structures similaires, chacune plus petite et plus éloignée que la précédente. On aurait cru examiner l'intérieur d'un cône fluorescent.

Il y avait aussi ces *créatures* qui grouillaient sur les arches, tels des termites sur une bûche pourrie. Une étrange excroissance sur la peau était une chose… mais ça… ce n'était même pas *envisageable*. John ressentit un picotement glacé lui parcourir la peau. Si ceci *était réel*, alors il avait affaire à… à quoi? des extraterrestres? des démons? Cela ne pouvait tout simplement pas s'être produit.

—Impossible, lâcha Vanessa. Tout ça est impossible. Pourquoi faites-vous perdre son temps au président avec des effets spéciaux?

—C'est tout à fait réel, madame, insista Murray.

John se pencha en avant pour mieux observer le film, les fesses tout juste sur le bord de son fauteuil.

—Qu'est-ce que c'est que ces trucs, enfin? dit-il.

—Des nouveau-nés, expliqua Longworth. Vous allez mieux les voir… tout de suite.

La vidéo se fit moins précise, la caméra tremblant alors que les nouveau-nés se ruaient soudain à l'attaque. La prise de vue pivota fortement avant que la première créature atteigne les troupes ; le soldat avait sans doute lâché la caméra. Murray arrêta la séquence à cet endroit. John fixa alors le gros plan incliné d'une créature de forme pyramidale dotée de trois yeux noirs verticaux emplis de haine et de tentacules en guise de jambes.

Une fois encore, le silence absolu.

John Gutierrez avait bâti sa carrière sur sa capacité à juger autrui. Ce talent inné l'avait propulsé de la fonction de maire à celle de sénateur, puis l'intégration de Vanessa dans son équipe avait été primordiale. Il l'avait aussitôt *su* quand il l'avait rencontrée. L'habileté et la nature impitoyable de la jeune femme l'avaient guidé du Sénat au Congrès, et à présent à la Maison Blanche. C'était stupéfiant, si l'on considérait que John n'avait que quarante-six ans et qu'il était le premier président d'origine hispanique du pays. John Gutierrez faisait confiance au regard et à l'instinct de Vanessa Colburn ; ces outils lui révélaient que Murray Longworth ne leur racontait pas de salades.

Tout cela était réel.

—On a affaire à quoi, bon sang, Murray ? demanda-t-il. Vous n'allez quand même pas me dire qu'il s'agit d'extra-terrestres, si ?

—C'est notre meilleure hypothèse, monsieur le président, reconnut le directeur adjoint. La technologie dont ils se servent dépasse de très loin toutes nos connaissances. Nous imaginons que les nouveau-nés sont un genre de machine biologique conçue pour construire la structure lumineuse.

John aurait voulu tuer Hutchins. L'ancien président aurait aussi bien pu abandonner un tas de merde géant et fumant sur la moquette du bureau ovale. Le problème reposait désormais entièrement sur John et, quoi qu'il se produise, la population l'associerait à sa présidence et non à celle de Hutchins.

— Wahjamega, dit Donald. Attendez une minute… C'est là qu'un hélicoptère Osprey s'est écrasé en décembre dernier. Huit soldats sont morts.

— On a étouffé l'affaire, expliqua Murray. Il n'y a pas eu de crash. Les huit hommes ont péri quand nous avons donné l'assaut et détruit le passage.

Donald regarda autour de lui, incrédule, comme s'il s'attendait que Vanessa, John ou Tom lui lance un « on t'a bien eu ! »

Mais personne ne fit rien de tel.

— Tout simplement ahurissant, dit Vanessa, qui semblait sarcastique mais également assez secouée, ce que John ne pouvait lui reprocher. Les familles de ces hommes courageux ne connaîtront donc jamais la vérité. Ils sont morts au combat et nous les cataloguons décédés dans un accident d'hélicoptère. Quels bons *patriotes* nous faisons… Bon, que s'est-il produit depuis ?

— Dawsey avait besoin de sérieux soins médicaux, répondit Murray. Nous l'avons fait admettre dans un hôpital des anciens combattants, à Ann Arbor, Michigan. Apparemment, il a récupéré plus vite que prévu et a trouvé le moyen d'avoir accès à un ordinateur. Il a ensuite piraté la base de données de l'établissement et modifié le niveau de surveillance auquel il était astreint. C'est un peu gênant de l'avouer mais, le 8 janvier dernier, il a tout simplement quitté l'hôpital.

» Les parasites ont construit quelque chose dans son cerveau, un genre de structure qui tient d'une antenne et qui lui permet de localiser les hôtes infectés. Il en a alors trouvé un qui venait d'assassiner trois personnes. Il l'a tué, en état de légitime défense. Cependant, avant que cet homme meure, Dawsey est parvenu à lui faire prononcer l'endroit où se trouvait un autre passage, à…

— Mather, Wisconsin, l'interrompit Donald. Le crash d'un Osprey à Mather. Douze morts.

Murray acquiesça.

— Qui est au courant de tout ça ? demanda John. De toute l'histoire, je veux dire, qui sait ?

— Les chefs d'état-major, répondit Murray. Ils ont dû mettre en œuvre la décision du président Hutchins d'isoler les soldats impliqués et de les réaffecter dans une nouvelle unité. Les hommes eux-mêmes sont conscients de s'être battus contre quelque chose d'inhabituel, mais très peu de personnes sont au fait de la version complète de l'histoire ; Phillips, Montoya, Braun, l'agent Clarence Otto, qui sert de liaison entre Montoya et la CIA, le directeur de la CIA, Hutchins et quelques membres de son équipe.

— Et le FBI ? s'étonna Vanessa. La CIA n'a aucune autorité sur les affaires intérieures. Vous ne devriez pas être chargé de cela.

— Le FBI n'a aucune connaissance détaillée du dossier, dit Murray. Une fois encore, nous agissons sur les ordres directs du président Hutchins.

Vanessa fixa un instant le directeur adjoint avant de secouer la tête. John savait que l'opinion de sa secrétaire générale sur cet homme était faite ; elle allait partir à la chasse au dinosaure. Ce serait à Murray de parer ses attaques et de prouver sa valeur.

Cela dit, ce type avait-il encore quelque chose à prouver ? Un parasite modifiant le comportement humain, au moins deux opérations militaires sur le sol américain conclues avec des morts, ainsi que ce qui pouvait très bien s'avérer des machines de nature extraterrestre… et *personne n'en savait rien*. Les médias n'avaient pas le moindre soupçon. John comprenait maintenant pourquoi ses prédécesseurs s'étaient montrés si enthousiastes à propos de Murray Longworth.

— Nous ne savons toujours pas vraiment ce à quoi nous nous opposons, reconnut celui-ci. Nous ne sommes pas parvenus à capturer un de ces nouveau-nés vivant. Ceux que nous avons tués se sont très rapidement désintégrés, en quelques heures. Le matériau dont étaient constitués les passages s'est aussi décomposé presque instantanément, nous n'en avons tiré aucune information.

— Qu'est-ce qui nous permet d'affirmer que ces choses sont véritablement hostiles ? demanda Donald. Elles ont attaqué nos troupes, c'est entendu, mais ne serait-il pas possible que ce ne soit qu'une action défensive, visant à protéger cette construction suffisamment longtemps pour être en mesure de… je n'arrive pas à croire que je suis en train de dire ça à haute voix… pour être en mesure d'établir un contact ?

— Une espèce disposant d'une technologie si avancée serait au moins capable d'engager une forme rudimentaire de communication, répondit Murray. La seule raison logique expliquant qu'ils ne l'ont pas fait est qu'ils ne le *souhaitent* pas. Ils ne bâtissent que sur des zones éloignées. Pourquoi ne pas élever leurs structures, quelles qu'elles soient, au milieu d'étendues dégagées ? Parce que, dans ce cas, nos militaires les encercleraient et se tiendraient prêts pour ce qui doit survenir. Ce ne serait d'ailleurs pas un problème… sauf si ce sont précisément leurs *propres forces armées* qui sont attendues. Cet isolement trahit leur volonté de faire apparaître une force, laquelle serait peut-être vulnérable au cours du processus de sortie du passage.

— Une tête de pont, dit Donald. Ils veulent contrôler une zone d'atterrissage.

— C'est notre estimation, monsieur le secrétaire d'État, opina Murray. Enfin, considérez le comportement des victimes infectées. Ces parasites représentent un niveau de bio-ingénierie que nous ne sommes même pas capables de comprendre. De telles créatures, capables d'utiliser ainsi un hôte humain, pourraient-elles *accidentellement* déclencher un comportement conduisant la victime à *éviter* tout contact avec les professionnels de santé ? ou à tuer ses proches, des personnes susceptibles de remarquer les traces et d'appeler à l'aide ?

Murray s'arrêta de parler et demeura immobile, les mains pendantes sur les côtés. Donald, Vanessa et Tom se tournèrent tous vers John, qui avala une longue gorgée d'eau. Putain, mais qu'allait-il bien pouvoir faire du cadeau d'adieu de Hutchins ?

Il reposa la bouteille.

— Donald, dit-il. En tant que secrétaire d'État à la Défense, pensez-vous que ces choses sont hostiles ?

— D'après ce que nous venons d'apprendre, oui.

— Et vous ? demanda-t-il ensuite à Vanessa.

On aurait dit que le fait de devoir s'exprimer la faisait souffrir.

— J'aurais également tendance à être de cet avis mais, *d'après ce que nous venons d'apprendre*, nous devrions rendre cette affaire publique.

— Merde, vous êtes *cinglée*! explosa Murray avant de considérer les autres personnes présentes dans la pièce et de se redresser quelque peu. Veuillez m'excuser de m'être emporté, c'est tout de même loin d'être le moment idéal pour révéler ce dossier à la population. Le professeur Montoya est en train de mettre au point un test qui détectera ce mal. L'équipe de Phillips est en place et nous recherchons activement de nouveaux hôtes.

— Faites confiance aux gens, répondit Vanessa. Nous devons gérer cela en tant que nation.

John s'adossa dans son fauteuil. Rien de tel qu'une décision importante, peut-être historique, pour lancer sa présidence avec panache.

— Murray, dit-il. Dans combien de temps le test sera-t-il prêt ?

— C'est difficile d'en être certain… Dans au moins une semaine. De toute façon, nous ne saurons pas s'il est efficace tant que nous n'aurons pas déniché de nouveaux hôtes.

Ouvrir cette boîte de Pandore devant le peuple… ce n'était peut-être pas le moment. Murray Longworth avait tenu des secrets pendant cinq administrations, John supposait qu'il était capable d'en faire autant au cours d'une sixième.

— Deux semaines, trancha-t-il. J'ai besoin de deux semaines pour évaluer la situation. Développons ce test et partons de là… et, Murray, gardez tout ça secret.

Le directeur adjoint hocha la tête. Il semblait satisfait, comme s'il avait su depuis le début que cette réunion s'achèverait ainsi. Il fut impossible pour John de rater son léger sourire.

John remarqua également que Vanessa non plus ne l'avait pas manqué.